dtv

Die Polizistin Ellery will sich endlich von den dunklen Schatten ihrer Vergangenheit lösen. Da wird sie von FBI-Agent Reed Markham um Hilfe bei der Lösung eines lange zurückliegenden (und sehr persönlichen) Falls gebeten: Es geht um den brutalen Mord an Reeds Mutter, als er noch ein Baby war. Hatte sein Adoptivvater, damals ein ehrgeiziger junger Politiker am Beginn einer vielversprechenden Karriere, etwas mit dem Mord zu tun? Reed und Ellery fliegen nach Las Vegas, um gemeinsam herauszufinden, was damals geschehen ist. Auch wenn die Wahrheit noch so bitter sein sollte. Dabei stören sie einen Mörder auf, der sich jahrzehntelang in Sicherheit glaubte.
»Packend und aufregend!« (Booklist)

Joanna Schaffhausen ist promovierte Psychologin und hat für ABC News und als Wissenschaftsredakteurin im Bereich Medizin gearbeitet. Sie lebt mit Ehemann und Tochter in der Nähe von Boston. Für ihren ersten Thriller ›Wie viele willst du töten‹ wurde sie mit dem Minotaur Books/Mystery Writers of America First Crime Novel Award ausgezeichnet.

JOANNA SCHAFFHAUSEN

ALL
DIE DUNKLEN
LÜGEN

THRILLER

Deutsch von
Irene Eisenhut

dtv

Ausführliche Informationen über
unsere Autorinnen und Autoren und ihre Bücher
finden Sie unter www.dtv.de

Von Joanna Schaffhausen
ist bei dtv außerdem erschienen:
Wie viele willst du töten (21920)

Deutsche Erstausgabe 2021
dtv Verlagsgesellschaft mbH & Co. KG, München
© 2020 Joanna Schaffhausen
Titel der amerikanischen Originalausgabe:
›All The Best Lies‹ (Minotaur Books, New York)
Vermittelt im Auftrag von St. Martin's Press durch
die Literarische Agentur Thomas Schlück GmbH, Hannover
Alle Rechte vorbehalten
© 2021 der deutschsprachigen Ausgabe:
dtv Verlagsgesellschaft mbH & Co. KG, München
Umschlaggestaltung: ZERO Werbeagentur GmbH unter Verwendung
von Fotos von chrisp0/Getty Images und shutterstock.com
Satz: C.H.Beck.Media.Solutions, Nördlingen
Gesetzt aus der Stempel Garamond 10/12,65˙
Druck und Bindung: Druckerei C.H.Beck, Nördlingen
Printed in Germany · ISBN 978-3-423-21840-5

Für Garrett,
der meine Narben sah und sich nicht daran störte.
Ich liebe dich noch mehr.

Las Vegas, 1974

Camilla Flores war in ihrem Leben stets zur falschen Zeit am falschen Ort gewesen, angefangen mit dem Tag ihrer Geburt, sechs Wochen zu früh, in Puerto Rico, bevor ihre Mutter das Meer hatte überqueren und amerikanischen Boden betreten können. Wäre Cammie nur wenige Tage länger im Mutterleib geblieben, hätte sie als gewöhnliche Bürgerin gegolten und die gleichen Rechte wie jeder andere im Land gehabt. Stattdessen musste sie achtzehn Jahre später nach Las Vegas ziehen, um ihre Art von Glück zu suchen. Jetzt lebte sie in einem schäbigen Apartment mit Blick auf eine blassrosa Felslandschaft und verbeulte Mülltonnen am Straßenrand. Sie besaß einen durchgerosteten Elektroherd, bei dem nur eine der beiden Kochplatten funktionierte, und ein sieben Jahre altes Auto mit kaputter Lichtmaschine. Cammies Kontostand betrug aktuell zweiundzwanzig Dollar, während sich die Rechnung für die Reparatur des Autos auf fast einhundert belief. Aber vielleicht hatte sie dieses Mal Glück.

»Und denen ist wirklich egal, dass ich komme und nicht du? Bist du dir sicher?«, fragte sie zu Angela gewandt, während sie in den engen, mit goldenen Pailletten besetzten Glitzerrock und schließlich in die hochhackigen Schuhe schlüpfte.

Angie, die auf der gegenüberliegenden Seite des Zimmers im Bett lag, schaffte es, das fiebrige Zittern lange genug zu unterbrechen, um Cammie von Kopf bis Fuß zu betrachten. »Machst du Witze? Schau dich an. Ich wünschte, ich hätte deinen Hintern. Außerdem werden sie den Unterschied wahrscheinlich gar nicht bemerken. Du weißt doch, wie es ist – das Einzige, was sie wahrnehmen, ist die braune Hautfarbe.«

Als Cammies und Angies Blicke sich für einen Moment im Bodenspiegel trafen, musste Cammie lächeln. Selbst hohes Fieber und Schüttelfrost konnten Angies bissigem Humor nichts anhaben. Cammie war in Puerto Rico und Angie in Kolumbien geboren worden. Doch in Las Vegas hielt man sie stets für Mexikanerinnen, weil es das nächstgelegene Land war, aus dem Menschen mit einer dunkleren Hautfarbe kamen. Mr Crocker, ihr gruseliger Vermieter, lungerte immer dann draußen herum und täuschte dringende Wartungsarbeiten vor, wenn Cammie und Angie ein wenig Zeit hatten, um in der Sonne zu liegen. Ständig verwechselte er ihre Namen, und es war ihm egal, wenn sie ihn korrigierten. »Eine Maisflade ist so gut wie die andere«, pflegte er zu sagen.

Cammie trug Make-up und Lidschatten auf wie eine Kriegsbemalung, bevor sie gleich in die Schlacht ziehen würde. Mit den falschen Wimpern, dem Rouge auf ihren Wangen und dem toupierten Haar sah sie aus wie eine Edelprostituierte, weshalb sie ein kurzes Dankgebet zum Himmel schickte, dass ihre Mutter nicht mehr lebte und sie in dieser Aufmachung sah. Sie hätte sie nicht wiedererkannt. Vermutlich genauso wenig wie ihre Kolleginnen, die gerade im Howard Johnson bedienten. Doch das war der Sinn der Sache. Heute Abend war sie nicht Cammie, sondern Angie. Und sie würde dreihundert Dollar verdienen.

Beim Gedanken daran packte sie ein Schauer der Erregung, und ihre entblößten Schultern zitterten. »Erklär mir bitte noch einmal, was ich machen muss, Angie«, sagte sie zum Spiegelbild ihrer Freundin.

Angie hustete. Ein rasselndes, keuchendes Geräusch, das

in Cammie jedes Mal leichte Beunruhigung auslöste. Vielleicht könnte sie einen Teil von den dreihundert Dollar ihrer Freundin geben, damit sie sich von einem Arzt untersuchen ließ. »Du gehst zu Zimmer 611 und klopfst an die Tür«, antwortete Angie von ihrem Kissenlager aus. »Mark wird mit den anderen dort sein. Da es bereits nach zehn ist, werden sie schon richtig abgefüllt sein. Leg einfach Musik auf und wackle in deiner Unterwäsche herum. Wenn dir danach ist, mach sie dabei ein bisschen an. So kriegst du mehr Geld.«

Cammie verzog sich selbst gegenüber das Gesicht, als sie darüber nachdachte. »Aber ich gehe nicht aufs Ganze, richtig? Ich muss mich nicht ausziehen oder …« Sie ließ den widerwärtigsten Teil des Satzes unausgesprochen.

Angie hob den Kopf. »Nein! Menschenskind, Cammie – denkst du etwa, dass ich anschaffen gehe? Ich bin Tänzerin und keine Nutte. Mehr als ein bisschen Anfassen ist nicht erlaubt. Mark weiß, wie alles läuft. Ich habe das schon viele Male für ihn gemacht.«

»Sehr gut. Ich bin froh, dass jemand da ist und sich auskennt«, murmelte Cammie und zog den kurzen Rock bis zum Knie herunter. Als wäre es von Bedeutung, wie viel Bein sie jetzt zeigte, wenn sie das Ding sowieso bald ausziehen würde.

»Du machst dich jetzt besser auf den Weg.«

Wie aufs Stichwort hupte das Taxi vor der Tür. Cammie wischte sich die feuchten Hände auf den Hüften ab. Niemand wollte eine Stripperin mit Angstschweiß auf der Haut tanzen sehen. Sie warf einen letzten Blick in den Spiegel, streckte das Kinn vor und zwang sich zu einem selbstbewussten Gesichtsausdruck, auch wenn sie sich überhaupt nicht so fühlte. In zwei Stunden würde sie alles hinter sich gebracht und dreihundert Dollar in der Tasche haben. *Ohne Fleiß kein Preis, Chica*, sagte sie sich. »Schlaf ein bisschen«, meinte sie zu Angie und vergewisserte sich, dass ihre Freundin fest zugedeckt war. Angie kuschelte sich ein, die Augen bereits geschlossen.

Cammie stieg in das wartende Taxi ein und wies den Fahrer an, zum MGM Grand Hotel und Casino zu fahren, der neuen Nobelherberge auf dem Las Vegas Strip. Beim Gedanken, es zu betreten, begann ihr Magen nervös zu flattern. Nach der Eröffnung das Caesars Palace vor fast zehn Jahren hatte es so ausgesehen, als würden keine großen protzigen Hotels mehr gebaut. Jetzt überragte das MGM mit seinen unzähligen Suiten und dem pyramidenartigen Eingang alle anderen Gebäude auf dem Las Vegas Boulevard. Cammie hatte gelesen, dass die Promis scharenweise herbeiströmten und dort übernachteten. Als sie die opulente, überwältigende Empfangshalle betrat, kam sie sich vor wie ein Filmstar. Glitzernde Kristalllüster hingen von der Decke herab, und glänzende weiße Statuen verliehen dem Raum eine exklusive Note. Sie konnte das Geld beinahe riechen.

Einen Moment später stand sie vor Zimmer 611, ein Lächeln im Gesicht und bereit für das Geschäft. »Hallo, wurde aber auch langsam Zeit«, meinte der Mann zu ihr, der die Tür öffnete. Von Angie wusste sie, dass Mark über fünfzig war, Bankangestellter mit dicker Brille und Bierbauch. Dieser Kerl jedoch war jünger. Er trug einen taubenblauen Jogginganzug und eine Rolex, die unter einem Ärmel hervorlugte. »Komm rein, Schätzchen!«

Cammies Lächeln erstarb, als sie den lüsternen Blick in seinen Augen sah, aber er schob sie energisch in den Raum hinein.

»Meine Herren, es geht los!«, verkündete er. »Showtime!«

Ein halbes Dutzend Männer unterschiedlichster Gestalt und Größe wandten sich um und stierten sie an. Cammie erstarrte. Das Zimmer war genau so, wie sie es sich vorgestellt hatte. Schwere Vorhänge, dicker Teppich, Plüschsessel, ein Fernsehschrank und ein niedriger Couchtisch, auf dem verschiedene alkoholische Getränke und halb gegessene Shrimp-Cocktails standen. »Sind Sie Mark?«, fragte sie den nächstbesten Mann in ihrer Nähe.

Der Mann hinter ihr berührte ihren nackten Rücken, sodass sie zusammenzuckte. »Mark ist heute Abend nicht da, Schätzchen. Stattdessen hat er uns diese Suite überlassen. Du kannst mich Rob nennen.«

Aus der Art, wie die Männer kicherten, schloss Cammie, dass dies nicht sein richtiger Name war. Was ihr eigentlich egal war, solange er Geld hatte. »Ich bin Angie.«

»Na dann, Angie … die Bühne gehört dir.«

Er schaltete die Musik ein – aus der teuren Stereoanlage erklang eine Big-Band-Nummer mit vielen Bläsern – und Cammie legte los. Sie tanzte den Shimmy, wiegte sich hin und her, kam den Männern so nahe, dass sie sie fast berührte, und bewegte sich dann geschmeidig wieder zurück. Die Kerle grinsten, schrien und johlten während ihrer Tanzdarbietung. Es war einfach, sich für jemanden anderes auszugeben, da keiner von ihnen ihr ins Gesicht sah. Wenn sie bereit waren, ihr einen Haufen Kohle dafür zu zahlen, dass sie ein paar Minuten lang die Hüften kreisen ließ und mit dem Hintern wackelte, wäre dies das am leichtesten verdiente Geld ihres Lebens.

Vielleicht, ging es ihr durch den Kopf, als sie Robs Hand auswich, die nach ihr grabschte, während sie einen Twist tanzte, *sollte ich darüber nachdenken, das hier hauptberuflich zu machen und mit Angie zusammenzuarbeiten.*

Sie tanzte drei Lieder in zwanzig Minuten, so wie Angie es ihr gesagt hatte. Am Ende war sie außer Atem, ein leichter Schweißfilm lag auf ihrer Haut, und sie trug nur noch einen Stringtanga und einen Halbschalen-BH. »Vielen Dank, meine Herren«, sagte sie und hob den Rock vom Boden auf. »Es war mir ein Vergnügen, aber jetzt ist es Zeit für mich zu gehen.« Sie hoffte inständig, dass ihre Darbietung genügte, um bezahlt zu werden. Angie hatte ihr nicht genau erklärt, wie sie das Honorar einkassieren sollte.

Als Cammie sah, dass Rob nach seiner Brieftasche griff, war sie erleichtert. »Ich werde dich hinausbegleiten«, sagte er lallend und wild Richtung Ausgang gestikulierend.

Sie folgte ihm in die enge Diele, wo beide stehen blieben. Nur wenige Meter trennten sie von der Freiheit jenseits der Tür.

»Mark hat mir gar nicht gesagt, wie hübsch du bist«, murmelte er und berührte ihre Wange mit dem Handrücken.

Cammie zwang sich, nicht zurückzuweichen. »Danke für das Kompliment, aber ich muss jetzt wirklich gehen …«

Torkelnd machte er einen Schritt auf sie zu, und sie konnte seine Alkoholfahne riechen. »Warum so eilig? Bleib doch noch. Hab 'n bisschen Spaß.«

»Ich kann nicht. Tut mir leid, aber …«

»Aber was?«, fiel er ihr ins Wort. »Du hast so 'n netten Hintern«, sagte er und griff danach. »Ja, wirklich nett. Mmm.«

Cammie versuchte, ihm auszuweichen, doch er hatte sie gegen die Wand gedrängt. »Rob«, sagte sie und versuchte, vernünftig und nicht verzweifelt zu klingen. »Ich habe es eilig. Das hier ist ein Geschäft, nicht wahr? Wenn ich bei meinem nächsten Auftritt nicht erscheine, wird mein Boss kommen und mich suchen.«

»Ach, ja? Er will das Geld, oder? Ich hab viel Geld. Hier, sieh mal.« Er zog ein Bündel Scheine aus seinem Geldbeutel und ließ sie wie einen Regenschauer auf sie herabrieseln. »Was bekomm ich dafür?«

Er betatschte ihre Brust und drückte sie derart fest, dass sie aufschrie. »Lass das!«, rief sie mit erhobener Stimme und hoffte, dass die Männer im Zimmer sie über die noch immer plärrende Musik hinweg hören würden. »Lass mich los!«

»Gleich.« Er begann, unter ihrem Rock herumzufummeln. »Ich will nur 'ne Kostprobe, Schätzchen. Nur 'ne süße kleine Kostprobe.«

Cammie presste die Augen zusammen und schrie aus voller Lunge. »Hör auf! Hilfe!«

»Halt die Klappe!«, zischte er und stieß sie derart fest gegen die Wand, dass Cammie Sterne sah. »Wenn du aufhören würdest, dich zu wehren, wäre alles schon vorbei!« Sie schrie weiter und drückte ihn weg, doch ihr Widerstand schien ihn nur noch mehr zu erregen. Seine Finger gruben sich in die weiche Haut ihres Oberschenkels, während er mit ihrer Unterwäsche kämpfte. »Halt still, verdammt noch mal!«

»Lass mich los!«

Sie hörte ein hämmerndes Geräusch und brauchte einen Augenblick, bis sie begriff, dass es nicht in ihrem Kopf war. Jemand schlug gegen die Tür. *Gott, ich danke dir.* Sie sackte in sich zusammen, als Rob zurückwich und sich den Mund mit dem Ärmel abwischte. Er riss die Tür auf, und ein anderer Mann, groß und offensichtlich wütend, stürmte herein. Aber die Wut galt nicht ihr. Ein Blick auf ihren zerrissenen Rock und die Tränen in ihren Augen genügten ihm, um Rob beim Schlafittchen zu packen und ihn gegen den Wandschrank zu drücken, einen Arm an seiner Kehle. »Was zum Teufel machen Sie da?«

»N… nichts!«, keuchte Rob.

»Alles in Ordnung, meine Liebe?« Ihr Retter hatte einen Südstaatenakzent.

»Ja, mir geht's gut.« Sie sammelte die Scheine auf dem Boden ein, die man ihr schuldete, und noch ein paar mehr.

»Wir können den Sicherheitsdienst rufen, der holt die Polizei.«

»Nein! Äh, nein, danke!« Vorsichtig und auf wackeligen Beinen schob sich Cammie an den Männern vorbei und atmete erleichtert aus, als sie endlich im Flur stand, in Sicherheit. »Ich möchte einfach nur nach Hause gehen.«

Ihr Retter verpasste Rob noch einmal einen Stoß, sodass er zurück in das Zimmer taumelte. »Sie haben Glück«, rief er ihm zu. »Beim nächsten Mal habe ich vielleicht eine Waffe dabei.«

Er trat zu ihr. Jetzt erst, nachdem die Angst gewichen und ihr Blick wieder frei war, konnte Cammie den Mann richtig erkennen. Er hatte breite Schultern und kräftige Arme, unter dem Stoff der aufgekrempelten Hemdsärmel spannten sich die Muskeln. Mit blauen Augen schaute er sie besorgt an. »Alles in Ordnung mit Ihnen?«

Sie nickte und umklammerte noch immer das Geld. »Woher wussten Sie, dass ich in Schwierigkeiten war?«

»Ich habe Sie schreien gehört«, antwortete er und ein Lächeln umspielte seine Lippen. »Meine Suite ist da drüben. Möchten Sie mitkommen – und sich einen Augenblick setzen? Sie sehen noch immer etwas mitgenommen aus.«

»Oh, nein, ich glaube nicht. Es ist besser, wenn ich …«

Er hob beschwichtigend die Hände. »Keine Annäherungsversuche – Pfadfinderehrenwort! Ich dachte nur, Sie möchten vielleicht einen Schluck Wasser trinken.«

Sie fasste sich mit der freien Hand an den Hals. Ihre Kehle fühlte sich tatsächlich wund an. Ihr ganzer Körper fühlte sich so an.

»Ich heiße übrigens Angus Markham«, sagte er, und dieses Mal glaubte Cammie, dass der Mann tatsächlich so hieß.

»Ich bin Camilla«, erwiderte sie. »Cammie.«

»Schön, Sie kennenzulernen, Cammie. Und Sie sind sicher, dass Sie kein Wasser möchten?«

»Ich könnte eher eine Zigarette gebrauchen«, sprudelte es aus ihr heraus. Er musste grinsen.

»Zigaretten habe ich auch. Kommen Sie mit!«

Sie ließ sich in seine Suite führen, die ein Spiegelbild derjenigen war, aus der sie gerade kam. Das Zimmer war aufgeräumt, lediglich ein Paar Schuhe stand auf dem Boden. Der Mann war ihr auf Strümpfen zu Hilfe geeilt. »Was führt Sie nach Las Vegas?« Diese Frage war ihr auf der Arbeit in Fleisch und Blut übergegangen. Sprich mit den Gästen, bring sie dazu, dich zu mögen, dann bekommst du mehr Trinkgeld.

»Eine Spendenveranstaltung«, antwortete er, während er sich an der Bar um die Getränke kümmerte.

Sie trat ans Fenster. Die Vorhänge waren nicht vollständig zugezogen, sodass die Lichter der benachbarten Casinos hereindrangen. Das rhythmische Blinken wirkte beinahe hypnotisch. Er berührte sie leicht am Arm, und Cammie drehte sich um. Angus Markham stand da, ein Glas Eiswasser und eine nicht angezündete Zigarette in der Hand. Er wartete, bis sie getrunken hatte, ehe er ihr die Zigarette gab. »Eine Spendenveranstaltung, wofür?«, fragte sie.

»Darf ich?«, fragte er lächelnd und zog ein silbernes Feuerzeug aus der Hosentasche, das aussah, als würde es so viel kosten wie ihre wöchentliche Miete. Sie nickte und steckte sich die Zigarette in den Mund. Als er sich vorbeugte, um sie anzuzünden, nahm sie den Duft von Sandelholz auf seiner Haut wahr.

»Sie kommen aus dem Süden«, stellte sie fest und blies dabei den Rauch aus.

Er zündete sich ebenfalls eine Zigarette an und ließ das Feuerzeug zurück in die Hosentasche gleiten. »Ja, aus Virginia. Ich bin dort geboren und aufgewachsen. Und Sie? Woher kommen Sie ursprünglich? Nein, warten Sie. Lassen

Sie mich raten.« Er betrachtete sie eindringlich, und Cammie wartete auf den üblichen Tipp – Mexiko. »Puerto Rico«, sagte er schließlich und nickte überzeugt. »Habe ich recht?«

»Ja«, erwiderte sie, während ihre Wangen sich vor Freude röteten. »Woher haben Sie das gewusst?«

»Ich kann Menschen gut lesen.« Dann beugte er sich zu ihr vor und senkte die Stimme verschwörerisch. »Außerdem ist es allgemein bekannt, dass die hübschesten Mädchen aus Puerto Rico kommen.«

»Ach, hören Sie auf!«, wehrte sie ab, aber dieses Mal meinte sie es nicht so. Ihr Blick wanderte zu seiner linken Hand: kein Ehering, und die Fingernägel waren sorgfältiger maniküıt als ihre. »Sie haben mir nicht erzählt, wofür all diese Spenden sind, die Sie hier gesammelt haben.«

»Politik«, antwortete er, während er zurück zur Bar schlenderte und sich einen Drink zu mixen begann. »Die langweilige alte Politik. Und Sie sind sicher, dass Sie nicht doch etwas Stärkeres möchten?«

Sie betrachtete das schwere Kristallglas in ihrer Hand. *Stell dir vor, dir werden alle Getränke in solchen Gläsern serviert.* »Vielleicht einen Wodka auf Eis«, sagte sie. »Wenn Sie Wodka dahaben.«

»Meine Liebe, ich habe hier alles«, erwiderte er. Cammie erfasste ein angenehmer Schauer beim Singsang seines Südstaatenakzents. Als er ihr das gewünschte Getränk brachte, berührte er sie erneut – nicht mehr als ein leichtes Streifen seiner warmen Finger auf ihrem Arm. Nichts Ungehöriges. »Wollen wir?«, fragte er und deutete auf die Couch.

Cammie beschloss, sich mit ihm hinzusetzen. Nur kurz. Sie könnte so tun, als wäre das auch ihr Zimmer. Als würde sie keinen billigen Rock tragen und als würde kein Bündel verschwitzter Scheine in ihrer Handtasche stecken. Angus

Markham saß sittsam einen halben Meter von ihr entfernt, den Körper ihr zugewandt.

»Tut mir leid, wie dieser Neandertaler nebenan sich Ihnen gegenüber verhalten hat«, sagte er nach einer kurzen Pause.

Ihr Gesicht wurde flammend rot. »Vergessen Sie's. Es ist vorbei.« Sie wollte nicht, dass er sie für Abschaum hielt. »Wissen Sie, das ist nicht das, was ich normalerweise mache. Ich bin heute Abend nur für eine Freundin eingesprungen. Sie ist krank.«

»Vielleicht sollten Sie Ihrer Freundin raten, sich eine sicherere Branche auszusuchen. Was machen Sie denn normalerweise?«

Sie zögerte, denn sie wusste, dass ihre eigentliche Arbeit in seinen Augen wahrscheinlich nicht viel besser war. »Ich bin Kellnerin«, antwortete sie und zwang sich zu einem breiten Lächeln. »Das kann ich Ihnen beweisen. Lassen Sie mich Ihr Getränk auffüllen.« Sie deutete mit dem Kopf auf sein Glas. »Wirklich, das ist das Mindeste, was ich tun kann.«

»Nein«, erwiderte er, und ein Lächeln umspielte seine Lippen. »Sie bleiben einfach hier sitzen und sagen mir, woher Sie dieses Volumen haben.«

Sie sah auf ihre Brust, und sein Blick folgte ihrem.

»Nein, Ihre Lungen, um derart laut schreien zu können«, stellte er klar. »Ich vermute, dass man Sie noch in Texas gehört hat.«

»Oh, das«, sagte Cammie und wurde wieder rot. »Ich habe immer Sängerin werden wollen ...« Dann erzählte sie ihm von ihrer Kindheit und Jugend in Florida und von ihrer Mutter, die an Eierstockkrebs gestorben war. Mit ihr waren alle Hoffnungen und Träume, die Cammie je gehabt hatte, gegangen. Dieser Mann unterbrach sie nicht, wenn sie sprach. Er sah ihr ins Gesicht und nicht auf den Busen. Sie spürte, wie er näher rückte, bis sie sich im unendlichen Blau seiner

Augen spiegelte. »Wer bist du?«, murmelte sie, als sie die Hand ausstreckte, um sein Gesicht zu berühren.

»Ich werde eines Tages die Welt regieren«, antwortete er, ohne den Blick von ihr abzuwenden. »Aber heute Abend gehöre ich ganz dir.«

Als seine große Hand später unter ihren Rock wanderte, an den Blutergüssen vorbei bis dahin, wo ihre Unterwäsche in Fetzen herabhing, hielt Cammie ihn nicht davon ab. Sie wich ihm nicht aus. Der Protest erstarb auf ihren Lippen, als er sie küsste. Es war einfacher zu glauben, dass dies von Beginn an ihre Idee gewesen war.

1

Der Beamte des Dezernats für interne Ermittlungen, ein Mann mit eierförmigem Kopf und Glatze, musterte Reed über den Rand seiner Brille hinweg, während er ihm die Frage stellte. »Agent Markham, Sie befanden sich in nächster Nähe des Opfers, als Ms Hathaway schoss. Wie weit waren Sie entfernt?«

Wie weit? Nahe genug, dass er das Schießpulver hatte riechen können. Sie alle saßen an einem Konferenztisch in einem fensterlosen Raum in Boston, mitten im eiskalten Februar. Doch die Fragen versetzten Reed zurück in die feuchtwarme Farm, Holzsplitter so scharf wie Rasierklingen in seinen Händen und William Willett tot zu seinen Füßen.

»Ich stand sehr nahe bei ihm«, sagte er und setzte sich aufrechter. »Mr Willett, das Opfer, von dem Sie sprechen, hatte kurz vorher versucht, mich umzubringen.«

Der Polizeichef hustete auf diese Bemerkung hin, und der Beamte, der Reed vernahm, schürzte seine Lippen. »Ja, danke, wir haben Ihre Aussage gelesen.«

»Warum fragen Sie mich dann?«

»Um die Zusammenhänge nachzuvollziehen. Wir wollen sicherstellen, dass wir Ms Hathaways Handlungen voll und ganz verstehen, bevor wir zu einem Urteil kommen.«

Reed sah Ellery an, die neben dem Gewerkschaftsvertreter krumm auf ihrem Stuhl saß. Sie wirkte unzufrieden und am Ausgang dieses Verfahrens desinteressiert, obwohl gerade ihre Karriere auf dem Spiel stand. »Allein die Tatsache, dass wir hier zusammengekommen sind, bedeutet schon ein Ur-

19

teil«, entgegnete Reed, während Ellery ihre Fingernägel betrachtete. Sie war die einzige Frau im Raum, stellte er fest und ließ den Blick über die stirnrunzelnden Mitglieder des Dezernats für interne Ermittlungen und des Prüfausschusses für Schusswechsel schweifen – Männer mit Falten im Gesicht und Dienstgradabzeichen auf den Ärmeln. »Ich habe Ihnen etwas mitgebracht, damit Sie die Zusammenhänge nachvollziehen können.« Er beugte sich zu seiner Aktentasche herab und zog die sorgfältig vorbereiteten Hochglanzfotografien im Format 20 x 25 Zentimeter heraus, auf denen die Tatorte vom letzten Sommer zu sehen waren. Die Leichen beziehungsweise das, was von ihnen übrig geblieben war, ergossen sich auf den Tisch. »Bitte, bedienen Sie sich.«

»Agent Markham …«

»Die Zusammenhänge«, fiel Reed ihm spitzzüngig ins Wort. »Aus dem Grund bin ich hier. Man begegnet Menschen wie diesen nicht sehr häufig – Sie haben wahrscheinlich noch nie einen kennengelernt, im Gegensatz zu mir. Ich habe sie zum Gegenstand meines Berufs gemacht, wie Sie bestimmt wissen. Auf meine Erfahrung und auf das, was ich Ihnen jetzt sage, können Sie sich verlassen. Willett war eine Killer-Maschine. Er brachte vier Menschen um, doch es hätten durchaus fünf oder sechs sein können. Wäre es so gekommen und wären die Suchtrupps auch nur etwas später aufgetaucht, hätten wir es jetzt mit einer ganz anderen Geschichte zu tun – eine mit Officer Hathaway als Opfer und Heldin, die als Einzige erkannt hatte, dass ein Serienmörder jahrelang vor aller Augen sein Unwesen trieb. Sie teilte diese Befürchtungen ihren Vorgesetzten mit, aber niemand glaubte ihr.«

Ellery drehte sich zu Reed und sah ihn an. Sie war zum ersten Mal sichtlich interessiert und schien sogar zu lächeln. Der eierförmige Kopf des Beamten für interne Ermittlungen nahm einen leuchtend roten Farbton an. »Sie hat ihn gestoppt«, räumte er knapp ein. »Und dafür sind wir ihr alle dankbar. Aber sie hat Willett eine Kugel in den Kopf gejagt, und der Einschusswinkel legt nahe, dass er zu dem Zeitpunkt auf dem Boden lag.«

»Ich habe Ihnen doch gesagt, dass wir miteinander gekämpft haben.«

»Also hätte Ms Hathaway auch durchaus Sie treffen können.« Er stieß die Worte hervor wie Gewehrsalven. »Und genau das ist das Problem, das wir haben, Mr Markham. Hier spricht niemand von einer Anklage. Und niemand will Ms Hathaway bestrafen. Aber wir müssen sichergehen, dass sie für den Dienst geeignet ist und in zukünftigen Ermittlungen weder eine Gefahr für sich selbst noch für jemand anderen darstellt.«

Ellery sah den Beamten wütend an. Reed setzte an, um etwas zu sagen, doch der Ermittler kam ihm zuvor, indem er die Hand hob.

»Wir führen diese Untersuchung durch, um Ms Hathaway zu schützen«, fuhr er fort. »Sowohl sie als auch die Bürgerinnen und Bürger, die sie kraft eines geleisteten Amtseids vor Schaden bewahren will. Wenn sie die Anforderungen ihres Jobs nicht erfüllen kann, sollte sie sich besser einen passenderen Arbeitsplatz suchen.«

Seine Äußerung hing schwer im Raum. Die Männer betrachteten Ellery, die beharrlich zur Wand starrte. Reed vermutete, dass sie kurz davor war, den beiden den Mittelfinger zu zeigen und ihnen zu erklären, dass sie sich den Job sonst wohin stecken könnten. Das war einer der Gründe, warum er hier war. Er wollte sie vor sich selbst bewahren. Dafür hoffte er, dass sie das Gleiche vielleicht einmal für ihn tun würde.

Reed fächerte die Fotos aus, bis er Bilder der Opfer vom

letzten Sommer gefunden hatte, die vor den Morden aufgenommen wurden, als sie alle noch ihre Hände besessen hatten. »Diese Menschen sind gestorben«, begann er langsam, »weil die Polizei von Woodbury mehr als drei Jahre brauchte, um zuzugeben, dass im Bezirk ein Serienmörder sein Unwesen trieb. Ellery schlug früh genug Alarm. Einige der Opfer lebten zu diesem Zeitpunkt noch.« Er zog die Fotografien mit den lächelnden Gesichtern vom Stapel und hielt sie in die Runde. »Meiner Meinung nach übt Ms Hathaway ihren Job bestens aus. Ich frage mich vielmehr, wann Sie endlich eine Untersuchung gegen die vielen Beamten einleiten, die nicht auf sie gehört haben. Vielleicht sind eher sie diejenigen, die mit den Anforderungen der Polizeiarbeit überfordert sind.«

Wie nicht anders zu erwarten, beendeten die Beamten kurz darauf Reeds Befragung, und er wurde auf den Flur verbannt. Trotzdem blieb er da, wie ein Schuljunge, der neben seinem Spind wartete. Die Männer verließen zuerst den Raum, die Köpfe gesenkt und leise miteinander sprechend. Keiner würdigte Reed eines Blickes. Ellery entdeckte ihn sofort, als sie herauskam. Sie warf einen Blick über den mittlerweile leeren Flur und näherte sich ihm langsam. »Weißt du«, sagte sie, als sie vor ihm stehen blieb. »Du hättest auch einen Brief schicken können.«

Er legte den Kopf zur Seite, während er darüber nachdachte. »Ich glaube nicht, dass ein Brief die gleiche Wirkung gezeigt hätte. Wie lautet das Urteil?«

Sie zuckte mit den Achseln. »Heute wurden nur die Fakten zusammengetragen. Sie müssen erneut tagen, um zu einer endgültigen Entscheidung über meine Wiedereinsetzung in den Dienst zu kommen. Sie wollen den Termin so lange wie möglich hinauszögern, glaube ich, damit die Leute bis dahin vergessen haben, was letzten Sommer passiert ist.«

»Aha. Dann wünsche ich ihnen viel Glück dabei.«

Sie steckte die Hände in die Hosentaschen und betrachtete Reeds kleinen Rollkoffer. »Du fliegst gleich wieder zurück, nehme ich an?«

»Nein, noch nicht. Ich dachte, du möchtest vielleicht essen gehen?«

»Mit dir?«

»Ja. Du und ich. Das wäre die Gästeliste. Ich – ich könnte deinen Rat in einer Angelegenheit gebrauchen. Genauer gesagt, in einem Fall.«

»Du bittest mich um Rat? Fachlichen Rat? Ich weiß nicht, ob du da drinnen gerade aufgepasst hast, aber nach der vorherrschenden Meinung bin ich für die Polizeiarbeit ungeeignet.«

»Das würde ich so nicht sagen.« Er betrachtete sie von Kopf bis Fuß, sah die langen Beine, die runden Hüften und das dichte dunkle Haar. Nur weil er geschäftlich hier war, bedeutete das nicht, dass er die Landschaft nicht ein bisschen bewundern durfte. »Mein Eindruck ist, dass du ziemlich geeignet dafür bist.«

Sie gab ihm einen freundschaftlichen Klaps auf den Arm. »Okay, Abendessen. Aber dieses Mal bezahle ich.«

Sie fuhren zu ihrer Wohnung, die sich in einer alten Gießerei befand. Die Fabrikhallen waren zu modernen Lofts umgebaut worden mit hohen Decken, großen Fenstern und gänzlich ohne Wandschränke. Reed hatte vor wenigen Monaten einige Nächte auf ihrer Couch kampiert und fühlte sich wie zu Hause, als er die Wohnung betrat. Auch der sechzig Pfund schwere Hund, der mit flatternden Ohren auf ihn zugerast kam, war ihm vertraut. »Ja, ja, ich bin wieder da, hallo«, begrüßte Reed ihn und versuchte, dem schlimmsten Gesabber auszuweichen. Mit seiner beträchtlichen Nase beschnupperte Speed Bump, der Basset, Reeds italienische Lederschuhe, während Ellery grinsend zusah.

»Er hat dich vermisst«, sagte sie. »Du hast eine Socke vergessen, als du das letzte Mal hier gewesen bist. Er hat sie drei Wochen lang herumgetragen.«

»Ich habe mich schon gefragt, wo die nur geblieben ist.«

»Irgendwo hier. Du kannst sie gern wieder mitnehmen.«

Reed verzog das Gesicht. »Nein, danke. Er … er kann sie behalten.«

Ellery legte dem Hund die Leine an. »Ich drehe eine Runde mit ihm. Du kannst Pizza bestellen, wenn du willst. Die Nummer vom Lieferservice findest du am Kühlschrank.«

Normalerweise hätte er angeboten zu kochen. Doch seine Nerven waren derart angespannt, dass er sich womöglich einen Finger abgeschnitten hätte. Oder zwei. Also orderte er Pizza und wanderte anschließend durch das Wohnzimmer. Er blieb vor dem ersten und dann vor dem zweiten Fenster stehen, um nach Ellery Ausschau zu halten. Sie ertappte ihn dabei, als sie nach oben blickte, und schlang die Lederjacke fester um sich. Dann wandte sie sich um. Reed musste unwillkürlich lächeln und berührte das kalte Fensterglas mit den Fingerspitzen. Ellery hatte versucht, vor ihrer Vergangenheit zu fliehen, indem sie den Namen und die Haarfarbe geändert hatte und siebenhundert Meilen weit weg gezogen war. Doch in all dem, was wesentlich war, würde sie immer sie selbst bleiben. Reed würde sie immer und überall erkennen.

»Du fährst also wieder nach Boston«, hatte seine Exfrau wie beiläufig bemerkt, als Reed die gemeinsame sechsjährige Tochter, Tula, abgesetzt hatte. »Zu diesem Mädchen, nehme ich an, oder?«

Für Sarit war Ellery noch immer die gepeinigte, verstörte Vierzehnjährige aus dem Bestseller, den sie und ihr Mann gemeinsam geschrieben hatten. Das Mädchen, das er aus dem Wandschrank eines Serienmörders befreit hatte, nur wenige

Wochen nachdem er seinen Dienst als Polizist angetreten hatte. »Es ist nicht so, wie du denkst«, hatte er geantwortet.

Sarit, die bereits einen neuen Partner hatte – ein kluger alleinerziehender Mann und Vater einer von Tulas Klassenkameradinnen –, hatte daraufhin ein abschätziges Geräusch gemacht. »Was ich denke, ist völlig egal, Reed. Mir ist klar, dass ich dir nicht mehr länger zu sagen habe, was du tun oder mit wem du dich treffen sollst.«

»Aber ...?« Er hatte die Hände in die Hüften gestemmt und gespannt auf die geistreiche Spitze gewartet.

»Aber am Ende wird immer auf dich geschossen, wenn du sie siehst. Ist sie nicht immer noch vom Dienst suspendiert? Man hält sie für labil, oder nicht?«

»Ellery hat mir das Leben gerettet.«

»Ja, und du ihr. Vielleicht solltest du ihr deine Dienste aufkündigen, solange du die Nase noch vorne hast, was das gegenseitige Lebensretten angeht.«

Ellery kehrte zwanzig Minuten später mit einem Schwall winterlicher Luft zurück und unterbrach seine Gedanken. Speed Bumps Krallen scharrten über den Hartholzboden, als er auf Reed zugerast kam, um ihn erneut zu begrüßen, als hätten sie sich nicht vor wenigen Minuten erst, sondern jahrelang nicht gesehen. Ellery blieb im Eingangsbereich stehen. Vor dem dunkelvioletten Hintergrund und mit dem widerspenstigen Haar, der Lederjacke und den Stiefeln sah sie aus wie ein gefallener Engel. »Ich würde dich gerne durch meine Wohnung führen, aber sie besteht nur aus einem Zimmer, und das kennst du ja mittlerweile gut genug.«

»Zumindest das Sofa«, erwiderte Reed mit einem Blick darauf. Im Dezember hatte es ihm mehrere Tage als Bett gedient, nachdem Ellery, die nach ihrer Suspendierung im vergangenen Jahr nach Boston gezogen war, beschlossen hatte, noch rasch einen Serienvergewaltiger dingfest zu machen. In diesem Zusammenhang hatte sie ihn um Unterstützung gebeten.

»Ach ja? Von mir aus kannst du gerne wieder dort schlafen. Ich habe genug von dem verdammten Sofa. Bump liegt zwar den ganzen Tag darauf, aber für mich ist es zu einem Gefängnis geworden.«

Beim Klang seines Namens schubste der Hund seinen Napf mit der Nase durch das Wohnzimmer und ließ ihn demonstrativ vor Reeds Füßen stehen. Dann sah er ihn erwartungsvoll an und bellte einmal laut. »Ich habe nichts da außer einer Packung Cracker aus dem Flugzeug«, antwortete Reed, während er seine Hosentaschen abtastete.

Ellery griff nach dem Napf. »Erzählst du mir jetzt deine Geschichte?«, fragte sie über die Schulter hinweg, während sie das Trockenfutter holte. »Also die, wegen der du extra hergekommen bist, um meinen Rat einzuholen?«

Ein Klingeln an der Tür signalisierte die Ankunft der Pizzen. Reed blickte auf seine Tasche. Die tote Frau, die er darin versteckte, war vor vierzig Jahren gestorben. Sie konnte also auch noch eine Stunde länger warten. »Lass uns zuerst essen.«

Sie saßen auf den Barhockern an Ellerys Küchentheke, und die trockenen Pizzaränder stapelten sich, während sie aßen. Die Hängelampen über der Theke waren die einzige Lichtquelle in der Wohnung und schufen eine intime Atmosphäre. »Was wirst du machen, wenn du nicht mehr in den Polizeidienst zurückkehren darfst?«, fragte Reed und füllte die Weingläser mit brombeerfarbenem Merlot.

»Weiß nicht. Vielleicht ziehe ich ins kanadische Saskatchewan und ziehe Otter auf.«

Er runzelte die Stirn. »Gibt's denn da viele?«

»Wenn ich erst mal dort bin, ja.«

»Ich denke, dass das Dezernat für interne Ermittlungen

26

zur Vernunft kommen wird«, sagte er. »Du musst also nicht losziehen und die Tierwelt zusammentrommeln.«

Sie zuckte mit den Achseln und nippte an ihrem Wein. »Vielleicht werde ich danach den Dienst quittieren. Das wäre eine große Genugtuung, nachdem sie mich derart durch die Mangel genommen haben. Was ist mit dir? Wartest du noch immer auf diese Beförderung?«

»Äh, nein«, räumte er ein und lehnte sich zurück. »McGreevy hat sich Anfang des Jahres in den Vorruhestand versetzen lassen. Ich leite jetzt die Einheit – noch nicht offiziell, da das FBI sich trotzdem noch nach Bewerbern von außerhalb umschauen möchte. Damit würde die ungewöhnliche Aufgabe auf mich zukommen, Bewerbungsgespräche für einen Job zu führen, den ich bereits innehabe.«

»Wow, herzlichen Glückwunsch. Sie werden sich für dich entscheiden. Ganz bestimmt.«

Reed senkte den Kopf. Er war sich nicht so sicher. Außerdem war da noch sein aktuelles Problem. Wenn er etwas unternehmen wollte, musste es bald geschehen, bevor er vielleicht keine Möglichkeit mehr dazu haben würde. »Ich kann mir als Leiter der Einheit die Fälle aussuchen«, erklärte er.

»Aha«, sagte sie mit Genugtuung. »Dann sind wir wohl an dem Punkt angelangt, wo ich ins Spiel komme.«

Er holte seine Aktentasche und kehrte zur Center zurück. »Ich kann aus Gründen, die du bald verstehen wirst, mit niemandem darüber sprechen.« Sein Puls schnellte in die Höhe, als er in die Tasche griff und die Mappe herausnahm. Bisher war die Sache alleine sein Geheimnis gewesen. Sobald er es ausgesprochen hätte, wäre alles real und er könnte nichts mehr zurücknehmen. Reed breitete drei Tatortfotos auf der Theke aus. Die Schwarz-Weiß-Aufnahmen zeigten eine junge Frau, niedergemetzelt und blutüberströmt auf dem Boden liegend. Ihr Gesicht war bis zur Unkenntlichkeit zerstört, und aus ihrer Brust ragte ein Messer. »Das ist Camilla Flores«, begann er. »Am 11. Dezember 1975 brach jemand in ihre Wohnung ein und erstach sie. Wer immer der Eindringling war, sie wehrte sich heftig – überall in der Wohnung fand man Blutspritzer, und der Gerichtsmediziner zählte mehr als zwanzig Stichwunden an ihrem Körper.«

Ellery griff nach dem nächstgelegenen Foto und betrachtete es eingehend. »Wie entsetzlich«, murmelte sie.

Reed legte ein weiteres Bild auf die Theke. »Ihre Freundin und Nachbarin, Angela Rivera, meldete die Tat. Die eingetroffenen Beamten fanden neben der Tür eine Stereoanlage, ein Schmuckkästchen und mehrere Stapel Schallplatten vor, woraus sie schlussfolgerten, dass Camilla den Einbrecher überrascht haben musste, als sie nach Hause kam. Ich kann mich ihrer Ansicht allerdings nicht anschließen.«

»Warum nicht?«, fragte Ellery. Sie sah die Fotografien noch immer nachdenklich an und brachte sie wie Tarotkarten in eine andere Reihenfolge.

»Erstens trug Camilla eine für ihre Verhältnisse ungewöhnlich teure Uhr – siehst du sie da, am linken Handgelenk? Wieso hat der Einbrecher die nicht mitgenommen? Zweitens liegt eine Handtasche auf der Küchentheke offen herum.« Er tippte mit einem Finger auf die weiße Ledertasche, die man in dem Durcheinander leicht übersehen konnte. Camilla Flores schien keinen großen Wert auf Ordnung gelegt zu haben. »Die Tasche hätte schnelles Geld bedeutet. Der Einbrecher hätte sie sich auf dem Weg nach draußen schnappen können.«

»Vielleicht ist er nach dem Mord in Panik geraten und sofort hinausgestürmt, ohne etwas mitgehen zu lassen.«

»Ja, das war auch die Theorie der Polizei.« Reed räusperte sich zweimal. Er hatte einen Kloß im Hals. »Die Ermittler

28

vor Ort haben diesen Ansatz beharrlich, aber ohne Erfolg verteidigt. Doch es gibt noch eine weitere Ungereimtheit an diesem Tatort. Camillas Baby. Ihr vier Monate alter Sohn schlief in seinem Kinderbett, als der Mord geschah. Wie war er dort hingekommen, wenn sie gerade erst die Wohnung betreten und einen Einbrecher überrascht hatte?«

»Baby«, sagte Ellery bedächtig und zog das Bild zu sich heran, um es besser betrachten zu können. Ihr Kopf schnellte hoch, und sie riss die Augen auf. »Das ist deine Mutter«, rief sie. »Du warst das Baby.«

Reed ließ den Kopf sinken zur Bestätigung. Er hatte Ellery die Wahrheit über sich bereits zu einem früheren Zeitpunkt erzählt. Seine leibliche Mutter war mit neunzehn Jahren in ihrer Wohnung ermordet worden. »Nach ihrem gewaltsamen Tod haben mich die Markhams adoptiert. Der Mord an Camilla Flores wurde nie aufgeklärt, wie du weißt.«

»Und das möchtest du endlich ändern. Jetzt, wo du Leiter der Einheit bist«, mutmaßte Ellery. Sie nahm eines der grauenhaften Fotos zur Hand und betrachtete es einen Moment lang. »Ich kann dich verstehen. Ich würde auch wissen wollen, was wirklich geschehen ist. Aber Reed … das ist mehr als vierzig Jahre her.«

»Das ist mir durchaus bewusst«, entgegnete er mit heiserer Stimme.

Ellery sah ihn prüfend an. Ihr Blick war voller Mitgefühl, obwohl sie noch nicht einmal den schlimmsten Teil der Geschichte kannte. »Du hast den Fall schon einmal untersucht, wie du sagtest, und die Spur verlief im Sand.«

Sein Vater hatte ihm zum achtzehnten Geburtstag die nackten Tatsachen präsentiert. Als Reed die Arbeit beim FBI aufnahm, besaß er genügend Durchsetzungskraft, um die Mordakte einsehen zu können. Sie schien vollständig zu sein, jedoch unbefriedigend, weil es kein Ergebnis gab. Damals glaubte er, dass daran nichts zu ändern war. »Ich weiß, was ich gesagt habe.«

»Du machst diesen Job jetzt seit zwanzig Jahren und hättest die Sache jederzeit offiziell untersuchen können. Aber du hast es nie gemacht«, sagte Ellery leise. »Warum jetzt?«

Reed ballte wiederholt die Hand zur Faust. »Weil ich …« Er hielt inne und setzte erneut an, sein Herz schlug ihm bis zum Hals. »Weil es sein kann, dass mein Vater sie ermordet hat.«

2

»Dein Vater?«, fragte Ellery irritiert. »Meinst du deinen leiblichen Vater? Heißt das, dass du auch ihn gefunden hast?«

»Genau das«, antwortete Reed. »Und wie sich herausgestellt hat, war er schon immer da.«

»Ich bin mir nicht sicher, ob ich verstehe, was du damit meinst.«

»Erinnerst du dich an diese Idee, die meine Schwester an Weihnachten hatte? Dass wir unsere DNA analysieren lassen sollen?« Er beugte sich hinunter und holte seinen Laptop hervor.

Ellery nickte. Eine von Reeds zahlreichen Schwestern hatte beschlossen, dass die ganze Familie einen DNA-Test machen sollte, als eine Art Ahnenforschungsprojekt für ihren Vater. Sie hatte Reed gebeten, ebenfalls mitzumachen, obwohl er das einzige adoptierte Mitglied der Familie war. Ellery hatte diesen Vorschlag für einen grausamen Scherz gehalten. Doch Reed hatte seine Schwester verteidigt und darauf beharrt, dass sie keinesfalls Böses im Schilde führte, sondern Hoffnung hätte, ein gemeinsamer Ahne könnte auftauchen, wodurch sie letztlich doch Blutsverwandte wären. »Du hast gesagt, dass du dir nicht sicher wärst, ob du diesen Test machen möchtest«, erklärte Ellery.

»Das war ich mir auch nicht. Ganz und gar nicht. Aber dann habe ich meine DNA-Probe doch eingeschickt und die Ergebnisse erhalten. Allerdings hat es mehrere Wochen gedauert, bis ich mich dazu durchringen konnte, sie anzuschauen. Irgendwann habe ich gedacht, dass es besser wäre, sie zu kennen, und dass ich meiner Tochter zuliebe so viel wie möglich über meine Herkunft erfahren sollte.« Er drehte den Laptop zu Ellery, damit sie den Bildschirm sehen konnte. Eine Fülle von Informationen in Gestalt von Zahlen und Grafiken leuchtete ihr entgegen. Doch was ihr sofort ins Auge sprang, waren die drei Namen, die unter dem von Reed aufgelistet waren: Kimberley, Suzanne und Lynette – Reeds ältere Schwestern. Wahrscheinliche Übereinstimmung: 99 Prozent. Wahrscheinliches verwandtschaftliches Verhältnis: Halbgeschwister.

Ellery beugte sich weiter vor. »Ich bin mir nicht sicher, ob ich diesen DNA-Test richtig interpretiere«, sagte sie. »Bedeutet das, dass ihr doch miteinander verwandt seid?«

»Ja, wir alle vier«, antwortete Reed grimmig. »Es scheint, dass wir nicht nur deshalb Geschwister sind, weil ich adoptiert wurde, sondern auch, weil eine Blutsverwandtschaft vorliegt. Und da ich genug Familienfotos aus der Zeit gesehen habe, in der ich geboren wurde, weiß ich sehr genau, dass meine Mutter damals nicht schwanger war. Also muss mein Vater das genetische Bindeglied sein.« Reed tippte ein paar Mal auf die Tastatur und rief ein Bild von Angus Markham auf, dem Senator des Staates Virginia. Ein alternder Löwe mit vollem weißem Haar. »Hier, das ist mein reizender alter Herr.«

Ellerys Blick wanderte von dem Foto zu Reeds Gesicht und wieder zurück. »Was? Wie? Ich meine, ich weiß schon wie, aber … Warum hat dein eigener Vater diese Farce abgezogen und dich adoptiert?«

»Weil er offensichtlich nicht wollte, dass jemand von seinem unehelichen Sohn erfuhr.« Reeds Stimme nahm einen scharfen Ton an. »Du hast die Fotos vom Tatort gesehen. Also kannst du dir vorstellen, warum. Was hätte er tun sollen – einschreiten und sagen: ›Das ist mein Kind. Ich habe auf einer Reise nach Vegas eine Kellnerin geschwängert, eine Latina?‹ Meinst du vielleicht, meine Mutter hätte das geduldet? Oder die Wähler in Virginia?«

»Er hätte dir die Wahrheit sagen können. Das war er dir schuldig.«

»Er hat mich aus einer Pflegefamilie heraus- und zu sich genommen, in ein prächtiges Herrenhaus«, sagte Reed finster. »Wahrscheinlich dachte er, das würde ausreichen. Außerdem, glaubst du etwa, dass er diesen Zündstoff allein mit mir hätte teilen können? So etwas hätte die ganze Familie gesprengt.«

»Du gehst also davon aus, dass deine Mutter von alldem nichts weiß«, stellte Ellery fest. »Du denkst, dass er sie, ebenso wie dich, über die wahren Verhältnisse im Dunkeln gelassen hat.«

Reed rieb sich das Gesicht. »Ich weiß es nicht. Im Moment weiß ich gar nichts. Ich kann mir einfach nicht vorstellen, dass sie diese Sache all die Jahre gewusst und gute Miene zum bösen Spiel gemacht hat. Dad ist der Schauspieler in unserer Familie, nicht sie. Vielleicht bin ich aber auch derjenige, der hier gerade lügt. Der sich selbst belügt. Vielleicht will ich es einfach nicht wahrhaben.«

Ellery streckte eine Hand über die Küchentheke aus, berührte Reed aber nicht. »Tut mir leid«, murmelte sie. »Dass er dich die ganzen Jahre belogen hat, ist schrecklich. Trotzdem muss er dich geliebt und gewollt haben …« Sie verstummte. Ihr eigener Vater hatte die Familie im Stich gelassen, als sie zehn gewesen war. Er hatte nie wieder zurückgeblickt – weder als Francis Coben sie entführt und misshandelt hatte noch als Daniel wenige Monate später an Leukämie gestorben war. Ellery hatte Wochen und Monate neben dem Telefon oder dem Fenster gewartet in der Hoffnung, dass John Hathaway sich an die Familie erinnerte, die er verlassen hatte.

Unzählige Szenarien hatte sie entwickelt, um eine Erklärung dafür zu finden, warum er sich nicht meldete. Vielleicht war er ein Geheimagent, der seine Familie hatte aufgeben müssen, um sie zu beschützen. Vielleicht war er selbst Opfer einer Entführung geworden und wurde von einem Irren, ähnlich wie Coben, gefangen gehalten. Die Idee, ihr Vater könnte irgendwo eingesperrt sein und ihre Hilfe brauchen, weshalb die Familie ihn suchen gehen sollte, trug sie ihrer Mutter mit fünfzehn vor. Ellery musste einen schlechten Tag erwischt haben, einen, an dem Caroline Hathaway seit dem frühen Morgen mit Kochen, Saubermachen und der Pflege des todkranken Daniel beschäftigt war, denn ihre Antwort war ungewöhnlich schlicht und direkt: *Dein Vater ist gegangen, weil er ein anderes Leben führen wollte. Eins, das uns nicht miteinbezog. Wenn er uns haben will, weiß er genau, wo er uns finden kann. In der Zwischenzeit werden wir ihm nicht hinterherlaufen.*

Sie gingen ihn also nicht suchen, und er ließ nie etwas von sich hören. Fünfzehn Jahre lang. Bis Ellery vor wenigen Wochen einen Brief mit der Absenderadresse John Hathaway, Franklin, Michigan, erhalten hatte, weitergeleitet von ihrer früheren Dienststelle in Woodbury. Sie hatte das Schreiben sofort in eine Schublade gesteckt. In ihrer Jugend hatte sie alle möglichen Entschuldigungen erfunden, um sein Verhalten zu rechtfertigen. Jetzt wusste sie – es gab keine Worte, mit denen er das wiedergutmachen konnte.

»Was hat dein Vater gesagt, als du ihm erzählt hast, was du herausgefunden hast?«, fragte sie Reed.

»Nichts. Ich habe noch nicht mit ihm darüber gesprochen.« Er betrachtete stirnrunzelnd das Foto von ihm auf dem Bildschirm.

»Wie bitte?« Ellery hätte Angus Markham die DNA-Ergebnisse sofort unter die Nase gehalten. »Er kann seine

Vaterschaft nicht leugnen. Du hast den Beweis dafür, dass es so ist.«

»Ja, er müsste sich dazu bekennen, aber das genügt mir nicht mehr. Ich habe all die Jahre geglaubt, zu wissen, wer er ist – und wer ich bin. Jetzt stellt sich heraus, dass all das auf einer riesigen Lüge basiert. Ich will nicht nur einen kleinen Teil der Wahrheit wissen. Ich will die ganze Wahrheit wissen. Okay, ich kann beweisen, dass er mein leiblicher Vater ist – großartig. Aber ich will wissen, wer er war, als er mit dieser jungen Frau geschlafen hat. Ich will wissen, warum er sich nicht sofort gekümmert hat. Ich will wissen …« Er brach den Satz ab und schluckte heftig. »Ich will wissen, ob er möglicherweise derjenige gewesen ist, der ihr das angetan hat.«

Ellerys Blick wanderte zu den entsetzlichen Tatortaufnahmen. »Glaubst du wirklich, dass er zu einer solchen Tat fähig ist?«

»Ich will es nicht glauben.« Er berührte die Ecke eines Fotos. »Camillas Mörder hat siebenundzwanzigmal auf sie eingestochen. Sie hat sich heftig gewehrt. Die Autopsie weist zahlreiche Abwehrwunden an ihren Händen und Unterarmen auf.« Er veranschaulichte Ellery, wie Cammie sich verteidigt hatte, indem er seine Arme hob und sie schützend vor das Gesicht hielt. »Das Messer ging immer wieder auf sie nieder, bis sie auf dem Boden lag und schließlich verblutete. Aber selbst da hörte ihr Angreifer noch nicht auf. Er stach noch mindestens sechsmal auf sie ein und ließ dann das Messer in ihrer Brust stecken. Trotzdem war seine Wut noch nicht befriedigt, denn er griff nach einer Buchstütze, die in Camillas Regal stand, einem Pferdekopf aus Metall, um ihr Gesicht damit zu zertrümmern.« Reed blätterte die Fotografien durch, bis er die Aufnahme mit dem schweren Pferdekopf gefunden hatte. »Er wollte sie nicht nur umbringen. Er wollte ihre Existenz auslöschen.«

Ein Schauder erfasste Ellerys Körper, und ihr Mund wurde trocken. Sie war selbst einmal Opfer blinder Wut gewesen. Coben hatte Macht ausgeübt, indem er willkürlich junge Frauen entführte, sich an ihrer Angst weidete und Teile von ihnen an einem Ort aufbewahrte, an dem nur er sie betrachten konnte. Er trennte den Mädchen die Hände ab und entsorgte, was von ihren Körpern übrig blieb, wie Müll. Ellery war mit dem Leben davongekommen, die Hände unversehrt, aber Coben hatte ihre Angst behalten, und daran würde sich nie etwas ändern. Sie schob die Bilder von Reeds Mutter beiseite. »Dein Vater hatte eine Affäre«, sagte sie. »Aber es ist ein großer Schritt von außerehelichem Sex … hin zu dem hier.«

Reed drehte den Kopf, sodass die eine Gesichtshälfte im Schatten lag. »Natürlich. Das weiß ich. Aber als das damals passierte, 1975, verstand man nicht sehr viel von Morden dieser Art – eigentlich von keiner Art Mord. Profiler wie mich gab es zu dem Zeitpunkt noch nicht einmal. Aufgrund der vielen Wertgegenstände neben der Tür kamen die Polizisten vor Ort zu dem einfachen Schluss, dass Camilla einen Einbrecher überrascht haben musste. Doch ein Einbrecher sucht keine Auseinandersetzung – er will bloß in eine Wohnung hinein und mit Diebesgut wieder hinaus. Er kämpft allenfalls so lange, bis er abhauen kann, wenn er überrascht wird. Aber er sticht nicht siebenundzwanzigmal auf eine Frau ein und schnappt sich dann noch eine Buchstütze, um ihr das Gesicht einzuschlagen. Er ist ein Fremder, und ihm ist völlig egal, wer diese Menschen sind, die er bestiehlt – er will nur schnelles Geld machen und wieder verschwinden. Die Person, die Camilla das angetan hat, muss sie gekannt und gehasst haben.«

Eine kurze Pause trat ein, in der Ellery die Informationen sacken ließ. »Und du glaubst, dass dein Vater sie gehasst hat«, sagte sie leise.

»Ich … ich glaube, dass er ein außerordentlich brisantes Geheimnis hatte und dass sie diejenige war, die es wusste. Damit hatte sie sehr viel Macht über ihn. Camilla arbeitete als Kellnerin. Sie war eine alleinerziehende Mutter, die sich abrackerte und knapp bei Kasse war. Vielleicht hielt sie meinen Vater für einen Goldesel.« Reeds Gesicht überzog ein gequälter Ausdruck, und er presste die Augen zusammen. »Ich will natürlich nicht glauben, dass mein Vater hinter dieser Tat steckt. Aber meine Arbeit hat mich gelehrt, dass es so sein könnte. Wenn eine Frau auf diese Art und Weise in ihrer eigenen Wohnung umgebracht wird, handelt es sich mit neunzigprozentiger Wahrscheinlichkeit um eine Beziehungstat. Ich kann diese Möglichkeit also nicht ausschließen. Du etwa?«

Ellery biss sich auf die Lippe und erkannte schlagartig, welche Rolle sie übernehmen sollte. Reed wusste sehr genau, dass sie stets loslief, ohne vorher nach links und rechts zu schauen. »Was willst du jetzt machen?«

Reed lehnte sich auf dem Barhocker zurück. Jetzt, da er die Worte laut aussprechen musste, war er unsicher. »Der Fall ruht. Der Ermittler, der zuletzt damit beschäftigt war, hat vor acht Jahren aufgegeben, nachdem sich jahrzehntelang keine neuen Spuren ergeben hatten. Er hat mir damals einen Höflichkeitsbesuch abgestattet, um mir mitzuteilen, dass er die Akte schließen würde. Somit würde es kein Kompetenzgerangel über die Zuständigkeit bei den Ermittlungen geben. Wenn ich den Fall übernehmen möchte, gehört er mir. So wie ich das sehe, habe ich den ersten neuen Verdächtigen seit mehr als vierzig Jahren.«

»Was ist mit den alten Verdächtigen?«, fragte Ellery. »Gab es damals welche?«

»Ein paar schon. Die Beamten, die den Mord 1975 untersucht haben, waren nicht völlig blind – sie haben sich

Camillas damaligen Freund, einen Kerl namens David Owens, vorgenommen. Aber ich bin mir nicht sicher, inwieweit sie ihm wirklich auf den Zahn gefühlt haben, denn wie sich herausstellte, war Owens selbst Polizist.«

»Du machst Witze.«

»Nein. Ihre Liebesgeschichte hat sich anscheinend langsam entwickelt. Er ist jeden Abend nach seiner Schicht in dem Restaurant vorbeigekommen, wo Camilla gearbeitet hat, und sie haben miteinander geplaudert. Wie ich den Aufzeichnungen entnehme, hatte sich zum Zeitpunkt ihrer Ermordung eine ernsthafte Beziehung zwischen den beiden entwickelt. Seiner Aussage zufolge wollte er ihr einen Verlobungsring kaufen. Soweit ich das beurteilen kann, haben die Beamten seine Beziehung zu Camilla flüchtig überprüft, und sein Umfeld hat bestätigt, dass die beiden sich gut verstanden haben. Entscheidend war die Tatsache, dass er an dem Nachmittag, an dem Camilla umgebracht wurde, am anderen Ende der Stadt auf Streife war. Nachdem es offensichtlich weder Motiv noch Gelegenheit gab, verschwand David Owens ziemlich schnell von der Liste der Verdächtigen.«

»Das kann ich nachvollziehen. Trotzdem bleibt die Frage, wie sorgfältig sie seinen genauen Aufenthaltsort überprüft haben.«

»Das Hauptaugenmerk der Polizei lag auf diesem Kerl«, sagte Reed und zog ein neues Bild hervor, dieses Mal ein Verbrecherfoto in Schwarz-Weiß. Es zeigte einen männlichen Weißen Mitte zwanzig mit beginnender Stirnglatze und zusammengekniffenen Augen. »Seine Name ist Billy Thorndike, und er verkaufte damals Drogen im Keller des Nachbarhauses von Camilla. Sie meldete ihn der Polizei, woraufhin er festgenommen wurde. Darüber war er natürlich nicht sehr erfreut.«

»Alibi?«, fragte Ellery, während sie Thorndikes erkennungsdienstliches Foto betrachtete. Trotz seiner ungepflegten Erscheinung war eine barsche, wütende Haltung erkennbar, als hätte er schon einmal vor der Polizeikamera gestanden und wüsste genau, dass auch dies nicht das letzte Mal sein würde.

»Ja«, antwortete Reed lakonisch. »Seine Mutter.«

Ellery schnaubte. »Wie viel dieses Alibi wert ist, wissen wir«, sagte sie. Reed nickte.

»Ja. Weniger als das Papier, auf dem es steht.«

»Wie sieht dein Plan jetzt aus?«, fragte Ellery.

Reed zuckte mit den Achseln. »Nach Las Vegas fahren und versuchen, Angie Rivera, Billy Thorndike oder irgendeinen anderen Zeugen ausfindig zu machen. Hören, was sie über meinen Vater gewusst haben, wenn überhaupt.«

Ellerys Blick wanderte zu den grausamen Fotos, und sie stellte sich vor, eine Freundin derart niedergemetzelt vorzufinden, leblos, mit einem Messer in der Brust. »Angie wird die Wahrheit wohl gewusst haben, oder? Als beste Freundin. Wenn sie deinen Vater damals verdächtigt hat, wird sie das der Polizei gegenüber womöglich erwähnt haben.«

Reed dachte einen Augenblick lang nach und tippte auf die Tastatur des Laptops, woraufhin ein Video zu sehen war, das Angus Markham bei einer Wahlkampfrede zeigte. Er stand breitschultrig da, im leuchtend blauen Anzug, wie ein Zirkusdirektor oder ein Schauspieler, der die gesamte Bühne einnahm. »Wissen Sie«, sagte er mit lauter Stimme, aber in freundlichem Ton, »manchmal ist ein Bewerber für ein politisches Amt versucht, sich auf seinen Lorbeeren auszuruhen, wenn er auf beeindruckende Erfolge zurückblicken kann. Und er sagt vielleicht: ›Denken Sie an die lange Liste meiner guten Taten und berücksichtigen Sie dies, wenn Sie Ihre Stimme abgeben.‹ Aber die guten Taten von gestern, meine Freunde, gehören nun einmal der Vergangenheit an. Sie genügen nicht und bringen uns nichts mehr. Wir sind ein Volk, das stets nach vorne blickt – ein Land, das vorangeht. Wir in Virginia wollen führend sein. Egal wie gut es uns heute geht, wir wollen, dass es uns morgen noch besser geht, uns und unseren Kindern.«

Er hielt inne, woraufhin die Menge zu jubeln begann. Ellery seufzte. »Er ist gut«, räumte sie ein, während Reed das Band stoppte.

»Du solltest ihn mal leibhaftig erleben«, sagte er. »Er betritt einen Raum und muss nicht einmal etwas sagen. Die Energie darin scheint sich zu verändern – wie vor einem Gewitter. Er wirkt wie ein Magnet. Man vergisst, worüber man gerade gesprochen hat, weil man hören will, was er zu sagen hat.« Reed schüttelte den Kopf. »Daher kann ich durchaus verstehen, warum eine junge Frau mit ihm ins Bett gegangen ist. Und ich kann auch verstehen, warum eine andere junge Frau – sollte sie geglaubt haben, dass er für die Tat an ihrer Freundin verantwortlich ist – vielleicht lieber ihren Mund gehalten hat.«

Ellery zog eines der Fotos zu sich heran und zwang sich, es zu betrachten. Ihre Suche, wo immer sie hinführte, würde bei einer Person enden, die dazu fähig war, einen anderen Menschen auf bestialische Weise umzubringen. »Na dann, wann fahren wir los?«, fragte sie Reed. Er zog die Augenbrauen hoch.

»Wir?«, fragte er.

»Natürlich wir. Deshalb bist du doch hier, oder? Deshalb hast du mir das alles erzählt. Ich bin der einzige Mensch, den du kennst, der verrückt genug ist, einen Mörder zu jagen, dessen Spur vor mittlerweile vierzig Jahren im Sand verlaufen ist.«

»Ich wollte eine andere Meinung hören, und meiner Familie konnte ich die Sache nicht erzählen – auf jeden Fall noch nicht jetzt. Du bist klug, und du bist eine Polizistin. Ich dachte, du würdest es mir bestimmt sagen, wenn ich einen Fehler mache.«

Zum ersten Mal, seit Reed die Bilder hervorgeholt hatte, breitete sich in Ellerys Gesicht ein Lächeln aus. »Blödsinn«, entgegnete sie. »Du hast mir das nur deshalb erzählt, weil du wusstest, dass ich dir raten würde, den Mörder zu suchen.«

Reeds Lippen umspielte jetzt ebenfalls ein Lächeln. »Ich habe aber nicht erwartet, dass du mitkommen möchtest. Ich bin gerührt, nebenbei bemerkt.«

Sie zuckte übertrieben mit den Achseln. »Was habe ich denn schon zu tun? Du hast eine Dienstmarke, ich nicht. Scheint, als hätte jeder von uns einen Vorteil.«

»Was soll das denn heißen?«

»Das soll heißen, dass du die Spielregeln einhalten musst. Ich nicht.«

Reed wurde etwas blass um die Nase. Er schien sich an das letzte Mal zu erinnern, als Ellery die Spielregeln nicht eingehalten hatte. Aber sie erzielte immer Ergebnisse, egal wie. Das war ihm durchaus bewusst. Ellery sammelte das restliche Geschirr ein und brachte es zur Spüle.

»Ich habe einen Flug für Montag gebucht«, gab er schließlich zu.

Amüsiert wandte sie sich um. »Oh, ich verstehe – und du willst weiter bei der Geschichte bleiben, dass du hierhergekommen bist, damit ich dir dein Vorhaben ausrede?«

Reed trat zu ihr und lehnte sich gegen die Küchentheke. Eine gepflegte männliche Erscheinung von einem Meter dreiundachtzig, deren Art sich anzulehnen erstaunlich war – lässig und doch Respekt einflößend. Sie beneidete ihn darum, dass er einen Raum derart selbstverständlich einnehmen konnte.

»Ich hätte das Ticket stornieren können«, antwortete er.

»Es ist auch noch Zeit genug, den Flug für morgen zu

stornieren«, erwiderte sie. Er wollte um neun Uhr früh nach Hause fliegen.

Sie spürte, wie er erstarrte und den Atem anhielt. Ein Knistern lag in der Luft nach dieser kühnen Einladung. Ellery hatte das Bett durchaus schon mit Männern geteilt, aber nie ihr eigenes, nie in ihrer privaten Umgebung und nie um des Spaßes willen. Reed war nach all den Jahren noch immer der einzige Mann, der sie je völlig nackt gesehen hatte, damals, als sie vierzehn war und er sie gerettet hatte. Außer einem mageren Mädchen, übersät mit Schnittwunden und Blutergüssen, hatte es nicht viel zu sehen gegeben.

»Äh, ich …« Er machte nur eine winzige Bewegung zurück, aber deutlich genug für sie, um zu begreifen.

»Vergiss es! Vergiss, was ich gesagt habe.« Sie flüchtete in das dunkle Wohnzimmer. Reed folgte ihr, doch ihr Rücken blieb ihm zugekehrt und sie suchte in der Dunkelheit nach seiner Reisetasche. Speed Bump, wie immer hilfsbereit, wuselte um sie herum. »Soll ich dich zum Hotel bringen?«, fragte sie. Ihre Stimme hallte durch den hohen Raum. »Oder ich rufe dir ein Taxi, wenn dir das lieber ist.«

»Ellery …«

»Ah, hier ist deine Tasche«, sagte sie. Ihre Hände umfassten den Griff aus Kunststoff. »Du müsstest startklar sein. Welchen Flug nimmst du nach Las Vegas? Sag mir Bescheid, damit ich eine Maschine für die gleiche Uhrzeit buchen kann.«

»Ich werde für dich buchen«, sagte er sanft.

Sie reckte ihr Kinn. »Ich kann meinen Flug selbst bezahlen.«

»Das weiß ich, aber ich bestehe darauf.« Er stand wieder dicht vor ihr. So dicht, dass sie sein Rasierwasser riechen konnte. »Dieses Mal bist du es, die mir einen Gefallen tut.«

Ihre Augen blieben weiter auf den Boden gerichtet. »Ich habe doch noch gar nichts gemacht.«

»Doch, hast du.« Er umfasste ihr Kinn, sodass sie ihn ansehen musste. Sein Blick war derart intensiv, dass es ihr den Atem verschlug, doch sie rückte nicht ab von ihm. Sie schauten einander an, während seine Fingerspitzen über ihre Wange strichen, wie ein Blinder, der die Brailleschrift las. »Ich würde gern hierbleiben«, murmelte er mit belegter Stimme. »Sehr gern sogar. Aber du weißt nicht, wie sehr mich die letzten Wochen emotional mitgenommen haben, seit ich herausgefunden habe, wer mein Vater ist. Ich habe das Gefühl, als hätte sich meine Haut geschält.«

»Reed, ich …«

Er legte seine Finger auf ihre Lippen, um sie zum Schweigen zu bringen. »Möglicherweise treffe ich mit allem, was ich gerade mache, eine falsche Entscheidung. Aber wenn, dann soll es keine weitere geben. Nicht jetzt. Nicht mit dir.«

Ein Gefühl der Scham erfasste Ellery, und sie riss sich von ihm los. Sie war immer irgendjemandes Fehler. »Schon in Ordnung. Ich verstehe. Lass uns die ganze Sache einfach vergessen.«

Sie schlang die Arme um sich und betrachtete ihn in dem schwachen Licht. Speed Bump schmiegte sich an ihre Beine. »Warum bist du wirklich hergekommen?«

Er nahm sich viel Zeit für seine Antwort. »Weil ich immer weiß, wer ich bin, wenn wir zusammen sind«, sagte er schließlich.

3

Reed wartete vor der Gepäckausgabe des Flughafens Mc-Carran, Las Vegas, auf die Ankunft von Ellerys Maschine. Flughäfen und Casinos verströmten annähernd die gleiche Atmosphäre – von der Außenwelt völlig abgeschnitten, brummten diese Orte dennoch vor Betriebsamkeit, und Menschen schwirrten herum, die keine Ahnung hatten, in welcher Zeitzone sie sich gerade befanden. Reed war auf der anderen Seite des Landes in der kalten Morgendämmerung aufgewacht und fand sich jetzt nur wenige Schritte von der sonnenbeschienenen Wüste entfernt wieder. Draußen war noch immer Morgen, da Reed von Osten nach Westen gereist war. Im Flughafengebäude hielten sich relativ wenig Menschen auf, sodass Reed ungehindert durch die Gegend schlendern und noch einmal über sein möglicherweise törichtes Vorhaben nachdenken konnte. Schon jetzt schien es, als machte sich Vegas über ihn lustig. Die allgegenwärtigen Glücksspielautomaten blinkten und piepten fröhliche Melodien, während große, flimmernde Werbeflächen für die trickreichen Shows der Illusionisten warben. Reed wusste, dass hier alles darauf ausgerichtet war, die Aufmerksamkeit der Menschen auf die Vordertür zu lenken, während die Wahrheit aus der Hintertür schlüpfte. Er war hierhergekommen, um jene Art von Antworten zu suchen, die diese Stadt vielleicht nicht preisgeben würde.

Las Vegas war es egal, wer man war – hier konnte man sich neu erfinden. Größer sein. Leuchtender sein. Riesige Casinos fielen innerhalb weniger Sekunden in sich zusammen, alte, einst prächtige Glitzerschilder wurden abgebaut und zum Friedhof der Leuchtreklamen transportiert. Die Geschichte von Vegas lebte nur in verblichenen Schwarz-Weiß-Fotos, im Staub der Wüste. So wie seine Mutter. Er kannte sie nur von wenigen Bildern. Ihr Leichnam war vor Jahren verbrannt und die Asche verstreut worden. Wo, wusste er nicht.

Reeds Handy klingelte, und er kramte es hervor in der Annahme, Ellery würde anrufen, doch es war die Nummer seiner Schwester, Kimberley, die im Display aufleuchtete. Er zögerte, während das Handy in seiner Hand summte. Seit er die Wahrheit über seine genetische Herkunft herausgefunden hatte, ging er seiner Familie aus dem Weg. Kimberley, Suzanne und Lynette hatten absolut nichts falsch gemacht, und er wollte sie mit der unerfreulichen Neuigkeit über ihren Vater nicht bestrafen – sie sollten erst davon erfahren, wenn er die ganze Geschichte kannte.

»Hallo, Kimmy«, meldete er sich vorsichtig.

»Endlich!«, rief sie. »Seit drei Tagen versuche ich dich zu erreichen. Kommst du nächsten Sonntag mit Tula zu Max' Geburtstagsparty oder nicht?«

»Äh, ich bin mir nicht sicher«, entgegnete Reed vage, während er sich umsah. Ellerys Flieger war gelandet, und die Passagiere strömten langsam Richtung Gepäckausgabe. Er wollte seinen zehnjährigen Neffen zwar nicht enttäuschen, aber er konnte sich auch nicht vorstellen, im Kreise seiner Familie Heiterkeit vorzutäuschen, die er nicht verspürte.

»Werden Mom und Dad da sein?«

»Kommt auf Dads Terminplan an. Sie wollen es versuchen, aber du weißt ja, es kann immer etwas dazwischenkommen.«

Die Wähler standen für ihren Vater stets an erster Stelle. Als Reed und seine Schwestern noch zur Schule gingen, hatte Senator Markham im Rahmen von Terminen beinahe jeden

Monat eine der staatlichen Schulen besucht. Doch die Aufführungen, Konzerte und sportlichen Veranstaltungen seiner eigenen Kinder hatte er zum großen Teil verpasst. Er liebte seine Töchter und seinen Sohn, aber sie mussten sich dem straffen Zeitplan des Politikers unterordnen.

Reed hatte früh gelernt, dass an Sonntagen – in den wenigen kostbaren Stunden nach dem Kirchgang und bevor das Footballspiel begann – die Chancen gut standen für ein wenig Zeit mit seinem Vater. Dann warfen sie sich gegenseitig Bälle im Hof zu oder er lauschte dem neuesten Stück, das Reed gerade auf dem Klavier übte. Angus war ein Musikliebhaber, der beim Zuhören die Augen schloss und sich im Takt wiegte, als würde er die Melodie direkt in sein Herz aufnehmen. Er war Reeds bevorzugtes Publikum. Dafür spielte Reed den pflichtbewussten Sohn und stand bei Wahlkampfauftritten neben seinen hellhäutigen Schwestern auf der Bühne, während er so tat, als würde er das Gemurmel in der Menge nicht mitbekommen. *Er ist der, den sie adoptiert haben.*

Reed spürte Wut in sich aufsteigen, als er sich daran erinnerte. Sein Vater hatte diese Bemerkungen bestimmt auch gehört, sich aber nie dazu geäußert. »Ich glaube nicht, dass ich es schaffen werde, zu der Feier zu kommen«, sagte er zu Kimmy. »Ich arbeite gerade an einem Fall außerhalb der Stadt.«

»Ach, wie schade. Max wird traurig sein, dass Tula nicht dabei ist. An welchem Fall arbeitest du denn? Ich hoffe, nichts Schlimmes.«

»Die Fälle, die ich bearbeite, sind immer schlimm«, erwiderte Reed. Er sah Ellery in der Gepäckausgabe umherlaufen, aber sie hatte ihn noch nicht entdeckt. »Es geht um ein Baby. Um einen kleinen Jungen, dessen Mutter ermordet wurde, während er im Zimmer nebenan im Kinderbett schlief.« Joey Flores, ein Name, von dem Reed wusste, das er einmal sein eigener gewesen war, der ihm aber völlig fremd

46

vorkam. All die Jahre über hatte er sich eingeredet, jemand anderes, und nicht er selbst, wäre damals betroffen gewesen – irgendein Baby, das gerade erst den Mutterleib verlassen und keine Chance bekommen hatte, zu begreifen, was es an jenem Tag verloren hatte.

Kimmy holte tief Luft am anderen Ende der Leitung. »Oh, mein Gott, wie schrecklich ...« Reed hatte mit seinen Schwestern nie über die genauen Umstände des Todes von Camilla Flores gesprochen, und sie hatten auch nicht nachgefragt. Jetzt fragte er sich, wie viel sie tatsächlich gewusst hatten.

»Ich muss los«, sagte er. Ellery kam ihm entgegen und hielt kurz inne, als sich ihre Blicke trafen. Sie hatte einmal ihre Identität abstreifen müssen, wie eine Schlange ihre Haut, und war zu einer völlig neuen Person geworden. Ein Kunststück, das auch Reed vollbringen musste, wenn er die Wahrheit herausfinden wollte. Er baute darauf, dass sie ihm den Weg weisen würde. Ohne sich von Kimmy zu verabschieden, beendete er das Telefonat.

»Ich hoffe, du hast nicht lange gewartet«, meinte Ellery, als sie schließlich vor ihm stand.

Reed lächelte leise. »Nur etwa vierzig Jahre.«

Er hatte einen schwarzen SUV gemietet, das passende Gefährt für seinen Geheimauftrag, und Ellery fügte sich perfekt in das Bild ein. Sie trug wie üblich eine Lederjacke und Stiefel, ihr Gesichtsausdruck war sachlich. Im Auto ließ sie die Scheibe auf der Beifahrerseite herunter. Der Wind strich durch ihr Haar, und sie ließ die Landschaft an sich vorbeiziehen. »Wenn man an Las Vegas denkt, hat man sofort glitzernde Neonlichter vor Augen«, sagte sie. »Aber aus der Luft betrachtet, sieht man hauptsächlich braune Erde.«

»Warte, bis die Sonne untergeht.«

Ellery wandte sich zu ihm. »Also, wie sieht dein Plan aus? Was hast du als Erstes vor?«

»Wir werden gleich den Sheriff im Polizeipräsidium von Las Vegas treffen«, antwortete er. Ellery blickte ihn überrascht an.

»Den Sheriff«, wiederholte sie und lehnte sich im Sitz zurück. »Junge, Junge, da wird aber gehörig der rote Teppich für das FBI ausgerollt, oder? Ich hätte vermutet, dass der Sheriff zu beschäftigt sein würde, um mit dir über einen vierzig Jahre alten ungeklärten Kriminalfall zu reden.«

Reed war dieser Gedanke auch schon gekommen. »Ich nehme an, dass er das aus Höflichkeit macht, sowohl in beruflicher als auch in persönlicher Hinsicht. Er wird längst erfahren haben, dass ich dieser kleine Junge am Tatort war.« Und sicherlich wusste er auch, dass Reeds Vater für das Amt des Gouverneurs von Virginia kandidierte.

Ellery schwieg einen Augenblick. »Wenn die Polizei von Las Vegas über dich Bescheid weiß«, begann sie, »wundert es mich, dass sie dir erlauben, den Fall zu übernehmen.«

»Wer will ihn denn sonst? Was das LVMPD betrifft, ist der Fall ad acta gelegt.«

Reed hatte mit dem Las Vegas Metropolitan Police Department, kurz LVMPD, schon einmal zusammengearbeitet, weshalb er zielsicher auf das Präsidium zusteuerte. Der große vierstöckige moderne Gebäudekomplex fügte sich mit der blassbraunen Backsteinfassade perfekt in die umgebende Wüste ein, der blaue Himmel spiegelte sich in den großflächigen Fenstern. Der beeindruckende Bau hatte zum Zeitpunkt des Mordes an seiner Mutter noch nicht existiert. Das LVMPD hatte damals noch in den Kinderschuhen gesteckt und war kaum älter gewesen als Reed seinerzeit. Die Behörde war aus der Zusammenführung des Las Vegas Police Department und des Clark County Sheriff's Office im Jahr 1973 entstanden und hatte sich zu einer der größten Polizeibehörden der USA entwickelt. Der Fall Flores war seitdem von einem Ermittler an den anderen weitergegeben worden und hatte am Ende unangetastet in Regalen herumgelegen, bis der Sheriff schließlich angeordnet hatte, ihn ad acta zu legen.

Hohe Palmen winkten ihnen zu, als Reed die Einfahrt zum Präsidiumsgelände passierte und den Wagen auf den großen Parkplatz lenkte. Nachdem er sich und Ellery am Empfang angemeldet hatte, brachte ein uniformierter Polizist sie zum Büro von Brad Ramsey, dem Sheriff von Las Vegas. Ramsey erhob sich, kam um den Schreibtisch herum auf sie zu und begrüßte sie. »Nur herein«, sagte er überschwänglich und schüttelte beiden die Hand. »Nehmen Sie Platz!« Der Sheriff, eine kompakte gepflegte Erscheinung, hatte silbergraues Haar und ein überraschend faltenfreies Gesicht, dafür dass er ein Mann über sechzig war und seit Jahrzehnten über das grelle Nachtleben der Stadt wachte. Rasch zog er Stühle für Reed und Ellery heran. Reed registrierte die Aussicht aus dem Eckbüro, das den Blick auf noch mehr Palmen und das weitläufige Straßennetz der Stadt freigab. In der Ferne bildeten die Casinos auf dem Las Vegas Strip eine eigene Art von Bergkette, die in der Sonne schimmerte.

»Danke, dass Sie uns empfangen«, begann Reed, und Sheriff Ramsey spreizte seine Hände in einer großherzigen Geste.

»Das ist doch selbstverständlich. Ich wollte die Gelegenheit nutzen, um Ihnen persönlich mein Beileid zum Verlust Ihrer Mutter auszusprechen und mich dafür zu entschuldigen, dass wir den Fall Ihrer Mutter nicht aufklären konnten. Würden wir über unbegrenzte Mittel verfügen, hätte ich die Akte nie schließen lassen – es will doch niemand, dass ein Mörder frei herumläuft –, aber Sie wissen ja, wie die Kennzahlen aussehen. Der Steuerzahler hat momentan andere Sorgen, und manchmal müssen wir harte Entscheidungen treffen.«

»Ich verstehe«, erwiderte Reed. Der entspannte, aber bestimmte Ton, der direkte Blickkontakt und die offene Körperhaltung des Sheriffs erinnerten ihn an seinen Vater. *Ich habe hier das Sagen, aber Sie sollen mich trotzdem mögen,* drückte sein Auftreten aus, und Reed entsann sich, dass der Sheriff von Las Vegas in seinen Posten gewählt wurde.

»Natürlich werden wir Ihnen in jeder erdenklichen Weise zur Seite stehen. Nur kann ich keine Zeit mehr für den Fall aufwenden.«

»Was ist, wenn wir eine neue Spur finden?«, wollte Ellery wissen, und der Blick des Sheriffs wanderte zu ihr.

»Sollten sich neue Beweise ergeben, die dazu führen, dass sich der Fall anders darstellt, würden wir selbstverständlich unsere Haltung überdenken, Ms … tut mir leid, ich habe Ihren Namen nicht mitbekommen.«

»Ellery Hathaway.«

Reed beobachtete den Sheriff, der sich zurücklehnte und versuchte, den Namen einzuordnen. Die Morde im letzten Sommer hatten Cobens Geschichte wieder in die Schlagzeilen gebracht, und dieses Mal war Ellerys richtiger Name genannt worden. Reed schaltete sich ein, ehe der Sheriff die Verbindung herstellen konnte. »Ms Hathaway unterstützt mich bei den Ermittlungen«, erklärte er ruhig und hoffte, dass niemand nach Ellerys offiziellen Referenzen fragen würde. Immerhin war der Fall zu den Akten gelegt worden, sodass es eigentlich egal war, wer einen Blick darauf warf, oder nicht?

»Sie können sich sämtliche Unterlagen ansehen. Ich habe Sergeant Don Price angewiesen, dass er Ihnen das Material in Raum 3 bringt. Die Mordakte gehört Ihnen, wenn Sie wollen. Was den Rest angeht, können Sie sich gern Fotos machen, aber die Beweismittel müssen im Präsidium bleiben. Das verstehen Sie hoffentlich.«

»Natürlich«, erwiderte Reed.

»Dürfte ich wissen, wonach Sie genau suchen? Ich schätze Ihr persönliches Engagement, aber es überrascht mich, dass das FBI einen Fall übernimmt, der schon so alt ist.«

»Ihre Dienststelle«, begann Reed und zog eine eigene Mappe hervor, »hat uns 1988 um Unterstützung gebeten – ein Sergeant Lewis McGinley schrieb damals diesen Brief hier.« Reed reichte das maschinengeschriebene Dokument über den Schreibtisch. »Man könnte also sagen, dass ich die Sache nur weiterverfolge.«

Der Sheriff runzelte beim Lesen leicht die Stirn und zwang sich zu lächeln, als er Reed den Brief zurückgab. »Ihr Jungs vom FBI hebt eure Aufzeichnungen wirklich lange auf.« Er machte eine Handbewegung Richtung Tür. »Wollen wir uns die Sachen anschauen?«

Reed und Ellery folgten dem Sheriff über den Flur. Vor einer Tür blieb er stehen, klopfte und trat ein, ohne darauf zu warten, dass er hereingebeten wurde. »Don? Hast du kurz Zeit? Unsere Gäste sind eingetroffen.«

Don Price war ein großgewachsener Mann in Uniform, die an den Schultern spannte. Seine Ohren waren gerötet, was darauf schließen ließ, dass er vor Kurzem zu viel Zeit in der Sonne verbracht hatte. »Ich habe alles in Raum 3 eingeschlossen, dort drüben.«

Sie folgten ihm zu dem Zimmer. Reed ließ seine Schultern kreisen und machte sich auf das gefasst, was ihn auf der anderen Seite der Tür erwartete. Er spürte Ellerys Blick auf sich, erwiderte ihn aber nicht. »Na dann«, sagte Price, als er die Tür öffnete. Er ging einen Schritt zur Seite und ließ Reed den Vortritt.

Reed nahm als Erstes den Geruch von alten, staubigen Pappkartons wahr. Insgesamt waren es drei Kartons. Sie standen nebeneinander auf dem Tisch, zusammen mit mehreren fast schon zerfledderten, verblassten braunen Umschlägen und zwei dicken schwarzen Mappen, auf denen der Name Camilla Flores stand. Die übrigen Anwesenden im Raum blieben an der Tür stehen, während Reed langsam und stockend an den Tisch trat. Gleich würde die geschichtliche Autopsie beginnen. Da er das Verfahren von anderen Fällen gut genug kannte, wusste er, was ihn in diesen Kartons erwartete – blutverschmierte Kleidung, das Messer und andere Gegenstände vom Tatort. Zunächst konzentrierte er sich jedoch auf die Mordakte und schlug die erste Seite auf. In den gekürzten Berichten, die er bereits zu einem früheren Zeitpunkt erhalten hatte, hatte die Aussage des Beamten gefehlt, der als Erster am Tatort eingetroffen war. Reed wollte die Geschichte jedoch von Beginn an nachvollziehen, zumal der Neuling von damals wahrscheinlich noch lebte. Nachdem er die ersten Seiten durchgelesen hatte, ohne das zu finden, wonach er suchte, überflog er die Papiere schnell bis zum Ende und wandte sich dann der zweiten Akte zu.

Ramsey trat nach vorne und räusperte sich. »Suchen Sie etwas Spezielles? Vielleicht kann ich Ihnen helfen.«

»Ich kann die Aussage des Beamten nicht finden, der damals als Erster am Tatort war«, sagte Reed. Ellery gesellte sich nun auch dazu.

»Nein?« Ramsey kratzte sich am Hals und schüttelte den Kopf. »In den vierzig Jahren haben sich so viele Dokumente angesammelt, dass da schon mal etwas abhandenkommen kann. Aber ich versichere Ihnen, dass er nichts Wertvolles beizutragen hatte. Ein Streifenpolizist, der den kürzesten Weg zum Tatort hatte, nachdem der Anruf hereingekommen war.«

»Ich möchte trotzdem mit ihm sprechen, wenn das möglich ist«, erklärte Reed.

Ramsey spreizte die Hände und lächelte. »Fragen Sie nur. Das war damals mein erster Mordfall, und er ist bis heute einer der schlimmsten, die ich erlebt habe.«

»Sie waren dieser Streifenpolizist?«, fragte Ellery überrascht. »Sie wurden dort hingeschickt?«

»Der Anruf ging um kurz vor 17 Uhr in der Zentrale ein. Ich fuhr gerade meine übliche Runde und war nur drei Blocks entfernt. Als ich dort eintraf, hatten die Nachbarn sich bereits auf der Straße versammelt. Zwei Minuten später erlebten sie, wie ich mich übergab, nachdem ich den Tatort inspiziert hatte. Die Wohnungstür stand offen, aber das Schloss schien, dem ersten Blick nach zu urteilen, nicht aufgebrochen worden zu sein. Das Opfer lag, wie von der Anruferin beschrieben, in der Nähe der Küche auf dem Rücken – ein Messer ragte aus ihren Rippen. Kopf und Gesicht waren zerschmettert worden. Zuerst überprüfte ich die Vitalzeichen, aber da waren keine mehr. Also ging ich zum Wagen, um Meldung zu machen.« Er zuckte mit den Achseln. »Ich blieb so lange am Tatort, bis die wichtigen Jungs eintrafen. Dann habe ich ihnen das Feld überlassen.«

Reed holte seine eigenen Notizen hervor und warf einen Blick hinein. »Camillas Freundin und Nachbarin, Angela Rivera, hat die Polizei verständigt. Haben Sie überhaupt mit ihr gesprochen?«

»Angie«, erwiderte der Sheriff, als käme ihm der Name selbst nach all den Jahren noch immer seltsam schwer über die Lippen. »Ja, ich habe sie gesehen. Sie hat die Polizei von ihrer Wohnung aus verständigt, die direkt neben der von Camilla lag. Angie hatte einen Einkaufsbummel gemacht. Als sie zurückkehrte, stellte sie fest, dass Camillas Wohnungstür halb offen stand. So hatte ich die Tür auch vorgefunden. Angie hörte das Baby schreien und stieß die Tür daraufhin ganz auf. Da entdeckte sie Cammie auf dem Boden. Laut ihrer Aussage schnappte sie sich, äh, das Baby und lief in ihre Wohnung, um die Polizei anzurufen. Wir haben die Aufzeichnung des Anrufs hier, wenn Sie sie hören wollen.«

53

Reed schauderte, als Ramsey davon sprach, dass Angie das Baby vom Tatort weggebracht hatte. Ihn weggebracht hatte. Denn er war dieses Baby gewesen. An jenem Tag hatte in dieser Wohnung ein Blutbad stattgefunden, und er war dem Massaker entkommen, rein und unversehrt. »Ja, gern«, erwiderte er und versuchte, seine Stimme so neutral wie möglich klingen zu lassen. »Hören wir uns die Aufzeichnung an.« Er sagte sich, dass es nur wenige Sätze sein würden, gesprochen vor mehr als vierzig Jahren. Reed hatte im Laufe seines Arbeitslebens mindestens einhundert solcher Notrufe abgehört. Der hier wäre lediglich einer mehr. Sheriff Ramsey nickte Don Price zu, der einen Rekorder hervorholte und die Kassette einlegte.

Sie standen um den Tisch, während das Band lief. Zuerst knackte es laut, dann erklang ein klickendes Geräusch, gefolgt von einer ruhigen männlichen Stimme. »Hier ist die Notrufzentrale. Wie kann ich Ihnen helfen?«

»Hilfe! Sie ist tot. Kommen Sie. Schnell. Ich brauche Hilfe!« Eine junge weibliche Stimme, zitternd und voller Angst, erfüllte den kleinen Raum. »Bitte, sie atmet nicht mehr, und überall ist Blut …«

»Wo sind sie? Wer ist verletzt?«

Reed hörte ein langes Schluchzen, gefolgt von dem Schrei eines Babys. Bei dem Geräusch stellten sich ihm die Nackenhaare auf. »Cammie. Meine Nachbarin. Sie ist tot, sie ist tot. Er hat sie umgebracht! Überall ist Blut. Kommen Sie. Bitte, bitte.«

Der Polizist in der Notrufzentrale konnte schließlich die Adresse aus Angie herausbekommen. »Hilfe ist auf dem Weg. Sind Sie an einem sicheren Ort?«

Angies tränenerstickte Stimme hallte durch die Jahrzehnte. »Sie ist mit einem Messer erstochen worden. Ich habe ihr gesagt … ich habe ihr gesagt, dass er kommen würde.

Schhh, *niño*, schhh …« Sie sagte etwas auf Spanisch, das Reed nicht verstand. Er fragte sich, ob er damals, als kleines Baby, diese Wörter gekannt hatte.

»Dass wer kommen würde? Wissen Sie, wer das getan hat?«

In der Leitung rauschte es, als würde Angie das Telefon an ihr Ohr pressen. Reed hörte sich wieder als Baby. Es weinte zusammen mit Angie. Sie murmelte etwas Unverständliches. Reed fing das Wort »Mama« auf, und es erschütterte ihn bis ins Mark. Das Baby ließ sich nicht beruhigen und schrie weiter. Reed dachte über den Mörder nach. *Habe ich ihn gesehen? Hat er überhaupt gewusst, dass ich da war?*

Sirenen heulten in der Leitung. »Sie sind da«, schniefte Angie in den Hörer hinein. Ihr stoßartiges Keuchen erfüllte den Raum, dann brach die Verbindung ab.

Reed stand bewegungslos da, während der Kassettenrekorder weiterrauschte. Angelas Schluchzen und sein eigener Schrecken, erlebt als Kind, ließen ihn nicht los, und er musste die Rückenlehne des Stuhls umklammern, um sich zu stützen. *Ich war dort*, dachte er, die Ohren laut brummend. *Ich habe gehört, wie sie gestorben ist.* Er hatte genügend Tatortfotos gesehen, um zu wissen, dass seine Mutter nicht leise gestorben war. Er konnte sich ihre Schreie vorstellen, das Geräusch der tödlichen Schläge und das Metall auf den Knochen.

»Reed?« Ellery berührte ihn am Arm, woraufhin er zusammenzuckte und sich ruckartig zu ihr umdrehte. Es gelang ihm jedoch nicht, seine Augen auf Ellery zu fokussieren.

Mit verschleiertem Blick nahm er wahr, dass sie zur Tür deutete. »Würden Sie uns bitte einen Augenblick allein lassen?«, sagte sie zu den anderen.

Sheriff Ramsey und Sergeant Price verließen das Zimmer. Das Geräusch der sich schließenden Tür riss Reed aus seinen albtraumhaften Erinnerungen. Ellery sah ihn besorgt an.

»Alles in Ordnung mit dir, Reed? Möchtest du dich hinsetzen?«

Er zwang sich, tief und langsam einzuatmen. »Nein, mir geht's gut.

»Dieser Notruf ging ganz schön unter die Haut.« Ihr Blick ruhte prüfend auf ihm.

Reed entfernte sich ein paar Schritte von ihr, aber sie ging ihm hinterher, bis er sich zu ihr umdrehte. Er räusperte sich. »Angie hat in dem Notruf gesagt, ›er‹ habe sie umgebracht. Das klingt so, als wüsste sie, wer der Mörder ist.«

»Reed. Du musst diesen Fall nicht bearbeiten.«

»Doch, muss ich. Es gibt außer mir niemanden, der sich darum kümmern würde.«

»Ich verstehe. Du bist derjenige, der die Dinge in Ordnung bringt.« Sie hielt kurz inne und lächelte ihn aufmunternd an. »Glaub mir, keiner weiß das so gut wie ich, denn ich bin dein größtes Rückgewinnungsprojekt. Du fliegst durch die Welt, um sie zu einem besseren Ort zu machen, und das halte ich zugegebenermaßen für eine deiner erstaunlichsten Fähigkeiten.« Er sah sie an, um sich zu vergewissern, dass sie nicht die Augen verdrehte. Aber sie schien ihre Worte ernst zu meinen. »Aber das hier«, fuhr sie sanft fort, »das musst du nicht in Ordnung bringen. Nicht … nicht, wenn die Sache dich derart mitnimmt. Du warst ein Baby, als das damals passiert ist. Außerdem war es nicht deine Schuld. Wenn deine Mutter noch leben würde und jetzt hier wäre, würde sie dir das Gleiche sagen, da bin ich mir sicher.«

Wenn deine Mutter noch leben würde und jetzt hier wäre … bei dem Gedanken an seine Mutter, der einzigen Mutter, die er von klein auf kannte, musste Reed sich auf den Stuhl stützen. Maryann Markham wäre nicht darüber erfreut, ihn beim Durchblättern von Camillas Mordakte zu sehen, ganz und gar nicht. Sie hielt ihr Haus wie auch ihr Leben gern in Ordnung. Er zweifelte nicht daran, dass sie ihn liebte. Sie würde ihn einfach nur nicht verstehen. Genauso wenig wie seine Schwestern ihn verstehen würden. Gelegentlich hatte Reed den ein oder anderen Verwandten sagen hören: *Wir lieben Reed wie jedes andere Familienmitglied auch.* Diese Worte hatten ihn stets aufgewühlt, weil er keinen Vergleich hatte. Die Familie Markham war alles, was er je gehabt und gekannt hatte. »Ich muss die Wahrheit herausfinden«, sagte er leise zu Ellery. »Egal, wie sie aussieht.«

Ellery blickte ihn für einen Moment forschend an. Dann nickte sie zögerlich. »Okay. Du weißt, dass ich dich in allem, was du vorhast, unterstützen werde. Ich dachte nur, jemand sollte dich darauf hinweisen, dass du immer noch aussteigen kannst.«

Er lächelte zaghaft und stupste sie an. »Danke, dass du dieser jemand bist.« Ellery senkte verlegen den Kopf und sah auf den Boden. Reed durchquerte das Zimmer und öffnete die Tür, um den Sheriff und Sergeant Price wieder hereinzulassen.

»Alles in Ordnung?«, fragte Sheriff Ramsey.

Reed ging auf die Frage nicht ein und nickte in Richtung des Kassettenrekorders. »Angela Rivera schien bei ihrem Anruf zu wissen, wer der Mörder war. Ich nehme an, dass die Polizei ihrer Vermutung nachgegangen ist?«

»Ja, deshalb dachten die Ermittler zunächst, sie würden den Fall rasch lösen. Angie gab an, dass sie Billy Thorndike für den Mörder hielt, doch bei der Befragung konnte sie keine konkreten Anhaltspunkte dafür liefern. Sie verdächtigte ihn, weil er zuvor Camilla Flores bedroht hatte.«

Reed hatte die Zusammenfassung ihrer Aussage gelesen. »Camilla hatte ihn wegen Drogenhandels bei der Polizei angezeigt.«

»Richtig. Das hat ihm für eine Weile sein Geschäft kaputt

gemacht. Aber die Drogen waren eigentlich gar nicht der Auslöser. Thorndike hatte eine gewaltsame Auseinandersetzung mit einem seiner Kuriere – der Typ hatte ihn um sechshundert Dollar geprellt, soweit ich mich erinnere – und schlug ihn in einer Gasse mit der Pistole nieder. Cammie kam in jener Nacht dort zufällig vorbei und beobachtete den tätlichen Angriff.«

»Ziemlich dreist, seine Leute auf offener Straße zu erziehen.«

»Ja. Na ja, so war Thorndike. Dreist. Er hat mit Gewalt dafür gesorgt, dass die Menschen nicht aus der Reihe tanzten, und es hat funktioniert. Natürlich wussten wir, dass er Ärger bedeutete, aber wir konnten niemanden dazu bringen, gegen ihn auszusagen. Die gesamte Nachbarschaft war eingeschüchtert. Außer Camilla, sie hatte genug von ihm und wollte ihr Kind nicht in einem derartigen Umfeld großziehen.«

Es wurde still im Zimmer, wahrscheinlich weil Ramsey, Price und Ellery klar wurde, dass sich dieses Kind jetzt in ihrer Mitte befand. Reed spürte, wie seine Wangen rot wurden.

Sheriff Ramsey hustete, ehe er fortfuhr. »Cammie war eine zierliche Person, Thorndike hingegen hatte die Statur eines Boxers. Deshalb waren wir überrascht, dass sie ihm die Stirn bieten wollte. Ich erinnere mich noch an ihre ungefähren Worte: ›Da draußen laufen mehr Menschen herum, die so sind wie Sie und ich – und nicht wie er. Also wird nicht er derjenige sein, der für uns die Regeln aufstellt.‹« Der Sheriff musste lächeln. »Ich war für den Fall damals nicht zuständig – zu dem Zeitpunkt war ich noch gar nicht mit Ermittlungen betraut –, aber ich habe ihren Mut bewundert.«

»Was ist daraus geworden? Also aus dem Fall mit der Körperverletzung?«

»Er wurde nach Cammies Tod nicht weiterverfolgt«, antwortete Ramsey, sichtlich entrüstet. »Der Mistkerl kam davon. Da das Opfer abgelehnt hatte, auszusagen, und Cammie nicht mehr lebte, um schildern zu können, wie es zu den Verletzungen gekommen war, hätte Thorndike einfach behaupten können, dass der Typ auf einer Bananenschale ausgerutscht und mit dem Gesicht auf dem Boden gelandet sei. Also ließ der Staatsanwalt die Anklage fallen.«

»Sie glauben, dass Thorndike sie umgebracht hat.« Reed fixierte den Sheriff.

»Ich weiß nicht, wie das beim FBI läuft. Aber wenn hier ein Kerl tönt, dass er jemanden umbringen wird, und genau dieser jemand dann ermordet aufgefunden wird, stehen die Chancen gut, dass er es auch getan hat.«

Ellery hatte begonnen, einen der Hefter durchzublättern. »Hier steht, dass die Polizei eine Hausdurchsuchung bei Thorndike durchgeführt hat. Wonach hat man gesucht?«

»Billy hatte eine frische Schnittwunde an der Hand, hier ungefähr.« Der Sheriff deutete auf die Haut zwischen Daumen und Zeigefinger. »Die Ermittler vermuteten, dass sie von der Tat herrührte.« Reed sah das genauso. Angreifer trugen bei Messerattacken häufig Schnittwunden davon, weil Blut auf den Griff geriet und er deshalb rutschig war. »Die Hausdurchsuchung sollte Thorndike mit dem Messer in Verbindung bringen und seine Geschichte widerlegen, wonach er sich die Verletzungen zu Hause zugezogen hatte, bei der Reparatur seines Motorrads. Die Beamten erhofften sich, Gegenstände zu finden, die er möglicherweise aus der Wohnung gestohlen hatte.«

»Und?«, fragte Ellery gespannt. »Hat man etwas gefunden?«

Der Sheriff schüttelte traurig den Kopf. »Nein. Auf jeden Fall nichts, was ihn mit dem Verbrechen in Verbindung gebracht hätte. Die Messer, die man fand, schienen alle ihre Berechtigung zu haben. Der einzige verdächtige Gegenstand war ein blutbefleckter Lappen im Müll, in Thorndikes Garage. Thorndike war der Ansicht, dass der Auffindungsort seine Geschichte nur bestätigte. Wir hingegen fragten uns, ob wir den Lappen irgendwie untersuchen könnten, um herauszufinden, ob ein Teil des Bluts von Camilla stammte. Diese Chance bekamen wir schließlich vor zehn Jahren. Der Staat Nevada stimmte zu, die Kosten für einen DNA-Test zu übernehmen, der aber nichts ergab – keine anderen Blutspuren auf dem Lappen außer denen von Thorndike. Natürlich beweist das nicht, dass er unschuldig ist, aber das war quasi unser letzter Strohhalm. Wir hatten keine Spuren mehr, die wir hätten verfolgen können.«

»Wissen Sie, wo Billy Thorndike sich momentan aufhält?«, fragte Reed.

»Das Glück verließ ihn schließlich, auch dank der Einrichtung von Überwachungskameras, sodass wir ihn hinter Schloss und Riegel bringen konnten. Er saß in den 1980er- und 1990er-Jahren wegen unterschiedlicher Delikte immer wieder im Gefängnis, unter anderem wegen Körperverletzung, Drogenhandel und Waffenmissbrauch. 2002 wurde er, glaube ich, endgültig auf Bewährung freigelassen. Mein letzter Stand ist der, dass er an einer Tankstelle in Summerlin gearbeitet hat. Aber ich habe keine Ahnung, ob er überhaupt noch lebt.«

Reed lächelte dünn. »Sie können sich sicher sein, dass ich das herausfinden werde. Was ist mit dem anderen Verdächtigen? David Owens?«

Sheriff Ramsey zog die Augenbrauen hoch. »Owens? Er war kein Verdächtiger. Er war Polizist – ein ehrlicher Kerl nach allem, was man hörte. Die Ermittler schlossen ihn sofort als möglichen Täter aus.«

»Trotzdem würde ich gern mit ihm sprechen, wenn das möglich ist«, entgegnete Reed vorsichtig.

»Kein Problem. Er wohnt mit seiner Frau Amy hier in der Stadt, in der Faulkner Avenue. Sie hat einen Catering-Service, und seit er vor fünf Jahren in Rente gegangen ist, unterstützt er sie tatkräftig. Er wird sich bestimmt freuen, wenn er Ihnen helfen kann. Camillas Tod hat ihn damals sehr mitgenommen. Er hat immer das Gefühl gehabt, er hätte den Mord verhindern können, wenn er vor Ort gewesen wäre. Er wusste wie wir alle, dass Thorndike Abschaum war und dass Cammie vor ihm Angst hatte. Ich denke, er hat einfach nicht damit gerechnet, dass Thorndike so dreist wäre, ihr nachzustellen – nicht, wenn sein Streifenwagen jede zweite Nacht vor ihrer Wohnung parkte.«

Was der Sheriff gerade beschrieben hatte, war ein verzweifelter Polizist, der fälschlicherweise geglaubt hatte, die Freundin allein mit seiner Polizeimarke beschützen zu können. Reed entnahm den Worten auch, dass David Owens von Thorndikes Drohungen gegenüber Camilla gewusst hatte. »Danke«, sagte er laut. »Wir werden sicher mit ihm sprechen wollen.«

»Natürlich«, erwiderte der Sheriff mitfühlend. »Er hat Ihre Mom gekannt. Womöglich besser als jeder andere.« Ramsey zögerte kurz. Dann räusperte er sich beflissen und richtete sich zu seiner vollen Größe auf.

»Mr Markham, ich bedaure, dass ich jetzt gehen muss, aber ich habe noch eine Besprechung. Don wird Ihnen bei allem, was Sie brauchen, behilflich sein. Ich hoffe, dass Sie die Antworten finden werden, die Sie suchen.«

Der Sheriff schüttelte ihm zum Abschied die Hand und verließ das Zimmer. Reed spürte, dass die Blicke der übrigen Anwesenden auf ihm ruhten, als warteten sie auf seinen nächsten Schritt. Normalerweise würde er jetzt den Tatort in Augenschein nehmen wollen, der im Idealfall noch weitestgehend so aussah wie zum Zeitpunkt des Mordes. Seine Recherchen hatten jedoch ergeben, dass das Wohnhaus, in dem sich Camillas Apartment befunden hatte, vor Jahren abgerissen worden war. Jetzt befanden sich dort ein Minimarkt und ein Nagelstudio, wo wahrscheinlich Frauen beschäftigt waren, die so alt waren wie Camilla zum Zeitpunkt ihres Todes. Täglich gingen Menschen an diesem Ort vorbei, ohne zu wissen, dass dort einmal eine Frau ermordet worden war. Was in Las Vegas passiert, bleibt in Las Vegas, so lautete doch die Redensart, aber Reeds Eindruck war, dass der Stadt überhaupt nichts im Gedächtnis blieb. Camilla war in den Geschichtsbüchern verschwunden, und er war fest entschlossen, sie dort wiederzufinden.

Sein Blick fiel auf den Tisch und wanderte über die Zeugnisse des Mordes an seiner Mutter. Zahlreiche Ermittler hatten die Akten und Kisten mit Beweismaterial durchgesehen, ohne zu einem Ergebnis zu kommen. Reed wünschte, die Geschichte neu sortieren zu können, befürchtete aber, dass er keine Antworten finden würde, wenn er bereits ausgetretene Pfade beschritt. »Ist es in Ordnung, wenn wir die Sachen erst einmal hierlassen und später wiederkommen?«, fragte er Sergeant Price.

Im Gesicht des Polizisten machten sich Überraschung und Verärgerung breit, als glaubte er, all die Kartons umsonst ausgegraben zu haben. »Ähm, ja, ich denke schon. Ich werde das Material bis Dienstschluss um 18 Uhr für Sie bereithalten. Ich dachte, dass Sie mehr als nur einen flüchtigen Blick darauf werfen möchten.«

»Danke«, antwortete Reed, ohne auf seine Bemerkung einzugehen. Er ging zur Tür, Ellery neben ihm.

»Wohin fahren wir?«, fragte sie, als sie über den Flur gingen.

»Ich möchte mit David Owens sprechen.«

Ellery schien darüber nachzudenken, als sie in den warmen Sonnenschein hinaustraten. Im Auto wandte sie sich zu

Reed. »Du hältst also Billy Thorndike nicht für den Hauptverdächtigen, richtig?«

Reed griff in seine Aktentasche und zog ein Bündel Tatortfotos heraus, jene Fotos, die er Ellery zuvor schon gezeigt hatte. »Wie wirkt dieser Mord auf dich?«

Sie blätterte die Schwarz-Weiß-Fotos durch. »Brutal«, sagte sie schließlich. »Der Kampf hat offensichtlich einige Zeit gedauert.«

»Genau. Thorndike war laut biometrischen Daten mehr als eins achtzig groß und offensichtlich geübt darin, Menschen mit Gewalt in der Spur zu halten. Camilla Flores war eins zweiundsechzig groß und wog zweiundfünfzig Kilo. Damit war sie ihm sicherlich nicht gewachsen. Gut möglich, dass sie sich heftiger als erwartet gewehrt hat, aber ihr Mörder war höchstwahrscheinlich ein Anfänger – vielleicht jemand, der nur dieses eine Mal in dieser Wohnung ausgerastet und völlig durchgedreht ist. Danach ist er in sein normales Leben zurückgekehrt, wo er sich seitdem vor unser aller Augen versteckt.«

Ellery legte die Fotos mit der Bildseite nach unten in ihren Schoß. »Du meinst, jemanden wie ihren Freund.«

»Ja.« Reed ließ den Motor an und setzte seine Sonnenbrille auf, sodass seine Augen vor ihrem Blick verborgen waren. »Oder jemanden wie meinen Vater.«

4

Ellery saß auf dem Beifahrersitz, das Autofenster heruntergelassen, die Hand hinausgestreckt, um die Luft zu spüren, während sie zum Haus der Owens fuhren. Sie war in Chicago aufgewachsen, wo stets ein kalter Wind über den See fegte. Später war sie nach Massachusetts gezogen, eine Gegend, in der der Frühling manchmal erst im Juni Einzug hielt, weshalb ihr die milden Februartemperaturen in Las Vegas exotisch vorkamen. Sie streckte die Finger aus, als wollte sie die Sonne einfangen, und die großen Palmen schienen ihr zurückzuwinken. Kaum zu glauben, dass an einem so warmen, wunderbaren Ort etwas Grausiges geschehen konnte.

»Ich glaube, da drüben wohnt er«, sagte Reed, als er den Wagen vor einem gepflegten zweistöckigen Haus zum Stehen brachte. Auch hier stand eine Palme, so hoch wie das Haus selbst. Die eine Hälfte des Vorgartens war mit Steinen dekoriert, die andere überzog ein leuchtend smaragdgrüner Rasen, wie ihn Ellery bisher nur im Sommer auf Golfplätzen gesehen hatte.

Sie drehte sich zu Reed und sah ihn blinzelnd an. »Wie willst du vorgehen?«

»Ich will nur ein Gefühl für seine Geschichte bekommen. Sehen, woran er sich erinnert. Vierzig Jahre sind eine ziemlich lange Zeit, wie wir festgestellt haben. Sollte er etwas verheimlicht haben, möchte er es jetzt vielleicht loswerden.«

Ellery schien etwas verwundert. »Du denkst, dass du da einfach hineinspazierst und ein Geständnis bekommst?«

Reed zuckte mit den Schultern. »Manchmal passieren die

seltsamsten Dinge im Leben. Wahrscheinlich wird sich dieser Fall nur so aufklären lassen – indem jemand, der vor vierzig Jahren nicht bereit war, zu reden, endlich den Mund aufmacht.« Er beugte sich zu Ellery hinüber, um das Haus zu betrachten. »Ich möchte, dass du mit seiner Frau Amy allein sprichst, wenn das möglich ist. Finde heraus, was sie über Camillas Tod gewusst hat und was David, wenn überhaupt, ihr im Laufe der Jahre erzählt hat. Wenn er die Tat jemals gestanden hat, dann wahrscheinlich ihr gegenüber.«

Ellery blieb skeptisch, dass die Lösung so einfach sein könnte, setzte aber dennoch ein Lächeln auf. »Du willst also, dass ich meine feinfühlige weibliche Seite einsetze.«

»Ich weiß nicht so genau«, antwortete Reed. »Bist du sicher, dass du eine hast?«

Sie versetzte ihm einen leichten Stoß, ehe sie aus dem Wagen stieg. »Allein mit der Frau sprechen und sie dazu bringen, ihn zu verpfeifen. Verstanden.«

Die Worte waren ironisch gemeint, doch Reed legte den Kopf schief und schien nachzudenken, während sie auf das Haus zusteuerten. »Vielleicht findest du heraus, dass sie eine eigene interessante Sichtweise hat«, sagte er schließlich. »David und Amy Owens feiern im Herbst ihren einundvierzigsten Hochzeitstag.«

Ellery rechnete schnell im Kopf nach. »Einundvierzig Jahre. Da ist der junge David aber rasch über den Mord seiner Freundin hinweggekommen.«

»Ja«, pflichtete Reed ihr bei, ein starres Lächeln auf den Lippen, als er Richtung Türklingel griff. »In manchen Kreisen bezeichnet man das mitunter sogar als Motiv.«

Die Tür wurde geöffnet, und eine sonnengebräunte, angenehm rundliche Frau von Anfang sechzig mit hellblondem Haar und weit auseinanderstehenden blauen Augen stand vor ihnen. »Kann ich Ihnen helfen?« Ihr ehrliches, freundliches Lächeln ließ darauf schließen, dass die Frage ernst gemeint war.

Ellery blieb im Hintergrund, als Reed seinen FBI-Ausweis zückte. »Reed Markham«, sagte er, die Stimme leise und rau. »Das ist meine Mitarbeiterin, Ellery Hathaway. Wir würden gern ein paar Minuten mit Ihnen sprechen, wenn Sie die Zeit erübrigen können.« Ihre Augen wurden immer größer, als er sprach, und sie hob die Hand zum Mund.

»Oh, mein Gott. Brad Ramsey hat gesagt, dass Sie vielleicht vorbeikämen, aber nicht, dass es schon heute sein würde. Ich bin Amy Owens. Ach, bitte, kommen Sie doch herein!« Sie trat zurück, um die beiden ins Haus zu lassen, und führte sie anschließend in den Empfangsbereich.

Ellery schaute sich interessiert um. Sie war in einem Wohnblock ohne Fahrstuhl groß geworden – ein solider Ziegelbau, errichtet von Menschen, die sich noch an den Großen Brand erinnerten. Ihre Wohnung in Boston befand sich in einem ehemaligen Fabrikgebäude, wo früher von Seife bis hin zu Salz alles Mögliche produziert worden war. Das Haus der Owens war vielleicht 2010 erbaut worden – ein gepflegter Neubau mit strahlend weißen Wänden und ebensolchem Fliesenboden. Statt spitzer rechter Winkel, wie Ellery es gewohnt war, hatten die Zimmertüren Rundbögen, und an den Wänden hingen sandfarbene Aquarelle.

Amy hatte sich zur Treppe gewandt, um nach ihrem Mann zu rufen. »David! David, komm herunter, der Mann vom FBI ist da!«

Ellery hörte Schritte von oben und drehte sich so, dass sie den herannahenden Schatten sehen konnte. Sie war neugierig, wie der Mann aussah, der vielleicht seine zierliche Freundin erstochen und danach ein ganz normales Leben geführt hatte. »Hallo, ich bin David Owens«, sagte er. Seine Baritonstimme klang angenehm, doch in seinem Blick lag Wachsamkeit und in seinem Händedruck eine innere Anspannung, die das entspannte Auftreten Lügen straften. Er hatte breite Schultern und einen muskulösen Körper, was für einen Mann seines Alters eher untypisch war. Ellery konnte sich sehr gut vorstellen, dass er mit Uniform und Waffe Respekt einflößend gewirkt hatte. »Willkommen«, sagte er und schlug die Hände zusammen. »Hat Amy Ihnen etwas zu trinken angeboten? Sie hat auch gebacken, Schokoladenkekse mit Kirschen. Die sollte man sich auf keinen Fall entgehen lassen.«

»Nein, danke«, antwortete Reed.

»Das hört sich köstlich an«, sagte Ellery im selben Atemzug. Sie lächelte Amy an. »Ich sterbe vor Hunger. Im Flugzeug kriegt man heute nicht einmal mehr eine Packung Erdnüsse.«

Amy lächelte zurück und schien dankbar für Ellerys Bemerkung zu sein, wodurch sich die angespannte Atmosphäre etwas lockerte. »Das kenne ich nur allzu gut. Wir fliegen dreimal im Jahr nach Seattle, um unsere Tochter und unsere Enkel zu besuchen, und ich schwöre Ihnen, das Essen wird jedes Mal schlechter an Bord. Ich hole schnell ein paar Kekse und etwas zu trinken – bin gleich wieder da.«

David blickte verunsichert, als seine Frau davonflitzte. »Ich denke, wir sollten uns hinsetzen. Wie ich Amy kenne, zaubert sie Ihnen ein Drei-Gänge-Menü.«

Reed und Ellery folgten ihm in das sonnige Wohnzimmer mit blassgrünen Sesseln und dazu passendem Sofa mit Blumenmuster. Ellery bemerkte ein Familienporträt an der Wand, das den Fönfrisuren der Frauen nach zu urteilen mindestens zwanzig Jahre alt sein musste. David und Amy saßen stolz lächelnd in der Mitte, eingerahmt von ihren jugendlichen Töchtern, die älteste ungefähr im Alter von Camilla zum Zeitpunkt ihres Todes.

David Owens schüttelte irritiert den Kopf. Er schaute kurz zu Reed und dann wieder weg. »Ich hätte Sie sofort erkannt, selbst wenn der Sheriff mir nicht gesagt hätte, dass Sie kommen würden. Sie sehen genauso aus wie sie.«

Ellery sah, dass Reeds Wangen sich zu röten begannen, woraufhin er den Blick senkte. Was immer er erwartet hatte, das bestimmt nicht. Sie selbst hatte sich daran gewöhnt, von wildfremden Menschen angesprochen zu werden, die glaubten, alles über ihr Leben zu wissen, bloß weil sie ein Buch gelesen oder einen Film über Coben gesehen hatten. Doch sie und Coben waren während dieser entsetzlichen drei Tage allein auf der Farm gewesen – nur sie beide kannten die wahre Geschichte. Deshalb blieben die vielen neugierigen Fremden, die sie von sich wies, unbefriedigt. Sie hatte ein schreckliches Martyrium erlebt, aber es war ihr Martyrium. In Reeds Fall hingegen wusste ein wildfremder Mensch etwas über ihn, das ihm selbst nicht bekannt war. Reed musste entweder mit den Lücken in seiner Lebensgeschichte leben oder die fehlenden Puzzleteile ergreifen, die ihm ein anderer anbot.

»Ich weiß noch, dass ich den Ermittler damals gefragt habe, was mit Ihnen geschehen würde«, fuhr Owens fort. »An seinen Namen kann ich mich nach so langer Zeit nicht mehr erinnern.«

»Dobson«, bemerkte Reed sofort. »Lou Dobson.«

»Dobson. Ja, richtig. Er wollte wissen, warum ich ihn das fragte und ob ich vorhätte, Sie zu mir zu nehmen.« Owens machte ein Gesicht, als wäre ihm der Gedanke jetzt noch unangenehm. »Ich war damals vierundzwanzig und lebte in einer heruntergekommenen Zweizimmerwohnung. Mein Tag bestand aus Zehn-Stunden-Schichten. Wie hätte ich mich da um ein Kind kümmern können?«

Er sagte das halb entschuldigend, halb sich verteidigend, als würde er Reed darum bitten, ihn von der menschlichen

Schwäche freizusprechen, die er damals gezeigt hatte. Reed, immer darum bemüht, seine Umwelt glücklich zu machen, kam seiner Bitte nach. »Das verstehe ich«, sagte er. »Das hätte jeden überfordert.«

Owens lächelte gequält. »Sie mögen vielleicht aussehen wie Camilla, aber Sie klingen gar nicht wie sie. Camilla hatte einen spanischen Akzent und konnte in ihrer Muttersprache fluchen wie ein Bierkutscher. Ich habe kaum die Hälfte verstanden, aber ich bin für sie rot geworden. Sie – Sie kommen aus dem Süden, oder?«

»Ja, aus Virginia.«

»Das hat mir der Sheriff erzählt. Ihr Vater ist da wohl in der Politik tätig.«

Bei diesem Stichwort horchte Reed auf. »Haben Sie ihn gekannt?« Sein Tonfall war jetzt scharf.

»Nein«, antwortete Owens sichtlich irritiert. »Woher sollte ich ihn kennen? Ich bin noch nie in Virginia gewesen.«

»Mein Vater ist Anfang der 1970er-Jahre mehrfach in Las Vegas gewesen. Er hat diejenigen, die ihn im Wahlkampf finanziell unterstützt hatten, hierher eingeladen. Ich dachte, sie wären sich vielleicht einmal über den Weg gelaufen.«

»Nein«, erwiderte Owens entschieden. »Ich bin ihm nie begegnet.«

Amy kehrte zurück, in den Händen ein Tablett mit Eistee in hohen Gläsern und einem Teller köstlich aussehender Kekse. Ellery schnappte sich gleich zwei davon und unterdrückte einen genussvollen Seufzer, als die Kombination aus süßer Schokolade und Sauerkirsche auf ihrer Zunge zerging. Reed, am anderen Ende der Couch, nahm ein Glas Eistee entgegen, nippte der Form halber daran und stellte es mit einem angestrengten Lächeln beiseite. »Das ist sehr nett, vielen Dank«, sagte er und konzentrierte sich wieder auf Owens. »Was können Sie mir über Camillas Tod erzählen?«

Owens, der gerade in einen Keks biss, hielt auf die direkte Frage hin überrascht inne und legte das restliche Stück weg. »Nicht viel«, gab er zu. »Ich war nicht da, als es passiert ist. Ich habe mir deshalb immer Vorwürfe gemacht, denn ich wusste, dass sie beunruhigt war, weil ihr jemand nachstellte.«

»Und wer hat ihr nachgestellt?«, fragte Reed, obwohl ihm, wie Ellery wusste, die Antwort bekannt war.

»Ein Straßendealer namens Billy Thorndike. Cammie hat ihn eines Abends in einer Gasse dabei erwischt, wie er einen seiner Kuriere mit Gewalt maßregelte. Aber im Gegensatz zu den meisten anderen Menschen im Viertel hat sie nicht weggeschaut.«

»Was war Ihre Theorie zu dem Mord?«, lautete Reeds nächste Frage, und Ellery war gespannt auf die Antwort. Owens holte tief Luft und rieb sich die Hände auf den Knien, während er nachdachte.

»Dobson glaubte, ein Einbrecher hätte die Tat begangen. Aber das habe ich nie nachvollziehen können, selbst damals nicht. Camilla besaß so gut wie nichts – wer hätte da etwas stehlen wollen? Selbst die Stereoanlage war gebraucht gekauft und schon zehn Jahre alt. Es ist mir nie gelungen, die Einzelteile der Geschichte zu einem Gesamtbild zusammenzufügen. Wie hätte das Ganze ablaufen sollen – Cammie kommt nach Hause und überrascht den Täter, als er gerade dabei ist, das Diebesgut an die Tür zu stellen? Sie, Mr Reed, haben im Kinderbett gelegen, als Cammie tot aufgefunden wurde. Sie spaziert also zur Tür herein, der Typ hat das Messer griffbereit in der Hand und sagt zu ihr: ›Okay, bringen Sie erst mal Ihr Kind ins Bett, bevor ich Sie umbringe‹? Das ergibt keinen Sinn.«

Ellery hielt es für möglich, dass der Einbrecher in Panik geraten war, als er das Geräusch des Schlüssels hörte. Er hatte nach seinem Messer gegriffen und ihr aufgelauert. Beim

Anblick des Babys war er in seinem Versteck geblieben, bis Cammie Reed ins Bett gebracht hatte.

»Also haben Sie sich lieber an Billy Thorndike gehalten«, schlussfolgerte Reed, und Owens deutete mit dem Zeigefinger auf ihn.

»Da haben wir einen richtigen Verdächtigen. Cammie hatte ihn verraten, und er drohte ihr, dass sie dafür bezahlen würde. Er hat versucht, sie einzuschüchtern – hat ihr Angst eingejagt, damit sie nicht aussagt. Sie erhielt ein paar seltsame Anrufe, erst schweres Atmen, dann wurde aufgelegt. Eines Morgens waren sämtliche Reifen an ihrem Wagen zerstochen. Ich habe mir solche Sorgen gemacht, dass ich von da an meistens bei ihr übernachtet habe, sofern ich abends keinen Dienst hatte.«

»Wer möchte noch Eistee?«, unterbrach Amy die Unterhaltung und sprang auf.

Ellery sah Reed an, der ihr zunickte. Sie unterdrückte einen Seufzer, denn Owens' Geschichte fing gerade an, interessant zu werden. Ausgerechnet jetzt musste sie seiner Frau in die Küche folgen. »Ich«, rief Ellery. »Lassen Sie mich Ihnen bitte helfen.«

»Ach, das macht mir doch nichts aus«, erwiderte Amy, aber sie ließ zu, dass Ellery ihr in die Küche folgte. Als Ellery den Raum betrat, war ihr erster Gedanke, dass Reed sich dort sofort heimisch fühlen würde. Ausgestattet mit einem sechsflammigen Herd, einer Mücheninsel aus Granit samt eingelassener Spüle sowie einer Vielzahl von Töpfen und Pfannen, die von oben herabhingen, war diese Küche der Traum eines jeden Kochs. Amy öffnete den riesigen Edelstahlkühlschrank, und Ellerys Blick fiel auf eine Fülle von Lebensmitteln in sämtlichen Farben und Formen. In ihrer Kindheit und Jugend war der häusliche Kühlschrank oft leer gewesen, insbesondere gegen Ende des Monats, in den Tagen bis zum Zahltag. Sie hatten vorwiegend Konserven gegessen – angegraute Erbsen und widerlich süße Pfirsiche und Apfelsinen, die nach Metall schmeckten. Frisches Obst und Gemüse, das innerhalb weniger Tage verdarb, war ein Luxus, den die Familie Hathaway sich nicht hatte leisten können.

Amy musste Ellerys Blick bemerkt haben, denn sie lächelte und zog eine große Schüssel Obstsalat hervor. »Den habe ich gestern Abend zubereitet, aber David hat ihn heute Morgen kaum angerührt. Möchten Sie etwas davon haben?«

»Das sieht köstlich aus«, gestand Ellery, und Amy stellte zwei Porzellanschalen auf die Küchentheke. Während Amy den Obstsalat verteilte, suchte Ellery nach einem Aufhänger für das heikle Gespräch. »Sie müssen überrascht gewesen sein, als der Sheriff Sie angerufen und Ihnen erzählt hat, dass wir vorbeikommen würden. Der Fall Camilla Flores hat lange geruht.«

Amy zuckte mit den Achseln und sah von ihrer Obstschale nicht auf. »Schon. Aber es ist nicht so, dass er vergessen ist. Die Leute reden. Natürlich hielten manche es für möglich, dass David der Täter war.« Sie hielt inne, um Ellerys Reaktion zu prüfen, doch Ellery stach nur mit der Gabel in eine dicke Erdbeere.

»Das muss für Sie schwer gewesen sein, mit derartigen Verdächtigungen zu leben.«

Amy schürzte ihre Lippen. »Niemand, der David kennt, hat je ein Wort davon geglaubt. Aber ich weiß, dass es ihm etwas ausgemacht hat, insbesondere in den Monaten nach der Tat, als alle noch verstört waren. Und da der Täter nie gefasst wurde, hat das Gerede auch nie völlig aufgehört. Noch immer wird er hin und wieder im Restaurant angestarrt oder es gibt Getuschel hinter seinem Rücken, wenn die Messe zu Ende ist. Die Leute lieben Tratsch.«

»Haben Sie sie gekannt? Ich meine, Camilla.«

»Nein, ich habe nur die Geschichten gehört.«

»Welche Geschichten?«

Amys blaue Augen verrieten Misstrauen. »Ich rede nicht gern schlecht über Tote. Gott hab sie selig, sie ist tot.«

»Schlecht reden? Über Camilla?« Der Sheriff hatte in einem Ton über sie gesprochen, als wollte er ihr einen Orden dafür verleihen, dass sie Billy Thorndike die Stirn geboten hatte.

»Na ja, ich nehme an, dass sie kaum eine Wahl hatte.« Amy stocherte in ihrem Obst herum. »Sie hatte ein Kind, um das sie sich kümmern musste, und verdiente nicht viel als Bedienung.«

»Was wollen Sie damit sagen?«

Amy seufzte auf. »Wahrscheinlich mehr, als ich sollte. Aber ... damals gab es dieses Gerede. Also, dass Camilla und ihre Freundin, Angie, Geld dafür genommen hätten, die Kerle zu unterhalten.«

Ellery legte ihre Gabel ab und schielte Richtung Wohnzimmer. »Wollen Sie damit andeuten, dass die beiden als Prostituierte gearbeitet haben?« Reed hatte diese Möglichkeit nicht erwähnt, was darauf schließen ließ, dass nichts dergleichen in den Berichten gestanden hatte.

»Ich weiß nichts Näheres. Vielleicht war es so. Sie waren jung und sahen gut aus, den Fotos nach zu urteilen, die ich damals in den Zeitungen gesehen habe. Prostitution gab es schon immer in Las Vegas. Männer kommen hierher, die Taschen voller Geld, die Ehefrauen weit weg ... Wenn man knapp bei Kasse ist, kann man das auf diesem Weg einfach und schnell beheben.«

Der süße Geschmack der Erdbeere auf Ellerys Zunge nahm mit einem Mal eine bittere Note an. Sie musste Reed über die Einzelheiten dieses Gesprächs informieren, und sie war sich nicht sicher, wie sie ihm beibringen sollte, dass seine Zeugung womöglich im Zusammenhang mit einem bezahlten Liebesdienst gestanden hatte. Amy hingegen schien keine moralischen Bedenken zu haben.

»Ich meine, sie hat sich von jemandem schwängern lassen.«

»War Camilla zu diesem Zeitpunkt nicht mit David zusammen?« Ellery versuchte noch immer, den zeitlichen Rahmen der Geschehnisse zu erfassen.

»Nein, sie war schon schwanger, als sie sich kennenlernten. Sie tat ihm leid, weil sie auf sich allein gestellt war und bei der Arbeit den ganzen Tag herumlaufen musste.«

»Was war mit dem Vater? Wusste der nicht Bescheid?«

Angie warf ihr einen vielsagenden Blick zu. »Genau das versuche ich die ganze Zeit zu sagen«, entgegnete sie. »Ich glaube nicht, dass er Bescheid wissen wollte. Wahrscheinlich hatte er selbst schon Kinder, irgendwo in Los Angeles oder Houston oder Bloomington, Indiana.«

Ellery rutschte unangenehm berührt auf ihrem Hocker herum und bemühte sich, das Gespräch wieder in die von Reed gewünschte Richtung zu lenken. »Sie haben gesagt, dass David sich wie ein Verdächtiger vorgekommen ist. War das so, weil die Beamten gegen ihn ermittelt haben?«

»Sie mussten ihn natürlich überprüfen. Aber zum Zeitpunkt des Mordes war er am anderen Ende der Stadt auf Streife gewesen.«

»Sie klingen da sehr sicher.«

Amy betrachtete Ellery leicht überrascht. »Bin ich auch. Ich war ja bei ihm.«

»Äh … wie bitte?« In Ellerys Kopf begann sich alles zu drehen. Sie hatte sich die vielen Details in den Akten nicht so gut merken können wie Reed und verlor allmählich den Überblick. All diese Beziehungen, in denen die Beteiligten damals zueinander gestanden hatten und in denen sie heute standen. David und Cammie. Cammie und Angus Markham. Amy und David. Sie erinnerte sich, dass Reed sich angesichts der Überschneidung der Liebesbeziehung gewundert hatte.

»David und ich haben zusammen gearbeitet – wir haben uns bei der Polizei kennengelernt. Wir waren nicht immer gemeinsam auf Streife, aber an dem Tag schon. Daran kann ich mich noch sehr gut erinnern. Wir hatten Wagen Nummer siebenundsechzig und fuhren durch mein altes Viertel, in der Nähe von Spring Valley.«

»Sie waren einmal Polizistin?« Ellery versuchte, sich diese kurvige platinblonde Frau mit den tiefen Lachfalten und den weichen Händen in Uniform vorzustellen.

Amy grinste, während sie begann, das Geschirr wegzuräumen. »Jetzt schauen Sie nicht so überrascht drein. Ich war auch einmal jung, so wie Sie – ich bin eine Meile in acht Minuten gelaufen und habe mein Körpergewicht beim Bankdrücken stemmen können.« Sie hielt inne, um ihren runden Bauch zu tätscheln. »Das war natürlich, bevor ich Brie und Marmeladensandwichs entdeckt habe.«

»Dann sind Sie also sein Alibi.«

Amy verzog das Gesicht. »Wenn Sie es so ausdrücken, klingt es schäbig«, erwiderte sie, und in ihrer Stimme schwang leichte Verärgerung mit. »Aber so ist es, ja. Der Tag verlief anfangs ziemlich ruhig, bis wir den Funkspruch erhielten, wir sollten früher zum Revier zurückkehren. Davor hatten wir uns um einen Unfall mit Blechschaden gekümmert, um einen Streit in einem Lebensmittelladen, der ausgebrochen war, weil der Geschäftsführer behauptete, einer seiner Mitarbeiter hätte in die Kasse gegriffen, und schließlich noch um einen Alarm im Spirituosengeschäft Martinelli Liquors – der vierte in der Woche –, der, wie sich herausstellte, wieder einmal auf eine technische Störung zurückging. Wir erklärten dem Besitzer, dass er die Anlage reparieren müsste, andernfalls würden wir ihm eine Vorladung schicken, weil er unsere Zeit vergeudete. Mir ist später durch den Kopf gegangen, mit welchen Nichtigkeiten wir uns befasst haben, während Camilla gerade ermordet wurde. Man wird Polizist, weil man glaubt, dass man etwas bewirken und dazu beitragen kann, dass die Menschen friedlich miteinander leben. Aber dann stellt man fest, dass man nie zur rechten Zeit am rechten Ort ist, um die wirklich schlimmen Verbrechen zu verhindern.« Sie schüttelte traurig den Kopf und griff nach ihrem Eistee. »Ich habe meine Polizeimarke an dem Tag abgegeben, als ich erfuhr, dass ich mit Mallory schwanger war. Aber David hat die ganzen dreißig Jahre durchgehalten. Er ist ein guter Mensch.«

Ellerys eigene trübe Zukunft blitzte vor ihr auf, und sie fragte sich, ob sie ihren Posten in Boston wohl zurückbekäme oder ob sie sich wieder einmal neu würde erfinden müssen. »Wer, glauben Sie, hat Camilla Flores umgebracht?«, fragte sie Amy.

Amy blinzelte für eine Weile mit ihren weit auseinanderstehenden Augen. »Also wissen Sie, das hat mich noch nie jemand gefragt. Billy Thorndike würde auf meiner Liste der Verdächtigen wohl auch ganz oben stehen. Aber ...«

»Ja?« Ellery beugte sich aufmunternd vor.

»Ungefähr ein Jahr vor dem Mord an Camilla wurde schon einmal eine junge Frau erstochen. Das Verbrechen erhielt allerdings nicht so viel Aufmerksamkeit, weil sie zweifelsfrei eine Prostituierte gewesen war. Der Täter muss ihr in ihrem Schlafzimmer aufgelauert haben. Er vergewaltigte sie, erstach sie und ließ ihren Leichnam zurück. Soweit ich weiß, wurde der Kerl nie gefasst.«

»Können Sie sich an den Namen der jungen Frau erinnern?«

Amy blinzelte erneut. »Giselle? Danielle? Ich weiß es nicht mehr genau. Das ist schon so lange her.« In der Art, wie sie es sagte, nahm Ellery einen warnenden Unterton, womöglich einen Vorwurf wahr. Dann hellte Amys Miene sich wieder auf. »Wir sollten zurück zu den Männern gehen, oder? Die fragen sich bestimmt schon, wo wir bleiben.«

Als sie ins Wohnzimmer zurückkehrten, war Reed gerade dabei, David Owens nach Camillas Freundin und Nachbarin zu befragen, Angela Rivera. »Angie, ja«, sagte Owens. »Sie war eine Granate – immer mit großen Plänen. Sie wollte singen und tanzen. Cammie schleppte mich einmal in eine dieser winzigen Kaschemmen mit, in denen sie auftrat, quasi mitten in der Nacht. Sie war nicht der Star der Show, wenn Sie wissen, was ich meine. Aber als sie die Bühne betrat und ihre Nummern sang, fand ich sie gar nicht so schlecht. Doch was verstehe ich schon vom Singen?«

»Ich würde gern mit ihr sprechen, wenn das möglich ist«, erklärte Reed.

Owens schnaubte. »Dann viel Glück. Angie verschwand direkt nach dem Mord und kam nicht einmal mehr zur Beerdigung.«

»Aha, und warum nicht?«

»Keine Ahnung. Es hieß, der Mord an Cammie hätte sie vollkommen zerstört. Ich kann ihr keinen Vorwurf machen. Ein Messer schwingender Irrer läuft frei herum und ersticht direkt nebenan deine beste Freundin – da kommt einem vielleicht der Gedanke, dass man als Nächster dran ist.«

»Glauben Sie, dass Angie einen konkreten Grund gehabt haben könnte, um ihr Leben fürchten zu müssen?«

»Na ja, Thorndike hat Cammie gehasst, und Angie war Cammies beste Freundin. Außerdem war er einer von den Typen, die gerne mal Menschen zusammenschlagen, einfach so. Auf jeden Fall hat Angie sich ein paar Tage nach dem Mord aus dem Staub gemacht – ich denke, dass sie nach L. A. gegangen ist. Ich habe sie seitdem nicht mehr gesehen.«

Reed machte sich ein paar Notizen. Sein Blick blieb weiter auf die Notizen gerichtet, als er die nächste Frage stellte. »Was Cammies Baby betrifft – hat Angie gewusst, wer der Vater war?«

Ellery bemerkte, wie vorsichtig und distanziert Reed seine Worte wählte. *Cammies Baby. Der Vater.*

Auch Owens musste das mitbekommen haben, denn er räusperte sich zweimal, ehe er antwortete. »Ich glaube schon«, sagte er schließlich. »Aber das weiß ich nur, weil Angie ihre Freundin gedrängt hat, Geld von dem Typen zu fordern. Ich erinnere mich, dass Cammie eines Abends ihre Taschen nach Kleingeld durchsucht hat, um Windeln zu kaufen. Ich habe gesagt, dass ich sie gerne besorgen würde. Da ist Angie die Hutschnur geplatzt. ›Diese Windeln sollte der Du-weißt-schon-wer bezahlen‹, sagte sie zu Cammie. ›Dass er andere Prioritäten hat, ist mir völlig egal. Der Kerl hat seinen Teil zu diesem Kind beigetragen, dann kann er auch Verantwortung dafür übernehmen.‹ Cammie bat sie, damit aufzuhören.«

»Ich verstehe.« Reed machte sich noch mehr Notizen. Ellery verspürte Mitleid, als sie sah, wie er die Gleichgültigkeit seines Vaters auf Papier festhielt. »Wissen Sie, ob Cammie je mit ihm in Kontakt getreten ist? Ob sie ihn um Geld gebeten hat?«

»Weder noch. Tut mir leid.«

»In Ordnung.« Reed holte tief Luft und klappte seinen Notizblock zu. »Damit sind meine Fragen erst einmal beantwortet. Außer es gibt noch etwas, das Sie hinzufügen möchten – was immer es ist, das Sie für wichtig halten und ich möglicherweise übersehen habe.«

Owens spreizte verunsichert seine kräftigen Hände. »Was sollte das sein?«

»Na ja, alles, was Ihnen in den Tagen vor beziehungsweise nach der Tat ungewöhnlich erschien.«

»Ich habe Ihnen doch von diesen anonymen Anrufen und den zerstochenen Autoreifen erzählt.« Er strich sich über das Kinn, während er nachdachte. »Cammie hatte mehrfach das Gefühl, dass ihr ein Auto vom Restaurant nach Hause gefolgt ist. Wir haben beide vermutet, dass es Thorndike oder einer seiner Gorillas war. Sie hat daraufhin ihre Fahrtroute geändert und einen Antrag gestellt, um in die Tagesschicht wechseln zu können. Er wurde drei Tage vor ihrem Tod bewilligt.«

Owens klang ratlos. Stille breitete sich unter den Anwesenden im Zimmer aus, während sie eine verängstigte junge Frau vor Augen hatten, die allein in der Nacht nach Hause fuhr, geblendet von den Scheinwerfern eines Autos, das ihr an der Stoßstange klebte.

»Nun, wir gehen dann«, sagte Reed und wollte gerade aufstehen, als Owens sich vorbeugte, um ihn daran zu hindern.

»Warten Sie. Da ist doch noch etwas. Eine merkwürdige Sache, die sich zwei, drei Wochen vor ihrem Tod zugetragen hat.« Er lehnte sich zurück und schien sich über sich selbst zu wundern. »Ich habe seit Jahren nicht mehr daran gedacht.«

»Woran? Was ist Ihnen eingefallen?«

»Ich hatte damals Nachtschicht. Das Restaurant, in dem Cammie arbeitete, lag nicht auf meiner Route, aber wenn nicht viel los war, fuhr ich gelegentlich vorbei. Nur, um mich zu vergewissern, dass alles in Ordnung war. Immerhin hatte Thorndike sie bedroht. In jener Nacht sah ich sie auf dem Parkplatz, wo sie mit einem langen dünnen Kerl mit rotem Haar stritt. Sie schrie ihn richtiggehend an. Ich hätte angehalten, aber sie schien keine Angst vor ihm zu haben, und in dem Augenblick kam ein Funkruf herein. Später fragte ich sie, was denn da los gewesen sei. Sie erklärte, dieser Mann sei

ein Gast gewesen, der versucht hätte, die Zeche zu prellen.«
Er zögerte. »Das habe ich ihr aber nicht geglaubt.«

»Warum nicht?«, fragte Reed.

»Weil der Kerl einen schicken Anzug trug und sie neben
einem glänzenden Cadillac standen, von dem ich vermutete,
dass es sein Auto war. Warum sollte ein Typ wie er eine
Rechnung von fünf Dollar nicht bezahlen?«

»Würden Sie diesen Mann mit dem roten Haar wiedererkennen?«

»Nach all den Jahren? Nein. Ich habe ihn bloß dieses eine
Mal gesehen, und das auch nur aus der Ferne, weil ich nicht
ausgestiegen bin.«

Trotzdem hatte Reed sein Handy bereits hervorgeholt und
tippte auf das Display, während alle anderen warteten. »Was
ist mit dem Mann hier?«, fragte er und hielt Owens das Telefon hin. »Glauben Sie, er könnte es gewesen sein?«

Owens blickte auf das Telefon und zog es näher zu sich
heran. Er schüttelte den Kopf. »Warten Sie. Lassen Sie mich
meine Brille aufsetzen«, sagte er und versuchte es noch einmal. »Na ja«, meinte er nach einem intensiven Blick. »Kann
sein. Kann aber auch nicht sein. Von der Figur her passt es
ganz gut. Aber wie bereits gesagt, das ist zu lange her, um ihn
noch zu erkennen.«

»In Ordnung, danke.« Reed steckte sein Handy weg, und
das Ehepaar Owens führte sie zur Tür. »Ich weiß es zu schätzen, dass Sie sich Zeit für uns genommen haben. Möglicherweise melde ich mich noch einmal, sollten weitere Fragen
auftauchen.«

»Wir fahren nirgendwohin, nicht wahr, Schatz?« David
legte den Arm um seine Frau und drückte sie an sich. »Ich
hoffe … na ja, vielleicht ist das egoistisch von mir, aber ich
hoffe, dass Sie ein paar Antworten bekommen, denn dann
habe ich sie endlich auch.«

Ellery konnte es kaum erwarten, dass sich die Tür hinter ihnen schloss und sie dem Haus den Rücken zukehrten. »Würdest du mich bitte einweihen?«, fragte sie, während sie zum Auto gingen. »Wer ist der Mann mit dem roten Haar?«

Um Reeds Mund lag ein grimmiger Zug, als er das Handy in Ellerys Richtung hielt, damit sie das Bild sehen konnte, das er David Owens gezeigt hatte. »Er heißt Rufus Guthrie«, antwortete er. »Und er ist der Wahlkampfmanager meines Vaters.«

5

Wenn Reed an seinen Vater dachte, dann tauchte vor seinem geistigen Auge der Senator von heute auf. Der breitschultrige, weißhaarige, schlagfertige Angus Markham, der bei Bedarf immer ein Lächeln auf den Lippen trug. Obwohl er mittlerweile ein Löwe im Winter seines Lebens war, konnte er eine Versammlung mit Hunderten von Menschen immer noch genauso mühelos dominieren wie den langen Esstisch der Familie. Wenn er zu Hause war, lag eine ganz besondere Energie in der Luft, wild, lustig, voller Wetteifer, weil alle vier Kinder darum bemüht waren, einen Teil seiner Aufmerksamkeit zu erheischen. Die Familie atmete zweifellos entspannter, wenn er unterwegs war. Reed erinnerte sich an die langen Tage seiner goldenen Kindheit, als er noch kurze Hosen trug und zu Hause war, während seine älteren Schwestern bereits zur Schule gingen. Manchmal blieb er in der Obhut der Mutter, häufiger aber in der des Kindermädchens, Lucille, und der Haushälterin, Betsy. In dem großen Haus breitete sich eine Atmosphäre des Wartens aus. Nachmittags spielte er immer in der Nähe der Fenster, schob seine kleinen Autos auf den hölzernen Fensterbänken auf und ab, stets die runde Einfahrt im Blick, um ja nicht den Augenblick zu verpassen, wenn der weinrote Caddy vorfuhr und seine drei quirligen blonden Schwestern herauspurzelten. Lärmend, schubsend und kichernd stürmten sie herein und hoben ihn ungestüm hoch, als wäre er ein heißgeliebtes Haustier der Familie. Reed schlang die Arme um ihren Nacken, freute sich über ihre überbordende Liebe, aber ihn beschlich auch die Angst, sie könnten ihn fallen lassen. Was nie geschah. Einmal ging er zu Hause tatsächlich verloren, woraufhin sein Vater derart zornig wurde, wie es Reed danach nie wieder erlebt hatte.

Reed hatte immer gern Verstecken gespielt, weil er ein Meister darin war, alles und jeden zu finden, und folglich jedes Spiel gewann. Bis zu jenem regnerischen Nachmittag, als er an der Reihe war, sich zu verstecken. Er stieg die knarrende Treppe zur Mansarde hinauf, wo er eine alte Spielzeugkiste entdeckte, in die ein vierjähriger Junge mit Leichtigkeit hineinpasste. Auf ihrem Deckel prangte die abgeblätterte Darstellung von Goldlöckchen und den drei Bären. Stolz auf seinen Einfallsreichtum, verschwand er grinsend in der Kiste. Nicht einmal der Staub oder die Dunkelheit störten ihn. Minute um Minute verstrich, und nach einer guten Stunde hatten ihn seine Schwestern immer noch nicht gefunden. Eingezwängt in der Kiste, wurde Reed zunehmend unruhig, bis ihm schließlich langweilig war und er beschloss, hinauszukrabbeln, um über seinen Sieg zu triumphieren. Er versuchte den Deckel aufzudrücken, aber er ließ sich nicht öffnen. Der Verschluss war offenbar eingerastet, als er die Kiste zugemacht hatte. Er lag wie in seinem eigenen kleinen Sarg gefangen. Er stemmte sich immer wieder gegen den Deckel, trat mit den Füßen derart fest auf die Spielzeugkiste ein, dass sie auf der Stelle hüpfte. »Hilfe!«, schrie er, während Panik in ihm aufstieg. »Holt mich hier raus!«

Reed weinte längst stumme Tränen der Angst und des Selbstmitleids, als er hörte, wie jemand die Treppe hinaufstapfte. Das Schnappschloss wurde geöffnet, und das Gesicht seines Vaters erschien über ihm, kreidebleich vor Angst. Er hob Reed hoch, nahm ihn in seine Arme und drückte ihn fest an sich, und Reed wusste, dass er nie fallen würde. »Mädchen«, schrie sein Vater, dass die Wände wackelten.

»Kommt sofort herauf und entschuldigt euch bei eurem Bruder!«

Wie Reed erfuhr, hatte eine Fernsehsendung sie derart in den Bann gezogen, dass sie ihren Bruder völlig vergessen hatten. Kimberley, Suzanne und Lynette baten ihn aufrichtig und zerknirscht um Verzeihung, doch das genügte seinem erzürnten Vater nicht. Er nahm seinen Gürtel ab und verprügelte sie, während Reed zusah. Das gemeine Körnchen Wut in ihm freute sich über die Angst in den bleichen Gesichtern der Mädchen, die gleiche Angst, die er in der Kiste verspürt hatte, auch wenn sein Herz sich jedes Mal zusammenzog, wenn der Gürtel auf sie niederging. Beim Abendessen saßen seine Schwestern still da, aber in jener Nacht ließ seine jüngste Schwester, Kimberley, ihn in ihr Bett krabbeln.

»Es tut mir leid«, flüsterte er, obwohl er nicht genau wusste, wofür er sich entschuldigte. Ihm war nur wichtig, dass er sie wieder umarmen durfte.

»Mir auch«, flüsterte sie zurück, und sie sprachen nie wieder über die Geschehnisse jenes Tages.

Danach wurde im Haus der Markhams nie mehr Verstecken gespielt. Sein Lieblingsspiel war tabu. Das war Reeds erste Lektion darin, wie zerbrechlich das Familienleben war. Wie ein kleines Ereignis das Gewebe des ganzen Teppichs verändern konnte. Man konnte ihn zwar flicken, aber er sah nie wieder so aus wie vorher.

Als sie in das farblose Zimmer im LVMPD zurückkehrten, begutachtete Reed noch einmal den Stapel Kisten und Akten, die die Überreste vom Leben und Tod seiner Mutter bargen. Reed nahm den Geruch der Jahre wahr, der an den eingedrückten Deckeln der Kartons und dem brüchigen vergilbten, verstaubten Papier haftete. Diese Akten waren durch die Hände von drei Generationen von Beamten gegangen und entsprachen nicht mehr den heutigen Ermittlungsstandards, sie waren alt. Im Gegensatz zu seiner Mutter. Als sie starb, war sie jung gewesen, noch keine zwanzig. Nicht einmal halb so alt wie er jetzt. Er musste sie suchen, musste sie besser kennenlernen, wenn er ihren Mörder fassen wollte. Aber er war sich nicht sicher, ob er sie in den wenigen Papieren finden würde.

Ellery, die neben ihm stand, öffnete eine der Mordakten von 1975 und begann, sie durchzublättern. »Tatsächlich, da ist sie«, sagte sie nach einem Augenblick und drehte die Mappe so, dass Reed mitlesen konnte. »Die Aussage von Officer Amy Conway, in der sie bestätigt, dass David Owens zum Zeitpunkt des Mordes zusammen mit ihr Streife fuhr. Natürlich hat da noch niemand wissen können, dass sie ihn eines Tages einmal heiraten würde.«

»Und selbst wenn, bin ich mir nicht sicher, ob das eine Rolle gespielt hätte. Owens' Kollegen wollten ihn damals bestimmt so schnell wie möglich von der Liste der Verdächtigen streichen.«

»Du hast ihn aber noch nicht gestrichen.«

»Ich behalte mir die Entscheidung darüber noch vor.« David Owens hatte sich zwar als ein kooperativer und offener Mensch gezeigt, der, soweit Reed das beurteilen konnte, seine Fragen zu Camilla Flores und dem Tag ihrer Ermordung so gut wie möglich beantwortet hatte. Trotzdem war Reed noch nicht bereit, Cammies Polizistenfreund zu entlasten. Die langen Pausen und seine teilweise zögerlichen Antworten waren möglicherweise auf die vielen Jahre zurückzuführen, die seit dem Mord vergangen waren. Aber sie sprachen normalerweise auch dafür, dass jemand einen Bogen um die Wahrheit machte. Reed war dem Versteckspielen zwar schon lange entwachsen, doch er hatte sich ein gutes Gespür für das Unausgesprochene und das Unsichtbare bewahrt, und sein

Bauchgefühl sagte ihm, dass Owens nicht mit der ganzen Wahrheit herausgerückt war.

»Amy hat da noch etwas erwähnt«, sagte Ellery, während sie die Akte weiter durchblätterte. »Ungefähr ein Jahr vor dem Mord an Camilla wurde schon einmal eine junge Frau in ihrer Wohnung erstochen. Hast du davon in den Akten gelesen?«

»Nein«, erwiderte Reed, aber er hörte Ellery nur mit halbem Ohr zu. Die Kiste mit der Mordwaffe lag vor ihm auf dem Tisch und forderte ihn stillschweigend auf, den Deckel zu öffnen.

»Sie soll Giselle oder Danielle geheißen haben. Wir könnten den Sheriff danach fragen.«

Reed antwortete nicht. Er streifte sich Latexhandschuhe über, holte tief Luft und bereitete sich mental darauf vor, was er in dieser Kiste vorfinden würde. Blindlings griff er hinein, und seine Hände ertasteten einen großen schweren, metallenen Gegenstand im Plastikbeutel. Als er ihn heraushob, stellte er fest, dass es die Buchstütze war. Jener Pferdekopf, mit dem der Mörder Camillas Schädel und ihr Gesicht zertrümmert hatte, während sie bereits auf dem Wohnzimmerboden lag und verblutete. Er zog das Objekt aus der Verpackung und beugte sich vor, um es genauer zu betrachten, sein Gesicht nur wenige Zentimeter von der gusseisernen Form entfernt. Er entdeckte getrocknetes Blut, sogar ein paar dunkle Haare klebten seitlich an dem Pferdekopf. Reed machte zudem Reste von grauem Spurensicherungspulver aus – ein Test, der keine verwertbaren Ergebnisse geliefert hatte, wie Reed wusste.

Er richtete sich wieder auf, um erneut in die Kiste zu greifen. Dieses Mal stieß er auf einen alten braunen unbeschrifteten Briefumschlag. Er löste die Klammer, mit der die Lasche verschlossen war, und kippte den Inhalt in seine Hand. Polaroids glitten heraus, ungefähr ein Dutzend. Er hielt den Atem an, während er sich die verblassten Bilder ansah. Eines der Fotos zeigte Camilla, schick gemacht in einem kurzen Paillettenkleid und hochhackigen Schuhen. Sie lächelte in die Kamera, gemeinsam mit einer anderen dunkelhaarigen Frau, die ungefähr so alt und so groß war wie sie und von der Reed vermutete, dass es Angie Rivera war. Er suchte das Gesicht seiner Mutter nach Gemeinsamkeiten ab. Die Bilder, die er bisher von ihr gesehen hatte, stammten alle vom Tatort. Darauf war sie kaum als Mensch erkennbar, geschweige denn als seine Mutter.

Ellery beugte sich zu Reed hinüber, um auch einen Blick auf das Foto zu werfen. »David hat recht«, murmelte sie. »Du siehst ihr tatsächlich sehr ähnlich. Sieh doch nur, du scheitelst sogar dein Haar an der gleichen Stelle wie sie.«

Reed griff behutsam mit einer Hand nach seinem Kopf. »Ja, stimmt.«

Er betrachtete das nächste Bild. Wieder ein Schnappschuss von Camilla und Angie, dieses Mal in T-Shirts und Jeans neben einem Straßenschild auf der Route 66. Einer Eingebung folgend drehte er das Foto um. *Getting our kicks, 1973*, stand auf der Rückseite geschrieben, in Anlehnung an den Bluessong ›Get your kicks on Route 66‹. War das Camillas Handschrift? Vielleicht. Er blätterte weiter zum nächsten Foto, und Ellery hielt die Luft an, als sie das Motiv sah.

»Oh, wow.«

Camilla saß auf einer Betontreppe mit einem kleinen Jungen im Arm, der irritiert in die Kamera blickte, während sie in die Sonne blinzelte, das Haar mit einem Kopftuch zurückgebunden, ein Tausend-Watt-Lächeln auf den Lippen, das nach all den Jahren immer noch strahlend war. Reed wurde eng um die Brust, als er das Foto umdrehte. *Ich und Joey*, las er. Camilla hatte ein kleines Herz neben seinen Namen gemalt, so wie Tula es immer machte, wenn sie ihm eine selbst kreierte Karte schenkte. Ihm schnürte es die Kehle zu und er schluckte schwer, als er die Bildseite wieder nach oben drehte und noch einmal die stolz strahlende Camilla betrachtete. Liebe. Er war von Beginn an geliebt worden. Dieses kostbare Wissen erfüllte ihn mit Freude und zugleich mit wohlvertrauter Scham, als bedeutete seine Sehnsucht den Verrat an seiner zweiten Familie. Rasch steckte er das Foto weg.

»Wer ist das?«, fragte Ellery, als er nach dem nächsten Foto griff. Zwischen Angie und Camilla stand eine kräftiger gebaute blonde Frau in Cowboystiefeln und einem Neckholdertop. Reed prüfte die Rückseite, auf der *Angie, Wanda und ich* geschrieben stand.

»Okay, und wer ist Wanda?«

»Ich weiß es nicht. Ich kann mich nicht erinnern, in den Berichten etwas über sie gelesen zu haben.«

Ellery holte ihr Handy hervor und notierte sich den Namen. »Wir können auch den Sheriff fragen. Was ist auf den übrigen Bildern zu sehen?«

»Eigentlich das Gleiche. Hier ist noch eins mit David.« Er zeigte ihr den Schnappschuss eines offensichtlich glücklichen Paars. Die zierliche Camilla auf dem Schoß des grinsenden wuschelhaarigen Owens, beide mit einer Bierdose in der Hand. Reed sah auf der Rückseite nach, aber er fand keinen Vermerk dazu, wann und wo die Aufnahme gemacht wurde.

Das letzte Bild zeigte ihn im Kinderbett, ein pausbäckiges Kleinkind mit knubbeligen Beinchen im weißen Strampler, das fröhlich in die Kamera krähte. *Joey, vier Monate alt*, stand auf der Rückseite geschrieben. Reed bildete sich ein, das Spiegelbild seiner Mutter in seinen leuchtenden Augen zu erkennen, wenn er nah genug hinsah. Er steckte die Fotos vorsichtig wieder in den Umschlag zurück. Sie lieferten keine Beweise, außer vielleicht den, dass Camilla vor ihrem Tod glücklich gewesen und von anderen Menschen geliebt worden war.

In dem Karton befanden sich weitere Gegenstände aus Camillas Wohnung, alle in Plastiktüten verpackt: ihre Kleidung – Jeans und eine Bluse mit Rautenmuster, beides voller Risse und getrocknetem Blut; ihre Hamilton-Armbanduhr, ebenfalls mit Blut überzogen; ein Paar flache braune, ziemlich abgelaufene Schuhe, deren Anblick Reed beinahe das Herz brach. Er zwang sich, weiterzustöbern, bis er ganz unten angelangt war, wo das Messer lag, in einem Spurensicherungsbeutel und versehen mit einem nummerierten Etikett.

Vorsichtig hob er das Tatwerkzeug heraus, um es in dem Beutel zu begutachten. Mit nüchternem Blick betrachtete Ellery die blutverschmierte achtzehn Zentimeter lange Klinge. »Aus den Akten geht hervor, dass das Messer offenbar nicht zum Inventar ihrer Küche gehörte«, sagte sie.

»Das stimmt, aber ihre Küchenutensilien waren bunt zusammengewürfelt. Sie besaß kein schickes Wüsthof-Messerset. Das hier ist ein einfaches Fleischermesser, das es überall zu kaufen gibt. Die Ermittler haben nie klären können, ob der Täter das Messer bei sich hatte oder nicht.« Reed ging davon aus, dass die Tat vorsätzlich geschehen war, denn Cammie war nicht vergewaltigt worden. Wenn ein Einbruch als Motiv auszuschließen war, konnte der Angreifer nur eine einzige Absicht verfolgt haben, als er die Wohnung betreten hatte. Reed hob den Beutel hoch, um sich den Griff anzusehen. »Genau, wie ich gedacht habe«, sagte er. »Da ist Blut.«

»Nicht nur da«, erwiderte Ellery. »Überall.«

»Ja, aber bei Messerangriffen, insbesondere bei solchen, in denen wie hier mehrfach auf das Opfer eingestochen wird, verletzt sich der Täter oder die Täterin oft selbst an der Hand. Bei dieser Attacke wurde derart viel Blut verspritzt, dass wir

89

unmöglich das gesamte Material testen lassen können. Aber wir könnten eine Teilanalyse rechtfertigen, und ich würde empfehlen, hier unten zu beginnen, am Ende des Messergriffs.«

»Glaubst du, dass es so einfach ist?«

»Immerhin war es DNA, die uns erstmals seit vierzig Jahren neue Informationen geliefert hat. Ob die Untersuchung des Messers etwas ergeben wird, weiß ich nicht, aber es ist eine Chance. Vielleicht sogar die einzige, die wir haben.«

Sie katalogisierten die übrigen Beweise und fuhren zum Hotel. Reed hatte eine Penthouse-Suite in einem kleineren Luxushotel in der Nähe des Las Vegas Strip ergattert. Sie war fast genauso groß wie seine Eigentumswohnung in Virginia, mit zwei Schlafzimmern und je einem En-suite-Bad samt Regendusche und Badewanne. Der großzügige Wohnbereich mit eleganter Ledergarnitur bildete das Zentrum, die Pantryküche war ausgestattet mit Spülmaschine, großem Kühlschrank und einer Kochinsel aus Granit, über der goldene Leuchten von der Decke hingen. Im Essbereich stand, für Reed das Wichtigste, ein großer langer Tisch, der bestens geeignet war, um dort die Einsatzzentrale für den Fall zu installieren. Er griff nach den Akten, die er aus dem Büro des Sheriffs mitgenommen hatte, breitete sie auf dem Tisch aus und begann die Informationen zu sortieren, während Ellery die Suite inspizierte.

»In der Wanne könnte man schwimmen«, rief sie aus einem der Schlafzimmer. Wenige Augenblicke später steckte sie den Kopf zur Tür heraus und schwenkte eine kleine Flasche Rotwein. »Die und eine Schachtel Pralinen habe ich im Zimmer vorgefunden, dazu eine Karte, auf der ›Herzlich willkommen, und genießen Sie Ihren Aufenthalt‹ steht. Hast du das arrangiert?«

Reed lächelte etwas abgespannt und schüttelte den Kopf.

»Nein, solche Begrüßungsgeschenke sind in dieser Art Hotel üblich.«

»Ach ja? Das Einzige, was du in einem Motel Six bekommst, sind kleine, einzeln verpackte Seifen.« Sie betrachtete den Wein. »Das hier ist besser.«

»Schenk dir ein Glas ein, und wir bestellen uns etwas zu essen aufs Zimmer.«

»Oder ich gehe schnell etwas holen.«

Er winkte ab und konzentrierte sich wieder auf den Laptop. »Der Zimmerservice ist schneller und bequemer, außerdem ist das Essen sicherlich fettärmer.«

»Ich besorge dir auch gern etwas Gesundes. Wir sind zwar in der Wüste, aber irgendwo gibt es bestimmt Grünkohl.«

Er setzte seine Lesebrille ab, drehte sich auf dem Stuhl herum und sah zu ihr hoch. »Dafür, dass wir gerade erst angekommen sind, bist du ziemlich erpicht darauf, wieder wegzugehen.«

»Nein. Aber der Zimmerservice kostet eine Menge Geld, oder nicht?« Sie breitete die Arme aus. »Und diese Suite hier, Reed … sie ist toll, aber auch nicht für umsonst.«

»Das übernehme ich. Kein Problem.«

»Aber für mich vielleicht.«

Reed rieb sich das Gesicht. Er wusste, dass Ellery äußerst sparsam war. »Das hier ist mein Fall, den wir womöglich ohne Erfolg untersuchen. Du solltest dir also keine Gedanken über irgendwelche Kosten machen. Ich habe dieses Hotel ausgesucht, weil ich es für passend und komfortabel hielt. Wenn es dir nicht gefällt, können wir uns morgen gern nach etwas anderem umsehen. Aber heute Abend hätte ich gern, dass wir uns einfach etwas zu essen bestellen und dann ausruhen, okay? Ich bin heute Morgen um fünf Uhr auf der anderen Seite des Landes aufgestanden und seitdem ununterbrochen auf den Beinen.«

91

»In Ordnung«, erwiderte Ellery seufzend. »Ich nehme einen Burger«, fügte sie hinzu und verschwand mit dem Wein in ihrem Schlafzimmer. Reed bestellte Ellerys Burger und für sich ein Lachssteak mit geschmortem Spargel. Eine tugendhafte kalorienarme Wahl, aber er musste sich eingestehen, dass er bereits an die Pralinen dachte.

Er hörte die Dusche in Ellerys Badezimmer rauschen, als er zu seinem Laptop zurückkehrte. Beim Anblick der Treffer zu dem Suchbegriff, den er vorher eingegeben hatte, blieb ihm beinahe das Herz stehen. In Los Angeles gab es mindestens 247 Frauen mit dem Namen Angela Rivera – und die Zahl erhöhte sich auf mehr als vierhundert, als er die Umgebung miteinbezog. Manche konnte er aufgrund des Alters ausschließen, trotzdem blieben mehr als vierzig Angela Riveras übrig, die überprüft werden mussten. Erschöpft klappte er den Laptop zu und lehnte sich zurück. Das FBI hatte ihm bei der Übernahme dieses alten Falls zwar keine Fristen gesetzt, aber er hatte auch keinen Freibrief bekommen, so lange in der Wüste zu ermitteln, wie er wollte. Ihm war klar, dass er innerhalb einer Woche die ersten Fortschritte vorweisen musste, sonst würde die stellvertretende Direktorin nervös werden. Er hörte sie jetzt schon: *Sie können alle gewünschten DNA-Tests durchführen, aber vom Büro aus. Es gibt andere, aktuellere Fälle, die Ihre Aufmerksamkeit erfordern.*

Er ging zur Glastür, die auf den Balkon führte, öffnete sie und trat hinaus in die kühle Nachtluft. Die Stadt war lebendig geworden im abendlichen Lichtermeer, und blinkende Neonleuchten säumten den Las Vegas Strip. Reed lehnte sich auf das Geländer, und sein Blick wanderte über die schillernde Szenerie, die vor ihm lag, vom glitzernden Hotel New York-New York, das der Skyline der namensgebenden Stadt nachempfunden war, bis hin zu dem smaragdgrün leuchtenden MGM-Komplex. In der Ferne blinkte das wachsame rote Auge des Stratosphere Tower, während der kräftige, unbewegte Lichtstrahl des Luxor-Hotels weit in den Himmel wies – ein Zeichen für alle Besucher, dass es die erste Adresse in Vegas war. Reed konnte von seinem Standort aus die Autos auf dem Boulevard sehen, jedoch keine Menschen, da die glitzernden Lichter sie verschluckten.

Er versuchte, sich sein anderes Leben vorzustellen, als Joey Flores, und fragte sich, ob er beim Anblick der zwei Meter großen blinkenden Schilder denken würde: *Das hier ist mein Zuhause.* Er war halb Weißer oder halb Latino, abhängig vom Auge des Betrachters und der jeweiligen Jahreszeit. Aufgewachsen in einem Dreizehn-Zimmer-Herrenhaus eines Senators und seiner mustergültigen Frau, gemeinsam mit deren drei blonden Töchtern, setzte sich die weiße Seite in ihm jedoch meistens durch. Reed betrachtete seine Hand im dämmrigen Abendlicht. Seine hellhäutigen Schwestern erschienen wie aus Elfenbein geschnitzt. Die Hausangestellten hatten eine intensivere Hautfarbe gehabt, angefangen mit Lucille, dem Kindermädchen mit ihrem üppigen einladenden Busen und dem ockerfarbenen Teint, bis hin zu Hector, dem Gärtner, dessen umbrafarbenes Gesicht stets voller Stolz aufgeleuchtet hatte, wenn die Rosen zu blühen begannen. Beide hatten selbst Kinder gehabt, deren Hautfarbe mit derjenigen ihrer Eltern übereinstimmte. Reed hatte gelegentlich mit ihnen Ball oder Fangen in dem weitläufigen Garten der Markhams gespielt und sie manchmal insgeheim darum beneidet. Seine Hautfarbe lag irgendwo dazwischen, weder hell noch dunkel. Er hatte seinen Platz am Esstisch der Familie im Grunde einem Zufall zu verdanken. Zumindest war er in dem Glauben erzogen worden.

Er spürte einen Kloß im Hals, als er an Camilla dachte. Eine Mutter, so jung und ohne Familie in der Nähe, die kaum genug verdiente, um sich selbst über Wasser zu halten. Ihr

Sohn hatte das große Los in der Familienlotterie gezogen und Gesellschaftsschichten übersprungen, in die Camilla selbst nie hätte vordringen können. Alles, was er war, und alles, was er hatte, ließ sich auf ihren gewaltsamen Tod zurückführen. Er fragte sich, ob sie ihn erkennen würde, wenn sie ihn jetzt sähe. Ob sie auf das, was aus ihm geworden war, stolz wäre oder davon angewidert.

Die Schiebetür hinter Reed ging auf, und er wurde aus seinen Gedanken herausgerissen. Er drehte sich um. Ellery, eingehüllt in einen flauschigen weißen Bademantel, trat mit nackten Füßen auf den Balkon. Sie hatte das Haar hochgesteckt, und er konnte den Duft des Hotelduschgels riechen, eine Mischung aus Vanille und Kokosnuss, dessen Zweck zweifellos darin bestand, die Erinnerung an einen Strand wachzurufen. »Entschuldigung, ich wollte dich nicht erschrecken«, sagte sie, während sie sich zu ihm an die Balkonbrüstung gesellte.

Er überlegte, wie oft sie ihm schon eine Heidenangst eingejagt hatte, angefangen in der Nacht, in der sie sich zum ersten Mal begegnet waren. »Das scheint irgendwie deine Berufung zu sein.«

»Eher ein Zweithobby.« Sie blickte auf die funkelnde Skyline.

»Und? Was denkst du?«

»Ziemlich beeindruckend. Wirkt wie eine völlig andere Stadt. All die Farben und Lichter, man weiß kaum, wo man zuerst hinsehen soll. Aber das ist wohl der Sinn der Sache, oder? Wir sollen den blinkenden Leuchtreklamen, den Tänzerinnen, dem Alkohol und was es sonst noch so gibt, unsere Aufmerksamkeit schenken. Der ständige Trubel und die Ablenkung sind dazu da, um zu vergessen.«

»Zu vergessen? Was denn?«

Sie schaute ihn an. »Dass das Haus immer gewinnt.«

Er hielt ihren Blick fest. *Nicht immer*, dachte er. Dass Ellery lebte, würde für ihn stets ein Wunder sein. Er hatte als einer von hundert Polizisten an ihrem Entführungsfall gearbeitet. Die meisten seiner Kollegen waren am Tag drei davon ausgegangen, dass sie nach einer Leiche suchten. Beim Aufbrechen des Wandschranks hatte er gezittert. Blutverschmiert, aber noch immer atmend, hatte sie dagelegen. Als Coben später gefasst war und sein letztes Opfer sich im Krankenhaus erholte, hatte Reed bereitwillig sein Gesicht in die Kameras gehalten. Er und Sarit hatten sogar einen Bestseller über den Fall geschrieben. Erst als er Ellery viele Jahre später wiedertraf, erkannte er die Wahrheit: Ja, er hatte sie gerettet, und ja, er hatte einen brutalen Mörder gestoppt, aber aus Ellerys Sicht war er zu spät gekommen. Er war erneut in ihr Leben getreten und hatte Dank erwartet. Stattdessen ertappte er sich dabei, dass er auf Vergebung hoffte. Erst als er begriff, dass sie ihm weder das eine noch das andere schuldete, fanden sie zu einem gegenseitigen Verständnis. Er behandelte sie wie einen normalen Menschen, und sie ihn auch.

Ellery brach den Blickkontakt ab und starrte auf die glitzernden Casinos. »Ich habe übrigens noch etwas festgestellt«, sagte sie nach einer Weile, ohne ihn anzusehen. »In meinem Schlafzimmer gibt es keinen Wandschrank.«

Zwar war die Hotelsuite mit einer verschließbaren Garderobe ausgestattet, aber in den Schlafzimmern standen Kleiderschränke. Reed hatte auf dieses Detail geachtet, ehe er reserviert hatte. »Es scheint so zu sein.«

Sie dankte ihm mit einem angedeuteten Nicken. »Du denkst wirklich an alles.«

Er dachte in der Tat mehr an sie, als er sich eingestehen mochte. Ellery war am Abend ihres vierzehnten Geburtstags mit dem Fahrrad unterwegs gewesen, allein auf den Straßen von Chicago. Reed hatte diesen Umstand nicht in seinem

Buch erwähnt. Doch er war aufschlussreich und verriet ihm alles, was er wissen musste, um zu begreifen, wie sie aufgewachsen war – mit der Erfahrung von Mangel. Einem Mangel an Essen. Einem Mangel an Aufmerksamkeit. Einem Mangel an Liebe. Sie hatte gerade das Nötigste zum Leben gehabt. Bis zu jener Nacht, in der sie auch das beinahe verloren hätte. Selbst wenn er sie bis an ihr Lebensende in Luxushotels einquartieren würde, wäre das keine Entschädigung für all das, was sie nicht bekommen hatte.

»Der Bademantel steht dir«, sagte er, um das Thema zu wechseln.

Sie belohnte ihn mit einem Lächeln. »Ich habe das Gefühl, in eine Wolke gehüllt zu sein«, gab sie zu. »Durchaus möglich, dass er versehentlich in meinem Koffer landet, wenn wir abreisen.«

Reed würde die Gebühr dafür gern bezahlen. »Dann können wir also hierbleiben?«

Der Zimmerservice klopfte laut an die Tür, woraufhin Ellery sich umdrehte. Reed hätte schwören können, dass er gerade ihren Magen hatte knurren hören. »Ja, können wir.«

Ein plötzliches Geräusch riss Reed mitten in der Nacht aus dem Schlaf. Er saß aufrecht im Bett, im ersten Moment verwirrt und orientierungslos. *Las Vegas*, erinnerte er sich gleich darauf und fragte sich, ob er Ellery hatte umherwandern hören, die, wie immer, unter Schlaflosigkeit litt. Doch dann summte sein Handy auf dem Nachttisch, und er erkannte, dass ihn sein Telefon geweckt hatte. Als er danach griff, sah er den Namen seines Vaters im Display, Angus Markham.

Reed wartete bis zur letzten Sekunde, bevor die Mailbox sich einschaltete. »Hallo.«

»Reed.« Die normalerweise muntere Stimme seines Vaters klang angestrengt und heiser. »Ich weiß, wie spät es ist, aber ich war den ganzen Tag unterwegs, habe Reden gehalten und die Hände von Menschen geschüttelt, die meinen Wahlkampf finanziell unterstützen. Ich bin gerade erst nach Hause gekommen. Die Straßen sind glatt, deshalb ist Kenny gefahren, als würde er ein Neugeborenes auf dem Rücksitz chauffieren.«

Reed hörte das klirrende Geräusch von Eiswürfeln. Sein Vater schenkte sich seinen üblichen Gute-Nacht-Drink ein, einen Bourbon. »Was ist es denn, das bis morgen nicht warten kann?«

»Oh Gott, morgen. Da habe ich um sieben Uhr ein Interview im Radio. Anschließend besuche ich eine Grundschule, und danach treffe ich mich mit der Gewerkschaft der öffentlichen Angestellten. Am Nachmittag findet die Abstimmung zu ›GO Virginia‹ statt. Ich bin froh, wenn man mir zwischendurch noch Zeit einplant, um pinkeln zu gehen.«

»Ah, das Leben eines Staatsbeamten«, bemerkte Reed tonlos.

Sein Vater lachte in sich hinein. »Ja, und ich liebe es, auch wenn ich gerade zum Umfallen müde bin. Spätestens wieder morgen früh. Aber das ist nicht der Grund meines Anrufs.«

»Sondern?«, fragte Reed. Er hatte kein Licht angemacht, sodass die Stimme seines Vaters aus der Dunkelheit zu ihm herüberzuschweben schien.«

»Ich habe den Eindruck, dass wir uns schon länger nicht mehr richtig unterhalten haben. Wann haben wir uns das letzte Mal gesehen? An Weihnachten, oder? Du solltest zum Abendessen vorbeikommen, du und Tula. Deine Mutter vermisst dich.«

»Du rufst mich nicht um drei Uhr morgens an, um mir zu erzählen, dass Mom mich vermisst.«

»Drei Uhr«, wiederholte sein Vater grummelnd. »Dann stimmt es also.«

»Was?«

»Kimmy hat mich heute Morgen angerufen und gesagt, dass du in Las Vegas bist, um einen Fall zu bearbeiten.«

Reeds Nackenhaare stellten sich auf, und er stieg aus dem Bett. »Ja, das stimmt.« Er ging in dem Schlafzimmer auf und ab, als könnte er vor dieser Unterhaltung davonlaufen.

»Kimmy hat auch erzählt …« Sein Vater trank einen Schluck Bourbon und begann noch einmal von vorn. »Ach verdammt, Reed, sie hat erzählt, dass du den Mord an einer Frau untersuchst, deren kleiner Junge zur selben Zeit nebenan im Kinderbett lag.«

Reed hielt inne, das Herz schlug ihm bis zum Hals. »Ich habe nie gesagt, dass es ein kleiner Junge war.«

Angus' Atem ging tiefer, stoßartiger. »Du verfolgst den Fall deiner Mutter«, sagte er schließlich. »Das ist es, was du da in Las Vegas machst.«

Reed erwiderte nichts. Seine Zunge schien sich nicht bewegen zu können.

Sein Vater fluchte und nahm einen weiteren Schluck von seinem Drink. »Reed, wir haben darüber gesprochen, erinnerst du dich? Ich habe dir erzählt, was passiert ist. Ich habe dir die Berichte gezeigt. Du hast gesagt, dass du die Meinung der Ermittler teilst – dass der Fall zu alt und zu aussichtslos ist, um eine erneute Untersuchung zu rechtfertigen.«

Reed zwang sich, zu schlucken. »Das war, bevor ich auf eine neue Spur gestoßen bin«, entgegnete er.

»Ach ja? Welche neue Spur?«

»Der Vater von Camillas Baby – mein Vater – war verheiratet und hatte Kinder. Meine Zeugung und dass ich geboren wurde, muss ihn in eine äußerst missliche Lage gebracht haben.«

Angus bekam einen Hustenanfall. »Das hat die Polizei schon damals vermutet«, presste er hervor, als er sich erholt hatte.

»Ja«, erwiderte Reed, und seine Stimme wurde wieder fester, weil er sich an seine Wut erinnerte. Wie viele Jahre hatte dieser Mann ihm ins Gesicht gelogen? »Aber ich habe jetzt eine Bestätigung dafür. Der Mann war damals seit zehn Jahren verheiratet, hatte drei Töchter, und was noch schlimmer war – er kandidierte für ein Amt. Stell dir nur vor, wenn die Wahrheit herausgekommen wäre. Seine Familie, seine Karriere – alles im Eimer, nur weil er auf einer Sauftour in der Wüste irgendein Flittchen geschwängert hatte.«

»O Gott.« Die Stimme seines Vaters klang erstickt. »Du – du …«

»Ja, ich weiß es«, unterbrach ihn Reed, sein Ton kühl. »Ich weiß alles – Dad.«

»Nicht so laut, Herrgott noch mal«, sagte er, obwohl Reed weder im Zimmer seines Vater war noch schrie. »Deine Mutter schläft.«

»Hat sie es auch gewusst? Habt ihr es alle gewusst?« Vielleicht hatten sie all die Jahre hinter seinem Rücken über ihn gelacht.

»Nein, nein«, versicherte ihm sein Vater sofort. »Nichts dergleichen. Ich – ich habe es niemandem erzählt, okay? Ich habe den Anwälten lediglich den richtigen Weg gewiesen, den Rest haben sie erledigt. Deine Mutter wusste nichts davon.«

»Meine Mutter war tot«, sagte Reed und sprach jedes Wort überdeutlich aus.

Am anderen Ende der Leitung wurde es still. »Okay«, sagte er schließlich. »Jetzt ist es draußen, geht's dir nun besser? Du kannst von mir aus so wütend auf mich sein, wie du willst – ich habe es verdient –, aber deine Mutter hat dich seit dem Tag, an dem sie dich in ihre Arme geschlossen hat, nur geliebt.«

Reed dachte an das Foto, auf dem Camilla ihn hielt und lächelnd in die Kamera blickte. Er musste die Wahrheit wissen. Jetzt. »Hast du sie umgebracht?« Ihm war schlecht und schwindelig, aber er musste es wissen.

»Wie bitte? Um Himmels willen, Reed.«

»Hast du?«

»Nein, ich habe sie nicht umgebracht. Das ist es also, was du in Las Vegas untersuchst? Oh Gott. Du hast nicht einmal den Anstand besessen, erst zu mir zu kommen und mit mir darüber zu reden? Was, wenn deine Mutter oder deine Schwestern das herausgefunden hätten?«

Oder die Presse, fügte Reed in Gedanken hinzu. Er setzte seinen Gang durch das Zimmer fort. »Du willst wissen, warum ich mit dieser Neuigkeit, die mein Leben völlig aus den Angeln gehoben hat, nicht zu dir gekommen bin? Warum ich nicht damit herausgerückt bin? Meine Güte, denk mal scharf nach, Dad.«

Sein Vater lenkte ein. »Okay. Du bist stinksauer. Begriffen. Aber du musst verstehen, dass ich das nur getan habe, um dich zu schützen.«

»Schwachsinn. Du hast es getan, um deinen Arsch zu retten.«

»Jetzt hör mir mal gut zu – ich hätte dich nicht zu uns nehmen müssen. Aber als ich erfuhr, dass man Cammie ermordet hatte, warst du das Erste, worum ich mir Sorgen gemacht habe. Du warst meine höchste Priorität. Ich fragte mich, ob es dir gut ging und wer sich um dich kümmerte. Wenn ich gekonnt hätte, wäre ich sofort in ein Flugzeug gestiegen.«

»Ach ja? Und was hat dich daran gehindert? Sind an dem Tag keine Flieger gestartet?«

»Ich musste den Rechtsweg beschreiten, um sicherzustellen, dass die Sache koscher war.«

»Wohl eher, um sicherzustellen, dass niemand herausfand, wer mein Vater war. Nämlich du.«

»Verdammt richtig«, brüllte Angus. »Das bin ich. Und ich

bin der einzige, den du je haben wirst. Diese Tatsache solltest du dir besser bewusst machen.«

»Du konntest dich nicht zu der Vaterschaft bekennen«, fuhr Reed unbeirrt fort. »Denn dann wäre dein wahres Interesse an dem Fall ans Licht gekommen und jeder hätte begriffen, dass du ein Motiv gehabt hättest.«

»Hörst du mir mal bitte zu? Ich wollte sie nicht umbringen. Ich wollte ihr helfen. Ich … ich musste nur den richtigen Weg finden.«

»Ja, du hast ihr richtig geholfen. Du hast sie schwanger und mittellos zurückgelassen, und dann wurde sie in ihrem Wohnzimmer niedergestochen.«

Eine düstere Stille trat ein. »Du denkst tatsächlich, dass ich so etwas tun könnte«, sagte Angus fassungslos. Er hörte sich an wie ein alter Mann. Der er auch war. »Ich habe die Bilder von Cammies Wohnung gesehen. Ich weiß, was ihr an jenem Tag zugestoßen ist. Du glaubst, dass ich ihr mit einem Fleischermesser aufgelauert und sie niedergemetzelt habe, während du, mein Sohn, nebenan in deinem Kinderbett geschlafen hast? Du musst mich für ein Monster halten.«

»Das Einzige, was ich weiß, ist, dass du gelogen hast«, erwiderte Reed. Seine Stimme zitterte inzwischen vor Wut. »Du hast mich mein ganzes Leben lang belogen.«

»Und das hat mich jeden Tag gequält.«

Reed schüttelte den Kopf. »Jetzt, wo ich die Wahrheit weiß, kannst du das leicht behaupten.«

»Ich hätte dir wirklich gern die Wahrheit erzählt – oder glaubst du etwa, dass ich nicht vor Stolz geplatzt bin, wenn du einen tollen Preis gewonnen oder einen großen Fall gelöst hast? Oder als du mir diese wunderbare kleine Enkelin geschenkt hast?«

»Halt Tula da raus.« Er wollte nicht, dass Angus den Namen seiner Tochter in den Mund nahm.

»Ich habe dich immer geliebt. Damals wie heute.« Angus klang traurig. Ob um Reeds oder seiner selbst willen, konnte Reed nicht sagen. »Von mir aus kannst du mich als Lügner bezeichnen, aber dass ich dich liebe, kannst du nicht bestreiten. Nein, das kannst du nicht.«

»Wo bist du am 11. Dezember 1975 gewesen?«

»Du fragst mich nach meinem Alibi?«

»Du wirst eins brauchen, das sage ich dir.«

Sein Vater nahm sich viel Zeit für die Antwort. »Ich habe Camilla Flores nicht umgebracht. Wenn du nach all den Jahren, die du mich kennst, nicht imstande bist, mir zu glauben – wenn du tatsächlich überzeugt bist, ich könnte eine derart niederträchtige und abscheuliche Tat begehen, dann kannst du mir diese Frage offiziell stellen. Ich werde dafür sorgen, dass mein Anwalt bei dem Gespräch anwesend ist.«

Reed fuhr sich mit einer Hand durchs Haar. »Ich mache meinen Job schon ziemlich lange, Dad, und das ist die Antwort eines Mannes, der etwas zu verheimlichen hat.«

»Wenn du mir Fragen zu deiner Mutter stellen möchtest, von Angesicht zu Angesicht, wie wir uns kennengelernt haben und was für ein Mensch sie gewesen ist – dann beantworte ich sie dir gerne. Aber was den Rest angeht … da würde ich dir raten, lange und gründlich nachzudenken, bevor du meine Karriere und unsere gesamte Familie torpedierst. Ich kann dich nicht davon abhalten, und ich werde es auch nicht tun. Aber genauso wenig werde ich mich für irgendeinen Rachefeldzug vereinnahmen lassen, der meinen Namen beschmutzt.«

»Ich will nur die Wahrheit herausfinden.«

»Und die habe ich dir gesagt. Damit sind wir wohl fertig, denke ich.«

»Mitnichten«, entgegnete Reed.

Sie legten auf, ohne sich voneinander zu verabschieden,

und Reed warf sein Handy aufs Bett. *Ich habe dich immer geliebt. Damals wie heute,* hatte sein Vater gesagt. Als würde das vierzig Jahre eigennütziger Lügen rechtfertigen und ihn von jeglicher Sünde freisprechen. Reed hatte im Rahmen seiner Arbeit schon viele Gräueltaten gesehen, begangen im Namen der Liebe. Er ließ die Unterhaltung noch einmal Revue passieren und dachte darüber nach, wie er die Worte seines Vaters entkräften könnte. Er suchte nach neuen Anschuldigungen, aber er wusste, dass er Angus Markham nur durch handfeste Beweise dazu bringen würde, von seiner Geschichte abzurücken.

Seine Schultern lockerten sich allmählich, und er konnte wieder durchatmen. Er kroch zurück ins Bett und legte das Handy wie einen Stein auf seine Brust. Erst da erinnerte er sich an etwas Entscheidendes, das er in der Unterhaltung nicht richtig mitbekommen hatte, weil er zu aufgebracht gewesen war. Reed zögerte nur einen kurzen Augenblick, bevor er die Nummer wählte. Sein Vater meldete sich sofort.

»Was ist?«

Reed redete nicht um den heißen Brei herum. »Du hast gesagt, dass ich deine höchste Priorität war, nachdem du erfahren hattest, dass Cammie ermordet wurde. Wie hast du das überhaupt herausgefunden?« Wenn die beiden ihre Affäre geheim gehalten hatten und Cammie tot war, dürfte es niemanden gegeben haben, der Bescheid wusste.

Sein Vater wägte die Frage offenkundig ab und entschied sich, ihm zu antworten. »Rufus hat es mir erzählt«, sagte er barsch.

»Rufus. Und wie hat er es herausgefunden?«

Sein Vater schwieg derart lange, dass Reed schon glaubte, er würde keine Antwort mehr bekommen. »Weißt du was«, sagte er schließlich. »Ich bin mir nicht sicher. Ich habe ihn nie gefragt, glaube ich.«

6

Ellery erwachte kurz vor Tagesanbruch. Sie riss die Augen auf und war einen Augenblick lang in höchster Alarmbereitschaft, bis ihr einfiel, wo sie war. Als sie die Umrisse des im Dunkeln liegenden Hotelzimmers erkannte, streckte sie sich wohlig unter den herrlich weichen Baumwolllaken. Das gepolsterte Bett war derart riesig, dass sie das Gefühl hatte, darin schwimmend ihre Bahnen ziehen zu können. Ihr Handy summte auf dem Nachttisch. Sie griff danach und sah, dass Liz Simmons, ihre Nachbarin aus Boston, ihr eine SMS geschickt hatte. Ellery lächelte, als sie das beigefügte Bild betrachtete: Speed Bump, die Schnauze voller Schnee, tollte zusammen mit einem Dackel herum, dessen Schwanz hoch erhoben war. *Die Jungs haben einen Riesenspaß miteinander!*, schrieb Liz.

Ellery simste zurück und bedankte sich noch einmal bei Liz dafür, dass sie sich während ihrer Abwesenheit um Speed Bump kümmerte. Ellery hatte den Basset aus einem Tierheim gerettet, wo man ihn zwar gut behandelt, aber fast den ganzen Tag im Zwinger gehalten hatte. Dort saß er mit langem Gesicht und spürbar traurig. *Nie wieder*, hatte Ellery sich geschworen, als sie ihn an jenem ersten Tag in die Arme genommen hatte. Nie wieder Schlösser. Nie wieder Käfige. Sie hatte nicht einmal daran gedacht, ihn in eine Hundepension zu geben, bevor sie mit Reed ans andere Ende des Landes reiste. So konnte sie beruhigt schlafen, weil sie wusste, dass Speed Bump sich prächtig mit seinem kleinen Freund von nebenan amüsierte – auch wenn er sich vielleicht lieber mit Ellery auf dem riesigen Doppelbett und den Laken aus ägyptischer Baumwolle gelümmelt hätte.

Sie zwang sich, unter der warmen Bettdecke hervorzukriechen, und zog sich widerstrebend ihre Laufkleidung an. Das schicke Hotel, das Reed ausgesucht hatte, verfügte sicherlich über ein Fitnessstudio, doch Ellery mied diese Orte, wann immer sie konnte, denn sie waren stets mit raumhohen Spiegeln ausgestattet, damit die Sportskanonen sich beim Keuchen und Schnaufen zusehen konnten. Ellery pflegte eine flüchtige Beziehung zu Spiegeln, was bedeutete, dass sie einmal am Tag ihr Spiegelbild betrachtete, um sicherzugehen, dass sie anständig gekämmt war und keine Zahnpasta am Kinn klebte. Nachdem Reed sie aus Cobens Wandschrank befreit hatte, hatte sie mehr als einen Monat gebraucht, um sich wieder selbst ansehen zu können. Seitdem verfolgte sie das Bild dieses Mädchens mit den eingefallenen Augen, den erhabenen Narben und dem Haar einer Vogelscheuche.

Dieses Mädchen, dieser hilflose Geist, war der Grund dafür, dass Ellery mit dem Laufen begonnen hatte. Sie nahm so viele sportliche Betätigungen auf wie möglich – Laufen, Springen, Werfen, Schießen –, um auf diese Weise wieder Freundschaft mit ihrem Körper zu schließen. In der Highschool, in der sie in der Schulmannschaft Basketball gespielt hatte, schaffte sie es bei Freistößen, den Ball mit ihren vernarbten Händen mit einundneunzigprozentiger Sicherheit im Korb zu versenken. Sie bestand die Prüfung zum Tragen einer Schusswaffe im ersten Versuch, mit Bestnoten. Im letzten Sommer hatten diese einst malträtierten Hände einen Mörder daran gehindert, einen weiteren Menschen umzubringen. Ellery konnte ihren Körper nicht mehr dafür hassen, dass Coben ihn misshandelt hatte, und sie tat auch nicht länger so, als wäre das einer anderen Person widerfahren. Ihr Körper war stark genug, um diese Last zu tragen.

Sie schlüpfte leise aus ihrem Schlafzimmer in den Wohnbereich. Ihr Blick wanderte zu Reeds Zimmer, dessen Tür geschlossen war. Das rosa Licht der Morgendämmerung schien durch die große Balkontür herein. Die Sonne begann gerade über den Hügeln aufzusteigen. Ellery schlich zu dem langen Esstisch, auf dem Akten und Notizen mittlerweile großflächig verstreut waren. Reed hatte offensichtlich noch lange gearbeitet, nachdem sie ins Bett gegangen war. Er hatte den Tatort skizziert und die Ereignisse, die Camillas Tod gemäß den Unterlagen vorausgegangen waren, auf einer Zeitschiene erfasst, einschließlich der neuen Erkenntnis, dass man ihre Autoreifen zerstochen hatte. Ellery blätterte in den Notizen und stieß auf eine Zeichnung von Camillas Wohnhaus. Daneben waren die Namen der Nachbarn vermerkt und mit Querverweisen zu ihren jeweiligen Aussagen versehen. Sie gaben Aufschluss darüber, wo sie sich zum Zeitpunkt des Mordes befunden hatten. Sie legte den Notizblock behutsam wieder hin. Ihre Finger strichen über Reeds Handschrift, und sie konnte, was geschehen war, mit jedem schmerzlichen Wort spüren. Er hatte die Akten und Fotografien zu Stapeln sortiert, um auf diese Weise Ordnung in das Chaos zu bringen. Sie hoffte, dass ihm diese systematische Herangehensweise etwas Trost spendete, denn was sie sah, war ein Leben, das in tausend Stücke zerbrochen war, und einen Mann, der davon überzeugt war, es irgendwie wieder zusammenfügen zu können.

Die frische Winterluft draußen war kühler, als sie erwartet hatte, und die Uhr an der Wand eines nahe gelegenen Bankinstituts zeigte knackige vier Grad an. *Immer noch wärmer als in Boston*, sagte sie sich aufmunternd und begann zu laufen. Ellery liebte Musik sehr, doch sie lehnte es ab, beim Joggen Ohrhörer zu tragen, weil dadurch einer ihrer Sinne von der Außenwelt abgeschnitten wäre. Sie warf den Joggern und

Fußgängern, die in ihre Welt der Elektronik versunken schienen, stets einen skeptischen Blick zu, weil sie für den, der ihnen auf Erden übelwollte, ein leichtes Opfer waren. Die Kehrseite ihrer Entscheidung war, dass ihre morgendliche Runde schrecklich langweilig war. Ihre Laufschuhe tappten monoton über das Pflaster, während sie die altbekannte, immer gleiche Strecke lief. Deshalb war das unbekannte Las Vegas eine willkommene Abwechslung für sie.

Sie joggte über die East Flamingo Road zu den Casinos, deren imposante Fassadenbeleuchtung größtenteils ausgeschaltet war, damit man den neuen Tag begrüßen konnte. Die Gebäude wirkten zu dieser frühen Morgenstunde wie eigenartige Tempel aus einer anderen Welt, schwergewichtige Relikte ohne Anzeichen menschlichen Lebens. Ellery fragte sich, wie es sich in einer Stadt lebte, die für ihre Laster bekannt war. Sah man nach einer Weile einfach über die grellen Lichter hinweg? Machte man sich lustig über die leichtgläubigen Touristen, die mit Koffern voller Geld herkamen und das Sprichwort bestätigten, dass dem Narren das Geld zwischen den Fingern zerrann? Oder war man ein Mensch wie Camilla, die sich hierher aufgemacht hatte, geblendet von der finanziellen Verheißung und in der Hoffnung, auch ein Stück von diesem Kuchen abzubekommen? Die dann hängengeblieben war, am Stadtrand, aber immer noch nah genug am Zentrum, um all das Geld zu sehen, das nie in ihren Taschen landen würde?

Ellerys Runde führte an der Rückseite mehrerer Casinos vorbei, wo nicht ganz so glamouröse Parkhäuser und kleinere Bettenburgen standen. Sie bewunderte das rosa-weiße Flamingo-Hotel und erblickte das Riesenrad, High Roller. Dazwischen gab es Anzeichen normalen Stadtlebens: einen Sandwichladen, Cafés und einen Paketshop. Trotzdem, der Las Vegas Strip versprach das gute Leben mit großen Gewinnen und vielen teuren Geschäften, um die Gewinne auszugeben. Was mit den Menschen passierte, wenn ihnen das Geld ausging, davon war hier nichts zu sehen.

Sie drehte um und lief zurück zum Hotel, wo sie und Reed dank seinem Geld von den Reichen und Schönen umgeben waren. Reed war wach, als sie zurückkehrte. Er trug einen dieser herrlichen Bademäntel und studierte seine Notizen vom Vorabend, einen Kaffeebecher in der Hand. Als sie eintrat, schaute er auf und deutete auf den Kaffee. »Ich würde dir eine Tasse machen, aber ich weiß, was du von Koffein hältst«, sagte er.

Beim Anblick seiner bloßen Beine wurde es Ellery, deren Körper durch die Joggingrunde bereits aufgeheizt war, noch wärmer, und sie steckte den Kopf in den Kühlschrank auf der Suche nach einer kalten Flasche Wasser. Ihre Beziehung zu Reed war intimer als zu jedem anderen Mann vor ihm, obwohl sie sich bisher kaum berührt hatten. Vielleicht lag es an diesem Ungleichgewicht, dass ihr Körper ständig auf seine Gegenwart reagierte. »Wie sieht dein Plan für heute aus?«, fragte sie, als sie den Deckel der Wasserflasche aufgeschraubt und einen kräftigen Schluck genommen hatte.

»Ich möchte noch einmal zum Sheriff fahren, um den DNA-Test in die Wege zu leiten, über den wir gesprochen haben. Wir können ihn auch nach der blonden Frau fragen, die auf dem Bild mit Angie und Camilla zu sehen ist. Vielleicht weiß er, wer das ist.«

»Was ist mit dem anderen Mord, den Amy erwähnt hat? Der, bei dem die junge Frau in ihrer Wohnung erstochen wurde, ungefähr ein Jahr vor Camillas Tod.«

Reed runzelte die Stirn, ein Anzeichen dafür, dass er sich über diese Spur keine Gedanken gemacht hatte, aber er sagte: »Klar, danach können wir ihn auch fragen.« Er stellte seinen Becher auf dem einzigen freien Platz des Tisches ab und sah sie mit ernstem Blick an. »Ich muss dich warnen. Das Geheimnis ist gelüftet – meine Schwester hat meinem Vater erzählt, dass ich an einem unaufgeklärten Fall in Las Vegas arbeite, und er musste nicht scharf nachdenken, um darauf zu kommen, an welchem.«

Ellery zog einen der schweren Esstischstühle zu sich heran und setzte sich neben Reed. »Da wir hier im Spielerparadies sind, schließe ich eine Wette ab. Ich setze darauf, dass er über diese Neuigkeit nicht erfreut war.« Sie sah Reed an und wartete auf eine Bestätigung.

»Das Geld hast du gewonnen«, sagte Reed. Er lehnte sich in seinem Stuhl zurück und seufzte erschöpft. »Natürlich streitet er ab, sie umgebracht zu haben, und behauptet, dass er sie nur schützen wollte.«

»Wie denkst du darüber?«, fragte Ellery ihn leise.

Reed nahm sich viel Zeit für seine Antwort. »Ich möchte ihm glauben. Nichts lieber als das.« Er hielt inne. »Und genau aus dem Grund kann ich es nicht. Noch nicht.«

Ellery nickte und dachte darüber nach, wie sie in dieser Situation am nützlichsten sein konnte. Vielleicht, indem sie diejenige war, die ihm glaubte. »Ich sage nicht, dass es in Ordnung ist, dass er dir all die Jahre die Wahrheit vorenthalten hat«, begann sie langsam. »Denn das ist es nicht. Aber wenn man sich dazu entschließt, ein Geheimnis für sich zu behalten und sein ganzes Leben darauf aufbaut, ist es schwer, es loszulassen. Ich spreche da aus Erfahrung. Es kann zu einer ganz eigenen Art von Wahrheit werden.« Sie fragte sich manchmal, ob sie den Mörder früher hätte stoppen können, wenn sie ihre wahre Identität preisgegeben hätte, als die ersten Menschen in Woodbury zu verschwinden begannen.

»Ja, ich vermute, das ist es, was Angus sich gesagt hat. Er war ja mein Vater, also spielte es keine Rolle, ob nun durch eine Geburts- oder eine andere rechtliche Urkunde. Er behauptet, er hätte das Adoptionsverfahren sofort in die Wege geleitet, als er erfuhr, was Cammie zugestoßen war. Ich kann mir überhaupt nicht vorstellen, was er meiner Mutter erzählt hat, um sie zur Einwilligung zu bewegen.«

»Hast du ihn gefragt?«

Reed antwortete mit einem kurzen Kopfschütteln. »Nein, wir hatten gestern Nacht eines dieser typischen Vater-Sohn-Gespräche. Ich habe ihm den Mord vorgeworfen. Er hat seine Unschuld beteuert. Das Übliche.«

Ehe Ellery antworten konnte, summte das Handy in der Tasche ihres Fleecepullovers. Sie zog es heraus und sah eine unbekannte Nummer auf dem Display. Ihre Mutter und Reed waren die einzigen Menschen, die sie überhaupt anriefen, außer mitunter ein sensationshungriger Reporter, der irgendwie an ihre Geheimnummer herangekommen war. Sie nahm den Anruf entgegen, um dem jüngsten Schmierfink die Leviten zu lesen.

Als am anderen Ende nicht sofort losgeplappert wurde, sondern eine kurze seltsame Stille eintrat, gefror ihr augenblicklich das Blut in den Adern. »Abby? Ich bin's. Dad.«

Weiter kam ihr Vater nicht, denn Ellery beendete sofort das Gespräch und steckte das Telefon zurück in die Tasche, damit es außer Sicht war.

»Wer war das?«, fragte Reed.

»Verwählt«, murmelte Ellery und sprang von ihrem Stuhl auf. Sie musste sich bewegen, um zu verhindern, dass Reed bemerkte, wie sie zitterte. »Gibt es hier irgendwo etwas zu essen?« Sie öffnete und schloss einen Schrank nach dem anderen, während Reed ihr dabei zuschaute.

»In der Hotellobby gibt es ein Café. Ich habe mir gedacht, dass wir auf dem Weg zum Sheriff dort vorbeigehen. Allerdings bin ich davon ausgegangen, dass du vorher vielleicht duschen möchtest.«

Ja, duschen. Das war ihre Rettung. »Mach ich.« Mit klopfendem Herzen flüchtete sie in ihr Schlafzimmer und streifte die Kleider von der feuchten Haut ab. Sie hatte vor langer Zeit gelernt, in einer Notlage keinen Laut von sich zu geben, und das Rauschen der Dusche überdeckte ihre Aufgewühltheit. Für wen hielt sich John Hathaway, dass er glaubte, sich nach zwanzig Jahren wieder in ihr Leben drängen zu können – als wäre es das Normalste der Welt, sie anzurufen und zu sagen: *Hallo, wie geht's?* Sie hatte seinen Brief nicht beantwortet, doch er hatte diesen Wink offenbar nicht verstanden. Wusste er nicht, dass Schweigen gleichbedeutend mit Nein war? Ellery hatte seine Botschaft damals klar verstanden, als er sang- und klanglos verschwunden war und sich nie wieder gemeldet hatte, weder als sie entführt und misshandelt worden war, noch als Daniel starb. Ihr Bruder war von dieser Welt gegangen in dem Glauben, dass er seinem Vater völlig egal gewesen war. Daniel lebte nicht mehr, um ihm zu vergeben, also würde eher die Hölle gefrieren, bevor Ellery es tun würde.

Das Wasser lief über ihre Wangen wie Tränen, und sie schlug mit der Faust gegen die geflieste Wand, bis ihr die Hand wehtat und sie in einer Ecke der Dusche in sich zusammensackte, die Arme über dem Kopf verschränkt. Vielleicht war sie doch nicht die richtige Person, um Angus Markham und seine Geschichte zu verteidigen. Eine Geschichte, in deren günstigster Variante er ein liebender Vater gewesen war, der Himmel und Hölle in Bewegung gesetzt und die Familie und Karriere riskiert hatte, nur um seinen kleinen Jungen zu retten und mit ihm zusammen zu sein. *Ich möchte ihm glauben,* hatte Reed gesagt. Und genau das war Ellerys Problem: Auch sie wollte glauben, vielleicht mehr, als ihr das bisher bewusst gewesen war. Denn wenn der eigene Vater sich als Mistkerl entpuppte, was war man dann selbst?

Die Wüste erwärmte sich mit der aufsteigenden Sonne, und Ellery nahm den heller werdenden Himmel als willkommenen Grund, um ihre geröteten Augen hinter einer dunklen Sonnenbrille zu verstecken. Sie spürte Reeds neugierigen Blick auf sich, als er den Motor anließ, doch er behielt jeglichen Kommentar für sich. Sheriff Ramsey empfing sie freundlich im LVMPD, auch wenn er abgelenkter und gehetzter erschien als am Vortag.

»Ich habe leider eine Besprechung um neun Uhr, Agent Markham. Aber Don Price wird Ihnen sicherlich behilflich sein, falls Sie noch Fragen haben. Er sagte mir, dass Sie sich bereits Kopien von den vorhandenen Akten gemacht haben. Bedauerlicherweise ist das alles, was wir über den Fall Ihrer Mutter haben.«

»Vielen Dank für Ihre Mühen, Sheriff, und ich werde Ihre Zeit nicht lange in Anspruch nehmen. Zuerst einmal möchte ich dieses Messer auf DNA-Spuren untersuchen lassen – genauer gesagt, den Griff. Wenn der Mörder sich bei dem Angriff verletzt hat, ist sein Blut möglicherweise daran haften geblieben.«

Sheriff Ramsey lehnte sich in seinem Stuhl zurück und runzelte die Stirn. »Diese Theorie haben die Ermittler damals auch schon aufgestellt, deshalb waren sie an Thorndikes Schnittwunden so interessiert. Klar, ein DNA-Test ist möglich. Warum nicht? Vielleicht bringt er etwas. Ich selbst werde noch heute den Antrag stellen.«

»Großartig, vielen Dank«, erwiderte Reed. »Ich habe mich auch gefragt, ob wir eventuell die junge Frau hier auf dem Foto mit Camilla und Angie identifizieren können«, fuhr er fort und holte die Fotografie hervor, um sie Ramsey über den Schreibtisch zu reichen. »Ich würde Sergeant Price natürlich danach fragen, nur befürchte ich, dass er noch im Kindergarten war, als die Aufnahme gemacht wurde.«

Der Sheriff grinste und nahm das Bild entgegen. »Da haben Sie recht. Die Beamten, die frisch in den Polizeidienst eintreten, scheinen jedes Jahr jünger zu sein.« Er setzte seine Lesebrille auf und betrachtete das Foto einen Augenblick. »Sie kommt mir nicht bekannt vor. Tut mir leid. Aber wie ich schon gesagt habe, meine Rolle in der Ermittlung beschränkte sich darauf, dass ich die Leiche gefunden habe. Taucht ihr Name denn in den Mordakten nicht auf?«

»Möglicherweise schon. Wir können es nur nicht sagen, weil dort bestimmt einhundert Namen verzeichnet sind.«

Ramsey nickte und lehnte sich erneut in seinem Stuhl zurück. »Wir haben im Laufe der Jahre alles mehrfach durchleuchtet. Wenn diese Frau in den Berichten nicht ohne Weiteres zu finden ist, dann werden die Beamten, die in dem Fall zuerst ermittelt haben, wahrscheinlich zu dem Schluss gekommen sein, dass sie nicht wichtig war. Warum das Interesse? Haben Sie Grund, zu glauben, dass sie etwas weiß?«

Reed griff nach dem Foto, das Ramsey ihm wieder reichte, und steckte es weg. »Nur grundlegende Ermittlungsarbeit. Womit wir bei Billy Thorndike wären. Ich würde gern mit ihm sprechen, wenn das möglich ist. Haben Sie seine aktuelle Adresse?«

Ramsey hielt seinen Zeigefinger hoch. »Ich hatte so ein Gefühl, dass sie mir diese Frage stellen würden. Deshalb habe ich meine Jungs gebeten, nachzuforschen. Soweit wir wissen, lebt Thorndike draußen in Summerlin bei seiner Tochter und versäuft ihr sauer verdientes Geld. Mich wundert es, dass der Alkohol ihn noch nicht unter die Erde gebracht hat. Wenn Sie möchten, kann ich Ihnen die Adresse der Tochter geben.«

»Sehr gern, danke.«

Ellery sah Reed an, während der Sheriff die Information auf ein Stück Papier kritzelte. Da Reed keine Anstalten machte, die von ihr aufgedeckte Spur zu erwähnen, sprach sie das Thema an. »Sheriff, gab es noch eine andere Frau, die erstochen wurde, so wie Camilla Flores? Ungefähr ein Jahr zuvor? Sie hieß mit Vornamen Giselle oder Danielle.«

Der Sheriff blickte auf, den Stift noch immer in der Hand. »Giselle Hardiman, ja. Was ist mit ihr?«

»Wir haben gehört, dass auch dieser Fall nie aufgeklärt wurde. Zwei junge Frauen, umgebracht auf eine ähnliche Weise …«

»So ähnlich war die gar nicht. Hardiman wurde zwar auch in ihrer Wohnung erstochen, genauer gesagt, in ihrem Schlafzimmer, aber das war es auch schon mit der Übereinstimmung.« Er hielt eine Hand hoch, um die Unterschiede mit den Fingern aufzuzählen. »Giselle Hardiman war Opfer sexueller Gewalt, Camilla Flores nicht. In der Wohnung von Flores hatte entweder ein Einbruch stattgefunden oder sie war dementsprechend in Szene gesetzt worden, in Hardimans Apartment waren weder Gegenstände verrückt noch fehlte etwas. Camilla Flores wurde mit zwei Waffen angegriffen, dem Messer und der metallenen Buchstütze. Beide Opfer lebten überdies an entgegengesetzten Enden der Stadt. Nichts wies darauf hin, dass sie sich gekannt oder dass ihre Wege sich anderweitig gekreuzt hätten.«

»Wir würden uns den Fall trotzdem gern ansehen«, schaltete sich Reed ein.

Ellery nickte, zufrieden, dass er ihr wenigstens den Rücken stärkte. »Ja. Einen kurzen Blick in diese Akte zu werfen kann doch nicht schaden, oder?«

Sheriff Ramsey schüttelte den Kopf. »Tut mir leid, aber das geht nicht. Sie müssen mir schon glauben, wenn ich Ihnen sage, dass wir die beiden Fälle auf eine mögliche Verbindung hin untersucht und nichts gefunden haben. Ich schätze Ihr persönliches Interesse im Fall Flores und stehe zu meinem Angebot, Sie dahingehend voll und ganz zu unterstützen. Aber ich kann nicht zulassen, dass Sie wahllos in unseren alten Fällen herumsuchen. Sergeant Price kann nicht den ganzen Tag Kisten hin und her schleppen. Er hat noch einen richtigen Job zu erledigen. Außerdem gibt es Vorschriften und Verfahren, die wir zu befolgen haben.«

Reed beugte sich vor, um Ramseys Einwände zu entkräften. »Ja, aber wenn diese Fälle doch etwas miteinander zu tun haben ...«

»Das haben sie nicht«, fiel ihm Ramsey ins Wort.

»Bei allem Respekt, Sheriff, das zu beurteilen, behält sich das FBI selbst vor.«

»Dann kann das FBI einen Antrag auf Zuständigkeit stellen«, erwiderte der Sheriff, und ein stählerner Ton lag mit einem Mal in seiner Stimme. »Und wenn Sie diesen Weg beschreiten wollen, dann rate ich Ihnen, dass sie die Formulare besser nicht unterzeichnet«, fügte er hinzu und deutete auf Ellery. »Denn ich habe mich erkundigt. Ms Hathaway gehört nicht zum FBI. Im Moment bekleidet sie nicht einmal ihren Posten bei der Polizei.«

Ellery spürte, wie sie flammend rot wurde, doch Reed blieb unbeeindruckt. »Ich habe nie behauptet, dass Ms Hathaway für das FBI arbeitet. Sie ist auf meinen Wunsch hier, als Beraterin.«

»Nennen Sie es, wie Sie wollen. Wir wissen beide, dass die Sache nicht ganz in Ordnung ist. Wie ich schon gesagt habe, wir sind Ihnen aufgrund Ihres persönlichen Interesses an dem Fall und weil wir unsere eigenen Ermittlungen offiziell eingestellt haben, gern behilflich. Sie haben meinen Segen, sämtliche Spuren, die Sie zu Camilla Flores finden, in der Weise zu verfolgen, die Sie für richtig halten.« Er betrachtete Ellery, als wäre er ihr gegenüber äußerst skeptisch, und schüttelte den Kopf, um sich von dem Gefühl zu befreien.

115

»Tut mir leid, aber ich muss jetzt los in diese Besprechung. Viel Glück beim Aufspüren von Thorndike. Ich hoffe, dass Sie etwas Nützliches von ihm erfahren werden. Vielleicht überrascht uns der Mistkerl nach all den Jahren mit einem Geständnis.« Er setzte ein gequältes Lächeln auf, als er sich erhob und mit der Hand zur Tür wies.

Ellery und Reed verstanden den Hinweis und verließen das Büro. Auf dem Flur blickten sie Sheriff Ramsey hinterher, der zu seiner Besprechung marschierte. »Dieses Gespräch hat eine seltsame Wendung genommen«, murmelte Ellery, als er aus dem Blickfeld verschwunden war.

»In der Tat.« Reed schien nachdenklich. »Wenn wir etwas über den Fall Giselle Hardiman erfahren werden, dann bestimmt nicht von Sheriff Ramsey.«

»Reed …«

Er wandte seine Aufmerksamkeit wieder Ellery zu. »Hmm?«

Sie zögerte, weil sie nicht genau wusste, wie sie ihre Sorge formulieren sollte. »Du bekommst doch wegen mir keinen Ärger, oder? Also, weil ich mit dir diesen Fall bearbeite?«

»Genau aus diesem Grund habe ich dich mitgenommen. Weil du weißt, wie man anderen Ärger macht.« Er berührte sie kurz am Arm und lächelte. »Bring mir deine Arbeitsweise bei, Secret Agent Hathaway. Ich bin hier, um zu lernen.«

Sie senkte den Kopf, weil sie auf seine Berührung hin rot geworden war. »Meine Arbeitsweise bringt mich gewöhnlich vor einen Disziplinarausschuss«, warnte sie ihn. »Wenn ich allein ermitteln würde, käme mir Ramseys Besprechung sehr entgegen. Ich würde sie dazu nutzen, um Sergeant Price davon zu überzeugen, dass Sheriff Ramsey doch die Anweisung erteilt hat, uns die Hardiman-Mordakte zu geben.«

»Eine kühne Strategie. Du denkst, zur Hölle mit den Torpedos und volle Kraft voraus.«

»Genau. Eine riskante Vorgehensweise. Ramsey wird uns

die Zusammenarbeit komplett kündigen, wenn er das herausfindet, und wir brauchen ihn möglicherweise noch später.« Sie überlegte. »Lass mich nachdenken. Vielleicht finde ich noch eine bessere Lösung.«

»Die wird uns aber keine Verhaftung einbringen, oder?«, sagte Reed, während sie zum Ausgang marschierten.

Ellery lächelte und setzte ihre Brille auf, als sie hinaustraten. »Du bist derjenige, der Ärger haben wollte.«

»Ich rechne nur gerade nach, ob ich genügend Geld für unsere Kaution dabeihabe.«

Der SUV piepte, als Reed per Fernbedienung die Zentralverriegelung öffnete, doch Ellery machte plötzlich einen Schlenker, weil sie einen Getränkeautomaten entdeckt hatte. »Ich brauche einen Koffeinschub«, sagte sie und deutete zum Automaten. »Möchtest du auch etwas?« Reed verneinte, woraufhin sie in den Laufschritt verfiel und den fast leeren Parkplatz überquerte.

Sie warf die Münzen ein und wartete darauf, dass die Maschine ihre Cola ausspuckte. Nach kurzem Surren landete die Flasche mit einem dumpfen Geräusch im Ausgabefach. Als Ellery sich vorbeugte, um danach zu greifen, nahm sie aus den Augenwinkeln heraus eine blitzartige Bewegung wahr, drüben in der Ecke, wo vereinzelt Autos parkten. Sie richtete sich rasch auf und ging ein paar Schritte in diese Richtung. Nichts rührte sich. Ihr Blick wanderte über die Fahrzeuge, ohne dass sie jemanden entdeckte. Auch auf dem Gehweg neben dem Parkplatz war niemand. Sie wartete, ob die Bewegung sich wiederholen würde, aber nichts tat sich. Schließlich kam sie zu dem Schluss, dass sie sich wohl getäuscht hatte, und kehrte zu dem SUV zurück. Reed saß bereits hinter dem Lenkrad und war dabei, Billy Thorndikes Adresse in das Navi einzugeben, während der Motor lief.

Nur drei Straßen weiter blickte Ellery zufällig in den Außenspiegel und bemerkte eine silberne BMW-Limousine, die genauso aussah wie die, die sie auf dem Parkplatz des LVMPD gesehen hatte. Sie hielt den Atem an, während Reed abermals um eine Ecke bog. Der silberne BMW tauchte erneut auf, zwei Fahrzeuge hinter ihnen, und folgte ihnen, bis Reed den Blinker setzte, um dem Wegweiser nach SUMMERLIN zu folgen. »Reed …«

»Was gibt's?«

»Ich glaube …« Sie schaute noch einmal in den Außenspiegel. Der BMW war verschwunden.

»Egal.« Sie behielt den Spiegel für den Rest der Fahrt im Auge, doch die Limousine tauchte nicht mehr auf.

Billy Thorndikes schwarz-weißes Polizeifoto stammte von 1974. Mit den langen Koteletten, der Stirnglatze und dem gestreiften knallbunten Hemd mit breiten Aufschlägen entsprach er dem typischen Erscheinungsbild eines Verbrechers. Seine Hängebacken waren voller Bartstoppeln und seine kleinen Augen trüb. Ellery wusste, dass er auf dem Foto erst siebenundzwanzig Jahre alt war, aber er wirkte wie um die vierzig. Sie hegte keine große Hoffnung, Thorndike in normalem geistigem Zustand oder überhaupt noch lebend anzutreffen.

Reed brachte den SUV vor einem kleinen, aber überraschend hübschen betonfarbenen Haus mit winzigem Vorgarten und verwitterter Einfahrt zum Halten. »Hier ist es«, verkündete er und sah auf dem Zettel nach, den der Sheriff ihm gegeben hatte.

Sie gingen zur Haustür, und Reed klingelte. Die Straße lag verlassen und still. Außer ihnen war niemand zu sehen. Ellery hörte, wie im Innern des Hauses jemand zur Tür schlurfte. Schließlich wurde sie einen Spaltbreit geöffnet, und das Gesicht eines alten Mannes spähte hinaus. »Ja?«

»Mr Thorndike?«, fragte Reed vorsichtig.

Der Spalt wurde keinen Zentimeter weiter aufgemacht. »Wer will das wissen?«

»Ich bin Reed Markham«, erwiderte er und zog seinen FBI-Ausweis heraus. »Ich würde gern mit Ihnen über Camilla Flores sprechen.«

»Kenn ich nicht!«

Er wollte die Tür wieder schließen, aber Reed blockierte sie mit dem Fuß. »Sie wurde ermordet – vor zweiundvierzig Jahren, mit einem Messer, in ihrer Wohnung. Kurz bevor sie gegen Sie in einem Gerichtsverfahren aussagen wollte.«

»Ach, die! Ja, die ist tot. Schon ziemlich lange mittlerweile. Warum interessiert Sie das überhaupt? Habt ihr Typen vom FBI nichts Besseres zu tun? Zum Beispiel das Bekämpfen von Terroristen. Ich hab erst heute im Fernsehen gesehen, dass es hier in Nevada überall Schläferzellen der Araber gibt. Vielleicht sogar direkt nebenan. Warum klopfen Sie nicht mal dort an die Tür?«

Er machte erneut Anstalten, die Tür zu schließen, aber Reed drückte sich dagegen, sodass der Spalt etwas größer wurde. Aus dem Innern des Hauses drang der Gestank von Bier und Zigaretten, bemerkte Ellery. »Geben Sie uns fünfzehn Minuten«, sagte Reed. »Wenn Sie mich davon überzeugen können, dass der Mord an Camilla Flores eine alte Geschichte ist, werden wir nicht wiederkommen und Sie behelligen müssen.«

»Haben Sie 'nen Durchsuchungsbeschluss? Ohne den muss ich nämlich gar nicht mit Ihnen reden.«

»Sie haben mir doch gerade gesagt, dass es keinen Fall gibt«, erklärte Reed. »Warum sollte ich dann einen Durchsuchungsbeschluss brauchen?«

Thorndike schwankte und blickte finster drein, als wüsste er, dass diese Schlussfolgerung einen Haken hatte, den er aber nicht genau ausmachen konnte. »Na gut, fünfzehn Minuten«, murrte er und machte einen Schritt zurück, damit Ellery und Reed in den Eingang treten konnten. »Aber mehr nicht! Meine Lieblingsgerichtsshow, ›Judge Judy‹, beginnt um zehn, und ich mag dieses Miststück. Sie lässt sich von niemandem für dumm verkaufen.«

Ellery trat über die Schwelle und stellte fest, dass der Thorndike von heute fast keine Haare mehr hatte, nur noch ein schmaler grauer Kranz verlief am unteren Ende seines Hinterkopfs entlang. Die Wangen waren eingefallen und die Nase hatte eine rötliche Farbe angenommen und war in der Länge gewachsen. Die Stoppeln und das gekräuselte Brusthaar, das aus dem Achselhemd hervorlugte, waren geblieben. Thorndike schien in seinem geschwächten Zustand für niemanden mehr eine Gefahr darzustellen. Er benutzte sogar eine Gehhilfe, auf die er sich schwerfällig stützte, als er Reed und Ellery ins Wohnzimmer führte. Der Fernseher war eingeschaltet, und eine Gerichtsshow flimmerte in voller Lautstärke über den Bildschirm. Thorndike griff nach der Fernbedienung und drückte verärgert auf die Stummtaste, ehe er auf dem Fernsehsessel in sich zusammensackte wie ein Ballon, aus dem gerade die Luft entwichen war. Seine Hand griff nach einer Zigarette im Aschenbecher. Er klopfte die Asche ab und führte sie zum Mund. »Die Uhr tickt«, erinnerte er sie. »Sie wollen reden? Dann reden Sie.«

Ellery und Reed setzten sich auf ein gepolstertes, blumengemustertes Sofa.

»Camilla Flores«, begann Reed, doch Thorndike unterbrach ihn, indem er mit der Hand abwinkte.

»Die Bullen haben versucht, mir den Mord an dem Miststück anzuhängen. Hat nicht funktioniert. Und wissen Sie warum? Weil ich sie nicht umgebracht habe.«

»Sie wollte gegen Sie aussagen«, erinnerte ihn Reed. »Aber dazu ist es nicht mehr gekommen.«

»Ja«, sagte Thorndike und zog an seiner Zigarette. »Jammerschade.«

»Erzählen Sie mir von dem Nachmittag, an dem sie umgebracht wurde«, sagte Reed.

Thorndike musterte Reed und Ellery mit einem düsteren Blick. »Darüber weiß ich nichts. Ich war nicht dabei.«

»Sie haben aber davon gehört.«

»Klar, jeder hat davon gehört. Ein Kerl soll in ihre Wohnung eingebrochen sein, um ihr wertlosen Kram zu klauen. Dann kam sie nach Hause und hat ihn dabei erwischt, wie er ihre Sachen zusammenraffte. Da hat er sie ausgeweidet wie einen Fisch.«

Er unterstrich das Gesagte mit einer entsprechenden Handbewegung, woraufhin es Ellery den Magen zusammenzog. Sein Gesicht hellte sich auf in einer Art, die sie von Coben und Willett kannte, und sie dachte, dass diese heuchlerische Jammergestalt von Mann ganz bestimmt schon jemanden umgebracht hatte, auch wenn es vielleicht nicht Camilla Flores war. »Wo waren Sie, als all das passierte?«, fragte Reed.

»Zu Hause bei Ma«, antwortete er unverfroren und blies den Rauch seiner Zigarette aus. »Sie hat sich an dem Tag nicht gut gefühlt. Ich habe ihr Lebensmittel gebracht und für sie zu Abend gekocht.«

»Was denn?«

»Bratwurst mit Kartoffeln. Ihr Lieblingsgericht«, fügte er frech grinsend hinzu, als hätte er diese Antwort für Reed schon parat gehabt. »Ich bin bei ihr geblieben und hab mit ihr Fernsehen geschaut, während sie gegessen hat. Sehen Sie? Ich kann also gar nicht der Täter sein. Meine Ma hat den Bullen auf die Bibel geschworen, dass ich in der Zeit, in der dieses Miststück um die Ecke gebracht wurde, bei ihr gewesen bin.«

»Und Ihre Mutter hätte selbstverständlich nie für Sie gelogen«, sagte Reed. Thorndike antwortete mit einem breiten Lächeln, das eine Reihe gelber Zähne offenbarte.

»Natürlich hätte sie das. Würde Ihre Mama sich nicht für Sie opfern, wenn es darauf ankäme?« Er hustete und grinste anschließend über seine eigene Bemerkung. »Vielleicht nicht. Vielleicht habt ihr Bullen alle nur verklemmte spießige Mütter, denen ihr völlig egal seid. Aber das spielt jetzt keine Rolle mehr, nicht nach all den Jahren, denn Ma ist seit zwanzig Jahren tot – oder wollen Sie sie ausgraben und noch einmal befragen?«

»Das wird wohl nicht nötig sein«, erwiderte Reed.

Ellery konnte spüren, wie das Fenster sich schloss. »Was ist mit Giselle Hardiman?«, platzte sie heraus, und die Köpfe von Reed und Thorndike schnellten in ihre Richtung.

Thorndike paffte einen Augenblick lang an seiner Zigarette. »Wer?«, fragte er spitz. Ellery war augenblicklich klar, dass seine Unwissenheit nur vorgetäuscht war. Der Name Hardiman war ihm sofort ein Begriff. Er wollte bloß, dass sie sich ihre Informationen erarbeitete. Sie krempelte gedanklich die Ärmel hoch und freute sich auf die Aufgabe. *Jetzt weiß ich, welche Nummer du hier abziehst, du kleiner Mistkerl*, dachte sie. Sie konnten seine großartige Ankündigung, dass sie in fünfzehn Minuten gehen müssten, getrost vergessen – dieser Mann würde sich den ganzen Tag von ihnen auf den Zahn fühlen lassen. Wahrscheinlich würde er sogar die Tür versperren, wenn sie zu zeitig gingen. Er rottete schon derart lange in diesem Fernsehsessel vor sich hin, dass das Polster seine Gestalt angenommen hatte, und dann tauchten mit einem Mal zwei Ermittler auf, um ihn nach jener Zeit zu befragen, in der er einmal groß und böse genug gewesen sein mochte, um jemanden umzubringen. Das konnte keine Fernsehsendung überbieten.

»Tut mir leid«, sagte Ellery, während sie sich vorbeugte

und Ahnungslosigkeit vortäuschte. »Hören Sie schwer? Ich kann lauter sprechen, wenn das nötig ist.«

»Ich hab Sie schon beim ersten Mal verstanden«, erwiderte Thorndike knurrend. »Hardiman, richtig? Ich kenn den Namen bloß nicht.«

»Ja, Giselle Hardiman«, wiederholte Ellery. »Eine junge Frau, die ein Jahr vor Camilla Flores umgebracht und – wie haben Sie sich ausgedrückt? – wie ein Fisch ausgeweidet wurde.«

Thorndikes Kichern ging in ein Keuchen über. Er griff nach einem Asthmaspray, verabreichte sich mehrere Schübe und holte tief Luft dabei. »Giselle, okay. Ja, jetzt erinnere ich mich. Eine Prostituierte, die was von ihrem Fach verstanden hat. Hübscher kleiner Schmollmund. Riesige Titten.«

»Dann waren Sie also einer ihrer Kunden.«

»Schätzchen, ich habe nicht dafür zahlen müssen.«

»Ja, das sagen sie alle«, entgegnete Ellery und klang gelangweilt. »Aber die Prostituierten – die gewieften, wie Sie sagen –, die machen das nicht für umsonst. Vielleicht zahlt man nicht in bar. Aber man zahlt. Habe ich recht?«

Er lachte und keuchte wieder. »Ich mag das Mädel«, sagte er zu Reed und deutete auf Ellery. »Sie hat Mumm. Und hübsche Titten. Damals, zu meiner Zeit, hat's auf den Revieren nur Typen gegeben. In die Nähe von solchen Sahneschnitten sind wir nie gekommen.«

»Zurück zu Giselle Hardiman«, schaltete sich Ellery wieder ein.

Thorndike fuhr sich mit der Zunge über die Lippen. »Wie schon gesagt, ein Prachtweib. Warum fragen Sie mich nach ihr? Glauben Sie, dass ich auch sie umgebracht habe?«

»Haben Sie?«, fragte ihn Ellery, nur um ihm zu schmeicheln.

»Verdammt noch mal, nein! Ich hab ja keinen Streit mit Giselle gehabt.«

»Irgendeine Ahnung, wer mit ihr Streit gehabt haben könnte?«

Thorndike machte eine wegwerfende Handbewegung. »Was interessiert mich das?«

»Vielleicht hat die Person, die Giselle umgebracht hat, auch Camilla Flores umgebracht«, erklärte Ellery. »Wenn Sie nicht derjenige sind, dann bedeutet das, dass Sie aus dem Schneider sind.«

»Sehe ich so aus, als müsste ich mich darum bemühen, aus dem Schneider zu sein?« Er breitete seine Arme aus. »Ihr Bullen habt rein gar nichts, das ihr mir anhängen könnt.«

Ellery wartete einen Augenblick, dann klatschte sie mit den Händen auf die Knie. »Vermutlich haben Sie recht«, sagte sie und erhob sich vom Sofa. Reed sah sie überrascht an, rappelte sich dann aber ebenfalls hoch. »Ich denke, wir sollten gehen, damit Sie Ihre Lieblingssendung nicht verpassen.«

»Warten Sie 'ne Sekunde.«

Ellery drehte sich um, sichtbar ungehalten. »Was denn noch, Mr Thorndike? Wir haben nicht den ganzen Tag Zeit. Es gibt noch andere Hinweise, denen wir nachgehen müssen. Wir können uns nicht mit Spuren aufhalten, die nirgendwohin führen.«

Seine Wangen wurden rot vor Zorn. »He, Schätzchen, Sie haben an meiner Haustür geklingelt, schon vergessen?«

»Dieser Besuch hat sich als völlig langweilig herausgestellt«, sagte sie und gähnte dabei fast. »Wir sollten gehen.«

»Warten Sie. Einen Moment.« Sie konnte sehen, wie es in seinem Kopf zu arbeiten begann. »Sie beide sind vom FBI, haben Sie gesagt.«

Ellery überließ Reed die Antwort. »Richtig.«

»Was hat das FBI mit einem vierzig Jahre alten Fall zu tun?«

Reed und Ellery tauschten einen Blick. »Es haben sich

neue Informationen ergeben, der Fall hat eine neue Wendung genommen«, antwortete Reed vorsichtig.

»Was denn für neue Informationen?«

»Darüber kann ich Ihnen leider keine Auskunft geben.«

»Das hat bestimmt mit korrupten Bullen zu tun, richtig? Diese Mistkerle denken, dass sie mit allem davonkommen.«

»Wie kommen Sie auf die Idee?«, fragte Reed. Thorndikes dünne Lippen zogen sich schmollend zusammen, während er mit einem zittrigen Finger auf Ellery zeigte.

»Sie hat doch Giselle Hardiman aufs Tapet gebracht.«

»Was hat das mit ihr zu tun?«, hakte Reed nach.

»Ach, hören Sie doch auf! Ich hab doch gesehen, was da gelaufen ist. Wir alle wussten Bescheid – welche Bullen einen hochnahmen und welche wegschauten, wenn sie im Gegenzug dafür etwas bekamen. Giselle wusste das besser als jeder andere.«

»Sie wollen also damit sagen, dass Giselle Polizeibeamte bestochen hat.«

Thorndike holte Luft und hustete gleichzeitig wieder angesichts der Komik von Reeds Äußerung.

»Ja, sie hat sie bestochen – mit ihrer Möse. Sie hat's den Jungs in Blau jederzeit und überall besorgt.«

»Können Sie das beweisen?«, fragte Reed.

Thorndike machte ein beleidigtes Gesicht. »Denken Sie etwa, dass ich Fotos gemacht habe? Wofür halten Sie mich? Für einen Perversen? Ich muss das nicht beweisen. Wir haben's alle gewusst. Darüber hat nur niemand geredet, und erst recht nicht, nachdem Giselle um die Ecke gebracht worden war. Ich wette, dass in ihrem kleinen schwarzen Büchlein ein paar bekannte Namen gestanden haben.«

Thorndike warf Ellery einen heimlichen Blick zu und blinzelte sie an. Sie unterdrückte einen Schauer.

Reed hatte sich mittlerweile in die Befragung verbissen

125

wie ein Terrier, der eine Ratte zwischen den Zähnen hatte. »Ein Büchlein? Was ist damit passiert?«

»Woher soll ich das wissen? Vielleicht hat es auch keins gegeben. Wie schon gesagt – ich war kein Kunde. Ich hab nur gewusst, dass die Bullen sie gevögelt haben und dass es echt ungemütlich wurde, als man sie tot in ihrer Wohnung auffand.«

Ellery und Reed tauschten erneut einen Blick, und Ellery zuckte fast unmerklich mit den Achseln. Thorndike war offenbar nicht weiter zu gebrauchen. »Okay«, sagte Reed und holte Luft. »Danke, dass Sie unsere Fragen beantwortet haben. Wir finden selbst hinaus.«

»Das war's?«, fragte Thorndike und klang überrascht. »Sie wollen mich nicht mit aufs Revier nehmen?«

»Wir haben kein Revier«, erinnerte ihn Reed. »Wir sind vom FBI, schon vergessen?« Dann hielt er inne und holte das Foto hervor, das er Sheriff Ramsey vorhin gezeigt hatte. »Aber vielleicht können Sie uns noch in einer Angelegenheit helfen. Erkennen Sie die blonde Frau auf diesem Foto?«

Thorndike griff mit gierigen Fingern nach dem Foto und betrachtete es. »Das ist Cammie, diese Lügnerin. Und ihre Freundin, Angie Soundso. Die beiden haben immer Spanisch miteinander gebrabbelt.«

»Ja, aber wer ist die Frau daneben?«

»Die kenn ich. Die hat immer mit den beiden anderen Schlampen herumgegangen – war ein echter Hingucker. Sie hieß, äh …« Er schien in seinem Gedächtnis zu kramen. »Wendy. Nein, Wanda. Ja, so hieß sie. Wanda. Jeff, mein Kurier, war immer ganz scharf auf sie, wenn Sie verstehen, was ich meine. Rief ihr manchmal hinterher: ‹Wie wär's mit 'ner Numma, Wunda-Wanda?›«

»Wanda«, wiederholte Reed. Also stimmte der Name auf

der Rückseite des Fotos. »Gut.« Er nahm das Foto zurück.
»Kennen Sie Ihren Nachnamen?«

Thorndikes Gesicht nahm einen nachdenklichen Ausdruck an. »Ich versuche mich zu erinnern, ob mich der
Nachname einer Braut je interessiert hat. Nee. Nie!«

Ellery verdrehte die Augen. »Auf Wiedersehen, Mr Thorndike«, sagte sie und ging zur Tür.

»Schätzchen, für dich mache ich gern eine Ausnahme«,
rief er ihr von seinem Sessel aus hinterher. »Komm, setz dich
für 'ne Minute auf Daddys Schoß, und ich werde dich so
nennen, wie immer du willst!«

Reed trat mit Ellery hinaus in den Sonnenschein. »Würdest du die Honneurs übernehmen?«, fragte er sie mit einem
amüsierten Blick.

»Gern!« Sie griff nach der Tür und warf sie hinter sich zu.
»Igitt! Ich glaube, dass ich mich nach der Begegnung mit
einer derartigen Kreatur noch einmal duschen muss.«

»Dann kommt es dir sicher wie gerufen, dass wir zurück
zum Hotel fahren.«

»Ach, tun wir das? Warum?«

»Weil ich in einer der Akten den Namen Wanda gelesen
habe. Ich muss nur nachschauen, in welchem Zusammenhang.«

Im Hotel angekommen, setzte Reed sich an den langen Tisch
und wälzte die Akten durch auf der Suche nach Wanda. Ellery beschloss, an einem anderen Ort zu recherchieren. Sie
wollte noch weiter in der Zeit zurückgehen als Reed. »Dürfte
ich mir den Wagen kurz ausleihen?«, fragte sie ihn. Ohne
aufzublicken, vertieft in die Mordakte, die vor ihm lag, warf
er ihr den Schlüssel zu.

»Nur zu.«

Ellery fuhr zur Bibliothek der Universität von Las Vegas,

127

wo sich ihrer Internetrecherche zufolge das Archiv des Lokalblatts ›Las Vegas Review-Journal‹ befand. Die Ausgaben waren digitalisiert worden und konnten bis in die 1970er-Jahre zurückverfolgt werden, sodass es nicht lange dauerte, bis Ellery die wenigen Artikel zum Mord an Giselle Hardiman gefunden hatte. Ihre Suche ergab lediglich fünf Treffer. In Anbetracht der Brutalität des Verbrechens eine geringe Ausbeute, wie Ellery fand. Sie klickte auf den ersten und längsten Zeitungsbericht, der am 12. November 1974 erschienen war. Die vierundzwanzigjährige Giselle Hardiman war im Schlafzimmer ihrer Wohnung nach neun Uhr abends erstochen aufgefunden worden. Ein Nachbar hatte die Polizei angerufen, weil er Schreie gehört hatte. Als die Beamten am Tatort eintrafen, war Giselles Angreifer jedoch bereits verschwunden. Sie wurde in ein Krankenhaus gebracht, wo sie wenig später für tot erklärt wurde. Zeugen, die Hinweise auf Giselles Mörder hätten liefern können, gab es keine.

Ellery las den enttäuschenden Text, der keinerlei neue Informationen offenbarte. Der nächste Artikel ging auf Giselles Vorgeschichte als Prostituierte und ihren Drogenkonsum ein. Offensichtlich wurde sie zwei Jahre vor ihrem Tod wegen Kokainbesitzes festgenommen und nach Ablauf der Haftzeit wieder entlassen. Die Polizei erklärte, dass sie den Drogen-Aspekt bei den Ermittlungen miteinbeziehen würde, doch die Beamten klangen nicht optimistisch. Die übrigen drei Artikel, einer kürzer als der andere, behandelten die gleichen Themen, bis Giselle Hardiman schließlich völlig aus der Berichterstattung verschwand. Ellery machte sich Kopien von allen Beiträgen, nur für den Fall, dass sie sich vielleicht später einmal als nützlich erweisen könnten. Im Moment stellten sie allerdings keine Goldmine dar.

Bei ihrer Rückkehr ins Hotelzimmer saß Reed nicht mehr am Tisch. Sie wanderte durch die Suite und fand ihn schließlich draußen auf dem Balkon. Er blinzelte sie durch das sanfte Sonnenlicht an und hielt seinen Notizblock hoch. »Ich habe ihren Namen gefunden«, erklärte er. »Wanda Evans und Camilla Flores haben zusammen im Restaurant des Hotels Howard Johnson gearbeitet. Sie stand auf der Liste der Kollegen, die bei der ersten Ermittlung befragt wurden. Aber jetzt kommt's – sie hat ausgesagt, dass sie Camilla kaum gekannt hätte und zur Aufklärung des Mordes an ihr keine Informationen beisteuern könnte.«

»Also hat sie gelogen«, stellte Ellery fest und dachte an das Foto von den drei Frauen, die sich gegenseitig im Arm hielten.

»Auf jeden Fall. Die Frage ist nur, warum.«

»Ich nehme an, wir können nicht einfach zu dem Hotel fahren und ihr genau diese Frage stellen.«

»Das Howard Johnson wurde bestimmt schon vor Jahren abgerissen«, sagte Reed. »Aber in der Lakeview Street lebt eine sechsundsechzigjährige Wanda Evans. Das müsste sie sein, oder?«

»Großartig, lass uns hinfahren und mit ihr reden«, erwiderte Ellery. Ihr Magen knurrte, und sie fasste sich an den Bauch. In Boston war es jetzt nach Mittag. »Vielleicht, nachdem wir etwas gegessen haben?«

Reeds Antwort ging im Summen ihres Handys unter. Widerwillig zog Ellery das Telefon heraus. Es war dieselbe Nummer wie am Vormittag, und ihr Herz blieb beinahe stehen. Sie drückte mit dem Daumen wild auf das Display, um den Anruf abzuweisen, ehe er zur Mailbox weitergeleitet werden konnte.

Reed sah sie an und zog die Augenbrauen hoch. »Wieder verwählt?«, fragte er leichthin.

Sie atmete schwer, als sie das Telefon wegsteckte. »Das ist mein Vater«, gestand sie und ließ sich in den anderen Clubsessel fallen. »Er versucht schon seit Längerem, mich zu erreichen.«

»Wie bitte?« Reed rückte seinen Sessel näher zu ihr heran, sodass sich ihre Knie fast berührten. »Was will er?«

»Ich weiß es nicht. Er hatte einen Brief ans Polizeirevier von Woodbury geschickt, den man mir weitergeleitet hat. Ich habe ihn nicht gelesen, und ich habe auch nicht darauf geantwortet, in der Hoffnung, dass er meine Botschaft verstehen würde und die Sache damit erledigt wäre. Aber er ist irgendwie an meine Handynummer herangekommen. Ich weiß nicht, wie. Vielleicht hat meine Mom sie ihm gegeben.« Ihre Mutter hatte für John Hathaway keine Gefühle mehr übrig, aber sie war käuflich, und dazu brauchte es nicht viel.

Reed schwieg eine ganze Weile. »Wirst du mit ihm reden?«

Ellery schaute zu den leuchtenden Kasinos, die in der Mittagssonne funkelten. »Das muss ich wohl«, sagte sie schließlich. »Um ihm klarzumachen, dass er mich verdammt noch mal in Ruhe lassen soll.«

»Du hast eigentlich nie viel von ihm erzählt.«

Sie zuckte mit den Achseln. »Weil es da nicht viel zu erzählen gibt.« John Hathaway hatte die Musik der 1980er-Jahre geliebt und die Chicago Bears – sie hatte sich stets vor Lachen gebogen, wenn er den Super Bowl Shuffle getanzt hatte –, und wenn er sie auf seine Schultern gesetzt hatte, hatte sie ein Glücksgefühl empfunden, das nicht größer hätte sein können. Er fuhr einen Lieferwagen, wenn ihm danach war, aber lieber saß er herum und dachte darüber nach, wie er schneller reich werden konnte. Indem er Vitamine verkaufte. Oder T-Shirts. Oder Kaffee in schicken Verpackungen, die noch Jahre, nachdem John sich aus dem Staub gemacht hatte, in der Speisekammer standen und verrotteten. Er verschleuderte mit seinen fixen Ideen einen Haufen Geld, das er wieder reinholte, indem er ein Jahr lang Überstunden machte. Die Kinder bestach er mit Süßigkeiten. Sie genügten stets, um die Tränen und Streitigkeiten zu beenden.

Ellery spürte, wie ihre Augen feucht wurden. Er hatte ihr immer Reese's Pieces mitgebracht, ihre Lieblingsnascherei. Daniel hatte Mike and Ike bevorzugt. Nachdem ihr Vater die Familie verlassen hatte, gab es kein Geld mehr für Süßigkeiten. »Als ich klein war, hat er uns dieses blöde Gutenachtlied vorgesungen«, sagte sie mit einem derart dicken Kloß im Hals zu Reed, dass sie Schwierigkeiten hatte, zu sprechen. »Das mit den Bären, die alle im selben Bett schlafen. Der kleinste Bär sagt: ›Ich habe nicht genug Platz, dreht euch um!‹ Die Bären drehen sich alle um, und einer fällt dabei aus dem Bett. Am Ende des Lieds liegt der kleinste Bär allein da und sagt: ›Ich bin einsam.‹ Ich habe diese Stelle gehasst und meinen Vater immer vorher unterbrochen – ›Sing nicht die Zeile, wo er einsam ist, Daddy!‹ –, und er hat stattdessen eine andere erfunden, in der alle Bären wieder in das Bett hüpfen. Ich konnte es nicht ertragen, dass der kleinste Bär ganz allein war. Das hat mein Vater ganz genau gewusst.«

Ellery blinzelte schnell ihre Tränen weg, aber die Augen blieben feucht. Sie spürte, wie Reed nach ihrer Hand griff. »Er wusste, dass ich es nicht ertragen konnte«, flüsterte sie mit brüchiger Stimme. »Er wusste es, und er hat uns trotzdem verlassen. Deshalb ist mir auch egal, was er jetzt zu sagen hat.«

7

»Vielleicht will dein Vater sich entschuldigen«, meinte Reed, als sie zu Wanda Evans fuhren.

Ellery drehte den Kopf langsam zur Seite und sah ihn an. »Wie soll diese Entschuldigung denn aussehen? Ich versuche schon lange herauszufinden, welche Erklärung es dafür geben könnte, dass man seine beiden Kinder sang- und klanglos verlässt und nicht einmal auftaucht, wenn eins davon stirbt. Vielleicht ist er in einem Zeugenschutzprogramm. Vielleicht hat er sich den Kopf gestoßen und sein Gedächtnis verloren. Hey, vielleicht wurde er all die Jahre in einem Wandschrank gefangen gehalten – dann hätten wir wirklich etwas, worüber wir reden könnten.«

Sie drückte sich tiefer in den Beifahrersitz und starrte wütend aus dem Fenster. Ihre abweisende Körperhaltung verriet Reed, dass er besser nicht weiter auf seiner Meinung beharren sollte. Er verstand nicht einmal, warum er John Hathaway überhaupt zu verteidigen versuchte. Vielleicht deshalb, weil er sich an das tränenüberströmte Gesicht seiner eigenen Tochter erinnerte, als er vor einem Jahr seine Koffer gepackt hatte und von zu Hause ausgezogen war. Er hatte Tula gleich am nächsten Tag wiedergesehen, und an vielen Tagen danach. Aber er brauchte sich nichts vorzumachen: Die Trennung der Eltern hatte ihrer Tochter geschadet, und das war mit Worten nicht wiedergutzumachen.

Wie aus dem Nichts, stieg eine Erinnerung in ihm auf: Reed war damals so alt wie Tula, ungefähr sechs oder sieben. Er war in der Schule vom Klettergerüst gefallen und hatte sich möglicherweise den Arm gebrochen. Aus irgendeinem Grund konnte die Schule seine Mutter telefonisch nicht erreichen. Also holte Senator Markham ihn ab und brachte ihn zum Arzt. Wie sich herausstellte, war sein Arm nicht gebrochen, sondern verstaucht, und Angus belohnte seinen Sohn für seine Tapferkeit mit einem Eis im Park. Reed spielte am Rand des Teichs mit seinem Vater. Er warf den Enten gerade Kräcker zu und genoss die ungeteilte Aufmerksamkeit des Senators, was selten war, als eine Frau neben ihnen auftauchte. Sie hatte langes blondes Haar und volle rote Lippen. Reed konnte in den tiefen Ausschnitt ihrer wallenden Bluse sehen, als sie sich zu ihm beugte und sagte: »Du bist aber ein süßer Kerl. Du wirst bestimmt einmal genauso ein Herzensbrecher werden wie dein Daddy.« Normalerweise schwoll Reeds Brust immer voll Stolz an, wenn er mit seinem Vater verglichen wurde, doch dieses Mal senkte er den Kopf und kratzte mit einem kleinen Stock über die Erde. Sein Vater indes lachte herzhaft, als hätte die Frau einen furchtbar komischen Witz gerissen. Als Reed sich schließlich wieder aufrichtete, schlenderte sein Vater mit der Frau zu einer alten Eiche, unter deren Zweigen sie dicht nebeneinanderstanden. Reed ärgerte sich darüber, dass sie seinen sonnigen Nachmittag störte, und er wünschte sich, sie würde wieder gehen. Stattdessen lungerte sie herum, bis sie den Park verließen. Irgendwann verschwand sie sogar mit seinem Vater in einer öffentlichen Toilette. Für eine gefühlte Ewigkeit, nach Reeds Empfinden. Er schmollte auf dem gesamten Weg zurück nach Hause. Nicht nur, weil diese fremde Frau ihm seinen Vater weggenommen hatte, sondern weil er spürte, dass Angus überhaupt nur wegen ihr mit ihm in den Park gegangen war.

»Wir sind da.« Reed stellte den Motor ab, und sie liefen durch den Vorgarten zu dem kleinen Bungalow mit den gelben Fensterläden. Drinnen lag eine schläfrig aussehende Katze auf der Fensterbank. Reed klingelte, während Ellery durch die Büsche griff und mit den Fingern gegen die Scheibe klopfte. Die Katze rollte sich herum und drückte ihre Pfote gegen Ellerys Hand, aber niemand öffnete die Tür. Reed versuchte es erneut, woraufhin jemand vom Nachbargrundstück herüberrief.

»Wenn Sie Wanda suchen, sie ist nicht da. Sie arbeitet heute!«

Reed drehte sich um und erblickte eine ältere Frau, die einen Sonnenhut trug, unter dem wilde graue Locken hervorlugten. Sie hielt eine kleine Gießkanne in der Hand und beäugte die Fremden auf Wandas Veranda mit unverhohlener Neugier.

»Danke«, rief Reed zurück. »Wissen Sie, wo wir Sie finden können?«

Die Frau stemmte eine Hand in ihre runde Hüfte. »Kommt drauf an, wer fragt.«

Reed holte seinen FBI-Ausweis hervor und ging hinüber zu der Einfahrt, damit die Frau ihn sehen konnte. »Wir müssen so schnell wie möglich mit ihr sprechen«, sagte er ernst.

»FBI? Was will denn das FBI von Wanda?«

Ihr Gesichtsausdruck verriet nicht, ob sie beeindruckt oder neidisch war. »Tut mir leid, aber das ist vertraulich. Wanda arbeitet also gerade. Können Sie mir sagen, wo?«

»Natürlich. Sie bedient im Lucky Lucy's am Ende der Straße – ich liebe das Buffet dort. Wenn Sie sich beeilen, schaffen Sie es noch vor dem großen Andrang.«

»Schnell«, murmelte er zu Ellery, als sie losgingen. »Wir haben Viertel nach zwei.«

»Glaubst du, dass es ein All-you-can-eat-Buffet ist?«, fragte sie.

Reed hatte Ellery schon Unmengen an Essen verdrücken sehen. »Wenn ja, wird der Laden mit dir ein Minusgeschäft machen.«

Im Lucky Lucy's angekommen, baten sie die Dame am Empfang darum, in Wandas Servicebereich platziert zu werden. Die junge Frau mit dunklen Augen und goldenen Kreolen fragte nicht einmal nach dem Grund. Wenige Augenblicke später kam Wanda zu ihnen geeilt. Reed wusste, dass sie es sein musste, denn das Alter – Mitte sechzig – schien zu passen, und auf ihrem Namensschild stand in roten Buchstaben *Wanda* geschrieben. Diese Frau mit weißem Haar und aufgedunsenem Gesicht hatte nur noch wenig Ähnlichkeit mit dem heißen blonden Feger auf dem Foto, das in Reeds Brusttasche steckte. »Hallo, ich bin Wanda und kümmere mich heute um Ihre Bestellung. Was kann ich Ihnen zu trinken bringen?«, fragte sie und legte zwei Speisekarten aus Plastik auf den Tisch.

»Wanda Evans?«, fragte Reed.

Sie stand aufrecht, sichtlich überrascht. »Richtig«, antwortete sie vorsichtig. »Kennen wir uns?«

»Nein, aber ich glaube, dass Sie meine Mutter gekannt haben – Camilla Flores.«

Ihre Lippen formten sich zu einem dünnen Strich, und sie schüttelte den Kopf. »Tut mir leid, der Name sagt mir gar nichts. Möchten Sie jetzt schon bestellen oder lieber die Speisekarte noch etwas studieren? Die meisten Gäste wählen einfach das Buffet.«

»Sie haben mit ihr Anfang der 1970er-Jahre im Howard Johnson gearbeitet«, beharrte Reed.

»Ach ja? Vielleicht. Das ist lange her. Das ist wohl der Grund, warum ich mich nicht mehr gut daran erinnere.« Sie trat einen Schritt von dem Tisch zurück, als wollte sie gleich flüchten.

»Sie waren miteinander befreundet«, fuhr Reed fort, und er zog das Polaroidfoto heraus. »Sie und Cammie und Angie. Sehen Sie?«

Er hielt ihr das Bild hin. Wanda beugte sich vor, um einen Blick darauf zu werfen, trat aber nicht näher. »Ich weiß nicht, was Sie von mir wollen, Mr …«

»Markham. Reed Markham.« Er hielt einen Augenblick inne. »Sie haben mich aber vielleicht als Joey gekannt …«

Sein Vorname schien einen Schalter umzulegen. Ihre Miene erstarrte erst, dann wurde sie weich. »Joey«, wiederholte sie und blickte ihn verwirrt an. »Ich fasse es nicht.« Sie schnappte sich das Foto aus seiner Hand und betrachtete es wehmütig. »Damals dachten wir noch, dass uns die Welt zu Füßen liegt. Ich war schon eine dufte Puppe, oder? Himmel, wo sind nur diese Beine geblieben?«

Reed konnte sich vorstellen, dass vierzig Jahre Kellnern seinen Tribut forderte. Als er Wandas Blick sah, der auf dem alten Foto haften blieb, beschloss er, den persönlichen Ansatz bei der Befragung zu Camillas Mord beizubehalten. Immerhin hatte sie den Beamten in der ersten Ermittlung nichts erzählt. Er zeigte auf Ellery. »Ms Evans, das ist Ellery Hathaway, eine Freundin von mir. Wir sind diese Woche hier in der Stadt, weil ich mehr über meine Mutter erfahren möchte, und ich dachte mir, dass Sie mir vielleicht dabei helfen können.«

Wandas Gesicht verschloss sich wieder, und sie drückte ihm das Foto zurück in die Hand. »Tut mir wirklich leid, was Cammie zugestoßen ist, aber da gibt es nichts, was ich Ihnen erzählen könnte.«

»Sie haben Sie gekannt. Im Gegensatz zu mir. Diese Chance habe ich nie bekommen.« Er senkte den Kopf, sodass sich ihre Blicke trafen. »Ich möchte nur ein paar Minuten mit Ihnen reden. Bitte.«

Sie blickte sich um, als würde sie nach einer unsichtbaren Aufsicht oder einem Retter in der Not Ausschau halten. »Sie war wirklich ein netter Mensch, Ihre Mom«, antwortete sie schließlich seufzend. »Das, was ihr zugestoßen ist, hat sie nicht verdient. Ich weiß nicht, inwieweit ich Ihnen helfen kann, aber meine Pause beginnt in einer halben Stunde. Da können wir reden, wenn Sie so lange hierbleiben möchten.«

»Wunderbar, vielen Dank!«

Reed und Ellery nutzten die Zeit bis dahin, um sich am Buffet zu bedienen. Reed freute sich, als er eine Salatbar entdeckte, die sowohl Spinat als auch Rucola im Angebot hatte. Er stellte sich eine Schüssel voll Blattsalat, Kichererbsen und verschiedenem Gemüse in verschiedenen Farben zusammen und fügte zum Schluss knusprige Speckwürfel hinzu, um den Geschmack abzurunden. Zurück am Tisch stellte er fest, dass Wanda ihnen zwei große Eistee und einen Stapel Papierservietten gebracht hatte. Ellery kam einen Augenblick später zurück. Sie ging langsam, um das Essen, das sie Tetris-artig auf ihrem Teller angehäuft hatte, nicht umzustoßen.

»Du darfst mehr als einmal zum Buffet gehen«, versicherte ihr Reed, als er die riesige Portion betrachtete.

»Weiß ich. Ich muss doch auch noch einmal hin für den Nachtisch.« Sie griff nach einem frittierten Hühnerschenkel und biss herzhaft hinein. »Wir sollten zeigen, wie sehr uns das Essen schmeckt – um ihr zu schmeicheln.«

»Aha. Und Geschmack heißt für dich, eine ganze Ladung Butter zu verdrücken«, erwiderte er und deutete mit seiner Gabel auf ihren Teller.

»Die brauche ich für die Brötchen.«

Reeds Exfrau, Sarit, hatte immer nur wie ein Vögelchen gegessen, sich kurz an dem langen Esstisch niedergelassen, hier und da etwas gepickt, um dann wieder wegzufliegen und intellektuelleren Beschäftigungen nachzugehen. Sarit hatte seine Kochkünste bewundert, doch ihr Appetit war zu klein und ihre Aufmerksamkeitsspanne zu kurz gewesen, um seine sorgfältig geplanten Vier-Gänge-Menüs durchzustehen. »Erinnere mich daran, dass ich dich öfter zum Essen einlade«, sagte er halb scherzend zu Ellery, die daraufhin von ihrem Teller aufsah.

»Sag mir, wann und wo.«

»Heute Abend«, hörte er sich überrascht antworten. »Irgendwohin, wo das Essen nicht nach dem Gewicht der verzehrten Menge berechnet wird.«

»Heute Abend«, grübelte sie, während sie sich ein Stück Brötchen abbrach. »In Ordnung«, erwiderte sie eine Sekunde später in einem Tonfall, als hätte sie gerade gesagt: *Herausforderung angenommen*. Reed spürte, wie ihm der Schweiß ausbrach. »Aber kein Nobelladen«, ermahnte sie ihn. »Ich habe keine schicken Klamotten dabei.«

Er sah sie verwirrt an und legte den Kopf schief. »Hast du denn überhaupt schicke Klamotten?«

»Nein. Deshalb habe ich sie ja nicht dabei.«

Reed könnte ihr seine Kreditkarte in die Hand drücken und in eine der vielen teuren Boutiquen schicken, aber das wäre dann doch zu sehr ›Pretty Woman‹. Abgesehen davon würde Ellery die Karte wahrscheinlich zerschneiden, wenn er ihr mit einem derartigen Angebot käme. »Über welche Art von Restaurant sprechen wir dann?«, fragte er sie. »Ich brauche einen Anhaltspunkt.«

Sie zuckte mit den Achseln. »Also nichts, wo die Kellner Anzüge tragen.«

Wahrscheinlich gab es Lokale in Las Vegas, in denen die Kellner in ihrer Unterwäsche herumliefen, aber er wollte sie kleidungstechnisch keiner Mutprobe unterziehen. »Normal gekleidetes Servicepersonal. Verstanden.«

Wanda Evans, die eine rote Schürze über einer Jeans und

138

einem rosa Poloshirt trug, tauchte eine halbe Stunde später wieder auf, einen Eistee und ein in Wachspapier eingewickeltes Sandwich in der Hand, das sie von zu Hause mitgebracht hatte. »Wenn wir hier etwas essen, müssen wir das bezahlen«, erklärte sie, als sie in der Nische neben Ellery Platz nahm. »Zwar zehn Prozent weniger, aber mehr nicht. Können Sie das glauben? Diese Geizhälse.«

Ellery, die sich durch verschiedene Sorten von Plätzchen gearbeitet hatte, schob Wanda zwei Stück zu. »Sie sind ein Schatz«, bedankte diese sich mit einem Lächeln. Dann wanderte ihr Blick zu Reed, während sie nach ihrem Sandwich griff. »Ich habe schon seit Jahren nicht mehr an Cammie gedacht. Dass Sie mir jetzt hier gegenübersitzen, ist irgendwie unheimlich, ehrlich gesagt. Mir kommt es vor, als würde sie mich anschauen.«

»Wie haben Sie sich kennengelernt?«, fragte Reed.

»Bei der Arbeit, im Howard Johnson – wie Sie bereits sagten. Wir waren zwar nicht immer in dieselben Schichten eingeteilt, aber wir hatten trotzdem genügend Gelegenheiten, um miteinander zu reden. Ich habe sie gemocht. Die Art und Weise, wie sie mit schwierigen oder verrückten Gästen umgegangen ist, hat mich zum Lachen gebracht. Da war einmal dieser Typ, der auf ein Bild der Speisekarte zeigte. ›Die fluffigsten Pfannkuchen weit und breit‹ oder so ähnlich stand da geschrieben, und er fragte: ›Was ist das?‹ Cammie, die Gute, beugte sich vor und antwortete: ›Das sind die besten Pfannkuchen der Welt.‹ Woraufhin der Typ erwiderte: ›Und die haben Sie hier?‹ Und Cammie sagte: ›Ja, mein Herr. Die Pfannkuchen stehen auf der Speisekarte, also haben wir sie auch.‹ Daraufhin meinte er: ›Aha, und was haben Sie sonst noch?‹ Sie stand da und lächelte ihn an, während er sie die ganze verdammte Speisekarte vorlesen ließ. Diese Frau hatte eine Engelsgeduld, unglaublich.«

»Haben Sie auch Zeit außerhalb der Arbeit miteinander verbracht?«

Ihr Gesichtsausdruck wurde weich, als sie sich daran erinnerte. »Ja, haben wir. Sie, Angie und ich. Wir sind am Wochenende ausgegangen, haben etwas getrunken und uns die örtlichen Bands angehört. Wir hatten zwar nicht viel Geld, aber damals haben die Jungs den Mädels noch ein Bier oder auch zwei spendiert für ein nettes Lächeln und eine kleine Plauderei. Das war natürlich, bevor Cammie schwanger war.«

Reed sah seine Möglichkeit gekommen, nachzuhaken. »Sie haben meinen Vater gekannt?«

»Nein. In der Hinsicht war Cammie verschlossen. Wir haben sie nach dem Namen gefragt, aber sie hat ihn nie verraten, soweit ich weiß.« Sie warf Reed einen bedauernden Blick zu. »Ich hatte das Gefühl, dass er verheiratet war.«

»Warum? Woraus haben Sie das geschlossen?«

»Na ja, erstens hat sie nicht gesagt, wer er war. Und zweitens hat sie nach der Geburt des Kindes erzählt, dass sie vielleicht Geld von ihm bekäme. Sie hat dem Vater wohl die Daumenschrauben angesetzt. ›Bezahl gefälligst, Junge!‹, wird sie ihn aufgefordert haben.« Wanda machte eine Geste, als würde sie dem Mann in die Brust stechen. Reed war unangenehm berührt, weil er daran dachte, unter welchen Umständen Cammie gestorben war.

»Von welcher Größenordnung sprechen wir hier?«, fragte er.

Ein Schatten huschte über Wandas Gesicht, als hätte sie das Falsche gesagt. Sie nahm einen Schluck Eistee, ehe sie antwortete. »Genaues weiß ich nicht«, sagte sie schließlich, wobei ihr offenkundig unbehaglich zumute war. »Nur das, was man so erzählt hat. Cammie hat die Summe mir gegenüber nie genannt.«

»Was wurde denn so erzählt?«

Wanda sträubte sich noch immer. Sie stellte den Eistee ab und verschränkte die Hände sorgfältig in ihrem Schoß. »Es sollen fünfundzwanzigtausend Dollar gewesen sein«, erklärte sie schließlich.

Ellery sah Reed, der seinen Schock zu verbergen suchte, überrascht an. Der genannte Betrag entsprach heute mehr als einhunderttausend Dollar. Ein derartiger Batzen Geld hatte nichts mehr mit Kindesunterhalt zu tun. Das war Schweigegeld.

»Wer hat Ihnen von den fünfundzwanzigtausend Dollar erzählt, wenn es nicht Cammie war?«, fragte Ellery.

»Ich weiß es nicht. Kann sein, dass ich es von einem der Mädchen im Restaurant gehört habe – ich erinnere mich wirklich nicht mehr daran. Wie schon gesagt, es war nur Gerede. Ich, äh …« Sie sah auf ihre Armbanduhr. »Ich muss wieder arbeiten.«

»Ihre Pause ist erst in einer Viertelstunde zu Ende«, entgegnete Reed.

»Aber ich habe Ihnen alles erzählt, was ich weiß.«

»Das glaube ich nicht«, widersprach Reed. »Sie haben uns nicht erzählt, warum Sie der Polizei gegenüber so getan haben, als würden Sie Cammie nicht kennen.«

In Wandas blauen Augen begannen Tränen zu schimmern, und sie rutschte nervös auf der Sitzbank herum. »Was spielt das denn jetzt noch für eine Rolle? Ich wollte mit der ganzen Sache einfach nichts zu tun haben. Das will ich immer noch nicht. Das, was Cammie da zugestoßen ist, war einfach schrecklich. Furchtbar. Ich kann mir überhaupt nicht vorstellen, dass jemand mit einem Messer auf sie gewartet und sie derart zugerichtet hat …« Sie brach den Satz mit einem Schaudern ab. »Aber wir haben uns zu dem Zeitpunkt, als sie umgebracht wurde, nicht mehr so nahegestanden. Cammie war mit ihrem Kind beschäftigt und hatte keine Zeit mehr, um mit uns Mädels auszugehen und zu feiern, so wie früher.«

Reed erinnerte sich daran, wie todmüde er und Sarit in der ersten Zeit nach Tulas Geburt gewesen waren. Die Kleine war alle neunzig Minuten schreiend aufgewacht, weil sie gefüttert und gewickelt werden wollte. Sarit und er hatten die ersten sechs Monate immer abwechselnd geschlafen und waren wie Zombies in der Küche aneinander vorbeigetaumelt. Er hatte in jener Zeit auch auf das Feierabendbier mit seinen Kollegen verzichtet. Doch er war sich ziemlich sicher gewesen, dass sie ihm nicht die Freundschaft kündigen würden, nur weil er ein paar Abende in der Bar verpasste und ständig mit Krawatten herumlief, die Spuckreste von Tula aufwiesen.

»Sie und Cammie haben sich verkracht«, mutmaßte er. Wanda wurde rot, und er wusste, dass er den Nagel auf den Kopf getroffen hatte.

»Nein – nicht wirklich. Wir haben einfach nicht mehr miteinander geredet so wie früher. Sie war derart beschäftigt mit dem Baby, dass sie für niemand anders Zeit hatte.«

Reed dachte einen Augenblick über ihre Worte nach. »Niemand anders?«, wiederholte er bedächtig. »Meinen Sie damit David?«

Wandas flehentlicher Blick wanderte zwischen Reed und Ellery hin und her. »Er war so jung. Das waren wir alle. David hat immer das Bedürfnis gehabt, Gutes zu tun – deshalb ist er überhaupt Polizist geworden. Cammie war schwanger und allein … er wollte ihr helfen, so gut er konnte.«

»Wollen Sie damit sagen, dass er sie nicht geliebt hat?«, fragte Ellery.

Wandas Kopf schnellte zu Ellery. »O nein«, entgegnete sie. »Er hat sie geliebt. Das glaube ich wirklich. Wir alle haben uns darüber lustig gemacht, wie er ihr hinterherschaute,

142

wenn er ins Restaurant kam, um zu essen. Er wartete nur darauf, dass sie sich umdrehte, um sie anlächeln zu können. Aber dann kam das Baby, und die Zeiten wurden schwieriger. Windeln, Fläschchen, Koliken – das volle Programm. Ich glaube nicht, dass David für all das schon bereit war.«

»Soweit wir wissen, wollten David und Cammie heiraten«, wandte Reed ein.

Wanda schien äußerst unangenehm berührt zu sein. »Ja, das hat Cammie gesagt.«

»Und was hat David gesagt?«

»Ähm, ich glaube, er hat auch davon gesprochen.«

»Sie haben ein offenes Ohr für ihn gehabt«, sagte Reed und begann allmählich zu verstehen. »Er hat Ihnen seine Probleme anvertraut.«

»Cammie hatte ihre Stunden nach der Geburt reduziert«, erklärte Wanda. »Sie war nicht da, wenn David am Ende seiner Schicht vorbeikam, um einen Kaffee zu trinken. Also haben wir miteinander geredet. Er meinte, dass er sich nicht beeilen müsste, um nach Hause zu fahren, weil Cammie sowieso schon seit acht Uhr schlafen würde.«

»Er begann die Belastung zu spüren, die so eine Familie mit sich brachte«, stellte Reed ganz neutral fest.

»Ja, genau«, antwortete Wanda erleichtert. »Er hat sie geliebt. Wirklich. Er war sich nur nicht mehr sicher, ob er für all das schon bereit war. Er wollte ausgehen, Spaß haben – jung sein, solange er es noch konnte, verstehen Sie?«

»So wie Sie«, erwiderte Reed. »Sie sind gern ausgegangen und haben Spaß gehabt – trinken, tanzen, Musik hören. Haben Sie das nicht vorhin gesagt?« Er machte eine vielsagende Pause. »Ist David jemals mit Ihnen ausgegangen?«

Wanda schien in sich zusammenzufallen, und mit einem Mal war ihr jedes einzelne ihrer sechsundsechzig Lebensjahre anzusehen. »Ja, okay. Da war was zwischen uns. Ein-

143

oder zweimal. Wir hatten Spaß – aber das war nur ein Weg, um Dampf abzulassen. Es hat nichts bedeutet. Er war mit Cammie zusammen. Das war uns beiden klar. Cammie hat die Sache nie herausgefunden. Zumindest nicht, soweit ich weiß. Aber ich habe mir deshalb immer Vorwürfe gemacht. Sie bot mir an, eine meiner Schichten zu übernehmen oder mich besuchen zu kommen, zusammen mit dem Baby. Ich hingegen kam mir vor wie eine nichtsnutzige Schlampe, weil ich mich hinter ihrem Rücken mit David traf. Bis ich dann gesagt habe: ›Schluss!‹« Wanda griff nach einer Serviette und begann sie in kleine Stücke zu reißen.

»Wie hat er die Nachricht aufgenommen?«, fragte Reed.

»Es war in Ordnung für ihn«, behauptete Wanda, doch Reed hatte da seine Zweifel. »David wusste, dass die Sache zwischen uns nichts Ernstes war. Er – er bedankte sich sogar, meinte, ich hätte ihm geholfen, seine Prioritäten wieder richtig zu setzen. Dann fing dieser Drogendealer an, Cammie zu belästigen. David sorgte dafür, dass sie sicher nach Hause kam, und ordnete verstärkten Streifendienst in der Nähe ihres Wohnblocks an. Er kam nach der Arbeit nicht mehr im Restaurant vorbei und verzichtete auf abendliche Besuche im Club. Stattdessen verbrachte er jede freie Minute bei Cammie. Doch dieser Mistkerl von Dealer wartete nur, bis David zur Arbeit gegangen war, um in ihre Wohnung einzubrechen und sie umzubringen.«

»Sie glauben also, dass Billy Thorndike Cammie umgebracht hat«, stellte Reed fest. Wanda riss die Augen auf.

»Ja, natürlich, Sie etwa nicht? Immerhin hatte er gesagt, dass er sie umbringen würde, und dann wurde sie erstochen aufgefunden. Man muss also kein Genie sein, um darauf zu kommen, wer sie ermordet hat. Deshalb …« Sie hielt abrupt inne, aber Reed konnte sich den Rest selbst zusammenreimen.

»Deshalb haben Sie gegenüber der Polizei so getan, als würden Sie Cammie nicht kennen.«

»Ich hatte keine Informationen gehabt, die von Nutzen gewesen wären«, beharrte Wanda. »Ich war nicht dabei, als er sie umgebracht hat. Ich hatte zu dem Zeitpunkt schon wieder einen festen Freund und meinen Job, um den ich mich kümmern musste. Wenn die Beamten herausgefunden hätten, dass ich eine Affäre mit David hatte … sie wären nur auf falsche Gedanken gekommen.«

»Es hätte nach einem Motiv ausgesehen – für David.«

»Genau das ist es, was ich meine. David war ein Mensch, der einen kleinen Vogel mit nach Hause genommen hat, wenn er ihn auf dem Gehweg fand, um ihm ein Nest in einer Schuhschachtel zu bauen. Er konnte keiner Fliege etwas zuleide tun, geschweige denn Cammie so brutal ermorden. Die Sache zwischen ihm und mir war zu dem Zeitpunkt, als Cammie umgebracht wurde, aus und vorbei. Die beiden waren fest zusammen, sehr verliebt ineinander und überaus glücklich. Das Geld sollte bald kommen und alle ihre Probleme lösen. Sie hatten vor, in ein anderes Viertel zu ziehen, weg von diesem Typen, diesem Thorndike. Cammie wollte ihren Job aufgeben, zu Hause bleiben und sich um das Baby kümmern. Und David – er sollte dieses schicke Motorrad bekommen, mit dem er geliebäugelt hatte. Ich glaube, es war eine blaue Harley. Cammie wollte sie ihm zur Hochzeit schenken.«

Vor Reeds innerem Auge blitzte wieder sein anderes Leben auf. Das Leben, das hätte sein können. Er sah sich hinter David auf dieser Harley sitzen und durch die Wüste brausen.

»Das Geld traf aber nicht rechtzeitig ein«, sagte er zu Wanda. »Cammie bekam nicht mehr die Chance, umzuziehen.«

»So war es«, erklärte Wanda. »Dafür hatte Thorndike gesorgt. Dieser Mistkerl. Ich kann nicht glauben, dass die Polizei ihn nie dafür hinter Gitter gebracht hat. Wir wussten alle, dass er schuldig war.« Sie stach in den Berg von Papierfetzen, sodass die Schnipsel sich über den Tisch verstreuten. »Aber was das Geld angeht, da habe ich immer angenommen, dass David es bekommen hat.«

»Wieso denn das?«

»Na ja, ich bin mir nicht völlig sicher, denn wir haben nach Cammies Beerdigung eigentlich nie wieder richtig miteinander gesprochen. David kam nicht mehr im Restaurant vorbei. Zu viele Erinnerungen, vermute ich.«

»Das Geld«, hakte Reed nach.

»Ach ja, richtig, das Geld. Wie schon gesagt, David kam nicht mehr vorbei, aber ich habe ihn dann noch einmal zufällig getroffen, ein paar Wochen nach Cammies Tod. Wir sind uns im Spirituosenladen in die Arme gelaufen. Er kam gerade zur Tür heraus, als ich hineinging. Und wissen Sie was? Er fuhr mit einem funkelnagelneuen blauen Motorrad weg.«

»Wie es scheint«, sagte Ellery, als sie wieder im Auto saßen, »hat David sehr viele wichtige Details in seiner Aussage weggelassen. Was hältst du von Wandas Geschichte und der Aussage, dass fünfundzwanzigtausend Dollar gezahlt werden sollten?«

Reed lenkte den SUV zurück auf eine Hauptstraße und warf einen Blick in den Rückspiegel. Ein silberner BMW hatte mit ihnen den Parkplatz von Lucky Lucy's verlassen, und er konnte ihn noch immer sehen, wenige Fahrzeuge hinter sich. »Mein Vater konnte es sich bestimmt leisten, diese Summe zu zahlen«, antwortete er. »Natürlich widerspricht das der herzzerreißenden Geschichte, die er mir aufgetischt hat. Also dass er mir unbedingt helfen wollte, als er erfahren hatte, was Cammie zugestoßen war. Nach Wandas Darstel-

146

lung könnte er auch einfach nur froh gewesen sein, das Geld zu zahlen, um nie wieder an mich denken zu müssen.«

»Kannst du ihn nach dem Geld fragen?«

»Natürlich. Nur wird die Antwort wahrscheinlich wieder ein Haufen Blöd-« Reed brach den Satz ab, denn er bemerkte beim Wechseln der Fahrspur, dass der BMW es ihm gleichtat.

Ellery sah, wie Reed die Spiegel überprüfte, und wandte sich in ihrem Sitz nach hinten. »Was ist?«

»Wir haben Gesellschaft, glaube ich.«

»Der silberne BMW.«

Er blickte überrascht zu ihr hinüber. »Der Wagen ist dir auch schon aufgefallen?«

»Ich hatte letztens den Verdacht, dass er uns folgt, aber in dem Moment, als ich es erwähnen wollte, ist er abgebogen.«

»Hast du das Kennzeichen lesen können?«

»Nein, er war zu weit entfernt.«

»Also beschattet uns ein Profi«, murmelte Reed. »Großartig.« Er trommelte mit den Fingern auf das Lenkrad, als sie an einer roten Ampel warten mussten. Sie konnten aus diesem Blickwinkel unmöglich das Kennzeichen oder den Fahrer erkennen.

»Könnte doch ein Zufall sein – oder?«

»Es gibt nur eine Möglichkeit, das herauszufinden.« Reed holte tief Luft, als die Ampel auf Grün schaltete. »Halt dich fest!« Er drückte aufs Gas, um den Abstand zwischen sich und dem BMW zu vergrößern, der die Verfolgung aufnahm. Reed schlängelte sich über mehrere Straßenblocks hinweg durch den Verkehr, bis der BMW sich fünfzig Meter hinter ihm befand. Dann blinkte Reed, wechselte zur äußersten linken Fahrspur und drosselte das Tempo, als wollte er abbiegen. Doch stattdessen drängelte er sich unvermittelt zwischen einen Pick-up und einen grünen Honda. Der Fahrer des Pick-ups hupte, aber Reed verlangsamte das Tempo nicht, sondern machte einen Schlenker nach rechts und jagte über zwei Blocks hinweg die Straße entlang, bis er ein Einkaufszentrum mit einem belebten Parkplatz erblickte. Mit fünfzig Stundenkilometern bretterte der SUV über die Bodenschwelle, sodass sie durchgerüttelt wurden und Ellery sich am Türgriff festhielt.

Reed glitt in eine Parklücke, die zur Straße hin lag, und schaltete den Motor aus. »Zieh den Kopf ein!«, murmelte er, und beide verschwanden in ihren Sitzen. Adrenalin pulsierte durch Reeds Adern, und er hielt die Luft an, während er über den Rand des Armaturenbretts hinweg die vorbeifahrenden Autos beobachtete. Wie erwartet, kam der BMW ungefähr fünfzehn Sekunden später angeschlichen, als suchte er etwas. Ellery schnappte beim Anblick des Autos leise nach Luft.

»Dafür, dass wir einen vierzig Jahre alten unaufgeklärten Fall bearbeiten, wird uns sehr viel Aufmerksamkeit geschenkt.«

Der Fahrer war im grellen Licht der Nevada-Sonne nicht zu erkennen, aber Reed notierte sich das Kennzeichen. »Zeit, unserem Verfolger einen Namen zuzuordnen«, sagte er, während der BMW an ihnen vorbeifuhr. Er zog sein Handy hervor und überprüfte rasch das Nummernschild. »Ein Mietwagen«, verkündete er wenige Sekunden später. Ellery behielt die Straße im Auge, für den Fall, dass der BMW zurückkehrte.

»Und was machen wir jetzt? Nehmen wir unsere Fahrt wieder auf und warten ab, ob er uns weiter verfolgt?«

Reed setzte sich aufrecht hin und ließ den Motor an. »Ich glaube nicht, dass das nötig ist«, erklärte er, während Ellery aus der Deckung auftauchte. »Wenn diese Person uns bereits seit mehreren Tagen verfolgt, wird er oder sie garantiert wissen, in welchem Hotel wir übernachten, und bereits auf dem Weg dorthin sein.«

Beim Hotel angekommen, fuhr Reed einmal um den Block und hielt Ausschau nach dem silbernen BMW, der aber nirgends zu sehen war. Er stellte den SUV in der Hotelgarage ab und suchte systematisch jedes Parkgeschoss ab, bis er auf den Wagen stieß. »Hab ich's doch gewusst«, sagte er zu Ellery und inspizierte das Auto, indem er einmal an dessen Längsseite entlangging. Ellery reckte den Hals, um zu überprüfen, ob sie jemand beobachtete, was Reed nicht mehr zu kümmern schien. Er hegte einen immer stärker werdenden Verdacht, wer der Fahrer sein könnte und warum er hier war, und brannte nun förmlich darauf, ihm zu begegnen. Er legte die Hände schützend um das Gesicht und spähte durch das Fenster auf der Fahrerseite. Der Sitz war weit nach hinten gestellt. Auf dem Armaturenbrett lag eine vertraut wirkende Pilotensonnenbrille. »Ich weiß, wer unser Verfolger ist«, erklärte er und richtete sich wieder auf. »Und ich weiß auch, wo wir ihn finden können.«

Mit großen Schritten betrat er die Empfangshalle des Hotels. Ellery folgte ihm so dicht auf den Fersen, dass sie ihm fast in die Hacken trat, als er unvermittelt stehen blieb, sich einmal im Kreis drehte und Richtung Bar marschierte, die so leer war, wie es an einem Nachmittag unter der Woche zu erwarten war. Reed ging schnurstracks zu den Separees im hinteren Bereich, wo er seine Zielperson fand: Rufus Guthrie, Angus Markhams Handlanger, mit einem Gin Tonic in der einen und seinem Handy in der anderen Hand. Reed und er starrten sich gegenseitig an, wobei Rufus keinerlei Überraschung zeigte. »Ich muss auflegen«, sagte er, ohne seinen Blick von Reed zu wenden. »Ich ruf dich zurück.«

8

»Du verfolgst uns und berichtest alles an meinen Vater, richtig?«

Rufus zuckte nur mit den Achseln und deutete auf die freien Plätze im Separee. »Reed, lange nicht mehr gesehen. Setz dich doch und entspann dich! Vielleicht solltest du dir einen Drink gönnen.«

»Es ist halb vier am Nachmittag.«

Rufus schmunzelte vor sich hin und schüttelte den Kopf. »Weißt du, das habe ich immer an dir bewundert, Reed – du hältst die Spielregeln ein, selbst wenn du es nicht musst. Das ist … goldig.« Er sah an Reed vorbei und nickte Ellery zu. »Ms Hathaway, wir hatten noch nicht das Vergnügen. Ich bin Rufus Guthrie und arbeite für Senator Markham.«

Er erhob sich schwerfällig hinter dem Tisch und streckte Ellery seine große Hand entgegen, die sie wortlos betrachtete. Reed trat dazwischen.

»Ist es das, was du hier machst – für meinen Vater herumschnüffeln?«

Guthrie sank seufzend zurück auf seinen Sitz. »Auch wenn du keinen Drink haben willst, ich werde mir noch einen bestellen.« Er winkte der Bedienung zu und tippte auf den Tisch. »Würden Sie mir bitte das Gleiche noch mal bringen?«

Reed glitt in die Nische und nahm gegenüber von Guthrie Platz. Ellery zögerte nur einen kurzen Augenblick, ehe sie sich neben Reed setzte. »Wenn mein Vater wissen will, wie die Ermittlungen laufen, kann er verdammt noch mal zum

Telefon greifen und mich das fragen. Er muss keinen Lakaien losschicken, der mir folgt.«

Guthrie riss die Augen auf, sodass seine Augenbrauen nach oben wanderten. »Einen Lakaien? Das kränkt mich, mein Junge, und für jemanden, der dich einmal auf seinen Schultern herumgetragen hat, ist das eine sehr verletzende Bezeichnung.«

»Tu nicht so, als wärst du mein Freund!«

Guthrie wirkte verärgert. »Genau das versuche ich zu sein, denn ich will dich davor bewahren, dass du deine ganze Familie durcheinanderbringst und ihr das Leben schwermachst. Aber darauf scheinst du ja ganz versessen zu sein.«

»Ich? Ich bin derjenige, der hier Ärger macht? Du solltest besser die Fakten überprüfen und vielleicht mit deinem Chef reden. Er ist derjenige, der mich mein ganzes Leben lang belogen hat.«

»Ach ja«, erwiderte Guthrie mit beißender Ironie, während er nach dem frischen Glas Gin Tonic griff. »Ich hab ganz vergessen, wie schwer deine Kindheit war, in dem schönen Herrenhaus, mit den besten Schulen, den schicksten Klamotten, den Reisen ins Ausland und dem Hauspersonal, das dafür gesorgt hat, dass du dir deine Händchen nicht schmutzig machen musstest beim Aufräumen der Unordnung, die du hinterlassen hast.«

In Reeds Gesicht flammte Wut auf. »Das Geld ist also dazu da, um alles geradezubiegen, oder was?«

»Auf jeden Fall verschafft es einem einen verdammt guten Start ins Leben«, antwortete Guthrie, zermalmte einen Eiswürfel mit den Zähnen und betrachtete Reed mit trüben Augen. »Er liebt dich. Das tun sie alle. Und wenn du nur für eine Sekunde mal innehalten würdest, um nachzudenken, würdest du erkennen, dass das die Wahrheit ist. Du würdest diese nutzlose Sache hier einstellen und dorthin fahren, wo du hingehörst. Nach Hause.« Er taxierte Ellery. »Frag sie. Sie wird dir sagen können, wie kostbar das ist, was du gerade wegwerfen willst.«

»Was soll das denn heißen?«, fragte Ellery.

Guthries Gesicht nahm einen mitleidigen Ausdruck an. »Schätzchen, niemand sollte das durchmachen, was Ihnen widerfahren ist. Ich will mir nicht einmal ansatzweise vorstellen, was sich in diesem Wandschrank abgespielt hat. Ich weiß, dass Reed es weiß. Sie müssen halb verhungert gewesen sein, als er Sie daraus befreit hat, aber Sie waren ja schon vorher dürr, nicht wahr? Zu Hause kam nicht immer genügend Essen auf den Tisch, richtig? Ihre Mom konnte nicht so viel arbeiten, weil sie sich um Ihren kranken Bruder kümmern musste.« Er schüttelte den Kopf, als bedauerte er Ellery, und starrte auf sein Getränk. »Siehst du, Reed? Geld kann in der Tat Probleme lösen. Oder sie wären dadurch gelöst worden für deine Freundin hier. Und wenn sie, was das angeht, nicht ehrlich sein möchte, werde ich es sein. Ein Zuhause, einen Ort, wo man hingehen kann und wo die Menschen einen mit offenen Armen empfangen, sollte man nicht mit den Füßen treten.«

Guthrie nahm einen großen Schluck von seinem Drink, offensichtlich zufrieden mit seiner Rede, während Reed vor Wut kochte. »Meine Mutter wurde ermordet«, sagte er und sprach jedes Wort überdeutlich aus.

»Nein«, widersprach ihm Guthrie und knallte das Glas auf den Tisch. »Deine Mutter ist in Virginia und bereitet wahrscheinlich gerade das Abendessen vor. Glaubst du, dass sie darüber erfreut wäre, wenn sie wüsste, dass du hier bist, um den guten Namen deines Vaters zu zerstören?«

Reed stellte sich Maryann Markham vor, wie sie das Gemüse schnippelte, vor sich hin summend, ihre Figur noch immer schlank, ihr weißblondes Haar mittlerweile eher weiß als blond. Sie hatte früher immer den roten Hocker herangezogen, damit er mit ihr zusammen an der Küchentheke arbeiten konnte. Vorsichtig hatte sie ihm gezeigt, wie er das Messer halten musste. Sie hatte ihm den Pony geschnitten, seine Hand gehalten und ihm Gutenachtgeschichten im alten Familienschaukelstuhl vorgelesen, sein Gesicht an ihren warmen parfümierten Hals geschmiegt. Selbst heute war sie es, an die er zuerst dachte, wenn er mitten in der dunklen Nacht aufschreckte. »Lass sie aus dem Spiel!«, wies er Guthrie zurecht. »Sie hat damit nichts zu tun.«

»Ach, nein? Angus bedeutet ihr alles. Er und das Heim, das sie gemeinsam geschaffen haben. Du bist gerade auf dem besten Weg, das alles zu zerstören. Glaubst du etwa, dass sie das nicht verletzen wird? Ich bitte dich.«

»Hey, ich bin nicht derjenige, der sich rumgetrieben und das Ehegelübde gebrochen hat. Das war er!«

»Nein, aber du willst es ihr unter die Nase reiben. Das ist also dein Dank dafür, dass sie dich ohne viele Fragen aufgenommen und großgezogen hat.«

»Sie hat nicht gewusst, wer ich war«, schoss Reed zurück. Als er seine eigenen Worte hörte, stellte er sie plötzlich in Frage. Guthrie hustete und schaute weg. »Sie hat es nicht gewusst«, sagte er noch einmal, klang aber nicht mehr so sicher. »Oder?«

»Da ich keine Gedanken lesen kann«, antwortete Guthrie vorsichtig, »weiß ich nicht, was Maryann gewusst oder was sie nicht gewusst hat. Aber sie ist klug, und die Frauen, die deinem Vater begegnet sind, haben seinen Ehering gesehen. Sie wussten, worauf sie sich einließen. Deine Mutter wusste es auch. Angus würde immer nach Hause zurückkehren, solange er diesen Ring trug und eine politische Karriere verfolgte. Mit dem Rest schloss sie irgendwie ihren Frieden. Sie stellte ihm keine unangenehmen Fragen, sodass er ihr keine unangenehmen Antworten geben musste – zumindest war das bisher so. Bis du plötzlich auf die fixe Idee gekommen bist, Cammies Tod aufklären zu müssen.«

»Ich will nur die Wahrheit herausfinden«, beharrte Reed.

»Ja, klar. Du bist hierhergeflogen, in die Wüste Nevadas, um etwas über deine Herkunft zu erfahren, richtig? Glaubst du etwa, du würdest Antworten finden, wenn du das Leben von Camilla Flores aufspürst und in der Geschichte ihres Todes herumwühlst? Hör mir mal gut zu, mein Junge – dieser DNA-Test, den du da gemacht hast, das ist die Wahrheit. Dein Vater ist dein Vater. Das war er schon immer. Ist er perfekt? Nein, ist er nicht. Tut mir leid, dass ich das sagen muss. Und es tut mir auch leid, wenn dir das erst jetzt klar wird, mit vierzig Jahren. Angus Markham ist ein Mensch, der Fehler macht wie wir alle. Aber er hat diese junge Frau nicht umgebracht, und wenn du nicht begreifst, welchen Schaden deine unausgegorene, hirnverbrannte Idee ihm zufügen kann …« Er brach den Satz entrüstet ab.

»Woher willst du wissen, dass er sie nicht umgebracht hat? Woher willst du das wissen?«

»Zu meinen Aufgaben gehört es auch, Informationen zu beschaffen, schon vergessen? Außerdem kenne ich deinen Vater. Und das, seitdem wir gemeinsam im Sandkasten gespielt haben. Er arbeitet jeden Tag dafür, dass das Leben der Menschen in Virginia besser wird – vor allem das seiner Familie.« Guthrie warf Reed einen vernichtenden Blick zu. »Er hat Mist gebaut, als er mit dieser jungen Frau ins Bett gestiegen ist, und er hat es bereut. Aber er ist ein guter Mensch. Oder wie, glaubst du, könnte er sich sonst gegenüber den Lkw-Fahrern, den Ökos, den Steueranwälten und all den anderen Menschen durchsetzen, die vor seiner Tür stehen und ein größeres Stück vom Kuchen haben wollen? Er setzt sich mit ihnen hin und gibt ihnen das Gefühl, dass jemand zuhört. Und er hört ihnen zu. Solange du mit ihm sprichst, sind deine Probleme auch seine Probleme. Er vermittelt den Eindruck, dass er Berge versetzen würde, um dir auch nur einen schmalen Pfad zu bahnen. Ich habe früher immer geglaubt, er sei nur ein guter Schauspieler. Doch dann habe ich festgestellt, dass er diesen Menschen nichts vorspielt – er ist ihnen gegenüber immer aufrichtig. Er will, dass du das, was du brauchst, auch bekommst, selbst wenn es das genaue Gegenteil dessen ist, was er tags zuvor jemand anderem versprochen hat.«

»Ja, ja, er ist hervorragend im Lügen. Schon kapiert.«

Guthrie warf Reed einen finsteren Blick zu. »Du hörst mir nicht zu. Das sind keine Lügen, denn in dem Moment, wo er etwas sagt, meint er es auch wirklich so. Immer. Egal ob er einem Gemeinderat mehr Geld für die Sanierung der Gehwege verspricht oder ob er einem hübschen jungen Ding erzählt, sie sei das schönste Wesen, das er jemals gesehen habe. Deshalb glauben ihm die Menschen.«

Reed fragte sich, welche charmanten Worte sein Vater bei Camilla benutzt hatte. Und welche düstereren Worte vielleicht gefolgt waren, als sich herausstellte, dass sie schwanger war. »Camilla wollte Geld«, sagte er zu Guthrie. »Viel Geld.«

Guthrie fuhr sich mit der Hand über den Mund, als würde er überlegen, ob er etwas darauf sagen sollte, doch seine Geste genügte Reed als Antwort. »Ich habe ihm abgeraten, zu zahlen«, sagte Guthrie schließlich. »Damit hat er einen unguten Präzedenzfall geschaffen. Wir konnten uns nicht einmal sicher sein, ob er tatsächlich der Vater war.«

»Das war er aber«, unterbrach ihn Reed gelassen.

»Ja, das wissen wir heute. Aber damals? Wer konnte da schon wissen, ob Camilla sich nicht auch mit anderen Männern getroffen hatte? Vielleicht hielt sie bei allen die Hand auf.«

»Wenn es zu deinen Aufgaben gehört, Informationen zu beschaffen, dann weißt du, dass das nicht so gewesen ist«, entgegnete Reed kühl.

»Trotzdem. Was, wenn sie das Geld genommen, sich umgedreht und gleich noch mehr verlangt hätte? Aber dein Vater wollte zahlen. Das sei das Mindeste, was er tun könnte, meinte er. Klingt das nach einem Mann, der sie umbringen wollte?«

Reed runzelte die Stirn. »Das sind alles nur Worte. Fünfundzwanzigtausend Dollar waren damals sehr viel Geld. Vielleicht hat er sich's doch noch einmal anders überlegt, als es dann so weit war – insbesondere weil dies, wie du sagst, der Anfang von vielen weiteren Forderungen hätte sein können.«

»Beim letzten Gespräch, das wir zu diesem Thema hatten, war er fest dazu entschlossen und ließ nicht mit sich reden.«

»Aber du weißt nicht, ob er tatsächlich gezahlt hat.«

»Ich habe ihm angeboten, das Geld zu übergeben für den Fall, dass er die Sache durchziehen wollte. Er brauchte etwas Zeit, um den Betrag zu beschaffen. Dann wurde Camilla umgebracht und wir hatten mit einem Mal völlig andere Probleme am Hals.«

»Laut Angus hast du ihm erzählt, dass sie ermordet wurde.«

Guthrie hielt kurz inne. »Möglicherweise. Ist schon lange her.«

»Wie hast du von ihrem Tod erfahren?«, fragte Reed. »Daran wirst du dich ja wohl noch erinnern können.«

Guthrie dachte nach und malmte mit dem Kiefer. »Ich hatte einen Freund beim LVMPD. Er rief mich an und erzählte mir, was passiert war. Ich hatte ihn irgendwann davor gebeten, Cammie zu überprüfen – damit wir etwas gegen sie in der Hand hatten, was auch immer, um sie zum Schweigen zu bringen –, aber es kam nichts dabei heraus. Sie sei eine Vorzeigebürgerin, berichtete er, die sich gegen einen Drogendealer in der Nachbarschaft zur Wehr setzte. Wohin das geführt hat, wissen wir ja. Vielleicht hätte sie besser den Mund gehalten und sich um ihre eigenen Angelegenheiten gekümmert.«

»Also hat sie das, was ihr zugestoßen ist, verdient«, unterbrach ihn Ellery, woraufhin Guthrie ihr mit dem Finger drohte.

»Das habe ich nie gesagt. Das sind Ihre Worte, nicht meine.«

»Dann muss ihr Tod Ihnen sehr gelegen gekommen sein. Problem gelöst, Geld gespart.«

»Nicht in diesem Fall«, entgegnete Guthrie hitzig. »Denn wir sahen uns mit völlig neuen Schwierigkeiten konfrontiert, weil Angus das Kind zu sich nehmen wollte.«

Reed lehnte sich zurück und blinzelte, da ihm die Wahrheit schlagartig klar wurde. »Du wolltest nicht, dass er das macht. Stimmt's? Du hättest mich gern mir selbst überlassen.«

Guthrie musterte ihn kurz. »Das war nichts Persönliches. Ich habe dich überhaupt nicht gekannt. Du warst erst wenige Monate alt und zu jung, um deine Umgebung bewusst wahrzunehmen. Man hätte dir ein nettes Zuhause finden können mit einer neuen Mom und einem neuen Dad, und du wärst nie auf den Gedanken gekommen, dass es jemals anders war. Stattdessen schickte Angus mich los, einen Fachanwalt für Adoptionsrecht zu suchen, der bereit war, gegen sehr viel Geld nicht zu viele Fragen zu stellen. ›Wart bloß ab!‹, sagte ich zu ihm. ›Die ganze Sache wird eines Tages wie eine Bombe hochgehen und dir um die Ohren fliegen.‹« Er sah Reed an und kniff die Augen zusammen. »Ich hätte nur nicht im Traum daran gedacht, dass es einmal sein eigener Sohn sein würde, der die Granate wirft.«

Reed beugte sich über den Tisch und sah Guthrie tief in die Augen. »Stimmt«, flüsterte er. »Bumm!«

Reed warf Ellery die Schlüssel zu, nachdem sie die Bar verlassen hatten. »Du fährst«, sagte er zu ihr. In seinem Kopf herrschte völliges Chaos, sodass er sich unmöglich hinter das Lenkrad eines Autos setzen konnte.

»Wohin geht's?«, fragte sie, als sie in den SUV einstiegen.

»Zu einem Mann mit einem Motorrad.«

Sie fuhren zum Haus von David und Amy Owens. Die Eingangstür stand offen, als sie dort eintrafen. Eine kleine Armee junger Frauen, gekleidet in schwarzen Hosen und blütenweißen Blusen, trug Essensbehälter zu dem Lieferwagen, der in der Einfahrt parkte. Amy Owens erschien mit einer großen Servierplatte, um die Zellophanpapier gewickelt war. »Oh, hallo«, rief sie überrascht. »Tut mir leid, aber sie erwischen uns gerade zu einem ungünstigen Zeitpunkt. Wir sind mitten in den Vorbereitungen für die Hochzeit der Familie Harris. Sie findet heute Abend im Country Club statt, und wir dürfen auf keinen Fall zu spät da sein, sonst bekommt die Braut einen hysterischen Anfall. Sie wissen schon.«

Reed wich einer der jungen Frauen aus, die zurück ins Haus marschierte, um etwas zu holen. »Ist Ihr Mann zu Hause?«

»Er bildet die Nachhut«, antwortete Amy.

David tauchte in der Tür auf, mit einer großen Kühlbox in der Hand. »Agent Markham, Ms Hathaway. Was können wir für Sie tun?«

»Wir hätten da noch ein paar Fragen«, erwiderte Reed, woraufhin David die Stirn runzelte.

»Hat das nicht Zeit? Wir müssen los.« Er blieb nicht stehen, um eine Antwort abzuwarten, sondern lief zu dem Van.

»Es geht um Wanda Evans«, rief Reed ihm hinterher, und David erstarrte. Dann drehte er sich langsam um, sein Blick war misstrauisch.

»Wer?«

»Sie war mit Camilla Flores befreundet. Die beiden haben zusammen im Howard Johnson gearbeitet.« Reed zog das Foto aus der Brusttasche hervor und hielt es David hin, der jedoch keinen Blick darauf warf.

»Ja, ich glaube, ich erinnere mich an Wanda. Was ist mit ihr?«

»Wir haben heute ein langes Gespräch mit ihr geführt über die Zeit unmittelbar vor Cammies Mord«, sagte Reed. Bei dem Wort ›Mord‹ hielt eine der Frauen, die den Wagen belud, in ihrer Bewegung inne, drehte sich um und starrte Reed an. »Ich, äh …« David fuhr sich nervös mit der Zunge über die Lippen und nahm die Kühlbox von einer Hand in die andere.

Amy kam um den Lieferwagen und stemmte die Hände in die Hüften. »David, Schatz, wir müssen jetzt losfahren oder Miranda Harris wird mir das Fell über die Ohren ziehen.«

»Vielleicht kann Ihr Mann nachkommen«, sagte Reed, während er Davids Blick erwiderte. »Ich muss mit ihm reden.«

»Und er muss für mich die Sauce Hollandaise machen«, entgegnete Amy ungehalten. »Können wir uns nicht ein anderes Mal unterhalten?«

»Sie haben von Mord gesprochen«, sagte die junge Frau mit gedämpfter Stimme zu Amy, die daraufhin ihre Lippen schürzte und hin- und hergerissen zu sein schien. »Kayla, Liebe, fahr du doch mit den anderen Mädchen schon mal zum Club voraus und fang an, die Sachen aufzubauen, okay? David und ich, wir kommen auch gleich.«

»Aber …«

»Vergiss nicht, Mrs Harris zu versichern, dass wir die

159

Rezepte auf ihre Allergie hin verändert haben. Also kein schwarzer Pfeffer in den Gerichten.« Sie überquerte die Einfahrt, um sich zu Reed, Ellery und David zu gesellen, die in der Nähe der Eingangstür standen. »Worum geht's hier überhaupt?« Noch immer lag ein Lächeln auf ihrem Gesicht, doch ihre Stimme klang stählern.

Reed versuchte, Blickkontakt mit Ellery herzustellen. Vielleicht konnte sie irgendwo anders hingehen mit Amy, wie beim letzten Mal. Dann hätte er die Möglichkeit, allein mit David zu sprechen und ihn in die Zange zu nehmen. In der Anwesenheit seine Frau war er bestimmt nicht bereit, seine Fehltritte freimütig einzugestehen. Ellery schien seinen Blick zu verstehen und nahm tapfer den Faden auf. »Mrs Owens, vielleicht können wir kurz ins Haus und …«

»Nein«, unterbrach Amy sie. »Dafür haben wir jetzt keine Zeit. Was ist hier los?«

David räusperte sich. »Sie haben mich nach Wanda gefragt.«

Amy blickte verständnislos drein. »Wanda?«

»Wanda Evans«, erklärte Reed und hielt Amy das Foto hin. Sie griff danach. »Sie war eine Freundin von Camilla Flores.«

Amy betrachtete für einen Augenblick das Foto mit leicht zusammengekniffenen Augen. »Wanda. Das ist doch diese Kellnerin – dieses kleine Flittchen, mit der du eine Zeitlang ausgegangen bist, oder?« Sie legte den Kopf zur Seite, während sie ihren Mann ansah, der sowohl unangenehm berührt als auch seltsam erleichtert wirkte, weil er nicht mehr länger um das Thema herumeiern musste.

»Ja, vor langer Zeit«, antwortete er nickend. »Aber ich habe mich nur ein paar Mal mit ihr getroffen.«

»Und sind dabei jedes Mal mit ihr im Bett gelandet«, stellte Ellery klar. »Während Sie gleichzeitig darüber sprachen, dass Sie Camilla heiraten wollten. So hat es uns Wanda erzählt.«

Amy gab Reed das Foto zurück. »Und er hat sich deswegen schäbig gefühlt, wenn das irgendeine Rolle spielt.« Sie warf ihrem Mann einen grimmigen Blick zu, woraufhin er den Kopf senkte.

»Sie haben diese Affäre den Ermittlern gegenüber nicht erwähnt«, stellte Reed fest.

»Warum hätte ich das tun sollen? Die Geschichte war vorbei. Sie war nicht von Bedeutung und hatte auch nichts mit dem zu tun, was Cammie dann passiert ist. Billy Thorndike hat sie umgebracht.«

»Vielleicht«, sagte Reed freundlich. »Vielleicht auch nicht. Die Polizei scheint keine anderen Spuren verfolgt zu haben.«

»Sie meinen, eine Spur wie mich.« Davids Stimme nahm einen bitteren Ton an. »Doch, hat sie. Aber ich hatte ein Alibi.«

Amy hob die Hand. »Ja, mich«, erinnerte sie die anderen. »Wir haben gemeinsam gearbeitet.«

»Richtig«, sagte David und verschränkte die Arme. »Außerdem habe ich Cammie geliebt. Ich hätte ihr nie etwas antun können. Selbst wenn … selbst wenn sie das mit mir und Wanda herausgefunden hätte, wir beide hätten das durchgestanden. Ich hatte kein Motiv, sie umzubringen.«

»Fünfundzwanzigtausend Dollar klingt für mich durchaus nach einem Motiv«, entgegnete ihm Reed.

David fiel die Kinnlade herunter. »Fünfundzwanzigtausend Dollar? So viel Geld haben wir nicht gehabt.«

»Nein, aber Cammie sollte es bekommen – das war der Plan. Sie hatte meinen Vater unter Druck gesetzt. Er sollte zahlen, viel zahlen. Und Sie sollten ein Motorrad bekommen. Vielleicht hat Ihnen das ja nicht gereicht. Vielleicht haben Sie sich gedacht, dass Sie die fünfundzwanzigtausend Dollar für sich allein haben wollen, um sich dieses Motorrad zu kaufen.«

161

»Was? Nein, ich meine, ja, Cammie hat den Vater des Kindes nach Geld gefragt. Aber ich weiß nicht, ob sie es je erhalten hat. Jemand hat sie niedergemetzelt, wie Sie sich vielleicht erinnern.«

»Sind Sie sicher, dass Sie dieses Geld nicht bekommen haben?«, fragte Reed. »Wie war das mit der nagelneuen blauen Harley, die Sie plötzlich hatten?«

David wurde rot. »Ja, ich habe ein Motorrad gehabt. Meine Frau hat es mir geschenkt.«

Reed hatte das Gefühl, als würde ihm der Boden unter den Füßen weggerissen werden. »Entschuldigung – wie bitte?«

»Ich habe ihm dieses Motorrad geschenkt«, schaltete sich Amy ein. »Oder besser gesagt, ich habe ihm das Geld dafür geliehen. Er war dermaßen am Boden zerstört, als das mit Cammie passiert war, dass ich ihm etwas Gutes tun wollte. Er sollte sich ablenken. Ich hatte eine kleine Erbschaft gemacht. Das Geld lag auf meinem Konto, also habe ich es ihm geliehen, damit er sich das Motorrad kaufen konnte, das er schon immer hatte haben wollen. Nur hat er mich dann geheiratet, statt es mir zurückzuzahlen.« Sie lächelte und tätschelte Davids Arm.

Der erwiderte ihr Lächeln, doch seine Augen blieben ausdruckslos. »Sollten Sie weitere Fragen haben, richten Sie diese besser an meinen Anwalt.«

»Warum?«, wollte Reed wissen. »Wenn Sie doch nichts zu verbergen haben …«

Davids Mund verzog sich, und er sah auf die leere sonnige Straße. »Mr Markham, ich kann verstehen, dass Sie wissen wollen, was Ihrer Mutter zugestoßen ist. Das war auch einmal mein dringendster Wunsch. Vielleicht glauben Sie mir nicht, aber ich versichere Ihnen, der Tag, an dem Ihre Mutter starb, war der schlimmste Tag meines Lebens. Ich habe Ihre Mutter geliebt, und ich wollte sie heiraten.« Sein Blick war

162

derart eindringlich, dass er Reed zu durchbohren schien. »Und Sie habe ich auch geliebt.«

Reed musste schlucken, aber er gab nicht nach. »Dann sollten Sie mir dabei helfen, die Wahrheit herauszufinden.«

David gab ihm mit einem Kopfschütteln zu verstehen, was er von dieser Idee hielt. »Ich habe Ihnen gerade meine Wahrheit erzählt. Ich habe Cammie geliebt, und ich habe sie verloren. Ich kann das, was passiert ist, nicht ändern. Und das, worum Sie mich bitten … das ist einfach zu viel verlangt. All die Wunden wieder aufreißen, ohne dass die geringste Hoffnung auf eine Klärung des Falls besteht. Und selbst wenn, selbst wenn wir den Kerl finden, was würde das bringen? Was würde es ändern?« David hielt inne und ließ seine Worte im Raum stehen. Er wirkte mitfühlend, als er Reed entließ. »Tut mir leid, aber da sind Sie auf sich allein gestellt. Ich kann Ihnen nicht weiterhelfen.«

Im Auto lehnte Reed den Kopf gegen die Rückenlehne des Sitzes und starrte auf die Straße, ohne dass er sie wirklich sah. Ellery saß am Steuer, und sie fuhren schweigend zurück zum Hotel. »Vielleicht hat er recht«, sagte Reed nach einer Weile. »Vielleicht sollte ich besser loslassen. Wie überheblich bin ich denn, dass ich nach mehr als vierzig Jahren hierherkomme und meine, einen Fall lösen zu können, den bis heute keiner aufklären konnte?«

Ellery sah zu ihm hinüber. »Weil es genau das ist, was du immer machst«, erwiderte sie sachlich. »Die schwierigsten Fälle lösen.«

Reed antwortete ihr mit einem schiefen Lächeln. »Ich glaube, dass du bei unserer ersten Begegnung einen falschen Eindruck von meiner Arbeit bekommen hast«, wandte er ein und setzte sich gerade hin. »Normalerweise schiebe ich entweder irgendwelche Papiere auf meinem Schreibtisch herum oder fliege in eine fremde Stadt, lese ein paar Akten durch, schaue mir den Tatort an und gebe meine Meinung dazu ab, die zur Hälfte nicht einmal das Papier wert ist, auf dem sie gedruckt ist. Meistens wird der Fall durch eine DNA-Spur gelöst.«

»Dann wird eine solche Spur vielleicht auch diesen Fall lösen.«

»Ja, vielleicht.« Reeds eigener DNA-Test hatte ihn überhaupt erst auf diesen steinigen Weg geführt, der bisher mehr Fragen aufgeworfen als Antworten gebracht hatte. Er dachte an die vielen Strafprozesse, die er in all den Jahren miterlebt hatte. Prozesse, in denen Mörder aller Art mittels eines Fingerabdrucks oder eines verirrten Blutstropfens aus ihren Verstecken heraus ans Tageslicht befördert worden waren. Die Wissenschaft konnte ihnen ihre Verbrechen nachweisen, aber nichts über das Motiv aussagen. Manchmal gab es einen unmittelbaren Grund wie Raub oder Vergewaltigung, aber eine DNA war nicht in der Lage zu offenbaren, warum ein Mensch auf einen anderen losging.

»Du kannst die Suche jederzeit einstellen, wenn du willst«, sagte Ellery sanft. »Was auch immer deiner Mutter zugestoßen ist, Reed, du bist nicht derjenige, der das wiedergutmachen muss. Du darfst sagen, genug ist genug. Du darfst die Sache auf sich beruhen lassen. Niemand wird dich deshalb verurteilen.«

Reed dachte einen Moment über diese Möglichkeit nach, schüttelte dann aber den Kopf. »Nein. Das mache ich nicht. Zumindest noch nicht jetzt.«

Ellery bog in die Tiefgarage des Hotels ein und überprüfte die Rückspiegel des Wagens. »Dieses Mal scheint uns niemand gefolgt zu sein.«

»Guthrie ist sicher damit beschäftigt, meinem Vater von unserem heutigen Gespräch zu berichten. Sie werden eine neue Strategie entwickeln müssen.« Er streckte die Hand nach dem Autoschlüssel aus.

»Wohin fahren wir?«

»Nicht wir. Ich. Ich werde ein paar Lebensmittel fürs Abendessen einkaufen.«

»Reed, du musst dir keine Mühe machen«, protestierte sie, als sie den Schlüssel in seine Hand fallen ließ.

»Ich koche gern. Meine Hände sind beschäftigt, und mir kommen die besten Gedanken, wenn ich vor mich hin schnippele. Außerdem kann ich Ablenkung gebrauchen.«

Die Vorstellung von Reed, ein Messer in der Hand und in Gedanken versunken, schien Ellery offensichtlich nicht zu beruhigen. »Ich meine das ernst«, sagte sie. »Wir können irgendwohin essen gehen, wenn du möchtest, selbst in ein schickes Restaurant. Ich kaufe mir sogar ein Kleid, wenn es sein muss.«

»Zieh an, was immer du willst!«, erwiderte er. »Aber sei so nett und überfordere den alten Mann nicht!«

Ein Lächeln umspielte ihre Lippen. »Du bist derjenige, der gesagt hat, dass er eine Ablenkung gebrauchen könnte.«

9

Ellery betrat eine Boutique, zwei Blocks entfernt vom Hotel. Sie wollte ihre Besorgung ganz schnell erledigen, doch als die Tür mit einem kurzen Klingeln hinter ihr zuging, stellte sie fest, dass sie eine andere Welt betreten hatte. Eine Welt aus hauchdünnem Chiffon, hell gemusterter Seide und schier endlos glitzernden Pailletten. Eine Verkäuferin näherte sich, ihre Absätze klackten auf dem glänzenden weißen Fußboden. Ellery trat automatisch einen Schritt zurück. »Guten Tag«, begrüßte sie die Frau, während Ellery stirnrunzelnd den Laden musterte. Der Duft, der durch den Raum schwebte, kitzelte in ihrer Nase. »Kann ich Ihnen behilflich sein?«, fragte die Verkäuferin. Sie war ungefähr so alt wie Ellery, doch mit ihrem roten Lippenstift, dem glatten blonden Pferdeschwanz und dem perfekt sitzenden schwarz-weißen Kleid schien sie einem anderen Geschlecht anzugehören.

Ellery nahm allen Mut zusammen. »Ich möchte mir gern ein Kleid kaufen.« Sie erwähnte nicht, dass es das erste sein würde, das sie sich überhaupt zulegte. Ihre Mutter hatte früher gelegentlich Kleider von der Heilsarmee mitgebracht, deren Auswahl jedoch von Preis und Zweckmäßigkeit bestimmt gewesen war und nicht vom Geschmack ihrer Tochter. Als Ellery begann, sich ihre Klamotten selbst zu kaufen, hatte sie nichts anderes gewollt als geschlechtsneutrale T-Shirts und Jeans. Kleidungsstücke, in denen sie verschwand. Jetzt hatte sie das Universum eng anliegender roter Etuikleider und tief ausgeschnittener violetter Oberteile betreten. Sie alle schrien: *Schau mich an!*

»Da sind Sie hier goldrichtig!«, antwortete die Verkäuferin mit einer Begeisterung, die für sie beide reichte. »Für welchen Anlass brauchen Sie das Kleid?«

Ellery sah sie verständnislos an.

»Für die Arbeit? Eine Cocktailparty? Oder vielleicht eine Hochzeit?«

»Ein Abendessen.«

»Ein Abendessen! Wunderbar! Handelt es sich um eine formelle Angelegenheit?«

»Nein, wir sind zu zweit.« Ellery musterte stirnrunzelnd das nächstbeste ausgestellte Kleid. Ein tief ausgeschnittenes teures Teil mit rosa Glitzer, genau das Richtige für eine nuttige Disney-Prinzessin.

»Alles klar. Also etwas Passendes für einen Abend in der Stadt mit diesem besonderen Jemand.«

»Wir gehen nicht aus«, stellte Ellery richtig, sichtlich überfordert von den sinnlichen Eindrücken. »Wir werden wahrscheinlich an der Küchentheke essen, weil auf dem Esstisch in unserer Suite überall Mordakten herumliegen.«

»Oh. Äh … ja.« Das Lächeln im Gesicht der Frau wurde etwas dünner, während sie in die Hände klatschte. »Welche Art von Kleid haben Sie sich denn vorgestellt …«

Ellery drehte das Preisschild eines schulterfreien grünen Samtkleids um und ließ das Etikett sofort wieder los, als sie sah, dass das gute Stück vierhundert Dollar kosten sollte. »Also, das hier nicht«, sagte sie entschieden und entfernte sich von der Verkäuferin.

»In Ordnung«, rief die Frau ihr hinterher. Ihre Stimme klang noch immer fröhlich, aber nicht mehr ganz so sicher. »Schauen Sie sich einfach um, und wenn Sie Fragen haben, lassen Sie es mich wissen.«

Was zum Teufel mache ich hier eigentlich?, fragte sich Ellery, als sie weiter durch den Laden schritt, grimmig, aber entschlossen. Sie wusste, dass sie sich umdrehen und wieder gehen konnte, wenn sie wollte – Reed achtete im Grunde nicht auf ihre Kleidung. Es würde auch so ein netter Abend werden, in ihrer üblichen Kluft, Bluejeans und Doc Martens. Doch genau das war die Sache mit Reed: Je mehr er akzeptierte, wie sie war, umso mehr wünschte sie sich, eine neue Version von sich auszuprobieren. Sie blieb stehen, um ein schmal geschnittenes nachtblaues Kleid zu betrachten, ließ die glatte Seide durch ihre Finger gleiten und stellte sich den weichen Stoff auf ihrer Haut vor. Ein seltenes, genussvolles Gefühl überkam sie, und schnell zog sie die Hand wieder zurück. Zielstrebig trat sie zum nächsten modischen Highlight, einer luftigen bodenlangen Kreation in Weiß mit silbern schimmerndem Gürtel in der Taille. Schon bald hatte Ellery sich durch sämtliche Kleiderständer gearbeitet und war wie berauscht von den Materialien und Schnitten.

Sie blieb vor einem eng anliegenden ärmellosen kirschroten Seidenkleid mit gold-weißem Muster stehen. Es bedeckte den Oberschenkel nur zur Hälfte und überließ nichts der Fantasie. Sie tastete nach dem roten Reißverschluss auf der Vorderseite und entschied sich, erst nach der Anprobe auf den Preis zu sehen. »Vielleicht das hier«, murmelte sie zu der Verkäuferin, die wie aus dem Nichts plötzlich neben ihr stand und ihr nur zu gern den Weg zu den Umkleidekabinen zeigte.

Ellery zog ihre Klamotten aus und schlüpfte in das Kleid. Sie betrachtete sich erst im Spiegel, als sie den Reißverschluss zugemacht und den Stoff über den Hüften glatt gezogen hatte. »Oh«, murmelte sie, angenehm überrascht, dass es wie angegossen saß. »Nicht schlecht.« Die Farbe schien ihre Haut zu wärmen – vielleicht wurde sie aber auch nur rot. Sie presste die Hände auf das Gesicht. Ein Lächeln umspielte ihre Lippen, das nicht verschwinden wollte. Sie drehte sich hin und her, um die Rückseite des Kleids zu begutachten, doch der Spiegel in der Umkleidekabine war zu schmal, um sich vollständig darin zu sehen.

Also trat sie in den Vorraum des Umkleidebereichs und ging zaghaft zu dem dreiteiligen Spiegel neben der Tür. Das Kleid sah jetzt sogar noch besser aus. Es brachte ihre Taille und ihre langen Beine zur Geltung. Sie war wie geschaffen für dieses Kleid. *Du kannst es dir leisten,* redete sie sich gut zu. *Nur dieses eine Mal!*

»Falls es Sie interessiert: Wir haben dieses Kleid auch in Blau ...« Die Verkäuferin blieb wie angewurzelt stehen, als sie Ellery vor dem Spiegel sah. »Oh, mein Gott, tut mir leid!«

Das entsetzte Gesicht der Verkäuferin ließ Ellery zurückschrecken. Sie war derart fasziniert von dem schönen Kleid, dass sie ihre schrecklichen Narben darüber ganz vergessen hatte. Coben hatte Ellerys Körper überall seinen Stempel aufgedrückt – bleiche, teilweise gezackte Narben verliefen über ihren Oberarm, das Schlüsselbein und insbesondere die Handgelenke. Sie schlang die Arme um sich, um das Schlimmste zu verbergen, während die Verkäuferin peinlich berührt den Blick abwandte, als hätte sie Ellery nackt in der Öffentlichkeit erwischt.

»Tut mir leid, dass ich Sie hier störe«, murmelte sie noch einmal und legte die blaue Variante des Kleids auf den nächstgelegenen Stuhl. »Lassen Sie sich Zeit!«

Die Verkäuferin flüchtete aus dem Vorraum, ohne sich noch einmal zu Ellery umzudrehen. Ellery zwang sich, ihr Spiegelbild zu betrachten. Mit leisem Bedauern lächelte sie es an und streckte einen Finger aus, um es zu berühren und sich wortlos davon zu verabschieden. Dann ging sie zurück in die Umkleidekabine und verwandelte sich wieder in sich selbst. Das märchenhafte Kleid hing wieder ordentlich auf dem

Kleiderbügel. Sie wollte gerade die Kabine verlassen, als ihr Handy klingelte. Misstrauisch zog sie es aus der Jeans und stellte fest, dass es dieses Mal nicht ihr Vater war. »Liz«, sagte Ellery und zwang sich, ihre Stimme heiter klingen zu lassen. »Wie geht's Bump?«

»Hallo, Ellery. Bump geht's großartig. Wir freuen uns, dass er bei uns ist.«

Ellery hörte das vertraute Scharren seiner Krallen auf dem Fußboden, und ihr Herz quoll über vor Sehnsucht. Schließlich bellte er auch noch zur Begrüßung, sodass sie am liebsten den nächsten Flieger nach Hause genommen hätte. »Was gibt's?«, fragte sie. »Ist alles in Ordnung?«

»Tut mir leid, dass ich dich behellige, aber da ist etwas Seltsames passiert, worüber du Bescheid wissen solltest. Ich habe meine übliche Runde mit den Hunden gemacht, als mich ein Mann auf der Straße angesprochen und gefragt hat, ob Bump dein Hund sei. Ich wollte wissen, wer er sei, woraufhin er sagte, er sei John Hathaway, dein Vater.« Liz hielt inne, als würde sie darauf warten, dass Ellery diese Behauptung bestätigte oder dementierte.

Ellery lehnte ihren Kopf gegen die kühle weiße Wand und schloss die Augen. »Was hat er gewollt?«

»Er hat erzählt, dass er seit einiger Zeit versucht, Kontakt mit dir aufzunehmen«, antwortete Liz. »Ich habe ihm gesagt, du seist nicht zu Hause, woraufhin er fragte, wann du zurückkämst. Ich erklärte ihm, dass ich das nicht genau wüsste, aber er meinte, er müsse dich unbedingt sprechen – es ginge um Leben und Tod.« Liz' Stimme, die normalerweise ruhig und gelassen war, nahm einen sorgenvollen Ton an. »Ich fing an, mir Gedanken zu machen, dass dir etwas zugestoßen sein könnte. Aber er versicherte mir, dass mit dir alles in Ordnung sei und er nur mir dir sprechen müsse. Ich habe ihm gesagt, dass du dienstlich in Las Vegas seist und ich nicht wisse, wann du wieder nach Boston zurückkämst. Ich hoffe, dass ich nichts gesagt habe, was er nicht hätte wissen dürfen. Er sieht dir sehr ähnlich …«

»Schon in Ordnung«, erwiderte Ellery angespannt. »Du hast nichts falsch gemacht. Hast du ihn seitdem noch einmal gesehen? Beobachtet er das Haus?«

Ellery hörte, wie Liz das Zimmer durchquerte, um durch das Fenster zu schauen. »Nicht, soweit ich das feststellen kann. Ich, äh, vermute mal, ihr habt keine so gute Beziehung, oder?«

»Wir haben überhaupt keine Beziehung.«

»Oh. Noch mal, es tut mir leid … Sollte ich ihm erneut begegnen, werde ich nicht mehr mit ihm sprechen.«

»Alles gut«, beruhigte Ellery sie und versuchte, normal zu klingen. »Er ist nicht gefährlich oder so. Wir haben nur schon sehr lange nicht mehr miteinander geredet.«

»Na, also jetzt scheint er ganz versessen darauf zu sein.«

»Ich werde mich um ihn kümmern, danke. Da ich dich schon an der Strippe habe, kann ich kurz Hallo zu Bump sagen?« Liz beugte sich herunter zu Bump und hielt ihm das Telefon ihn. Er bellte und schnupperte, während Ellery ihn freudig begrüßte und ihm versicherte, dass sie bald wieder zu Hause sein würde. Als sie auflegte, hielt sie das Handy umklammert, bis ihre Fingerknöchel zu schmerzen begannen. Es gehe um Leben und Tod, hatte er gemeint. Das sagte ja genau der Richtige. Er hatte sich nicht einmal bei der Beerdigung seines eigenen Sohns blicken lassen. Sie fragte sich, ob John Hathaway selbst bald sterben würde und er seine Angelegenheiten deshalb in Ordnung bringen wollte. Ellery setzte sich auf die winzige gepolsterte Bank und betrachtete sich im Spiegel, aus dem ihr die grauen Augen ihres Vaters entgegenblickten. Sie stellte sich ihren Vater tot vor und verspürte nichts als eine eigenartige Leere. Er hatte die Familie vor so langer Zeit verlassen, dass er ihr vorkam wie ein Geist. Wie ein Mensch, den sie vor vielen Jahren einmal gekannt hatte.

Ellery streckte die Hand aus, um den Saum des wunderschönen Kleids zu berühren, und strich mit den Fingerspitzen über die seidige Kante. Der Ärmel ihrer Jacke rutschte durch die Bewegung nach oben und offenbarte ihre Narben, doch sie zog ihn ausnahmsweise einmal nicht herunter. Stattdessen wischte sie sich über die Augen, stand auf, nahm vorsichtig das Kleid vom Bügel und ging damit zur Kasse. Die Verkäuferin bedachte sie mit einem überraschten Blick. »Ich nehme das hier«, verkündete Ellery und holte ihren Geldbeutel heraus. Sie hatte noch immer nicht auf das Preisschild geschaut. Mittlerweile war es ihr egal.

Die Frau hinter der Theke gewann ihre Fassung zurück und ließ beim Lächeln ihre ebenmäßigen Zähne aufblitzen. »Eine perfekte Wahl! Ich bin mir sicher, er wird das Kleid hinreißend finden.«

»Ich kaufe es nicht für ihn«, entgegnete Ellery, als sie ihr die Kreditkarte gab. »Ich kaufe es für mich.«

Selbstbewusst ging Ellery zurück zum Hotel, ihr neues Kleid in einer schwarzen Kleiderhülle. Sie hatte weder passende Schuhe noch Schmuck, und sie würde sich aufgrund ihres verschwenderischen Spontaneinkaufs einen Monat lang nichts anderes zu essen leisten können als Sandwichs mit Erdnussbutter und Marmelade. Vielleicht würde sie das Kleid zum Abendessen mit Reed tragen, vielleicht auch nicht. Vielleicht würde dieser Traum in Seide auch nie diese Kleiderhülle verlassen, und sie würde nur dann einen Blick hineinwerfen, wenn sie das Bedürfnis hätte, sich an diese wenigen Momente zu erinnern, in denen sie und dieses Kleid zusammen wunderschön ausgesehen hatten.

172

Als sie die Schlüsselkarte in die Tür steckte, wusste sie sofort, dass Reed vor ihr zurückgekehrt war. Beim Eintreten wehten ihr herrliche Kochdüfte entgegen. Sie marschierte schnurstracks in ihr Zimmer, um das Kleid an einen Haken im Badezimmer zu hängen, und begab sich anschließend zur Kücheninsel. »Hier riecht's nach Schokolade«, rief sie erfreut und zog sich einen Barhocker heran.

Er blickte von der grünen Schüssel auf, in der er etwas anrührte. »Das ist der Nachtisch. Er müsste in zwanzig Minuten fertig sein. Dann hole ich ihn aus dem Ofen.«

»Kann ich helfen?«, fragte sie und spähte zur Theke, wo verschiedene Sorten Gemüse lagen.

»Kommt drauf an. Weißt du, wie man Julienne schneidet?«

»Wie man was schneidet?«

Er verdrehte die Augen, doch sein Seufzen war liebevoll. »Geh schwimmen oder lies ein Buch! Ich schaff das schon allein.«

»Du bist hier der Koch«, erwiderte sie achselzuckend, nahm sich eine Möhre und durchquerte den Raum, um die Akten, Fotos und Notizen zu Camillas Fall zu durchstöbern. Reed hatte die Zeitschiene mit den Ereignissen, die Camillas Tod vorausgegangen waren, ergänzt um die offenkundigen Gewaltandrohungen eines verurteilten Verbrechers, eine mögliche Abfindung von fünfundzwanzigtausend Dollar und einen vergleichbaren Mord, der ein Jahr zuvor am anderen Ende der Stadt stattgefunden hatte und eventuell mit dem an Camilla in Verbindung stand. Ellery strich mit einem Finger über Reeds ordentliche Handschrift. Ein Schlüsselereignis fehlte jedoch in seinen Aufzeichnungen. »Reed?«

»Hmm?«

»Wann wurdest du geboren?«

»Am 8. August 1975.«

Ellerys Finger fuhr vom Zeitpunkt der Mordtat im Dezember 1975 vier Monate zurück, zum August 1975. Dann dachte sie einen Augenblick nach, und ihr Finger glitt weitere neun Monate zurück. Ihr Herz blieb kurz stehen, als sie feststellte, bei welchem Ereignis sie gelandet war: dem Mord an Giselle Hardiman im November 1974. Ellery rechnete noch einmal mit den Fingern nach, doch sie kam zum gleichen Ergebnis: Reed musste zur Zeit des Mordes an Giselle Hardiman gezeugt worden sein – was bedeutete, dass Reeds Vater in Las Vegas gewesen war, als dieser Mord geschah.

»Warum willst du das wissen?«, rief Reed vom Herd aus, wo er in einem Topf rührte.

»Ach, reine Neugierde. Ich sehe mir gerade den Ablauf der Ereignisse an. Hat dir dein Vater erzählt, wie er und Camilla sich kennengelernt haben?« Giselle Hardiman hatte als Prostituierte gearbeitet, Cammie war Kellnerin gewesen – zumindest laut Akten. Ellery fragte sich, ob sie vielleicht einer Nebenbeschäftigung nachgegangen war, um mehr Geld ins Portemonnaie zu bekommen. Aber es schien keine feinfühlige Vorgehensweise zu geben, um in Erfahrung zu bringen, ob seine Mutter auf den Strich gegangen war und sein Vater ihre Dienste in Anspruch genommen hatte.

»Nein. Die genauen Umstände sind mir nicht bekannt«, antwortete Reed. »Aber mein Vater lernt Frauen ziemlich leicht kennen. Er geht einfach über die Straße und schon läuft er in sie hinein.« Reed drehte sich um und zuckte mit den Achseln. »Sie war jung und hübsch. Er war reich und mächtig. Ein perfektes Kartenblatt hier in Las Vegas.«

Ellery summte unverfänglich vor sich hin und öffnete ihren Laptop. Der Bildschirm zeigte noch immer die Seite des ›Las Vegas Review-Journal‹ an. Spontan überprüfte sie im Archiv die Nachrufe aus jener Zeit. Doch sie fand weder einen auf Giselle Hardiman noch einen auf Camilla Flores. Zwei junge Frauen waren gestorben, aber niemand hatte es für nötig gehalten, ihre Geschichte zu erzählen, auch wenn es da vielleicht nicht viel zu erzählen gegeben hatte. Camilla und Giselle waren ungefähr im gleichen Alter gewesen wie Cobens Opfer, und sie waren nur wenige Jahre älter gewesen als Ellery zum Zeitpunkt ihrer Entführung. Was hätte man über sie damals schreiben können? Alle Mädchen im Teenageralter hatten eins gemeinsam – körperlich zu einer Frau entwickelt, verbargen ihre Rundungen noch immer zarte Kinderherzen, während ihr Blick sehnsüchtig auf eine Zukunft gerichtet war, die sich noch nicht abzeichnete.

Das Ergebnis von Ellerys Internetsuche – eine leere Seite, abgesehen von den dürren Worten »keine Ergebnisse gefunden« – war ein herzzerreißender Totengesang für sich. Aus reiner Neugierde schaute sie nach, was am 11. Dezember 1975, Camillas Todestag, sonst noch passiert war. Ein Schiff war auf dem Lake Superior untergegangen, und man befürchtete, dass alle neunundzwanzig Männer ums Leben gekommen waren. Vor den Casinos auf dem Las Vegas Strip hatten sich Streikposten aufgestellt, und Gewerkschaftsführer drohten damit, den Betrieb in fünfzehn Hotels lahmzulegen, indem sie die Angestellten im Gastronomiebereich zum Streik aufriefen. Elvis Presley würde demnächst in der Stadt gastieren. Ellery blätterte noch einmal die Seiten der Nachrufe durch, wo es um die üblicheren Todesfälle ging. Der Jüngste auf der Liste war Arthur Martinelli, der im Alter von nur achtundvierzig Jahren unerwartet verstorben war. Ellery blickte auf den dunklen, schwer lesbaren Text. Mr Martinelli, der Besitzer eines bekannten Spirituosenladens, war offenbar einem Herzinfarkt erlegen. Das Geschäft wurde geschlossen, aber die Ehefrau von Mr Martinelli versprach, es bald wieder zu öffnen und im Sinne ihres Mannes weiterzuführen, dessen Liebe gutem Wein gegolten hatte.

Eine Zeitschaltuhr klingelte, und Reed holte die Schokoladentarte aus dem Ofen. Normalerweise wäre Ellery aufgesprungen und losgestürmt, um die Köstlichkeit mit den Augen zu verschlingen. Doch sie blieb am Tisch sitzen und runzelte die Stirn, denn irgendwas an Arthur Martinellis Nachruf hatte sie gestört. »Wird in den Akten irgendwo ein Arthur Martinelli erwähnt?«, fragte sie Reed und griff nach dem Ordner, der am nächsten stand. »Er hat einen Spirituosenladen gehabt, aber er ist wenige Tage, bevor Camilla ermordet wurde, an einem Herzinfarkt gestorben.«

»Der Name sagt mir nichts«, antwortete Reed, bevor er in den Kühlschrank sah.

»Mir schon. Ich habe ihn neulich gehört, ganz sicher …« Ellery setzte sich aufrecht, und ihr fiel wieder ein, in welchem Zusammenhang der Name gefallen war. »Amy Owens hat diesen Spirituosenladen erwähnt, Martinelli Liquors. Sie und David sind an dem Tag dorthin gefahren, um einen Fehlalarm zu überprüfen.« Ellery stand auf und wanderte zu Reed, der gerade frische Kräuter hackte. »Martinelli war zu dem Zeitpunkt aber tot«, erklärte sie. »Der Laden war geschlossen. Amy und David können also gar nicht dort gewesen sein, um diesem Alarm auf den Grund zu gehen.«

Reed hielt im Schneiden inne. »Vielleicht ist der Alarm losgegangen, ohne dass jemand im Geschäft war«, gab er zu bedenken. »In dem Fall ist es sogar noch sehr viel wahrscheinlicher, dass die Polizei gerufen wurde, weil ihn niemand abstellen konnte.«

»Ja, vielleicht«, erwiderte Ellery. Obwohl sie keine Sekunde an diese Möglichkeit glaubte, denn daran hätte sich Amy bestimmt erinnert. »Sie kann die ganze Sache aber auch erfunden haben, um David ein Alibi zu geben. Immerhin hat sie den Kerl ein paar Monate später geheiratet. Also liegt die Vermutung doch nahe, dass sie ihn damals schon heimlich angehimmelt hat.«

Reed fuhr fort, die Kräuter zu hacken, und wiegte das Messer auf dem Schneidebrett hin und her. Ellery versuchte, nicht zur Kenntnis zu nehmen, wie sehr diese Klinge derjenigen glich, die man aus Camilla Flores' Brust gezogen hatte. »David Owens stiehlt sich also von der Arbeit davon, um seiner Freundin am anderen Ende der Stadt in ihrer Wohnung aufzulauern. Als sie nach Hause kommt, lässt er ihr Zeit, um das Kind zu Bett zu bringen, um sie dann mit einem Küchenmesser aus dem Hinterhalt zu überfallen. Camilla wehrt sich, und der Angriff endet in einem wahren Blutbad. Auf dem Weg nach draußen inszeniert er die Tat als Raub. Dabei nimmt er sich noch die Zeit, ihr mit einer Buchstütze den Schädel einzuschlagen, um sicherzustellen, dass sie auch wirklich tot ist. Seine Kleider sind zu dem Zeitpunkt schon blutverschmiert – wie löst er das Problem?«

Ellery dachte kurz über die Frage nach, während sie sich vorstellte, wie David über Cammies lebloses Körper gebeugt stand, die Hände voller Blut, seine Schuhe, sein Hemd – alles vollgespritzt. »Er hat dort gewohnt«, rief sie, als es ihr schlagartig klar wurde. »Zumindest teilweise. Vielleicht hat er sich geduscht, direkt am Tatort umgezogen und seine blutverschmierten Kleider auf dem Weg zurück zur Arbeit weggeworfen.« Das würde auch die Frage nach der Mordwaffe klären. David Owens hätte das Messer nicht mitbringen müssen, weil er gewusst hätte, wo in der Wohnung er eines finden würde.

»Du hast recht. So könnte es gewesen sein«, gab Reed zu.

Ellery schielte nach dem halbfertigen Abendessen. »Bleibt das eine Zeit lang frisch? Wir könnten sofort zu David und Amy fahren und ihnen auf den Zahn fühlen.«

»David hat gesagt, dass ich alle weiteren Fragen an seinen Anwalt richten soll«, rief er ihr in Erinnerung. »Außerdem haben wir für all das im Moment keine konkreten Beweise.

Wenn du recht hast und Amy tatsächlich lügt, um ihn zu schützen, wird sie wahrscheinlich behaupten, dass sie sich an die Einzelheiten nicht mehr erinnern kann, weil das Ganze mehr als vierzig Jahre zurückliegt. Solange sie darauf beharrt, dass er an jenem Tag mit ihr zusammen Streife gefahren ist, werden wir an seinem Alibi nicht rütteln können.«

Ellery sank auf den nächsten Barhocker und stützte ihr Kinn auf die Hand. »Welcher Mensch lügt für einen Mann, der seine Freundin umgebracht hat?«

»Vielleicht hält sie ihn wirklich für unschuldig. Sie war Polizistin, schon vergessen? Thorndike hat immer im Zentrum der Ermittlungen gestanden, sowohl direkt nach der Tat als auch in den Jahren danach. Vielleicht glaubt Amy, dass sie David schützen muss gegen ungerechtfertigte Anschuldigungen. In dem Fall können wir sie nur dann von ihrer Geschichte abbringen, wenn es uns gelingt, Beweise zusammenzutragen, die sie an seiner Unschuld zweifeln lassen. Wenn der DNA-Test von dem Messergriff ergibt, dass das Blut daran nicht von Cammie stammt, wäre David ganz klar ein Kandidat. Das ist die Art von sicherem Beweis, die seine Frau dazu bringen würde, einzuknicken.«

Ellery beugte sich über die Theke und griff nach einer Kirschtomate. »Wäre das tatsächlich ein Beweis? Könnte er nicht einfach behaupten, dass er das Messer zu einem früheren Zeitpunkt beim Kochen benutzt und sich dabei geschnitten hat?«

Reed legte sein Messer ab und betrachtete sie stirnrunzelnd. »Du würdest einen erschreckend guten Verteidiger abgeben!«

»Nee. Aber ich habe oft ›Law and Order‹ gesehen.« Genau genommen stundenlang, zusammen mit all den anderen Sendungen, die die Fernbedienung hergab. Das Fernsehen hatte ihr in den vielen einsamen Stunden nach Daniels Tod

178

Gesellschaft geleistet, wenn ihre Mutter doppelt so viel arbeiten musste, um all die Rechnungen zu begleichen. Währenddessen geisterte Coben in ihrem Kopf herum, schrie ihren Namen, sodass sie einfach die Lautstärke des Fernsehers aufdrehte, bis sie ihn nicht mehr hörte. Manchmal konnte sie auch heute noch nur auf diese Weise einschlafen.

»Du hast diesen Kram gesehen?«, fragte Reed und klang neugierig. »Ich bin mir nicht sicher, ob ich an deiner Stelle die Nerven dafür gehabt hätte.«

Ellerys Seelenklempnerin aus ihrer Jugendzeit hatte sich ebenfalls darüber gewundert. *Geht es dir besser, wenn du siehst, dass die Bösen am Ende bestraft werden?*, hatte sie Ellery einmal gefragt, die darauf verzichtet hatte, ihr eine Antwort zu geben. Und selbst wenn, hätte sie Nein gelautet. Der Grund, warum Ellery sich Krimiserien anschaute, waren die Opfer, die ihr Martyrium überlebt hatten. Die Opfer, die Brand- oder Schnittverletzungen erlitten hatten. Die Opfer, die vergewaltigt oder auf andere Weise misshandelt worden waren und überlebt hatten und darüber sprechen konnten. Nur diese erdachten Figuren waren so wie sie, weshalb sie sich für Ellery immer real anfühlten. »Ich habe die Szenen im Gericht gemocht«, sagte sie, um Reed eine Antwort zu geben. »Da schien es immer äußerst zivilisiert zuzugehen.«

Reed war gerade dabei, Datteln in rohen Schinken einzuwickeln, und blickte von seiner Arbeit auf. »Das ist auch im wahren Leben so. Aber die Verhandlungen tendieren dazu, irgendwas zwischen herzzerreißend und todlangweilig zu sein.«

Ellerys Name war aus den Akten herausgehalten worden, weil sie erst vierzehn war, als Francis Coben sie entführt hatte. Sie hatte auch nicht gegen ihn aussagen müssen, da das FBI einen Berg blutigen Beweismaterials auf seiner Farm gefunden hatte, die später niedergerissen wurde. Allein die

Sammlung von abgetrennten Händen hätte ihn lebenslänglich hinter Gitter gebracht. Trotzdem träumte Ellery manchmal von der Verhandlung, als wäre sie dabei gewesen. Als hätte sie die Chance gehabt, Coben in die Augen zu sehen und der Welt zu sagen: *Ja, das ist er. Er ist es gewesen.* »Wie war das?«, fragte sie Reed leise. »Als ihm der Prozess gemacht wurde?«

Reed stellte das Essen beiseite und wischte sich die Hände an einem Geschirrtuch ab, ehe er um die Theke kam und sich neben Ellery setzte. Sie rückte weg, denn jetzt, da sie das Thema angeschnitten hatte, war ihr unbehaglich zumute. Reed wird allen geschildert haben, wie er sie auf dem Boden in dem Wandschrank gefunden hatte. Halbtot, das Haar an ihrer blutverschmierten Haut klebend. Er wird detailliert beschrieben haben, was Coben ihr mit diesen landwirtschaftlichen Werkzeugen angetan hatte. »Das war sehr schwer«, gestand er ein und senkte den Kopf, um Ellerys Blick auszuweichen, die ihn aber gar nicht ansah. »Wie du weißt, hat Coben wegen psychischer Störung auf ›nicht schuldig‹ plädiert. Viele kluge Menschen auf unserer Seite waren besorgt, dass er damit womöglich Erfolg haben könnte und dass die Geschworenen ihn für irre halten könnten, weil das die einzige Erklärung war, die irgendeinen Sinn ergab.«

»Er wusste genau, was er tat«, wandte Ellery ein, und ihre Hände wanderten wie immer schützend zwischen die Beine, wenn Cobens Name fiel.

»Das sehe ich genauso. Und glücklicherweise haben das auch die Geschworenen getan. Doch den schlimmen Teil … den allerschlimmsten Teil sieht man nie im Fernsehen.« Ellery wandte sich zu ihm, ihr Gesicht ein Fragezeichen. Reed senkte den Kopf derart tief, als er antwortete, dass sein Kinn die Brust berührte. »Die anderen Familien, die Menschen, deren Angehörige nicht gerettet werden konnten, waren auch

zur Verhandlung gekommen. Sie flehten ihn bei der Urteils-
verkündung an, zu offenbaren, was er mit ihren Töchtern,
Schwestern beziehungsweise Cousinen gemacht hatte. Coben
nahm sie nicht einmal zur Kenntnis. In manchen Fällen haben wir die fehlenden Hände der Mädchen gefunden, in anderen beruhte der Verdacht, dass Coben sie entführt hatte,
lediglich auf Indizien. Die Fälle sind abgeschlossen und auch
wieder nicht. Wahrscheinlich werden sie es nie ganz sein.«

Ellery sah ihn forschend an, nahm den Schmerz in seinem
Gesicht wahr und wusste, dass er nicht mehr nur über Coben
sprach. »Du hast alles getan, was du tun konntest«, murmelte sie, woraufhin er den Kopf schüttelte.

»Das ist es, was im Fernsehen nie gezeigt wird«, antwortete er, während er von dem Barhocker glitt, um weiterzu-
kochen. »Es ist nicht genug.«

10

Reed goss sich ein weiteres Glas Wein ein, während er die geschlossene Tür von Ellerys Schlafzimmer betrachtete. Sie war seit einer ganzen Weile darin verschwunden, länger, als es eigentlich dauern sollte, um sich für ein Abendessen umzuziehen. Reed begann sich zu fragen, ob er vielleicht in seiner eigenen Hotelsuite versetzt worden war. *Nicht, dass das hier ein Date ist*, dachte Reed und nippte an seinem Merlot. Bestimmt nicht. Auf dem Tisch standen weder Kerzen noch Blumen. Er hatte lediglich die verstaubten Ordner und verblassten Fotografien weggeräumt, damit sie nicht neben den Mordakten seiner Mutter essen mussten. Mehr nicht. Das Gewicht der Beweise war beim Hin- und Hertragen immer schwerer geworden, und Staub und Schmutz hatten sich unter seinen Fingernägeln festgesetzt. Danach hatte er sich die Hände geschrubbt, bis sie wund waren. Die Ordner standen jetzt, still wie ein Grab, im dunklen Wohnbereich. Reed setzte sich an den Tisch, darauf bedacht, dass sie nicht in seinem Blickfeld waren. Der Alkohol zeigte Wirkung, denn seine angespannten Schultern fingen an sich zu lockern, und auch das wütende Brummen, das er seit Beginn seiner Ermittlungen in seinem Schädel verspürte, hatte sich beruhigt. Er nahm einen weiteren großen, bittersüßen Schluck Rotwein.

Ellerys Schlafzimmertür am anderen Ende des Raums öffnete sich. Reed drehte sich zu ihr um, eine spöttische Bemerkung über ihr langes Fernbleiben bereits auf den Lippen, doch sie erstarb, als er sie erblickte. Ellery stand wie angewurzelt in der Tür.

»Ich habe mir ein Kleid gekauft«, verkündete sie, etwas trotzig.

»Das sehe ich.«

Sie bewegte sich nicht von der Stelle. »Es ist mein erstes. Also, ich meine, das erste, das ich mir gekauft habe.«

»Das solltest du öfter tun«, antwortete er völlig ernst. »Du scheinst ein Händchen dafür zu haben.«

»Da bin ich mir nicht so sicher«, erwiderte sie und seufzte. Zögernd durchquerte sie den Raum, und er stellte fest, dass sie einfache Flipflops zu dem schicken Kleid trug. Ein Grinsen breitete sich auf seinem Gesicht aus, doch er fing es ein, bevor sie es bemerkte.

»Warum nicht?«, fragte er, während er einen Stuhl für sie heranzog.

»Ich hatte den Eindruck, dass die Verkäuferin es für empfehlenswerter gehalten hätte, wenn ich nicht ganz so viel Haut zeigen würde«, antwortete Ellery düster und strich sich flüchtig über den nackten Arm.

Er hatte die Narben nicht einmal bemerkt, doch jetzt zwang er sich, sie zu betrachten. In dem schwachen Licht waren sie kaum zu sehen. Die Zeit und all das, was er über sie wusste, hatten sie verblassen lassen. Er nahm ihre Narben nicht wahr, wenn er sie ansah. Nicht mehr. »Das Kleid ist perfekt«, erklärte er, während sein Blick auf ihr verweilte.

»Und das Essen sieht fantastisch aus«, sagte Ellery und griff nach den Datteln, die er mit Schafskäse gefüllt und in luftgetrockneten Speck eingewickelt hatte. In der Küche warteten mit Kreuzkümmel eingeriebene Steaks, eine Granatapfelsalsa, Reis, Gemüse und eine große Schüssel Blattsalat mit selbst gemachter Vinaigrette darauf, verzehrt zu werden. »Aber du hättest dir nicht so viel Mühe machen müssen.«

»Das ist keine Mühe«, versuchte er ihr zu erklären. Kochen erdete ihn. Bestimmte Düfte und Geschmacksempfindungen,

183

im Ofen schmorendes Schweinefleisch mit Äpfeln zum Beispiel, erinnerten ihn an die Kochkunst seiner Mutter. Sein Auge erfreute sich an den Regenbogenfarben des Gemüses, und die rhythmische Bewegung des Messers beim Zerkleinern ließ seinen Puls langsamer werden und beruhigte ihn. Außerdem war Kochen eine sinnvolle Beschäftigung. Wenn man es richtig machte, kam immer etwas Schmackhaftes dabei heraus. »Ich bereite gern eine Mahlzeit vor und schaue den anderen beim Essen zu. Das – das hilft mir, mich normal zu fühlen.«

»Normal«, erwiderte sie, und ihr Lächeln erstarb. »Ich weiß nicht, was das ist.«

»Aber du weißt, wie man isst«, entgegnete er. »Und darin bist du großartig!«

Sie griff nach ihrer Gabel und deutete damit auf ihn. »Stimmt.« Nach einigen Bissen betrachtete sie ihn interessiert. »Was ist mit dir? Hast du in deiner Jugend viele Krimiserien im Fernsehen geschaut und daraufhin beschlossen, FBI-Agent zu werden?«

»Wir haben überhaupt nicht viel Fernsehen geschaut, weil Mom es uns nicht erlaubt hat. Als ich dann verheiratet war, stellte ich fest, dass Sarit diese Serien sehr mochte. Ich musste ihr erst einmal schonend beibringen, dass die Realität nichts mit dem zu tun hatte, was sie da auf dem Bildschirm sah. Ihre Enttäuschung war sehr groß, als ich ihr erklärte, dass kein Privatflugzeug für mich bereitstand, um mich in Windeseile zu einem neuen Tatort zu bringen.«

»Kein Flieger?« Ellery machte einen Schmollmund. »Ich dachte, wir könnten später noch eine Spritztour machen.«

Reed schluckte seine Antwort herunter, während er sich von seinem Stuhl erhob, um den nächsten Gang zu servieren. »Ich habe tatsächlich einmal eine Zeit lang damit geliebäugelt, Politikwissenschaft zu studieren«, sagte er. »Oder Jura.

Als ich jung war, habe ich gedacht, ich würde vielleicht eines Tages meinem Vater in die Politik folgen.«

»Tatsächlich«, rief Ellery überrascht.

»Ja, ich weiß. Ich bin nicht dafür gemacht, oder? Ich fand es einfach toll, wie die Menschen zu ihm aufsahen und wie glücklich er sie machte. Er hat mich in meinem Plan bestärkt, und wir Kinder haben damals so gut wie alles gesagt, um seine Aufmerksamkeit zu bekommen. Mein Vater und ich, wir waren zu Hause nur von Frauen umgeben, und er hat gern darüber Witze gemacht. ›Wir Markham-Männer müssen zusammenhalten‹, sagte er zu mir. Ich habe versucht, mich zu der Überzeugung zu bringen, dass wir uns total ähnlich wären. Mir war es egal, ob er mein richtiger Vater war oder nicht – darin, worauf es ankam, waren wir gleich.«

»Oh«, sagte Ellery leise.

Reed stellte die Platte mit dem Fleisch zwischen ihnen auf den Tisch. »Dann wurde ich älter und musste mir eingestehen, dass wir uns überhaupt nicht ähnlich waren. Mein Vater liebt Menschenmengen. Ich hingegen kann sie nicht ausstehen. Er liebt es, neue Ideen zu entwickeln, aber die Detailarbeit überlässt er anderen, während ich die Dinge lieber selbst in der Hand habe. Wir beide helfen gern anderen Menschen. Aber mein Vater ist bereit, sie dafür zu belügen – er erzählt ihnen das, was sie hören wollen, bis er einen Weg gefunden hat, um vielleicht die Hälfte von dem zu erreichen, worum sie ihn gebeten haben. Er meint, das sei einfach Teil seiner Arbeit.«

»Während deine Arbeit darin besteht, die Wahrheit herauszufinden«, beendete Ellery den Satz für ihn.

Sie aßen eine Minute lang schweigend, bis Ellery ihre Gabel unvermittelt hinlegte.

»Reed ... ich weiß, dass du wütend bist und dass dein Vater dich belogen hat. Aber Camilla derart brutal umzubringen ... glaubst du wirklich, dass er dazu fähig ist?«

185

»Er behauptet, er habe es nicht getan«, antwortete Reed und wählte seine Worte vorsichtig. »Aber das Problem ist, dass ich mir einfach nicht mehr sicher sein kann, dass er die Wahrheit sagt.«

Reed wusste, dass der Alkohol seine Wirkung tat, als er auf der Couch saß, Schulter an Schulter mit Ellery, die Welt zusammengeschrumpft auf einen Kartensatz. Er hielt die roten Spielkarten in der Hand, sie die blauen, während beide versuchten, das gleiche Ziel zu treffen: einen kleinen Mülleimer aus Chrom, drei Meter entfernt von ihnen. Ellery schnippte eine Karte durch die Luft, und sie segelte in den Eimer. Wie fast alle ihrer Karten. Die roten Exemplare dagegen lagen kreuz und quer daneben auf dem Teppich. Reed runzelte die Stirn, beugte sich vor, kniff die Augen leicht zusammen und setzte zum Wurf an. Mit einer schnellen Bewegung des Handgelenks katapultierte er den Herzkönig in die Luft. Eine Sekunde später landete er mit dem Gesicht nach unten in der Nähe des Balkons. »Ich kann meine Kraft nicht einschätzen.«

»Du zielst einfach furchtbar. Lässt das FBI dich eine Waffe tragen?«

»Sie bestehen darauf«, erwiderte er, ein Hauch von Bestürzung in seiner Stimme. Er betrachtete Ellery mit trüben Augen und wedelte mit der Hand. »Das wird das Problem mit deinem Kleid sein – alle werden sehen, wie scharf du bist. Ich meine, dass du eine scharfe Waffe trägst«, korrigierte er sich schnell, doch Ellery kicherte bereits.

»Du bist betrunken«, stellte sie fest.

»Angeheitert«, teilte er ihr von oben herab mit, während er den Arm auf die Rückenlehne der Couch legte und am liebsten in den Kissen versunken wäre. Vielleicht könnte er einfach hierbleiben. Nicht für immer, aber so lange, bis er sich wieder wie ein Mensch fühlte. Ellery schnippte noch mehr Karten in den Eimer. Eine nach der anderen flog durch die Luft, während Reed die athletische Anmut ihrer straffen Arme und das sanfte Hüpfen ihrer Brüste in diesem atemberaubenden Kleid bewunderte. Vorne verlief ein schmaler Reißverschluss, und er stellte sich vor, wie er sich vornüberbeugte und ihn zwischen die Zähne nahm.

Ellery stupste ihn mit dem Ellenbogen an und riss ihn aus seiner Fantasie heraus. »Du bist dran.«

Murrend setzte er sich auf. »Ich finde, dass du einen Vorteil hast«, sagte er, während er erneut vorbeiwarf. »Einen unlauteren Vorteil. Das Kleid hat keine Ärmel. Deshalb kannst du dich viel freier bewegen.«

In ihren Augen blitzte Erheiterung auf. »Das ist deine Entschuldigung? Von mir aus können wir gern unsere Outfits tauschen. Du ziehst mein Kleid an, und ich schlüpfe in deine Aufmachung als Möchtegernmodel für europäische Herrenunterwäsche.«

Reed tätschelte sich den Bauch, der unter einem blauen Kaschmirpullover verborgen war, und blickte prüfend an sich herunter: ein Hemd, eine Jeans, ein Pullover und Slipper. »Ich bin vollständig bekleidet«, protestierte er. »Meine Unterwäsche ist nicht zu sehen.«

»Ja, am Anfang des Katalogs sind die Models immer vollständig angezogen.« Ellery versenkte ihre letzte Karte in dem Eimer. »Aber am Ende stehen sie nur noch in klitzekleinen schwarzen Unterhosen da.«

Er würde nicht nachhaken, warum sie sich Kataloge für Männermode ansah. »Du weißt nichts über meine Unterwäsche.«

»Doch, du hast sie schon mal in meinem Wohnzimmer vorgeführt.« Sie warf ihm ein keckes Lächeln zu, als sie nach ihrem noch immer halb vollen Weinglas griff.

187

»Du kannst unmöglich wissen, dass ich europäische Unterwäsche trage.«

»Willst du damit sagen, dass ich unrecht habe?«

»Ich will damit sagen, dass deine Beweise nicht ausreichen. Und ich weiß genau, wovon ich spreche, denn ich bin ein geschulter Ermittler. Außerdem sind Augenzeugenberichte dafür bekannt, nicht verlässlich zu sein.«

Ellery setzte bedächtig ihr Glas ab. Sie beugte sich so weit zu ihm hinüber, dass er einen tiefen Einblick in ihr Dekolleté bekam und ihr Duschgel riechen konnte: ein Duft nach Ingwer und Zitrone, inzwischen vermischt mit einem Hauch Merlot. Reed verspürte plötzlich wieder Durst. »Agent Markham«, sagte sie mit leiser Stimme, »fordern Sie mich hier etwa gerade auf, Ihre Unterwäsche zu untersuchen?«

O Gott, tat er das wirklich? Ja, vielleicht. Sein Herz begann heftig zu pochen, so rhythmisch, wie sich die Tänzerinnen in den Nachtclubs in ihren Käfigen zum Takt der Musik wiegten.

Ellery bewegte sich auf der Couch, sodass ihre Oberschenkel sich berührten und er ihre Wärme durch seine Kleidung hindurch spüren konnte. »Ich wette, du trägst eine französische Marke«, sagte sie und musterte ihn mit fragendem Blick. »Richtig?«

Nein, falsch. Wenngleich er sich hütete, ihr das zu sagen. »Du magst französisch?«, fragte er und versuchte normal zu klingen, während das Blut in seinen Ohren rauschte. »Ich meine, Frankreich.«

»Weiß nicht«, erwiderte sie und zuckte leicht mit den Achseln. »Ich bin noch nie da gewesen.« Sie klang, als wäre dieses Land genauso weit entfernt wie der Mars. Reed wurde wieder einmal deutlich, wie groß seine Welt schon zu Kindheitstagen gewesen war. Seinen ersten Reisepass hatte er im Alter von einem Jahr besessen.

»Vielleicht können wir einmal dorthin fahren.«

Ellery rückte von ihm weg und blickte ihn an. »Ja, klar. Wir reisen in achtzig Tagen um die Welt, wie in dem Buch. Vielleicht können wir uns den Neonballon am Ende der Straße schnappen und mit ihm davonschweben.«

In ihren Worten schwang Sarkasmus mit, Unglaube, doch er hatte mit ihr zusammen schon so viel Unmögliches erlebt und überstanden, dass er nichts mehr ausschloss. Er hatte sein ganzes Leben so gelebt, wie man es von ihm erwartet hatte. Bis zu dem Tag, an dem er Ellery begegnet war. Leicht beduselt vom Wein löste sich seine Zunge. »Wie kommt es, dass ich immer dich finde, wenn ich etwas suche?«, murmelte er und streckte eine Hand nach ihr aus.

Sie ließ zu, dass er ihre Hand ergriff und einen langen Kuss auf ihre Finger drückte. Ellery hatte wunderschöne zartgliedrige Hände mit weichen sanften Handinnenflächen. Coben war von diesen Händen besessen gewesen. Aus dem Grund hatte er Ellery ausgewählt. Ihre Hände hatte er verschont – sie waren glatt und nicht von Narben gezeichnet. Reed brach den körperlichen Kontakt nur ungern ab, als er ihre Hand losließ, doch Ellery zog sie nicht weg. Ihre Fingerspitzen wanderten zu seinem Mund, und er zwang sich stillzusitzen, während sie Lippen, Kinn und Wangen ertasteten. Ihr Daumen strich über die Konturen seines Gesichts, woraufhin sein Kiefer sich anspannte.

Sie waren so weit von zu Hause entfernt in dieser anonymen Stadt, die einen förmlich dazu aufforderte, ein anderer zu sein. Jemand, den man am Ende hier zurücklassen konnte. Reed hatte Las Vegas vor langer Zeit verlassen müssen, ohne eine Wahl gehabt zu haben. Seiner Meinung nach war die Stadt ihm etwas schuldig.

Sein Gesicht näherte sich Ellerys Hand. Sie schnappte nach Luft, als sie den heißen Atem auf ihrer Haut spürte. Reeds

Mund wanderte von der Handfläche über die Finger zur Innenseite ihres Handgelenks, und seine Lippen spürten das zarte Pochen ihres Pulses. Als er aufblickte, sah er, dass ihre grauen Augen eine dunklere Farbe angenommen hatten. Mit der Hand umfasste er langsam ihren Kopf, und da sie nicht protestierte, beugte er sich vor, um sie zu küssen.

Ellery hielt den Atem an, als ihre Lippen sich berührten. Er küsste sie sanft, immer wieder, bis ihr Körper sich allmählich entspannte. Nun küsste sie ihn richtig, und Reeds Wangen begannen zu glühen. Das Zimmer schien zu verschwinden, und er spürte nichts mehr außer seinen Händen auf ihrem Körper und seinen Lippen auf ihrem Mund, während sie sich für ihn öffnete und sich der Berührung seiner Zunge hingab.

Moment, erinnerte er sein alkoholisiertes, in Leidenschaft entbranntes Hirn. *Das solltest du nicht tun.* Doch Ellery war weich, entzückend und überall. Er spürte, wie er innerlich aufbrach – so wie die Eisdecke auf einem zugefrorenen Teich –, und er befürchtete, jeden Augenblick in die Tiefe gerissen zu werden. Reed schlang die Arme um Ellery, hielt sich an ihr fest und drückte sie an sich, bis sie fast auf seinem Schoß saß, ihr Rock bis zu den Oberschenkeln hochgerutscht. Sie küssten sich wie zwei Jugendliche auf dem Rücksitz eines Autos, die eigentlich schon zu Hause sein mussten, verzweifelt und etwas ungeschickt.

Seine Hände glitten unter ihren Rock und ertasteten den Saum ihrer Unterwäsche, an dem sein begieriger Finger nun entlangfuhr.

Sie bog sich ihm entgegen, und er unterbrach seinen Kuss. »Sag mal«, murmelte er, während seine Lippen über ihren Hals wanderten, »was magst du?« Sein Feuer war noch nicht zu sehr entfacht, als dass er nicht auf ihre Bedürfnisse hätte eingehen können. Er wollte, dass dieser intime Moment auch für sie unvergesslich sein würde.

Sie umfasste seinen Kopf, während sein Mund ihr Schlüsselbein mit Küssen bedeckte. Er spürte, wie das Blut durch ihre Adern rauschte. »Das«, keuchte sie und zog ihn wieder zu sich heran, um ihn weiter zu küssen. »Dich«, sagte sie, ihren Mund auf seinen gepresst.

»Was noch? Was noch?« Seine Hände strichen über die Außenseiten ihrer Oberschenkel. Er musste ihre Vorlieben herausfinden, solange er noch klar denken konnte, was aber nicht mehr lange dauern würde.

»Ich weiß es nicht«, sagte sie hastig und küsste ihn dann wieder.

Es dauerte eine Sekunde, bis die Worte in sein dumpfes Hirn vordrangen, das kurz davor war, im Nebel sexueller Erregung zu versinken. »Wie bitte?« Stoßartig atmend hob er den Kopf und sah sie an.

Ihre Lippen waren feucht und glänzten vom Küssen, ihr langes Haar zerzaust. Es tat ihm körperlich weh, sie anzuschauen, so sehr wollte er sie. »Ich weiß es nicht«, wiederholte sie noch einmal stammelnd. »Also … ich meine, ich habe es nie herausfinden können.«

Sie beugte sich erneut vor, um ihn zu küssen, doch er hielt sie zurück, indem er die Hände sanft auf ihre Schultern legte, oberhalb der Narben. Er hatte diese Narben vergessen wollen, er hatte sich in Ellery verlieren wollen, aber sie erinnerte ihn daran, wer er wirklich war. Sie erinnerte ihn daran, wer sie wirklich war und was sie zusammen waren. Seine Hände strichen über ihre nackten Arme und kosteten ein letztes Mal das Gefühl aus, sie zu spüren, während er nach der richtigen Entschuldigung suchte. Seine Zunge fühlte sich schwer an, und ihm fehlten die Worte.

Ellery erstarrte unter seiner Berührung, spürte sein Bedauern und wich ruckartig von ihm zurück. »Das war die falsche Antwort, nicht wahr?«

»Nein, Ellery, warte.« Kälte breitete sich in dem Raum aus, während sie von seinem Schoß kletterte. »Ich kann das erklären.«

»Nicht nötig. Schon verstanden. Ich weiß, was ich für dich bin und was ich immer für dich sein werde.«

Sie griff nach ihren Flipflops und stürmte Richtung Ausgang. Er rollte sich halb von der Couch, schwerfällig von dem Wein und dem Nachklang der Erregung. »Du bist wunderbar«, sagte er, verzweifelt darum bemüht, sie aufzuhalten. »Nur …«

»Nur ist dir gerade eingefallen, was er mir angetan hat«, vollendete sie hitzig seinen Satz, während sie die Tür zur Suite aufriss. »Spar dir das Leugnen, es steht dir ins Gesicht geschrieben.«

Die Tür fiel derart krachend zu, dass der Raum zu beben schien. Reed stand allein da, in Strümpfen, und starrte auf die Stelle, wo ihm bis vor einer Sekunde Ellery entgegengeblickt hatte. Er spürte, wie der Alkohol in seinem Hirn sich verflüchtigte. Die Außentemperatur war nahe dem Gefrierpunkt, und Ellery war ohne Jacke hinausgestürmt, wie er feststellte. Er schlüpfte in die Slipper, lief mit der Jacke in der Hand auf den Flur und fuhr mit dem Aufzug nach unten, in der Hoffnung, dass er die richtigen Worte finden würde, um sie dazu zu bringen, in die Hotelsuite zurückzukehren. Doch er hatte noch nie viel Erfolg auf diesem Gebiet gehabt. Ellery tat normalerweise immer das Gegenteil von dem, was er vorschlug, egal was es war.

Er streifte durch die hell erstrahlte Hotelhalle, ohne eine Spur von ihr zu entdecken. »Entschuldigen Sie«, sprach er den Portier an, der zum Gruß an seine Mütze tippte. »Haben Sie vor wenigen Minuten eine Frau im roten Kleid aus dem Hotel gehen sehen?«

»Ja, das habe ich«, antwortete der Mann beflissen und mit freundlichem Lächeln.

»Sie hat das Zimmer ohne ihre Jacke verlassen«, erklärte Reed und hielt das Kleidungsstück hoch. »Haben Sie zufällig mitbekommen, in welche Richtung sie gegangen ist?«

Der Portier rieb sich das Kinn. »Sie schien es eilig zu haben. Vielleicht hat die junge Frau die Jacke und Sie absichtlich zurückgelassen, hm? Lassen Sie ihr etwas Zeit. Sie wird wieder zurückkommen.« Er blinzelte Reed zu. »Sie kommen immer zurück, nach einer Weile.«

»Danke«, erwiderte Reed tonlos, ohne den kostenlosen Rat zu befolgen. Er trabte mit der Jacke in der Hand zur Tiefgarage und tastete in seiner Hosentasche nach dem Autoschlüssel. Nachdem er ihn hervorgekramt hatte, drückte er auf den Knopf und lauschte dem piepsenden Geräusch, das von den Betonwänden hallte. »Endlich«, murmelte er zu sich selbst, als der SUV am Ende der Reihe in Sicht kam. Beim Näherkommen bemerkte er, dass etwas nicht stimmte – der Wagen stand irgendwie schief und war kleiner als in seiner Erinnerung.

Er blieb wie angewurzelt stehen, als er das Auto erreichte und den Schaden sah. Die Reifen waren zerstochen worden. Der Täter konnte noch immer in der Nähe sein. Reed drehte sich hektisch um, während seine Augen die dunkle Garage absuchten. Doch weit und breit war niemand zu sehen. Er musste an Camilla Flores' zerstochene Autoreifen denken – eine Warnung offenbar, die sie nicht ernst genommen hatte. Wenige Tage später war sie mit einem Küchenmesser niedergemetzelt worden. »Ellery!«, rief Reed laut. Angst packte ihn, und er vergaß das Auto, während er zu rennen begann.

11

Ellery stolperte blindlings in die Richtung, aus der die vielen Lichter kamen. Auf dem Weg, den sie zuvor entlanggelaufen war, ballten sich jetzt Touristen, Partymädels auf hochhackigen Schuhen und andere Menschen auf der Suche nach ein bisschen Spaß am Freitagabend. Der winterliche Wüstenwind fegte über den Boulevard hinweg und wehte ihr das Haar in die Augen. Ihre nackten Arme, die sie um sich schlang, um sich zu wärmen, waren voller Gänsehaut. Sie bahnte sich einen Weg durch die Menge und wich betrunkenen Studenten und umherglotzenden Touristen mit auf Armeslänge ausgestreckten Handys aus. »He, pass doch auf!«, rief ein junger Mann, gegen dessen Ellenbogen sie gestoßen war und der sie wegschubste, weil sie ihm seine Aufnahme vermasselt hatte. Sie blieb nicht stehen oder entschuldigte sich, sondern schob sich weiter durch die Menschenmasse, denn sie wollte so viel Abstand wie nur möglich zwischen sich und diese schreckliche Szene im Hotelzimmer bringen, die so wehtat. Ihr Herz raste und trommelte unablässig: *Los, los, los.* Sie war drei Tage lang in einem Wandschrank eingesperrt gewesen, deshalb rannte sie jetzt – sie rannte, wann immer sie konnte. Denn würde sie stehen bleiben, um nachzudenken, könnte der Schmerz sie einholen. *Los.*

Reeds Gesicht. Sie sah es noch immer vor sich. Sah, wie seine dunklen Augen sich kaleidoskopartig veränderten, während sein Verlangen in Mitleid überging. Sie war noch nie mit einem Mann intim gewesen, der von Coben gewusst hatte. Ihre gelegentlichen, sorgfältig ausgewählten Bettpartner hatten sie immer nur halbnackt und in völliger Dunkelheit erleben dürfen, um zu verhindern, dass sie nach den Narben fragten. Im unwahrscheinlichen Fall, dass einer von ihnen doch einmal nachgehakt hätte, hätte ihre Antwort gelautet: *Fahrradunfall.* Keiner wäre auf die Idee gekommen, das infrage zu stellen. Nein, diese Männer hatten nie auch nur eine Frage gestellt. *Was magst du?* Ellery blieb mit der Menge an einer Kreuzung stehen, gefangen in der Erinnerung an Reed und seine warmen Hände auf ihrem Körper.

Sie hatte mit Männern geschlafen, um zu beweisen, dass sie dazu in der Lage war. Um zu zeigen, dass sie das, was Coben ihr genommen hatte, geben konnte und sich am Ende trotzdem unversehrt fühlte. Wenn sie nach diesen Begegnungen überhaupt etwas verspürt hatte, dann ein Gefühl des Triumphs. *Zum Teufel mit dir.* Die Ampel schaltete auf Grün. Die Menschen drängten nach vorne und zogen Ellery mit sich. Ihre Flipflops schrappten über das Pflaster, während sie sich beeilte, mit den anderen Schritt zu halten. Reed war voll bei der Sache gewesen, das wusste sie, bis sie ihm die Wahrheit gestanden und ihn so daran erinnert hatte, wer sie war. Cobens Opfer. Das Mädchen aus dem Wandschrank. Tränen stiegen ihr in die Augen, und sie wischte sie mit einer wütenden Handbewegung weg. Sie hätte es wissen müssen. Sie hätte ihren Mund halten müssen. Selbst wenn Reed sich mit ihr unterhielt, als wäre sie völlig normal, selbst wenn er sie berührte, als bereitete ihm das Freude, durfte sie eins nicht vergessen – dass die Narben nie verschwinden würden. Dass sie ihnen niemals entfliehen würde.

Sie blieb an der nächsten Kreuzung stehen, außer Atem, und beugte sich vor, um zu verschnaufen. Die kalte Luft brannte in ihren Lungen. Ihr Blick schweifte über die blinkenden Lichter, den hupenden Verkehr und die riesigen Casinos. »He, junge Frau, haben Sie 'n Dollar übrig?« Ein abgerissener Typ mit ölverschmierter Jacke hielt ihr klappernd eine Tasse hin. Die andere Hand umfasste ein Schild, auf dem stand: LASS ES REGNEN! Ellery tastete automatisch ihre Seiten ab, doch ihre Hände glitten nur über das dünne Material ihres Seidenkleids. Sie hatte weder Geld noch ihr Handy dabei. »Tut mir leid«, sagte sie mit echtem Bedauern in der Stimme, da ihr gerade bewusst geworden war, in welch schutzlose Lage sie sich gebracht hatte.

Als die Fußgängerampel auf Grün sprang, marschierten die Menschen los, doch dieses Mal ließ sich Ellery nicht von dem Strom mitreißen. Sie schob sich weg von der großen Flaniermeile, um dem Gedränge zu entfliehen. Ein Auto hupte, als sie auf der Bordsteinkante balancierte. Ein Mann lehnte sich mit haifischartigem Grinsen aus dem Beifahrerfenster. Weiße Zähne blitzten auf, und seine Haut leuchtete im Schein des Lichts orange. »He, du heiße Braut, willste mitfahren?«

Ellery ignorierte ihn und glitt wieder zurück in die Anonymität der Masse. *Ich muss nachdenken.* Sie konnte nicht ewig in der Eiseskälte herumlaufen. Irgendwann würde sie zum Hotel zurückgehen und Reed gegenübertreten müssen. Sie hatte sich geirrt. Er lebte wie sie allein und schien jemanden zu brauchen, doch wie es aussah, jemanden Besseres als sie. Wie dumm von ihr zu glauben, dass sie auf Augenhöhe wären.

Sie bog an der nächsten Kreuzung in eine dunklere, ruhigere Seitenstraße ab und hörte das quietschende Geräusch von Reifen hinter sich. Zwei Scheinwerfer kamen auf sie zu, als sie sich umdrehte. Schützend hob sie die Hände vor die Augen, als der Wagen mitten auf der Straße stehen blieb. Der Fahrer, ein großer Mann, stieg aus. Sie kannte ihn nicht, aber er wusste, wer sie war, denn er rief ihren Namen. »Ellery! Ellery Hathaway.«

Als er näher kam, drehte Ellery sich um und lief los.

»Halt! Warten Sie! Ich will Ihnen nichts tun!«

Der Südstaatenakzent. Dieser vertraute Klang. Ihre Neugierde war geweckt, und sie blickte über ihre Schulter nach hinten. Diesmal fing das Licht der Straßenlampe genug vom Gesicht des Mannes ein, um ihn erkennen zu können: Es war Angus Markham. Vorsichtig machte sie einen Schritt auf ihn zu. »Woher kennen Sie mich?« Reed hatte ihr einige Reden von Markham im Internet gezeigt, aber sie war dem Senator noch nie persönlich begegnet.

Sein Mund verzog sich zu einem selbstgefälligen Lächeln. »Das ist Teil meines Jobs. Mein Sohn mag Sie. Nach dem Hotelarrangement zu urteilen, von dem Rufus mir erzählt hat, offenbar sehr. Ich bin gerade erst angekommen. Als ich Sie über die Straße gehen sah, dachte ich mir, ich sollte die Gelegenheit wahrnehmen und Ihnen Guten Tag sagen.« Er tat, als lüftete er einen Hut zum Gruß.

»Was wollen Sie?«, fragte Ellery und verschränkte die Arme, unbeeindruckt von seinen Versuchen, charmant zu sein.

Sein Lächeln erstarb, und er spreizte die Hände. »Ich will Reed von diesem Unsinn abbringen, bevor ihm etwas zustößt. Er muss zur Vernunft gebracht werden, aber er will nicht mit mir reden. Ich habe mir gedacht, dass er vielleicht auf Sie hören wird.«

Ellery erwiderte nichts, und Angus holte tief Luft.

»Ich verschwende hier gerade Benzin, und Sie sind für das Wetter nicht passend gekleidet. Ich lade Sie auf einen Kaffee ein. Hören Sie sich an, was ich zu sagen habe. Wenn Sie danach noch immer der Meinung sind, dass ich zur Hölle gehen soll … okay, Sie wären nicht die Erste, die sich das wünscht. Und bestimmt nicht die Letzte.«

Ehe Ellery ihm antworten konnte, hörte sie erneut ihren Namen. Sie sah über die Scheinwerfer hinweg und erblickte eine vertraute Gestalt, die ihr zuwinkte. Reed. »Ellery!« Er kam über den Bürgersteig geeilt und lief fast in sie hinein. »El... Ellery ... alles in Ordnung mit dir?«

»Mir geht's gut«, sagte sie verhalten. »Ich habe mich nur gerade mit deinem Vater unterhalten.«

Reed zuckte überrascht zusammen. Er drehte sich um und starrte seinen Vater an, den er jetzt erst bemerkte. Angus nickte kurz zur Begrüßung. »'n Abend, mein Sohn.«

»Was machst du hier?«, fragte Reed. Beschützend stellte er sich zwischen seinen Vater und Ellery, die jedoch von ihm wegrückte, um das Gesicht von Angus sehen zu können.

»Ich habe mit dir am Telefon nicht vernünftig reden können«, antwortete er schließlich. »Mir blieb nichts anderes übrig.«

»Dann bist du also hergekommen, um mir noch mehr Lügen aufzutischen. Ist es das?«

»Ich werde dir alles erzählen, was du wissen möchtest, okay? Die reine Wahrheit.« Sein Vater klang erschöpft. »Solange ich dich dadurch wieder zurück nach Hause bekomme, wo du hingehörst.«

»Das hier war einmal mein Zuhause. Hier wurde ich geboren, wie du weißt. Wir wären Fremde füreinander, wenn Camilla nicht umgebracht worden wäre. Wie wär's also, wenn du aufhören würdest, mir zu erzählen, wo ich hingehöre?«

Dieser Schlag saß. Kraftlos und mit schmerzverzerrtem Gesicht hob Angus die Hände, als würde er sich ergeben. »Du hast recht, okay? Ich verdiene es, dass du wütend bist. Ich habe einen dummen Fehler gemacht und einen noch dämlicheren, als ich versucht habe, den ersten Fehler zu korrigieren. Du kannst mich von mir aus dafür bis ans Ende meines Lebens hassen, aber ich möchte, dass du diesen Kreuzzug beendest, bevor dir etwas geschieht.«

»Was willst du damit sagen?«, fragte Reed ruhig.

»Ich habe die Bilder gesehen«, antwortete Angus, schwer atmend. »Diese junge Frau wurde bestialisch ermordet. Ich habe damit nichts zu tun, und ich hoffe – ich bete –, dass auch du das erkennst, wenn du einmal kurz innehalten würdest. Auf mein Konto gehen viele Sünden, aber diese nicht. Sie wollte Geld haben? In Ordnung. Ich habe ihr versprochen, zu zahlen. Und ich hätte weiter gezahlt, egal wie viel. Aber ich wollte sie mit Sicherheit nicht umbringen.«

»Ich habe im Laufe meiner Berufsjahre schon viele Mörder befragt«, erwiderte Reed kühl. »Und sie sagen immer das Gleiche.«

Ellery sah das Entsetzen, das im Gesicht des Senators aufflackerte, doch er fasste sich schnell wieder. »Du kannst von mir aus glauben, was immer du willst. Ich kann dich nicht davon abhalten. Ich kann dir nur meine Version der Geschichte erzählen. Es lief mir eiskalt den Rücken herunter, als ich erfuhr, was Cammie zugestoßen war. Denn ihr Mörder hatte meinen Jungen gesehen. Hatte vielleicht mit dem Messer in der Hand vor ihm gestanden und darüber nachgedacht, ob er ihn ebenfalls umbringen soll. Ich bin so schnell ich konnte hierhergekommen, um mich zu vergewissern, dass mein Sohn in Sicherheit war.« In seinen Augen erschien ein trotziges Leuchten. »Deshalb war ich damals hier, und aus demselben Grund bin ich heute hier.«

Ellery beobachtete Reed, während er die Worte seines Vaters abwägte. »Du willst also damit sagen, dass ich in Gefahr bin?«

»Camilla wurde ermordet. Wer immer dafür verantwortlich ist, hat dich am Leben gelassen. Vielleicht hast du dieses Mal nicht so viel Glück.«

Reeds Kiefer spannte sich an. »Ich jage Mörder. Das ist nun einmal mein Job, Dad.«

Angus schnaubte verächtlich. »Das hier ist nicht dein Job.

Das hier ist etwas Persönliches. Du hast keinen Trupp von FBI-Agenten dabei, sondern eine junge Frau, die in diesem Moment zitternd auf der Straße steht. Du brennst darauf, Antworten auf Fragen zu bekommen, weil du meinst, du hättest sie verdient. Diese junge Dame und ich ...«, er deutete mit dem Kopf auf Ellery, »wir wollen, dass du hier wieder heil herauskommst.«

Reed schaute zu Ellery, die seinen Blick stumm erwiderte.

»Lass uns woanders reden. Irgendwo, wo es wärmer ist, hm?«, schlug Angus vor. »Bevor sie richtig blau anläuft.«

Beim Versuch, ihre tauben Finger zu bewegen, bemerkte Ellery erst, wie sehr sie fror. Reed betrachtete die Jacke in seiner Hand, als würde er sie zum ersten Mal sehen. Er beugte sich zu ihr und legte sie ihr behutsam über die Schultern. »Wir können zurück zum Hotel fahren und dort reden«, sagte er und führte sie zu Angus' Auto.

Sie blickte überrascht auf. »Du bist nicht mit dem Wagen hier?«

Reed stieg mit ihr hinten ein, während Angus sich ans Steuer setzte. »Ich schalte sofort die Heizung ein«, sagte er und stellte das Gebläse auf die höchste Stufe. Ellery drückte sich in den Ledersitz hinein und bemühte sich, nicht mit den Zähnen zu klappern.

Reed, der am anderen Ende der Rückbank saß, warf ihr einen besorgten Blick zu. »Bist du dir sicher, dass alles in Ordnung ist mit dir?«

»Ja, mir geht's gut.« Sie setzte sich zum Beweis aufrecht hin und verbarg ihr Zittern. »Du hättest mich nicht suchen müssen.«

»Ellery.« In Reeds Stimme war ein warmer Ton, und er griff über den Sitz hinweg nach ihrer Hand. »Ich verstehe zwar nicht, wie dir das bisher entgangen sein kann, aber ich werde dich immer suchen.«

Zurück in der Hotelsuite, bemerkte Ellery, dass Angus die Hinweise auf ihr abrupt beendetes Zusammensein schweigend registrierte. Von den schmutzigen Tellern auf der Theke über die stehen gelassenen Weingläser auf dem Couchtisch bis hin zu den Sofakissen, die auf dem Boden lagen. Reed beeilte sich, etwas Ordnung zu schaffen, während Angus eine Packung Zigaretten aus der Tasche seines Jacketts zog. Er klopfte damit auf die Arbeitsplatte, direkt neben den verwelkten Resten des Salats, und fischte einen Glimmstängel heraus, den er aber nicht anzündete. Sein Blick fiel auf Ellery, und er musterte ihr eng anliegendes Kleid. Sie fühlte sich wie eine Verbrecherin, als hätte er sie gerade auf frischer Tat ertappt.

»Ich gehe mich umziehen«, murmelte sie und flüchtete in ihr Schlafzimmer. Sie machte die Tür zu, schloss ab und lehnte sich erleichtert gegen den Rahmen. Sie sehnte sich nach ihrem eigenen Bett und nach der Wärme ihres kuscheligen, herrlich knuffigen Hunds. Als sie sich aus dem Kleid schälte, schien es auf dem Boden zu zerschmelzen wie die Böse Hexe des Westens, alle Macht dahin. Sie schlüpfte in ihre übliche Kluft bestehend aus einer anthrazitfarbenen Yogahose und einem langärmeligen T-Shirt von ähnlicher Farbe. Trotzdem hatte sie das Gefühl, dass die Schutzschicht zwischen ihr und dem Mann auf der anderen Seite der Tür noch nicht ausreichte, weshalb sie ihrem Outfit das verwaschene Sweatshirt vom Williams College mit der lila Kuh vornedrauf hinzufügte.

Ellery setzte sich im Schneidersitz auf ihr Bett, betrachtete die Tür und fragte sich, ob sie wieder hinausgehen sollte. Fragte sich, was zum Teufel sie überhaupt hier machte. Denn sie konnte Reed keinen Rat geben, wie er am besten mit seinem Vater umgehen sollte. Schließlich beschränkte sich ihr Wissen über den eigenen Vater auf eine Sammlung alter Fotografien, auf verschlissene Erinnerungen und auf die wütende Stimme ihrer Mutter am Telefon: *Du hast gesagt, dass du das Geld letzten Monat geschickt hast, John. Wo zum Teufel ist es?* Ellery hatte keine Macht über ihre eigene Familie, geschweige denn über die von Reed. Ihrer Einschätzung nach taten Väter, was immer sie wollten, ohne sich im Geringsten um die Wünsche ihrer Kinder zu scheren.

Ein sanftes Klopfen an der Tür schreckte sie auf. Auf Zehenspitzen schlich sie hinüber und horchte, denn sie wusste nicht, ob sie genügend Kraft besaß, sich mit dem, was sie auf der anderen Seite erwartete, auseinanderzusetzen, was immer es sein mochte. »Ellery?« Es war die gedämpfte Stimme von Reed. »Ich habe dir einen Tee gemacht.«

Zögernd biss sie sich auf die Lippe, schloss dann aber doch die Tür auf und ließ ihn herein. Er trug seine Metallrahmenbrille und blickte etwas irritiert. »Danke«, sagte sie und nahm den dampfenden Becher entgegen, aus dem ein bitterer erdiger Geruch stieg, der in ihrer Nase kitzelte. Reed hatte die Tür hinter sich geschlossen, sodass sie nicht sehen konnte, was Angus im Wohnbereich machte. »Hat er dir noch mehr erzählt?«

Reed schüttelte den Kopf. »Er ist draußen auf dem Balkon und raucht. Das macht er immer, wenn eine seiner Gesetzesvorlagen durchfällt oder ein Gewerkschaftsvertreter nicht sofort den neuen Tarifbedingungen zustimmt. Wir wussten immer, ob er einen guten oder schlechten Tag hatte, je nachdem, wie stark er beim Hereinkommen nach Tabak roch. Manchmal hat er die letzte Zigarette noch zu Ende geraucht, wenn er mit dem Auto schon vorm Haus stand.«

Ellerys Lippen umspielte ein Lächeln, als sie an ihrem Tee nippte. »Klingt, als würdest du ihn gut kennen.«

»Offenbar nicht gut genug!«

»Er ist nach dem Mord hierhergekommen, um dich zu holen«, sagte sie sanft. »Das muss ein großes Risiko für ihn gewesen sein, oder? Er hätte dich von jemand anderem adoptieren lassen können. Stattdessen hat er dich geholt.«

Reed trat zum Fenster und blickte auf die Lichter der Stadt. »Du verteidigst ihn? Angus Markham konnte die Menschen schon immer auf seine Seite ziehen.«

»Ich verteidige ihn nicht«. Ellery stellte den Tee auf dem Nachttisch ab und gesellte sich zu Reed. »Ich sage nur, dass du dir anhören sollst, was er zu sagen hat. Du musst mit seinen Gründen nicht einverstanden sein, aber du würdest sie dann zumindest kennen.« Reed erwiderte nichts darauf, und minutenlanges Schweigen machte sich breit. Ellery griff nach dem Vorhang aus Gaze und rieb den Stoff zwischen ihren Fingern. »Ein Obdachloser hat mich vorhin auf der Straße um Geld angebettelt«, begann Ellery zu erzählen. Sie spürte, dass Reed sich zu ihr wandte, aber sie vermied es, ihn anzusehen, als sie fortfuhr. »Normalerweise gebe ich jedem, der mich fragt, einen Dollar oder so. Und weißt du, warum? Weil ich einmal diejenige war, die andere auf Geld angesprochen hat.« Sie wagte es, zu ihm hinüberzuschielen, weil sie wissen wollte, wie er auf diese Neuigkeit reagierte. Er wirkte misstrauisch.

»Ellery …«

Sie hob die Hand, um ihm zuvorzukommen. »Nachdem mein Vater uns verlassen hatte, habe ich alles Mögliche gemacht, um an Geld zu kommen. Ich habe weggeworfene Dosen und Flaschen aus dem Müll gefischt, sie an einem Trinkbrunnen sauber gemacht und im Supermarkt das Pfand eingelöst. Ich bin aber auch mit dem Rad in die Innenstadt gefahren, habe mich an die Straßenecke gestellt und gebettelt. ›Bitte, ich bin hungrig. Können Sie mir einen Dollar geben?‹ Manchmal war ich wirklich hungrig, wenn Mom mit Danny im Krankenhaus war und vergessen hatte, Lebensmittel einzukaufen. Oder wir hatten keine mehr, und Moms

Gehaltsscheck war noch nicht gekommen. Was immer es an Essen gab, Danny bekam zuerst davon. Mom sagte, dass er bei Kräften bleiben müsse, und das habe ich natürlich verstanden. Aber ich habe nicht nur gebettelt, weil ich hungrig war, sondern weil ich einfach Geld haben wollte. Weil ich in meine Tasche greifen und diese Scheine fühlen wollte. Weil ich die Gewissheit haben wollte, etwas kaufen zu können, wenn es sein musste.« Sie machte die Geste nach und erinnerte sich an das wunderbare Gefühl des geheimen Geldbündels zwischen ihren Fingern. »Ich habe mir Süßigkeiten, Comicbücher und T-Shirts gekauft, die niemand vor mir getragen hatte. Mom hätte das Geld gebrauchen können, aber ich habe es nicht mit ihr geteilt. Auch nicht mit Danny. Ich habe alles für mich behalten.«

»Du warst noch ein Kind«, sagte Reed heiser.

»Ich wusste genau, was ich tat. Ich wusste, dass es falsch war, zu übertreiben und die Leute um Geld zu bitten, nur um es für Krimskrams auszugeben. Ich bin nicht stolz darauf. Aber ich bedaure es auch nicht sehr. Ich habe das Mitleid dieser Typen in ihren teuren Anzügen ausgenutzt, um ihnen das Geld aus der Tasche zu ziehen und damit sie weitergehen konnten im Glauben, sie hätten etwas Gutes getan.« Sie zuckte mit den Achseln. »Was ich damit sagen will, ist, dass wir alle hässliche Seiten haben.«

Reed starrte sie so lange an, dass sich ihre Wangen röteten. »Du bist nicht hässlich für mich.«

»Doch.«

»Nein.«

Sie wandte ihr Gesicht ab, erneut wütend auf ihn. »Ich habe heute Abend auf diesem Sofa gesessen, Reed, erinnerst du dich?« Seine Hände waren von ihr abgefallen und seine Erregung hatte sich verflüchtigt, während die Geschichte um Coben sich zwischen sie gedrängt hatte. Er mochte ihr weismachen, dass sie hinreißend war, aber seine Libido würde diese Lüge nicht mit unterzeichnen. »Bei mir zu Hause hängen Spiegel. Mir ist klar, wie ich aussehe. Und du weißt, was er mit mir gemacht hat. Glaub mir, ich verstehe, wie abtörnend das sein kann. Ich wäre dir nur dankbar, wenn du das zugeben könntest.«

Das Herz schlug ihr wieder bis zum Hals, und ihre Füße brannten darauf, wegzulaufen. Sie musste sich zusammenreißen, um dazubleiben und auf sein Urteil zu warten.

»Ich ...«, begann er langsam. »Ich finde dich wunderschön.« Seine Hand zitterte etwas, als er sie hob, um ihr Gesicht zu berühren. Dann hielt er inne und zog sie zurück. »Und ich halte dich für fürchterlich normal.«

Sie schnaubte verächtlich. »Ja, sicher.«

»Doch, wirklich«, beharrte er. »In der Realität, in der du lebst, ergeben alle deine Handlungen und Reaktionen einen Sinn. In einer Welt, in der alle etwas verrückt sind, schlägst du dich mehr als gut. Und du hast völlig recht – ich weiß, was dir widerfahren ist. Mir ist beinahe jedes entsetzliche Detail bekannt, und das wenige, das ich nicht weiß, will ich mir nicht einmal vorstellen.«

Sie schluckte, während ihr Blick auf die Tür gerichtet war. *Geh, geh, geh!*

»Deshalb bin ich vielleicht besser als jeder andere dazu befähigt, dir zu sagen, wie unglaublich du bist. Ich staune jedes Mal über dich, wenn ich dich ansehe. Du hättest dich in diesem Wandschrank aufgeben können. Du hättest, auch nachdem du gerettet worden warst, sterben können. Du hättest dich für den Rest deines Lebens in Alkohol oder Tabletten flüchten können, um die Erinnerungen zu verdrängen. Niemand hätte dir das zum Vorwurf machen können. Menschen haben sich schon aus sehr viel geringerem Leid in eine Welt des Vergessens zurückgezogen. Oder noch schlimmer, du hättest an anderen Menschen Rache nehmen können für die Wut, die Coben an dir ausgelassen hatte.« Er ergriff sanft ihren Arm und schob den Ärmel hoch, um die Narben offenzulegen. »Du hättest versuchen können, alle und jeden dafür zahlen zu lassen. Stattdessen bist du Polizistin geworden, um Menschen zu helfen. Du bist hierhergekommen, um mir zu helfen.« Er drückte ihren Arm fest. »Du hast nicht nur überlebt, Ellery. Du hast gelebt.«

»Hör auf!«, sagte sie und zog ihren Arm weg. »Du bringst mich dazu, dass ich weine. Und ich hasse es, wenn ich weine.«

»Ich weiß«, erwiderte er voller Mitgefühl.

Ellery schniefte, aber sie hielt ihn nicht davon ab, dass er sie in die Arme nahm. Die Wange an den weichen Kaschmirpullover geschmiegt, lauschte sie dem beruhigenden Klopfen seines Herzens. Ein langsamer gleichmäßiger Schlag. Es schien niemanden dazu zu drängen, wegzulaufen. Sie schloss langsam die Augen und erwiderte seine Umarmung.

»Ich weiß nicht, ob du es mitbekommen hast«, sagte er in ihr Haar hinein. »Aber da draußen auf dem Balkon steht eine tickende Zeitbombe mit einer Zigarette im Mund. Ich habe keine Ahnung, was mein Vater alles verbrochen hat. Doch möglicherweise ist mein Leben kurz davor, zusammenzubrechen, und zwar so wie ich es mir in den kühnsten Träumen nicht hätte vorstellen können.« Er strich Ellerys Haar zurück und rieb seinen Daumen über ihren Nacken. Ein angenehmer Schauer erfasste sie. »Ich will nicht, dass du von einem Granatsplitter getroffen wirst«, fuhr er leise fort. »Nicht jetzt. Nicht so.«

Sie sah ihn an. »Noch ein paar Narben mehr? Kein Problem, her damit.«

Er lächelte und beugte sich vor, um einen sanften, langen Kuss auf ihre Stirn zu drücken. »Hab ich's nicht gesagt? Unglaublich.«

206

Sie holte tief Luft und löste sich aus der Umarmung. »Du solltest mit ihm reden«, sagte sie und deutete mit dem Kopf zur Tür. »Ich kann hierbleiben oder mitkommen, was dir lieber ist.«

»Komm mit«, sagte er schnell. »Es wäre gut, wenn ein neutraler Dritter die Geschichte hören würde.«

»Ich würde mich nicht als neutral bezeichnen.«

»Du hast dir seinen Kopf in den vergangenen Wochen nicht auf einem Tablett vorgestellt. Das gilt in diesem Fall als neutral.«

Sie gingen zurück in den Wohnbereich. Angus war vom Balkon zurückgekehrt, hatte sich an der Bar bedient – Whiskey, wie es schien –, Schuhe und Sportjacke abgestreift und saß mit dem Glas in der Hand auf dem Sofa. »Ihr wart so lange verschwunden, dass ich schon dachte, ihr hättet euch schlafen gelegt«, sagte er.

Reed und Ellery setzten sich beide auf die andere Couch. Die Couch, die sie wenige Stunden zuvor beinahe eingeweiht hätten. Ellery war Reed dankbar dafür, dass er die Spuren von vorhin weggeräumt hatte. »Also«, sagte Reed und lehnte sich zurück. »Schieß los! Du wolltest mit mir reden, hier bin ich.«

»Ich habe Camilla nicht umgebracht«, stellte Angus noch einmal fest und beugte sich vor, um den Abstand, den Reed soeben zwischen ihnen geschaffen hatte, wieder auszugleichen. »Wenn du hierhergekommen bist, weil du erwartet hast, Beweise für das Gegenteil zu finden, wirst du bitter enttäuscht werden.«

»Ich bin hierhergekommen, um die Wahrheit herauszufinden.«

»Ach ja, die WAHRHEIT in Großbuchstaben. Muss schön sein, wenn man noch in diesen Kategorien denken kann. Den Schuldigen finden, ihn einsperren – so läuft das bei dir.«

»Soll das heißen, dass du damit ein Problem hast? Ich kenne dein Abstimmungsergebnis, Dad. ›Sperrt sie ein!‹, das war mehr als einmal deine Wahlkampfparole.«

»Verbrechen müssen mit aller Härte bekämpft werden«, erwiderte Angus, während sein Blick ins Leere gerichtet war. »Da sind wir uns einig. Ich wollte damit nur sagen, dass man manchmal die Wahrheit auszugraben versucht und dabei auf nichts als auf Sand stößt. Letzte Woche haben wir über die Finanzierung einer neuen Schule im dritten Bezirk abgestimmt. Für den Bau müssen Bäume gefällt werden, die dort schon seit ewigen Zeiten stehen. Das Geschrei der Umweltschützer ist lauter als das der Eulen. Der zweite Bezirk hat uns inzwischen darüber informiert, dass das Fundament seiner Grundschule Risse aufweist. Aber wir bewilligen nur Geld für den dritten Bezirk, weil dort finanzkräftige Unternehmen sitzen, die versprochen haben, sich an den Kosten zu beteiligen. Und weißt du was? Der zweite Bezirk hat recht. Geld spielt eine Rolle. Aber im dritten Bezirk gibt es mehr Kinder. Dort besteht wirklich ein Bedarf.« Er zuckte mit den Achseln. »Also, jetzt sag mir bitte, was ist in dieser Schulangelegenheit die Wahrheit?«

»Hier geht es nicht um Politik, Dad«, antwortete Reed ruhig. »Hier geht es um Mord.«

»Das weiß ich.« Er stellte sein Getränk ab und rieb sich das Gesicht mit einer Hand. »Meine Sicht ist die, dass ich mit meinem Jungen einen Ausweg aus diesem Schlamassel gefunden habe – den bestmöglichen angesichts dieser vertrackten Situation –, und deshalb verzeih mir, wenn ich nicht noch einmal in dieses Wespennest stechen will. Wir alle haben uns damals nicht mit Ruhm bekleckert, auch nicht deine leibliche Mutter, Gott hab sie selig.«

»Was soll das denn heißen?«

»Sie hat damit gedroht, deiner Mutter – deiner Mutter,

die dich aufgezogen hat – von der Affäre zu erzählen. Sie war fest entschlossen, diese fünfundzwanzigtausend zu bekommen, und ihr war es egal, wer dabei verletzt werden könnte.«

»Sie ist nicht diejenige, die ihr Ehegelöbnis gebrochen hat«, warf Reed ein.

»Nein, ist sie nicht. Aber sie hätte auch nicht einen derartigen Wirbel machen müssen. Ich hatte ja vorgehabt zu zahlen und brauchte nur ein bisschen Zeit, um die Summe zusammenzubekommen. So viel Geld lag nicht auf dem Konto herum, dass ich einfach einen Scheck hätte ausstellen können.«

»Dann haben Sie ihr also die fünfundzwanzigtausend Dollar gegeben«, sagte Ellery.

»Ja, ein paar Tage, bevor sie umgebracht wurde.« Er zögerte, griff wieder nach seinem Drink und wiegte ihn in seiner Hand, sodass das Eis in dem Glas klirrte. »Aber an deren Übergabe war ich nicht beteiligt.«

»Rufus«, vermutete Reed sofort, was Angus mit einem kurzen Nicken bestätigte.

»Er ist hierhergeflogen, um ihr das Geld zu geben. Wir haben darüber gestritten, wie wir am besten mit Cammie umgehen sollten, aber wir waren uns darin einig, dass er die Übergabe durchführen sollte.«

»Worüber genau habt ihr gestritten?«, wollte Reed wissen. Ellery musste an Davids Aussage denken. Er hatte beobachtet, dass Cammie kurz vor ihrem Tod einen hitzigen Wortwechsel mit einem Mann gehabt hatte, dessen Beschreibung auf Rufus passte.

Angus rutschte nervös auf dem Sofa herum. Ihm war sichtlich unbehaglich zumute. »Als Cammie mich anrief und mir sagte, dass sie schwanger sei, wollte Rufus, dass ich sie dazu dränge, eine Abtreibung zu machen. Doch der Zeitpunkt dafür war bereits überschritten – sie war bereits im fünften Monat schwanger. Aber das war nie eine Alternative. Auf jeden Fall nicht für mich. Mein Kind ist mein Kind. Dann wollte Rufus, dass ich ihr das Geld zahle, um das Baby wegzugeben – die fünfundzwanzigtausend Dollar sollten an die Bedingung geknüpft sein, jeden Kontakt abzubrechen. Mir leuchtete nicht ein, wie das Problem damit gelöst wäre, und das habe ich ihm gesagt.«

»Wie das Problem damit gelöst wäre«, wiederholte Reed mit leerer Stimme. »Ich verstehe.«

»Ich habe dich damals nicht gekannt«, sagte sein Vater. »Ich war verheiratet, hatte drei Töchter und steckte mitten im Wahlkampf. Das Leben anderer Menschen hing von mir ab, verstehst du das nicht? Ich hatte Mist gebaut, und sie würden dafür zahlen müssen.«

»Wie können Sie wissen, dass Camilla das Geld bekommen hat?«, fragte Ellery kühl. Reed war mit einem Vater aufgewachsen, der, ohne mit der Wimper zu zucken, fünfundzwanzigtausend Dollar zahlen konnte. Vielleicht war ihm gar nicht klar, wie viel Macht ein solcher Geldregen dem Empfänger verlieh.

Angus machte ein verdutztes Gesicht. »Weil Rufus es mir gesagt hat.«

»Du hast nicht angerufen, um dir das bestätigen zu lassen?«, fragte Reed, woraufhin sein Vater ein verärgertes Gesicht machte.

»Nein, habe ich nicht. Ehrlich gesagt war ich erleichtert darüber, nichts mehr von ihr zu hören. Aber wenn du denkst, dass Rufus das Geld eingesteckt haben könnte, liegst du völlig falsch. Ich habe ihm im Laufe der Jahre schon viel größere Summen anvertraut, und er hat nie einen einzigen Cent davon genommen. Wir waren zwar unterschiedlicher Meinung, was Camilla anging, aber er hat akzeptiert, dass es meine Entscheidung war – und mein Geld.«

»Hmm«, sagte Ellery. »War Rufus auch hier in Las Vegas, als Sie Camilla kennengelernt haben?«

»Warum wollen Sie das wissen? Was hat das mit dieser Sache zu tun?«

»Ich frage mich nur.« Sie dachte an Reeds Zeitschiene und den Mordfall Giselle Hardiman.

»Da muss ich nachdenken. Es war eine Spendenveranstaltung – wir haben die größten Geldgeber nach Las Vegas eingeflogen, damit sie sich ein paar schöne Tage machten. Also wird Rufus dabei gewesen sein. Ich verstehe aber immer noch nicht, warum das wichtig sein soll. Er hat Cammie damals nicht kennengelernt.«

»Sagt Ihnen der Name Giselle Hardiman etwas?«, fragte Ellery.

Angus runzelte die Stirn. »Nein, noch nie gehört. Warum?«

»Sie wurde auf ähnliche Weise ermordet wie Camilla«, erklärte Reed. »Ungefähr dreizehn Monate zuvor. Wir wissen nicht, ob zwischen den Fällen eine Verbindung besteht.«

»Du meinst so etwas wie einen Serienmörder? Verflucht.« Angus lehnte sich überrascht zurück. »Die Möglichkeit ist mir nie in den Sinn gekommen.«

»Wer, glaubst du, hat Camilla umgebracht?«

Angus zuckte mit den Achseln. »Rufus hat mir damals erzählt, dass die Polizei einen örtlichen Drogenhändler verdächtigte, gegen den Camilla in einem Prozess aussagen wollte. Das klang für mich ziemlich plausibel. Aber ich vermute, dass sie die Vorwürfe nicht aufrechterhalten konnten.«

»Er hat sie bedroht«, bestätigte Reed. »Die Polizei vermutete, dass er Camillas Autoreifen zerstochen hatte, um sie auf diese Weise zum Rückzug zu bewegen. Da sie sich nicht einschüchtern ließ, gingen die Ermittler davon aus, dass Billy Thorndike der Mörder war. Ich beginne allerdings, diese Theorie zu bezweifeln.«

Ellery sah Reed an. »Ach ja? Warum?«

»Weil jemand unsere Reifen heute Nacht zerstochen hat und ich mir beim besten Willen nicht vorstellen kann, wie Billy Thorndike, der auf eine Gehhilfe angewiesen ist, das bewerkstelligt haben soll.«

»Wie bitte? Warum hast du mir das nicht erzählt?«

Reed warf ihr einen vielsagenden Blick zu. »Der Abend war sehr ereignisreich. Wer weiß? Vielleicht haben wir Glück und die Überwachungskameras in der Tiefgarage haben den Täter eingefangen.«

Angus verzog bekümmert den Mund. »Siehst du? Siehst du jetzt, warum ich nicht will, dass du in die Sache verwickelt wirst? Mein Gott, wir sind damals alle sauber da rausgekommen. Warum reicht dir das nicht?«

Reeds Handy brummte in der Hosentasche, und alle blickten dorthin. Es war nach Mitternacht. Anrufe um diese Uhrzeit bedeuteten nie etwas Gutes. Reed holte das Telefon hervor und starrte stirnrunzelnd auf den Namen im Display. »Das ist Mom«, verkündete er und nahm den Anruf entgegen. Ellery schaute Reed unverblümt an, während er ein paar Worte der Zustimmung murmelte und dann das Gespräch beendete. »Sie ist hier in Las Vegas«, sagte er, während er das Telefon beiseitelegte. »Und sie will mich treffen.«

12

Maryann Markham hatte Reed gebeten, allein zu kommen, und da er stets ein folgsamer Junge war, kam er ihrem Wunsch selbstverständlich nach. Er traf sie in einem Diner mit roten Nischen und Barhockern aus Chrom, der rund um die Uhr geöffnet war. Es war jene Art von Restaurant, in der seine andere Mutter vielleicht gearbeitet hätte. Reed stand ein paar Augenblicke draußen auf dem dunklen Bürgersteig, um Maryann durch die Fensterscheibe zu beobachten. Es war mitten in der Nacht, doch ihre Frisur, ein graublonder Pagenkopf, saß tadellos. Die weiße Bluse, die sie locker über der Hose trug, ließ sie jugendlich wirken und betonte ihre eisblauen Augen und den für sie typischen roten Lippenstift. Ein Becher, vermutlich mit Kaffee, stand in der Nähe ihres Ellenbogens, und sie aß ein Stück Kuchen. Der Anblick war so vertraut, dass es ihm das Herz zusammenzog.

Seit er wusste, dass Angus sein richtiger Vater war, hatten Reeds Gedanken nicht aufgehört, um Maryann zu kreisen. Sie war damals jung gewesen, als das alles passiert war. Erst sechsundzwanzig. Die Frau eines Politikers mit drei Töchtern. Was für eine Geschichte musste Angus ihr aufgetischt haben, dass sie eingewilligt hatte, einen kleinen Waisenjungen vom anderen Ende des Landes bei sich aufzunehmen? Reed hatte immer gewusst, dass er adoptiert worden war, da sein Erscheinungsbild sich von dem seiner perlmuttfarbenen älteren Schwestern erheblich unterschied. Doch er hatte den springenden Punkt dieses Unterschieds nicht wahrgenommen, bis einer seiner Klassenkameraden es ihm mit der Ehr-

lichkeit eines Sechsjährigen auf dem Schulhof der Grundschule erklärte: *Das bedeutet, dass sie dich nicht liebhaben
müssen, es aber trotzdem tun.*

Reed berührte die kalte Fensterscheibe mit den Fingerspitzen. Wenn sie ihn jetzt hasste, könnte er ihr das nicht ver-
übeln. Er nahm all seinen Mut zusammen, als er die Tür zu
dem Restaurant öffnete, doch seine bleiernen Füße kamen
nicht weiter als bis über die Schwelle. Wie erstarrt blieb er
stehen, als ihre Blicke sich trafen. Ihr unbewegtes Gesicht
verriet nichts. »Hallo«, begrüßte ihn die freundliche Bedienung hinter der Theke. »Nehmen Sie Platz, wo immer Sie
wollen. Ich bringe Ihnen gleich einen Kaffee.«

Reed zwang sich weiterzugehen, bis er vor dem Tisch seiner Mutter stand. Sie deutete mit der Hand auf den Platz gegenüber. »Setz dich«, sagte sie. »Bestell dir ein Stück Kuchen.
Normalerweise esse ich nichts mehr nach zehn, aber der
heutige Abend ist derart weit fortgeschritten, dass das nicht
mehr zählt, finde ich. Sie haben Blaubeer- und Kirschkuchen
im Angebot. Ich habe mich für den Kirschkuchen entschieden. Das Obst ist leider aus dem Glas, aber der Teig ist überraschend buttrig. Ich glaube, dass ich sogar einen Hauch
Zimt schmecke.«

»Mom«, sagte Reed und glitt in die Kunstledernische. Er
hatte die Jacke noch nicht ausgezogen. »Wie geht es dir?«
Wenn seine Mutter hier war, musste sie etwas erfahren haben.

»Ich könnte noch einen Kaffee gebrauchen«, antwortete
sie, während die Kellnerin mit einer Kanne und einem Becher für Reed an den Tisch trat.

Die Frau reichte Reed eine laminierte Speisekarte, auf die
er jedoch keinen Blick warf. »Ich nehme den Kuchen«, murmelte er. »Den gleichen, den sie hat.« Er beugte sich über den
Tisch, während seine Mutter weiteraß. »Mom, was machst
du hier?«

»Ich will meinen Sohn davor bewahren, einen schrecklichen Fehler zu machen.« Sie legte die Gabel mit den Zinken
nach unten auf den Rand des Tellers. »Dein Vater hat diese
Frau nicht umgebracht, und du wirst es ewig bereuen, wenn
du das anderen gegenüber behaupten solltest. Worte haben
die Eigenschaft, dass sie nicht mehr zurückgenommen werden können – wenn sie einmal ausgesprochen sind.«

Sie griff nach ihrem Kaffeebecher und nahm einen großen Schluck. »Dein Vater«, sagte sie und konnte ein Seufzen
kaum unterdrücken, »dein Vater ist ein guter Mensch, aber
in mancherlei Hinsicht schwach. Das habe ich gewusst, als
ich mit ihm im Bett gelandet bin. Die meisten anderen Frauen
hatten nicht so viel Glück.« Sie hielt inne, um diese pikante
Feststellung sacken zu lassen. »Wenn ein Krankenhaus eine
Million Dollar braucht, setzt Angus Himmel und Hölle in
Bewegung, um das Geld zusammenzubekommen. Er geht
sogar persönlich von Tür zu Tür, nur um sicherzustellen,
dass die Notaufnahme geöffnet bleibt. Ich glaube, er redet
sich ein, dass diese jungen Frauen ihn irgendwie brauchen –
dass sie zugrunde gehen, wenn er ihnen keine Aufmerksamkeit schenkt. Auf eine Jungfrau in Nöten fällt er immer herein, selbst wenn diese Not lediglich aus einem abgebrochenen
Fingernagel besteht.«

Die Bedienung brachte Reeds Kuchen, aber er konnte sich
im Moment nicht vorstellen, ein Stück davon zu essen. Dafür
war kein Platz. Der schmerzhafte Kloß in seinem Magen war
daran schuld. »Also hast du gewusst, dass er mein Vater
war«, stellte er mit heiserer Stimme fest.

»Ja.« Sie nickte fast unmerklich. »Das habe ich. Die junge
Frau hat mich angerufen und es mir erzählt.«

»Sie hat … was?«

»Das muss irgendwann im September 1975 gewesen sein.
Es war noch immer furchtbar schwül. Sie rief spät am Abend

an, dein Vater stand draußen auf der Veranda und rauchte, weshalb er das Klingeln seines Telefons im Arbeitszimmer nicht hörte. Ich lief in dem Moment zufällig vorbei und dachte mir, ich sollte den Anruf entgegennehmen für den Fall, dass es etwas Wichtiges war. Sie hatte nicht mit mir gerechnet, aber die Geschichte sprudelte nur so aus ihr heraus. Sie wolle meiner Familie nicht wehtun, sagte sie. Wollte nicht, dass Angus mich und die Kinder verließ, um sie zu heiraten. Sie wollte nur Geld für das Kind.« Maryann sah Reed an. »Für dich.«

»Viel Geld.«

»Aber er konnte es sich leisten.« Sie nippte erneut an ihrem Kaffee, die Ruhe selbst, während Reed die Tischkante umfasste, um seine Hände davon abzuhalten, zu zittern.

»Hast du ihm das erzählt? Dass Camilla angerufen hat?«

Seine Mutter verzog das Gesicht und stellte ihren Becher hin. »Nein. Zuerst habe ich gar nichts gesagt, weil ich Angst hatte, dass ich ihm alles Mögliche an den Kopf werfen würde, wenn ich meinen Mund zu dem Thema aufmachte. Ich war wütend auf ihn. Er hatte alles, was wir uns aufgebaut hatten, in Gefahr gebracht, nur weil er nicht in der Lage war, seinen Hosenstall drei Tage geschlossen zu halten. Was, wenn diese junge Frau mit der Geschichte an die Öffentlichkeit ging? Er wäre ruiniert gewesen. Unsere Mädchen wären Getuschel und neugierigen Blicken ausgesetzt gewesen …« Sie schüttelte den Kopf und schürzte die Lippen. »Ich habe abgewartet, ob er mit der Wahrheit herausrücken würde. Auf jeden Fall setzte ihm die Sache zu, denn er wurde vergesslich und war immer fahrig und nervös, insbesondere wenn das Telefon klingelte. Er rauchte zwei Packungen am Tag und seine Unterhemden waren verschwitzt, dass Lulabelle die Flecken nicht mehr rausbekam. Aber er hat nie ein Wort gesagt. Und ich dann auch nicht.«

Stille trat ein, die Reed nach einem Augenblick unterbrach. »Ich kann nicht glauben, dass du es ihm nicht erzählt hast.«

»Ihm erzählen? Er wusste es doch schon! Ich war diejenige, der man alles verschwiegen hatte. Er hatte mich betrogen und das Ehegelübde gebrochen. Im Gegenzug dafür sollte er sich ruhig fragen, wie viel und seit wann ich es wusste. Die Ungewissheit entpuppte sich als wunderbares Abschreckungsmittel, denn von seinen Liebschaften hat keine mehr bei uns angerufen, um zu sagen, dass sie ein Kind von ihm erwartete.«

»Aber nach dem M… Mord«, murmelte Reed, »da muss er doch irgendwann etwas zu dir gesagt haben.«

»Er sagte, dass er ein Kind adoptieren wolle. Einen Jungen, worüber wir doch immer gesprochen hätten. Wir hätten Liebe und Geld im Überfluss, also sollten wir unser Heim und unsere Herzen für ein Kind öffnen, das uns bräuchte. Einen kleinen Waisenjungen, sagte er. In dem Moment wusste ich, dass der Frau etwas zugestoßen sein musste. Es gab damals noch kein Internet, aber ich telefonierte herum und konnte die Geschichte in den Zeitungen ausfindig machen. Mir wurde übel, als ich las, was der Mörder ihr angetan hatte. Wie er sie niedergemetzelt hatte, und das Kind nebenan …«

Maryann sprach von dem Jungen wie von einer anderen Person. Reed erfasste ein Schauder, als liefe gerade jemand über sein Grab. Er schloss die Augen und dachte nicht zum ersten Mal daran, wie er in diesem Kinderbett gelegen hatte, während er versuchte, eine Erinnerung heraufzubeschwören. Er war dort gewesen, nur wenige Schritte davon entfernt, wo seine Mutter umgebracht worden war. Er musste den Mörder gesehen haben – vielleicht war es sogar jemand, den er gekannt hatte –, doch was immer er an Geräuschen oder Gesichtern an diesem Tag in sich aufgenommen hatte,

217

war verschwunden, ohne eine Spur zu hinterlassen, wie der Mörder selbst.

Maryann fuhr mit ihrer Geschichte fort. »Angus hat private Anwälte für die Adoption engagiert. Wahrscheinlich hat er ihnen ein fürstliches Honorar gezahlt, damit sie nicht zu viele Fragen stellten. Als dem Antrag zugestimmt wurde, schenkte er mir ein Diamantarmband, wie bei der Geburt deiner Schwestern. Da hatte er mir auch immer Schmuck geschenkt. Wenn er mich auf diese Weise bestechen wollte, hätte er sich die Mühe sparen können. Denn zu dem Zeitpunkt wollte ich dich schon genauso sehr wie er dich.«

Reed, der seinen eigenen Gedanken nachging, blickte bei den Worten auf.

»Ich stellte dich mir immer wieder vor, allein in all diesem Blut, und dachte, wie verängstigt du gewesen sein musstest. Wie sehr du dich gefragt haben musstest, was mit deiner Mutter passiert und warum sie nicht mehr da war, um dich in ihren Armen zu halten.« Maryanns Kinn zitterte beim Sprechen und ihre Finger umklammerten den Stoff ihrer Bluse. »Natürlich hattest du einen Vater und deine Halbschwestern, auch wenn du das noch nicht wusstest. Aber du hattest deine Mutter für immer verloren. Ich wollte so gern einspringen und den Verlust wiedergutmachen, aber ich wusste nicht, ob ich dieser Aufgabe würdig war. Ich … ich habe dafür gebetet. Ich habe mich so oft schuldig gefühlt, weil ich diese Frau gehasst und mir gewünscht hatte, dass sie verschwand.«

Reed saß wie versteinert da angesichts der Bekenntnisse seiner Mutter. All die Geburtstage, Feiertage und unzähligen Wahlkampfveranstaltungen, an denen seine Eltern der Menge zugewinkt und gelächelt hatten, bis ihnen die Wangen wehtaten – die ganze Zeit hatten sie gewusst, was Camilla zugestoßen war, und nie ein Wort gesagt. Er fragte sich, ob seine Eltern Camilla sahen, wenn sie ihn anschauten. Ob sie je bedauert hatten, dass sie ihr Kind zu sich genommen und ihre Geschichte unaufgeklärt und unerledigt zurückgelassen hatten. *Wir sind damals alle sauber da rausgekommen*, hatte Angus gesagt, doch Reed spürte Camillas Blut in seinen Adern wie ein beharrliches Brennen.

Seine Mutter streckte ihre Hand aus, um nach seiner zu greifen. Reed ließ sie gewähren. Sie verschränkte ihre schmalen blassen Finger mit seinen, und er stellte teilnahmslos fest, dass sie fast gespenstisch wirkten. »Es tut mir leid, was Camilla zugestoßen ist«, sagte sie. Reeds Körperhaltung versteifte sich, als seine Mutter dann doch noch den Namen der anderen Frau laut aussprach. »Ich habe nie gewollt, dass ihr Leid zugefügt wird. Das musst du mir glauben. Als es dann passierte, habe ich das Einzige gemacht, von dem ich glaubte, es könnte dieses Leid wiedergutmachen – ich schwor mir, ihrem Sohn die bestmögliche Mutter zu sein.«

Sie drückte seine Finger, doch Reed erwiderte ihre Geste nicht und zog seine Hand weg. »Du hast Dad die Wahrheit verschwiegen, um ihn zu bestrafen«, sagte er knapp. »Hast du sie mir aus diesem Grund auch nicht gesagt?«

Ihr roter Mund klappte entsetzt auf. »Natürlich nicht, Reed! Du warst ein Baby, ein kleiner Junge. Als du dann alt genug warst, um die Geschichte zu erfahren, war so viel Zeit vergangen, dass es sich nicht länger wichtig anfühlte. Es … es war so, als hättest du schon immer zu uns gehört.« Als sie wieder nach ihm griff, steckte er seine Hand unter den Tisch. »Bitte, versuch uns zu verstehen. Dein Vater und ich wollten dich schützen.«

»Es ging nicht um mich«, entgegnete er barscher als beabsichtigt. »Dad schlich sich zurück nach Las Vegas und verschwand mit seinem Kind, äußerst bedacht darauf, nicht die Aufmerksamkeit der Beamten auf sich zu ziehen, die Camillas Fall untersuchten. Die Ermittler hätten bestimmt ein langes

Gespräch mit ihm führen wollen, das kann ich dir versichern. Der Grund dafür ist dir klar, oder? Er wäre ihr Hauptverdächtiger gewesen, wenn sie von der Beziehung zu Camilla gewusst hätten.«

Seine Mutter warf ihm den gleichen vernichtenden Blick zu wie damals, wenn er sonntagsmorgens in der Kirche herumzappelte. »Er hat dieses Verbrechen nicht begangen, und ich kann nicht glauben, dass du ihn dafür überhaupt für fähig hältst. Psychologisches Profiling – ist das nicht dein Fachgebiet beim FBI? Du müsstest die Schwäche deines Vaters doch mittlerweile kennen. Er hat dieses unaufhörliche Bedürfnis, andere Menschen glücklich zu machen – jede Liebe ist eine gute Liebe, und er nimmt sich, was er bekommen kann.«

»Die Betonung liegt auf ›nimmt‹«, erwiderte Reed, seine Stimme war leise und hart. »Camilla hatte alle Trümpfe in der Hand. Eine arme junge Frau, die in der Wüste Nevadas bediente, gerade so über die Runden kam und von einem schäbigen One-Night-Stand schwanger war. Dann stellt sich heraus, dass der Kerl stinkreich ist, und plötzlich sieht sie die Dollarzeichen. Wie kann er sich sicher sein, dass sie nicht wieder die Hand aufhält, nachdem er sie einmal abgefunden hat? Geld bedeutet Macht, aber es bringt niemanden endgültig zum Schweigen. Dafür gibt es nur eine todsichere Methode, und die hat jemand angewendet.«

Am Ende seiner Rede angekommen, atmete Reed schwer, und seine Hände waren schweißnass. Maryann schürzte die Lippen und sah ihn absichtlich nicht an, während sie ihre Handtasche hervorholte und einen frischen Zwanzig-Dollar-Schein zwischen sich und Reed auf den Tisch legte, neben seinen unangetasteten Kuchen. »Ich hoffe«, sagte sie schließlich, »dass deine Mutter dich nicht gehört hat, wie du gerade über sie gesprochen hast. Sie würde denken, dass wir ihren

Jungen zu einem überheblichen, arroganten Blödmann erzogen haben.«

Reeds Gesicht begann auf diese Zurechtweisung hin zu glühen. »Einer in dieser Familie muss einmal die Wahrheit aussprechen.«

Sie erhob sich, ein bisschen steif, und beugte sich anschließend so weit vor, dass er ihr nach Gardenien duftendes Parfum riechen konnte. Ihr Flüsterton kratzte wie Schleifpapier über sein Gesicht. »Glaubst du etwa, dass deine Bemühungen sie stolz machen? Dass sie dich bewundert, weil du dabei bist, deine Familie zu zerstören? Diese junge Frau hat ihr Leben für dich geopfert, und so dankst du es ihr.«

Maryann Markham richtete sich auf, und Reed betrachtete sie mit großen Augen, wie früher, als er klein und sie überlebensgroß gewesen war. »Was meinst du damit, dass sie ihr Leben für mich geopfert hat? Ich war nicht das Ziel.«

»Das spielt keine Rolle, denn darüber wird sie nicht nachgedacht haben. Sie wird diese Messerstiche alle um deinetwillen abgewehrt haben, mein Sohn. Das kann ich dir versichern.«

Reed mahlte gnadenlos mit dem Kiefer. »Das kannst du nicht wissen, denn du bist nicht dabei gewesen.«

»Ich weiß es«, sagte Maryann entschieden. Sie ging ohne ein weiteres Wort und ließ ihn mit ihrem üblichen Lippenstiftabdruck auf dem weißen Becher allein zurück.

Reed starrte auf den leeren Platz in der Nische, bis seine Sicht verschwamm. Seine letzte Schutzschicht, jene Schicht, die ihm sagte, dass er das Richtige tat, koste es, was es wolle, war durch die scharfen Worte seiner Mutter abgeblättert. Irgendwie schaffte er es, aufzustehen und aus dem Restaurant zu gehen, in die kühle Nachtluft. Er kam sich nackt und ungeschützt vor, wie ein Soldat, der unter einem Kriegstrauma litt und darauf eingestellt war, jederzeit den Kopf einzuziehen. Die Boulevards waren so gut wie leergefegt. Alle Menschen mit einem Zuhause hatten es für richtig gehalten, in ihr Heim zurückzukehren. Reed wanderte derweil ziellos umher, während die blinkenden Neonlichter auf ihn herableuchteten, bis er zufällig an seinem Hotel vorbeikam. Er betrachtete es lange, ehe er hineinging.

Sein Vater saß erschöpft auf der Couch, als er die Suite betrat. Ellery war nicht zu sehen. Angus deutete mit dem Kinn Richtung Schlafzimmer, dessen Tür geschlossen war. »Sie hat mich erst eine Stunde lang angestarrt, als wäre ich ein noch primitiveres Lebewesen als ein Mistkäfer, und ist dann aufgestanden, um sang- und klanglos in ihrem Zimmer zu verschwinden. Irgendwas stimmt nicht mit ihr, merk dir meine Worte.«

Sein Vater hievte sich von dem Sofa hoch und musste vor Anstrengung husten. »Warum hat deine Mutter dich sehen wollen?«

Reed hatte bisher keinen weiteren Schritt gemacht und stand noch immer in seiner Jacke da. Er sah, wie sein Vater in den Küchenbereich ging, sich ein Glas Wasser holte und es in einem Zug austrank. Angus wirkte mit dem zerknitterten Hemd und den grauen Stoppeln auf dem Kinn zu dieser späten Stunde älter und kleiner.

»Also?«, fragte er angriffslustig, als Reed ihm nicht antwortete.

Reed fühlte sich seltsam leicht und leer. Seine Mutter hatte ihr Geheimnis jahrzehntelang für sich behalten. Er fand nicht, dass es seine Aufgabe war, es seinem Vater zu erzählen. »Das musst du sie selbst fragen«, erwiderte er und bewegte sich Richtung Ellerys Zimmer.

»Wie bitte? Jetzt komm schon, Reed. Erzähl mir, was sie gesagt hat.«

Reed beachtete ihn nicht. Er hatte keine Kraft mehr, sich

zu streiten, und hob die Hand, um an Ellerys Tür zu klopfen. Im letzten Moment hielt er inne. Sie hatte allen Grund, ihm den Eintritt zu verweigern, doch er war sich nicht sicher, ob er es im Moment ertragen könnte, wenn sie das tun würde.

»Reed, hör mir zu. Ich muss wissen, was sie gesagt hat. Reed!«

In dem Moment wurde die Tür aufgerissen. Ellerys dunkles Haar war zerzaust, doch sie sah nicht verschlafen aus. »Ich habe deine Füße durch die Ritze gesehen«, sagte sie und zeigte auf den Boden. »Komm rein.«

Er taumelte in ihr Schlafzimmer, streifte seine Jacke ab und warf sie auf den nächstgelegenen Stuhl. Sein Vater rief noch immer aus dem Wohnzimmer herüber, doch Ellery hatte die Tür bereits geschlossen. Reed beachtete ihn sowieso nicht mehr. Ohne auf eine Einladung zu warten, ließ er sich mit dem Gesicht nach unten aufs Bett fallen. Der Raum um ihn herum begann sich zu drehen, als wäre er betrunken, doch die Wirkung des Alkohols war schon vor Stunden verflogen.

Ellery ließ sich auf der anderen Seite des Betts nieder und lehnte sich vorsichtig gegen das Kopfende, die Knie angezogen. »Alles in Ordnung mit dir?«, fragte sie sanft.

Reed schielte sie mit einem Auge an. »Sie hat es gewusst. Sie hat es die ganze Zeit gewusst.«

»Oh, Reed«, erwiderte Ellery, die Stimme voller Mitgefühl, während eine Hand über das Bett wanderte, ohne ihn zu berühren.

Er schloss die Augen. »Sie benehmen sich, als wäre ich der Mörder«, sagte er in die Kissen hinein. »Als wollte ich unbedingt unsere glückliche Familie zerstören. Camilla kann nicht mehr gerettet werden, also sollten wir uns selbst retten.«

»Du bist kein Mörder«, versicherte sie ihm.

»Sie wollten mich schützen, sagen sie.« Was so viel hieß wie, dass er nicht bereit war, das Gleiche für sie zu tun.

»Das haben sie vielleicht damals jemandem weismachen können. Heute nicht mehr.«

»Heute nicht mehr«, wiederholte er und klang selbst für seine Ohren nicht überzeugt. Reed wusste, dass er sich in sein eigenes Bett legen sollte, aber er schien seine Augen nicht mehr öffnen zu können. »Tut mir leid«, sagte er. »Ist es schon so spät?«

Er spürte, wie er zugedeckt wurde, und Ellerys Stimme schwebte irgendwo über seinem Kopf. »Nein, es ist überhaupt nicht spät.«

13

Ellery lag auf ihrer Seite des Betts, den Kopf auf dem Arm, und beobachtete im Dämmerlicht, das durch die geöffnete Badezimmertür drang, den schlafenden Reed. Sie hatte seit dem Tod ihres Bruders, Daniel, mit niemandem mehr in demselben Bett gelegen. Früher war sie zu ihm unter die Decke gekrochen, weil sein Schüttelfrost nur auf diese Weise in Schach zu halten war. Krebs und Chemotherapie wechselten sich gegenseitig darin ab, ihn auszuzehren, bis Danny nur noch Haut und Knochen war und sich nicht mehr selbst wärmen konnte, egal in wie viele Decken man ihn einpackte. Ellie hatte ihn mit ihrer Körperwärme versorgt und war glücklich darüber gewesen, dass sie ihm diesen kleinen Dienst erweisen konnte. Sie hatten sich dabei erzählt, was sie später einmal machen würden, wenn Danny endlich gesund wäre.

»Ich werde nach Afrika reisen, in die Wüste, und die Sonne malen«, hatte ihr Bruder verkündet. Selbst als der Krebs sich weiter verschlimmerte, hatte er weitergezeichnet. Doch mittlerweile besuchte er nicht einmal mehr die Schule, den einzigen Ort, wo er Zugang zu Farbe und Staffelei gehabt hatte. »Da gibt es Farbtöne, wie wir sie hier nicht kennen – Umbra, Purpur und Karamellbraun. Ich wette, dass es da nie kalt ist und dass man die Schritte der Elefanten in der Ferne hören und das Rumpeln ihrer Füße spüren kann, wenn man ganz still dasitzt.«

»Ich werde mir ein Haus in Old Town von Chicago kaufen«, hatte Ellery erwidert. »Ein stattliches, das große Fenster hat und eine Dachterrasse mit Blick auf den See. Irgendwo in der Gegend, wo Oprah wohnt.« Sie wollte nicht in die Fremde gehen, um ihr Glück zu versuchen. Sie wollte sich hier auf ihrem heimatlichen Terrain beweisen, wo es alle sehen könnten. »An den Wochenenden grillen wir so viel, wie du essen kannst. Wir stopfen alles in uns hinein und hören so laut Musik, wie wir wollen, weil wir keine direkten Nachbarn haben.«

Danny hatte mit leiser, kratziger Stimme geantwortet. »Du wirst mehr als eine Million Dollar für so ein Haus hinlegen müssen. Woher willst du all das Geld nehmen?«

»Das weiß ich noch nicht, aber ich werde einen Weg finden. Vielleicht werde ich meine Memoiren schreiben. Oder deine – die herzzerreißende, aber wahre Geschichte des Jungen, der den Krebs besiegte. Die Menschen lieben doch solche rührseligen Krankengeschichten über Kinder, oder? Sie werden sogar verfilmt. Wie die Geschichte von dem Jungen, der in einem sterilen Kunststoffisolator leben musste.«

»Der Junge ist gestorben.« Dannys Ton hatte düster ironisch geklungen.

»Oh. Na, dann werde ich wohl den Jackpot in der Powerball-Lotterie knacken müssen«, hatte sie erwidert, und er hatte ihr das Kissen an den Kopf geworfen.

Nach ihrer Entführung war sie nicht mehr in Dannys Bett geklettert. Er war mehr im Krankenhaus als zu Hause, aber selbst wenn sie einmal zusammen in ihrem alten Zimmer waren, legte sie sich nicht mehr zu ihm ins Bett, weil sie das Gefühl der aneinandergepressten Körper nicht ertragen konnte. Sie war nicht in der Lage, die Augen zu schließen, wenn jemand in ihrer Nähe atmete. Die Beine angezogen, kauerte sie wie ein Ball in ihrem eigenen Bett, während Dannys geschwächte, flehentliche Stimme von der anderen Seite des Zimmers erklang: *Abby? Komm schon. Du kannst mir erzählen, was passiert ist. Das ist in Ordnung. Ich werde damit fertig. Nur komm herüber und sprich mit mir …*

Morgen, dachte Ellery, während sie das Gesicht ins Kissen vergrub. Morgen, im Tageslicht, würde sie die Kraft aufbringen, hinüberzugehen und ihrem großen Bruder zu erzählen, was Coben ihr angetan hatte. Doch die Worte wollten nicht über ihre Lippen kommen, und dann musste Danny wieder einmal ins Krankenhaus. Wie sich herausstellte, ein letztes Mal, sodass es kein Morgen mehr gab. Danach hatte sie beide Betten für sich gehabt, doch sie hatte in keinem davon schlafen können. Stattdessen hatte sie Musik über ihre Kopfhörer gehört und aus dem Fenster auf die nächtliche Stadt geblickt. Sie hatte das Gefühl gehabt, als würde die Dunkelheit ganze Gebäude verschlucken und verschwinden lassen.

Einmal hatte sie Dannys Zeichnungen hervorgeholt und war auf eine Bleistiftzeichnung gestoßen, die Afrika hätte darstellen können. Eine Landschaft war abgebildet, wellenförmiger Sand und eine Wasserstelle, an der mehrere große Vögel und ein Zebra tranken. Ellery hatte einen Kasten mit billigen Wasserfarben gekauft und versucht, die Zeichnung in den lebendigen Farbtönen auszumalen, die ihr Bruder beschrieben hatte. Das Ergebnis war ein matschbraunes, zerlaufenes Desaster gewesen.

Reed seufzte im Schlaf und warf einen Arm über den Kopf. Ellery rückte noch weiter weg. Die Lücke zwischen ihnen war jetzt so groß wie ein ganzer Kontinent. Sie hätte aufstehen und in sein Zimmer gehen können, um zu schlafen. Doch dann hätte sie Angus Markham gegenübertreten müssen, der draußen im Wohnzimmer saß. Außerdem hatte Reed ihre Gesellschaft gesucht. Er wollte, dass sie bei ihm war. Wenn sie jetzt ging, würde er vielleicht nie wiederkommen. Ellery holte tief Luft und schloss versuchsweise die Augen, aber sie sprangen sofort wieder auf, als Reed sich bewegte. Sie schnellte hoch und flüchtete ins Bad, wo sie sich Wasser ins Gesicht spritzte und ihr trommelndes Herz ignorierte. *Du bist Mördern entgegengetreten und hast überlebt*, sagte sie zu sich, während das Wasser von ihrem Kinn tropfte. *Da wirst du ja wohl eine Nacht lang das Bett mit ihm teilen können, er auf der einen und du auf der anderen Seite der Matratze.*

An der Wand entlang ertastete sie den Weg zurück ins Zimmer. Reed bewegte sich nicht unter seiner Decke und war sich zum Glück nicht bewusst, welchen Kampf sie innerlich austrug. Mehrfach näherte sie sich dem Bett und wich wieder zurück, bis sie schließlich an die Matratze herantrat und sie leicht berührte. Reed rührte sich nicht. Vorsichtig setzte sie sich auf die Bettkante, während sie ihn die ganze Zeit genau im Auge behielt. Seine Schultern hoben und senkten sich in einem gleichmäßigen, beruhigenden Rhythmus. Ellery legte sich hin, den Rücken zu ihm gewandt, und presste die Augen zu. Sie zwang ihren Körper, sich zu entspannen, indem sie einen Muskel nach dem anderen lockerte, bis ihre Atmung schließlich langsamer wurde. Sie würde nicht schlafen, aber davonschweben können, in die heiße Sandwüste Afrikas – einen Ort, den sie nur in ihren Träumen sehen konnte – mit ihrem goldenen Himmel und den flatternden graugrünen Gräsern.

Das Klingeln des Hoteltelefons schreckte sie auf, und ihr Körper, der sofort in höchster Alarmbereitschaft war, spannte sich an. Das Telefon läutete nur einmal, bevor es wieder verstummte, und Ellery sank zurück in die Kissen. Helles Licht drang seitlich durch die Vorhangritzen herein und signalisierte, dass der Tag schon lange angebrochen war. Reed blinzelte Ellery an. »Was war das denn?«, fragte er. Seine Haare standen ab, und er sah aus wie ein verwirrter Igel.

»Was weiß ich. Aber ich denke, dass wir diesen Weckruf gebrauchen konnten.« Die leuchtende Anzeige der Uhr auf dem Nachttisch besagte: 09:06 Uhr. Ellery erhob sich in einer einzigen geschmeidigen Bewegung, ihre Bettdecke sah derart ordentlich aus, dass es schien, als hätte sie überhaupt nicht daruntergelegen. Sie stapfte über den hochflorigen Teppichboden zur Badezimmertür, wo sie stehen blieb und sie wie einen Schutzschild zwischen sich und Reed nutzte. »Glaubst du, dass dein Vater noch immer da draußen ist und auf uns wartet?«

Sie hielten beide inne, um zu lauschen, und tatsächlich, im Wohnbereich war das schlurfende Geräusch langsamer schwerer Schritte zu hören. »Toll«, murmelte Reed und fiel zurück in die Kissen.

»Soll ich ihn für dich loswerden?«

Deprimiert starrte Reed mit glasigen Augen zur Decke. »Wie denn?«

Ellery zuckte mit den Achseln. »Er macht sich vor Angst in die Hose, sonst wäre er nicht da draußen, um dich davon abzuhalten, den Fall zu untersuchen. Wovor hat er Angst? Dass die Affäre, der Mord und seine Rolle in dem ganzen Schlamassel herauskommen? Wir könnten ihm sagen, dass du dem Sheriff die Geschichte erzählen wirst, oder noch besser, der Presse, wenn er nicht nach Hause fährt und dich in Ruhe lässt. Ich wette, er wird so schnell abdüsen, dass er einen breiten Kondensstreifen hinterlässt.«

Reed dachte einen Augenblick über Ellerys Worte nach. Dann setzte er sich im Bett auf. »Nein«, sagte er. »Noch nicht.«

»Wie du willst! Ich gehe duschen.« Sie stand in dem blitzblanken Bad mit geschlossenen Augen unter der Regendusche, wie damals nach der Entführung, als das Gefühl, sauber zu sein, einfach nicht aufkommen wollte. Ihre Mutter hatte sie wegen der steigenden Wasserrechnungen ausgeschimpft, denn Ellery duschte drei- bis viermal am Tag, die Augen stets geschlossen, damit sie die Narben nicht sah. Sie brauchte Jahre, um sich an die neue, von den Misshandlungen gezeichnete Version ihrer selbst zu gewöhnen und um ihrem Körper zu verzeihen, was er hatte ertragen müssen. Selbst jetzt erschreckte sie sich noch manchmal, wenn sie ihre Arme oder ihr Schlüsselbein aus einer unerwarteten Perspektive sah.

Als sie sich nicht mehr länger in dem Bad verstecken konnte, schlüpfte sie in eine Jeans und einen marineblauen Pullover, schlang sich ein Handtuch um das feuchte Haar und gesellte sich widerstrebend zu den Markham-Männern im Wohnzimmer. Beide tranken einen Kaffee – nach dem Geruch zu urteilen, einen starken –, doch Reed hatte den Wasserkocher für Tee eingeschaltet. Er saß an der Kücheninsel, mit dem Rücken zu seinem Vater, während Angus in den alten Mordakten blätterte.

»Oh Gott!«, stieß er hervor, als er bei den Bildern angelangt war. »Ich kann kaum glauben, dass du bei all dem Kram, der hier herumliegt, nachts noch schlafen kannst.«

»Ich habe schon Schlimmeres gesehen«, erwiderte Reed, ohne sich umzudrehen.

Ellery betrachtete ihn, während sie sich heißes Wasser einschenkte und einen Teebeutel in den Becher tauchte. Die Männer konnten die Bilder wenigstens zur Seite legen und hinter sich lassen, wenn sie wollten.

»Wie sieht dein Plan für heute aus?«, fragte sie Reed leise, ihr Blick noch immer auf Angus gerichtet. Die Fotos hatten ihn nicht davon abgebracht, weiter in den Unterlagen zu stöbern.

»Zuerst …«, begann Reed, doch er konnte seinen Gedanken nicht zu Ende führen, da es an der Tür klopfte. Er tauschte einen Blick mit Ellery, der ihm bestätigte, dass sie niemanden erwartete. Angus wollte losstürmen. »Warte. Ich mache das.« Reed hielt seinen Vater zurück und blickte durch den Spion. Er schien hin- und hergerissen zu sein, öffnete aber schließlich doch die Tür. »Mom! Wie schön, dich wiederzusehen.«

Maryann Markham spazierte herein, gefolgt von Rufus Guthrie, der einen leicht verkaterten Eindruck machte und gebeugt ging. »Ich habe Bagels und Muffins mitgebracht«, verkündete sie und hielt zwei Tüten hoch. Im Gegensatz zu dem ausgeprägten Südstaatenakzent ihres Mannes war ihrer eher sanft und ähnelte dem ihres Sohns. »Reed, könntest du bitte ein paar Teller und Servietten holen?«

Reed stand da, die Türklinke noch immer in der Hand, während Angus mit den Armen herumruderte und zu stottern begann. »Mary, ich .... ähm, was um Himmels willen machst du denn hier?«

Ihre eisblauen Augen durchbohrten ihn förmlich. Sie strich sich eine Strähne des graublonden Haars hinter das Ohr, sodass ein ziemlich großer Diamantenohrstecker zum Vorschein kam. »Das Gleiche wie du, vermute ich – unseren Sohn vor deinen Fehlern bewahren.« Sie wandte sich zu Reed. »Nehme ich hier den Duft von Kaffee wahr?«

Reed verstand den Wink und schloss die Tür, um seiner Mutter eine Tasse Kaffee einzugießen, während Ellery einen kleinen Stapel weißer Porzellanteller aus einem der Küchenschränke herausnahm. Sie hielt den Kopf gesenkt, um möglichst mit dem Hintergrund zu verschmelzen, doch Maryann machte bereits einen Schritt auf sie zu. »Sie müssen Ellery sein«, sagte sie und blieb auf der anderen Seite der Theke direkt vor ihr stehen.

Ellery sah auf und nickte. »Ja, Mrs Markham.«

Maryann lächelte gezwungen, aber freundlich. »Reed hat mir so viel von Ihnen erzählt.«

Ellery schaute in Reeds Richtung, der jedoch so tat, als

würde er die Unterhaltung nicht mitbekommen. »Hat er das?« Sie fragte sich, ob seine Mutter das Buch ihres Sohns über Coben gelesen hatte, und kam zu dem Schluss, dass dies wohl der Fall sein müsste. Denn wenn sie quer durchs Land reiste, um ihrem Jungen Gebäck mitzubringen, würde sie sich bestimmt auch die Zeit nehmen, seinen Bestseller zu lesen. Ellery zwang sich, ihre Ärmel nicht herunterzuziehen, um die Narben zu verbergen, doch Reeds Mutter schien gar nicht nach ihnen zu sehen.

»Er hat mir erzählt, dass Sie einen Hund haben. Einen Basset?«

Ellery lächelte, als sie an Bump dachte, und spürte, wie sehr sie ihn vermisste. »Ja, Bump ist ein Basset durch und durch – aber ich bin überrascht, dass Reed ihn überhaupt erwähnt hat, denn er kann den Hund nicht ausstehen.«

»Tatsächlich? So oft wie er – und Sie – in den Gesprächen vorkommen, würde man das nie vermuten.«

Angus und Rufus, die hinter Maryann standen, hatten begonnen zu streiten, und ihre Stimmen wurden immer lauter. »Das gibt dir nicht das Recht, dich in meine Angelegenheiten einzumischen«, knurrte Angus, woraufhin alle anderen Gespräche erstarben.

Guthries gerötetes Gesicht hatte den gleichen Farbton wie sein schütteres Haar. »Du bist bei ihm nicht weitergekommen! Also habe ich mir gedacht, dass es vielleicht ein anderer versuchen sollte. Das ist es doch, wofür du mich bezahlst, oder? Dass ich deine Probleme löse.«

»Das hier ist weder dein Job noch deine Sache, Rufus. Das hier ist meine Familie.«

»Ach ja? Ich sag dir mal was. Wenn ich meinen Job mache, wirst du deine Familie behalten. Und vielleicht auch deinen eigenen Job – oder hast du vergessen, dass du mitten in einem Wahlkampf steckst?«

»Ach, zum Teufel mit dem Wahlkampf! Glaub's oder glaub's nicht, aber ich habe noch ein Leben jenseits der Rednerbühne.«

»Ein Leben, das du zum Teil mir verdankst, vergiss das nicht«, schoss Rufus zurück. »Dein Sohn ist auf dem besten Weg, uns allesamt zu ruinieren. Und deshalb werde ich alles in meiner Macht Stehende tun, um ihn wieder auf Spur zu bringen, bevor deine ganze Existenz – und meine – den Bach runtergeht.«

»Und du glaubst, dass du das schaffen wirst, indem du sie mit hineinziehst?«, konterte Angus und deutete auf seine Frau, die ihre Augen verdrehte und sich ihnen wieder zuwandte.

»Also, bitte! Rufus hat mich nirgendwo mit hineingezogen. Ich gehöre dazu, seitdem ich ›Ja, ich will‹ gesagt habe.« Sie lächelte Ellery an. »Wären Sie so lieb und würden mir das Buttermesser reichen?«

Ellery betrachtete die abgerundete Schneide des Messers und kam zu dem Schluss, dass sie es ihr gefahrlos geben konnte. Maryann griff danach und begann einen Vollkornbagel aufzuschneiden, als sei dies ein ganz normales Frühstück im Kreise der Familie.

»Du hattest nicht das Recht dazu«, erklärte Angus, noch immer wütend. »Nicht das geringste Recht.«

»Doch. Das habe ich in dem Moment gehabt, als du mir dieses Geld für die junge Frau übergeben hast«, widersprach ihm Rufus. »Das ist dein gottverdammter Schlamassel, Angus. Ich versuche nur, dir zu helfen, da wieder rauszukommen.« Er marschierte zur Balkontür, stützte die Hände dagegen und starrte auf die Stadt hinaus, als wäre sie an allem schuld.

Angus stand allein da, und seine Wut ebbte ab. Er trat gegen ein Zierkissen und stieß murmelnd einen Fluch aus, ehe er sich zum Rest der Familie an die Kücheninsel gesellte. »Seit wann weißt du es?«, fragte er Maryann barsch, während er sich auf einen Barhocker setzte.

Sie sah ihn kaum an. »Unser Sohn ist hier, weil er nach Antworten sucht, was diese junge Frau betrifft«, sagte sie, während sie mit dem Messer wütend über den Bagel strich. »Ich schlage vor, dass du ihm alles erzählst, was er wissen will, damit wir nach Hause fahren können.«

Angus hielt die Hände hoch. »Das ist es ja. Er will von mir wissen, wer sie umgebracht hat! Glaubst du etwa, ich hätte nicht schon längst etwas gesagt, wenn ich es wüsste?«

Sie musterte ihn mit einem strengen Blick. »Ich weiß es nicht. Hättest du? Denk scharf nach, Angus. Vielleicht ist das hier deine letzte Gelegenheit, alles zu erzählen, was du über diese junge Frau weißt und darüber, was ihr zugestoßen ist – nimm sie wahr.«

Der Senator rieb sich das stoppelige Kinn und seufzte. »Es war eine Nacht«, sagte er leise, »vor mehr als vierzig Jahren. Ich habe sie kaum gekannt. Sie hatte sich im Zimmer nebenan in eine unangenehme Situation gebracht – ein paar betrunkene Rüpel wollten ihr Nein nicht als Antwort akzeptieren. Ich habe dafür gesorgt, dass die Jungs Vernunft annahmen. Camilla Flores und ich sind danach ins Gespräch gekommen. Das ist ja nicht so gewesen, als hätte ich die Sache geplant.«

»Diese betrunkenen Rüpel«, warf Reed ein. »Kanntest du ihre Namen?«

Angus schüttelte den Kopf. »Sie sind in ihr Zimmer zurückgegangen, und ich habe keinen Pieps mehr von ihnen gehört. Am nächsten Morgen habe ich Camilla vor ihrer Wohnung abgesetzt. Die Sonne ging gerade erst auf. Ich hatte nicht das Gefühl, als wäre uns jemand gefolgt, wenn es das ist, was du meinst. Diese Typen von nebenan haben um diese Uhrzeit wahrscheinlich noch ihren Rausch ausgeschlafen. Als Camilla im Haus verschwunden war, bin ich wieder gefahren. Ich habe sie nie wiedergesehen und nicht einmal mehr an sie gedacht, bis sie anrief, um mir zu sagen, dass sie schwanger sei.«

Eine bleierne Stille trat ein, und Ellery hatte den Eindruck, als wollte niemand in Reeds Richtung schauen. Sie bewegte sich fast unmerklich und rückte so etwas näher zu ihm. »Das war alles?«, fragte Reed. »Sie hat nichts von Billy Thorndike erzählt oder von jemandem, der sie vielleicht bedrohte?«

»Nein, nichts dergleichen. Sie hat von ihrer Mom gesprochen, die vor nicht allzu langer Zeit an Krebs gestorben war. Wir hatten erst im Jahr zuvor deine Großmutter verloren, sodass ich nachvollziehen konnte, wie sie sich fühlte.« Ellery bemerkte, wie Maryanns Mund sich anspannte. »Sie schien sehr nett zu sein … etwas verloren, als wäre sie mit großen Plänen nach Las Vegas gekommen. Aber sie funktionierten nicht, und sie wusste nicht, was sie als Nächstes tun sollte. Ich habe ihr gesagt, dass ihre Mom über sie wachen und ihr helfen würde, ihren Weg zu finden.«

Einen Augenblick lang dachten alle über diese Worte nach und stellten sich vor, was Mama Flores von ihrem Platz im Himmel aus gesehen haben könnte, wenn es tatsächlich eine Art Fenster dort gab. Angus holte tief Luft und schob den Frühstücksteller von sich.

»Ich weiß nicht, wer sie umgebracht hat«, sagte er zu Reed. »Ich wünschte, ich könnte dir helfen, wirklich. Das Einzige, was ich dir versichern kann, ist, dass ich Camilla nichts angetan habe. Wer immer sie niedergestochen hat, muss vor und nach meinem Besuch hier in Las Vegas gewesen sein. Das weiß ich, weil Rufus den Fall im Auge behalten hat. Die Polizei hat wiederholt Ermittlungen aufgenommen, aber sie konnten den Mord nicht aufklären. Wenn sie den Fall ad acta gelegt haben, dann solltest du das vielleicht auch tun.«

»Der Fall ist nicht zu den Akten gelegt«, entgegnete Reed knapp. »Gestern Abend hat jemand unsere Reifen zerstochen. Jemand, der offensichtlich nicht will, dass neu ermittelt wird. Vielleicht ist das dieselbe Person, die Camillas Reifen kurz vor ihrem Tod zerstochen hat.«

Maryann schaute ihren Mann wütend an. »Siehst du? Genau das ist es, was ich meine. Deine Dummheit wird ihn noch umbringen.«

»Hast du nicht gehört, was ich gerade gesagt habe? Er soll den Fall ad acta legen.«

Reed legte seine Hände auf die Theke und beugte sich nach vorn, zwischen seine Eltern. »Begreift ihr denn nicht? Das bedeutet, dass wir Fortschritte machen.«

»Und dass ihr dem Mörder auf den Fersen seid.« Angus zeigte auf den Esstisch, auf dem die Tatortbilder mit Camillas Leiche lagen. »Wenn du eine frische Spur hast, überlass sie dem Sheriff. Soll er die Sache erledigen.«

»Für den Sheriff ist die Sache erledigt. Er wird den Fall nicht weiter untersuchen.«

»Dann ist das vielleicht ein Zeichen, dass du es auch nicht tun sollst«, warf Maryann ein und ergriff ausnahmsweise einmal die Partei ihres Mannes.

Ellery zog sich von dem Gezänk zurück und ging hinüber zu Rufus, der stirnrunzelnd das alte Beweismaterial betrachtete. Sie stellte sich wortlos neben ihn, und beide starrten auf die staubigen Akten. »Sie war klein«, sagte Rufus in einem schroffen Ton. »Ging mir nur bis hierhin.« Er deutete auf die Mitte seiner Brust. »Nach den Verletzungen zu urteilen, muss sie sich heftig gewehrt haben.«

»Sie haben ihr das Geld gegeben«, sagte Ellery, woraufhin er nickte.

»Ja, fünfundzwanzigtausend, alles in bar. Ich hatte die Scheine in eine kleine Reisetasche gepackt, versteckt unter einem alten Sweatshirt. Ich stand in dieser Wohnung, und der Schweiß lief an mir herunter, während sie jeden Dollar zählte.« Er schüttelte den Kopf, als wunderte er sich. »Ihr Kind lag in einer Babywippe und sah uns die ganze Zeit mit riesigen dunklen Augen an. Ich erinnere mich, dass er so ausgesehen hat wie sie, nicht wie Angus, und ich habe mich gefragt, ob wir vielleicht für das Kind eines anderen zahlten.«

»Es war aber nicht so«, entgegnete Ellery scharfzüngig.

»Das weiß ich jetzt. Aber damals ...« Er zuckte mit den Achseln.

Rufus verstummte. Ellery biss sich auf die Lippe und rang mit sich, ob sie das Gespräch weiter in Gang halten sollte. »Wer, glauben Sie, hat Camilla umgebracht?«, fragte sie schließlich.

Guthrie griff in den Stapel Fotografien und zog eines der alten Polaroids derart zielsicher heraus, dass er bereits gewusst haben musste, wo es lag. Er und Ellery betrachteten das Foto, auf dem Camilla und Angie den Arm umeinandergelegt hatten und in die Kamera lächelten, schick gemacht für einen Abend in der Stadt. »Ich weiß es nicht«, antwortete Rufus und klopfte mit dem Bild gegen seine große Handfläche. »Aber wenn ich Sie wäre, dann würde ich mich mit ihr unterhalten.«

»Mit Angie? Warum?«

»Sie hat die Leiche nur einmal kurz gesehen und ist dann aus der Stadt verschwunden. Vielleicht hat ihr der Anblick Angst eingejagt, vielleicht hatte sie aber auch Grund gehabt zu glauben, dass sie ebenfalls in Gefahr war – möglicherweise weil sie wusste, wer der Mörder war.«

»Wenn sie es gewusst hat, warum hat sie es dann nicht der Polizei gesagt?«

Rufus zuckte wieder mit den Achseln und legte das Bild zurück. »Vielleicht hatte sie zu viel Angst?«

»Vor der Polizei?« Ellery fiel ein, was Thorndike zu dem Mord an Giselle Hardiman erzählt hatte. Die Beamten hatten nicht sehr intensiv ermittelt, weil ihnen klar war, worauf sie wahrscheinlich stoßen würden – auf Beweise, dass Giselle auch Kunden in Uniform hatte. »Wir würden uns gern mit Angie unterhalten«, sagte sie zu Guthrie. »Aber sie ist nach L. A. gezogen, und Reed konnte sie bisher nicht ausfindig machen.«

»Sie hat sich in der Nähe vom Valley niedergelassen und ein kleines Tanzstudio aufgemacht«, erwiderte Guthrie. »Ich kann Ihnen die Adresse geben, wenn Sie wollen.«

Ellery versuchte, nicht überrascht zu wirken. »Sie haben sie die ganze Zeit verfolgt?«

»Ich habe die Frau seit vierzig Jahren nicht mehr gesehen«, antwortete Guthrie und sah beleidigt aus. »Angus bat mich darum, dass ich mich weiter über den Fall informiert halte, und das habe ich gemacht. Kein Grund loszuziehen und Unruhe zu stiften, wenn es dafür keinen Anlass gibt.« Er betonte die letzten Worte, doch Ellery ließ sich nicht ködern.

»Wir nehmen die Adresse.«

Ellery überließ Reed seiner gestörten Familie, um schnell eine Runde laufen zu gehen. Bevor sie aufbrach, sagte er ihr, dass er den Sicherheitsdienst des Hotels darum bitten würde, das Überwachungsmaterial der Garage zu überprüfen. Für den Fall, dass der Täter, der ihre Reifen zerstochen hatte, auf dem Band zu sehen war. Weder er noch sie hegten große Hoffnung, denn die Garage stand voller Autos, sodass es ein Leichtes gewesen sein musste, sich zwischen ihnen zu verstecken und die Reifen unbemerkt zu durchstechen. Außerdem wollte Reed nach Los Angeles fahren, um mit Angie Rivera zu sprechen, was bedeutete, dass sie einen neuen Wagen brauchten. Ellery befürwortete jeden Plan, der sie von Reeds Eltern und der eisigen Atmosphäre, die zwischen den Eheleuten herrschte, fortbrachte. Sie hatte jedoch das Gefühl, dass sie einem weiteren Namen von damals nachgehen sollte. Einem Namen, der in der Verfasserzeile im ›Las Vegas Review-Journal‹ gestanden hatte. Die Artikel über Giselle Hardiman waren allesamt von demselben Journalisten verfasst worden. Einem Mann namens Bruce Carr. Wenn der Sheriff es nicht für notwendig erachtete, über den Fall zu sprechen, dann vielleicht Bruce.

Völlig vertieft in ihre Gedanken, stürmte Ellery durch die sich automatisch öffnende Eingangstür des Hotels und wollte gerade loslaufen, als eine männliche Stimme sie dazu brachte, unvermittelt stehen zu bleiben. »Abigail!« Selbst nach all den Jahren erstarrte sie immer noch beim Klang dieses Namens. Noch bevor sie sich umdrehte, wusste sie, wer vor ihr stehen würde, denn diese Stimme hörte sie seit zwanzig Jahren in ihren Träumen. Die Hände zu Fäusten geballt, hielt sie den Atem an, als sie sich umdrehte und ihren Vater erblickte.

»Abby«, sagte er erleichtert. »Da bist du endlich. Ich habe dich überall gesucht.«

John Hathaway sah erstaunlich unverändert aus. Kräftige Schultern, breites Gesicht und Vollbart – er hatte schon immer ausgesehen wie ein Naturbursche. Das karierte Hemd, das er anhatte, verstärkte diesen trügerischen Eindruck noch. Der Bart wies Spuren von Grau auf und sein Bauch war etwas runder geworden, aber er wirkte auf keinen Fall wie ein todkranker Mann. Als er einen Schritt auf Ellery zumachte, trat sie einen Schritt zurück. »Was machst du hier? Wie hast du mich gefunden?«

»Deine Freundin mit den Hunden hat mir gesagt, dass du in Las Vegas bist. Also bin ich hierhergereist und habe begonnen, alle Hotels anzurufen und zu fragen, ob sie mich zum Zimmer von Ellery Hathaway durchstellen könnten. Hier hat es geklappt.«

»Du hättest nicht kommen sollen. Ich habe dir nichts zu sagen.« *Geh*, befahl sie sich selbst. Sie wandte sich um und begann zu laufen, doch er eilte ihr sofort hinterher.

»Du musst nicht reden. Du musst nur zuhören. Abby, bitte ...«

Sie lief im gleichen Tempo weiter. »Mein Name ist nicht Abby.«

»Tut mir leid. Ellery. Ich verbinde nur immer den Nachnamen deiner Mutter beziehungsweise deiner Großeltern damit.«

Hör auf, von ihnen zu sprechen!, wollte sie ihm ins Gesicht schreien. *Hör auf, dich so zu benehmen, als wärst du ein Teil der Familie!* Ihr Blick war geradeaus gerichtet und sie erhöhte ihr Tempo. Mittlerweile schnaufte ihr Vater beim Versuch mitzuhalten.

»Ich brauche bloß ein paar Minuten deiner Zeit. Lass ... lass mich nur ausreden, bitte. Dann kannst du mich weiterhassen, wenn es das ist, was du willst.«

»Ich hasse dich nicht. Ich denke nicht einmal an dich.«

Diese Lüge traf ins Schwarze, denn John Hathaway stieg unvermittelt aus dem Rennen aus. Ihre Worte hatten ihn offenbar aus der Fassung gebracht. Sie spürte förmlich, wie er mit der Entfernung hinter ihr immer kleiner wurde, während sie immer weiter ausschritt. Das unnachgiebige, gemeine Gefühl in ihr schwappte jedes Mal hoch, wenn ihre Füße auf dem Gehweg landeten.

»Lauf, so viel du willst!«, rief er ihr hinterher. »Ich werde hier auf dich warten.«

Tränen verschleierten ihren Blick, doch sie joggte weiter. Was immer er ihr sagen wollte, es würde niemals zwei Jahrzehnte Schweigen gutmachen können. Sie verließ den Las

Vegas Boulevard, über den noch immer Massen von Menschen schlenderten, und bog in eine Seitenstraße ein, die mit den üblichen Fastfood-Läden, Autowaschanlagen und Souvenirgeschäften normaler wirkte. Sie lief, bis ihr die Waden wehtaten, die Lungen brannten und sie stehen bleiben und sich nach vorn beugen musste, um Atem zu holen. Reed fragte sich bestimmt, wo zum Teufel sie nur blieb, und so machte sie kehrt, selbst wenn das bedeutete, dass sie erneut ihrem Vater begegnen würde. Für den Rückweg brauchte sie doppelt so viel Zeit.

John Hathaway hatte Wort gehalten. Er stand am Eingang des Hotels und wartete auf sie. Ellery wischte sich mit dem Ärmel ihres Sweatshirts über die Augenbrauen und blieb vor ihm stehen. »Ich könnte dich wegen Stalkings verhaften lassen.«

»Ich bin dein Vater, nicht irgendein Stalker.«

»Ich habe meinen Vater seit zwanzig Jahren nicht mehr gesehen. Da wirst du wohl verstehen, dass ich nicht mehr so genau weiß, wie er aussieht.« Sie marschierte ins Hotel, und er folgte ihr durch die Lobby.

»Okay«, sagte er und streckte seine Hände nach ihr aus. »Okay, das habe ich verdient. Es tut mir leid. Wirklich. Ich hatte vor anzurufen, das musst du mir glauben. Aber ...«

»Aber was?« Sie wirbelte wütend herum. »Hattest du unsere Nummer vergessen? Zwanzig Jahre lang?«

»Ich wollte warten, bis ich eine Wohnung hatte und mein Leben neu sortiert war, bevor ich dich und Danny zu mir einlade. Aber das hat alles länger gedauert, als ich gedacht habe. Ich weiß, das klingt jetzt wie eine leere Ausrede, aber ich wollte anrufen. Ehrlich.«

Sie starrte ihn an. »Zwanzig Jahre«, sagte sie dann und marschierte weiter.

Er jagte ihr hinterher. »Ich weiß. Dafür gibt es keine Entschuldigung. Und ich bin auch nicht hier, um mir irgendeine aus den Fingern zu saugen, denn mir ist klar, dass ich nichts sagen kann, womit ich die Sache wieder in Ordnung bringen könnte. Mir tut es leid für dich und Danny.«

»Er ist gestorben.« Ellery blieb wieder stehen und schrie ihm die Worte fast ins Gesicht. Ihre geballte Wut ließ ihren Vater erschrocken zurückweichen, und der Mann und die Frau an der Rezeption warfen ihnen besorgte Blicke zu. Ellery war es mittlerweile egal, wer sie alles hören konnte. »Danny ist gestorben, und du bist nicht einmal zur Beerdigung aufgetaucht!«

In den grauen Augen ihres Vaters, die aussahen wie ihre, stiegen Tränen auf. Er knetete seine Hände. »Ich weiß. Deine Mutter hat es mir erzählt, als ich angerufen habe. Es … es tut mir leid, mein Schatz. Ich habe nicht gewusst, wie krank er war.«

»Das liegt daran, dass du uns verlassen und nie mehr einen Blick zurückgeworfen hast! Wir waren dir scheißegal. Deshalb verstehe ich nicht, warum du glaubst, dass ich dir jetzt auch nur eine Sekunde zuhören sollte. Egal welche Reue du empfindest und welche Entschuldigungen auch immer du loswerden willst, lad sie woanders ab. Ich bin nicht daran interessiert.«

Sie stürmte zu den Aufzügen und drückte ungeduldig auf die Ruftaste. Aus den Augenwinkeln sah sie, wie ihr Vater angeschlichen kam und wenige Meter von ihr entfernt stehen blieb. »Du hast allen Grund, mich zu hassen«, sagte er leise. »Ich hasse mich manchmal selbst, wenn ich daran denke, wie ich euch verlassen habe. Wie schon gesagt, dafür gibt es keine Entschuldigung. So viel Zeit ist vergangen, dass ich mich selbst zu der Überzeugung gebracht habe, ihr wärt ohne mich besser dran.«

Ellery wandte sich zu ihm, ihr Blick wütend. »Vielleicht waren wir das.«

Die Tür des Fahrstuhls glitt auf. Ihr Vater machte abermals einen Schritt nach vorne und griff nach ihrem Arm. »Warte«, sagte er mit verzweifelter Stimme.

Sie riss sich von ihm los. »Fass mich nicht an!«, zischte sie.

»Ich bin nicht wegen mir hier«, beeilte er sich zu sagen. »Ich bin wegen ihr hier.« Er hielt ihr sein Handy hin. Im Display leuchtete das Bild eines lächelnden blonden Mädchens von ungefähr vierzehn Jahren auf, mit einer Zahnspange und Sommersprossen auf der Nase. Sie wirkte auf fast unheimliche Weise vertraut. »Ihr Name ist Ashley«, sagte John Hathaway, während er Ellery noch immer das Telefon hinhielt. »Sie ist deine Schwester.«

Die Tür des Fahrstuhls glitt wieder zu, weil Ellery es nicht geschafft hatte, hineinzugehen. »Wie bitte?«, sagte sie ungläubig.

»Bitte, lass mich dir alles erklären! Nur ein paar Minuten, ja?« Er deutete mit der Hand auf eine Polsterbank in der Lobby. »Wenn du das, was ich zu sagen habe, gehört hast, und dann immer noch willst, dass ich gehen soll, werde ich gehen.«

Ellery merkte, wie ihr Körper sich bewegte, noch bevor sie zugestimmt hatte, mitzukommen. Sie folgte ihm zu der Bank und setzte sich hin. Aus der Nähe sah sie die Falten in den Augenwinkeln ihres Vaters. Jene Art Falten, die vom Lachen kamen, und sofort stieg wieder Wut in ihr auf. »Fang an«, befahl sie düster. »Ich habe nicht den ganzen Tag Zeit.«

»Ich werde mich kurz fassen, okay? Wenn du Fragen hast, frag einfach.« Er holte Luft. »Nachdem ich Chicago verlassen hatte, fuhr ich nach Detroit, weil einer meiner Kumpel mir gesagt hatte, dass ein Typ dringend Lkw-Fahrer suchen würde, um elektronische Geräte über die Grenze nach Kanada zu bringen. Der Kerl hatte einen Auftrag angenommen, der so groß war, dass er seinen Personalrahmen sprengte. Deshalb brauchte er zusätzliche Fahrer. Er sagte uns zu, dass er uns auch danach beschäftigen würde, wenn wir auslieferten. Wie sich herausstellte, waren seine Papiere für den Grenzübertritt nicht in Ordnung. Ich fand das auf die harte Tour heraus, und die Angelegenheit brachte mir sechs Monate ein. Die Zeit im Gefängnis war gar nicht so schlimm, aber beim Arbeiten im Heizungsraum verletzte ich mich – der Kessel flog in die Luft, sodass die Wand einbrach und auf meine rechte Seite stürzte. Mein Knie bekam ziemlich viel ab, weshalb ich ins Veteranenkrankenhaus gebracht wurde, wo ich Shirley kennenlernte. Wir kamen ins Gespräch, und sie sagte, dass ich sie besuchen sollte, wenn ich rauskäme.« Ein Lächeln umspielte seine Lippen. »Und das habe ich dann gemacht.«

»Sehr spannend. Was ist mit Ashley?«

»Ashley kam zwei Jahre später auf die Welt. Sie ist jetzt fünfzehn und sehr krank.«

Ellery rechnete nach. Das Mädchen war vor fünfzehn Jahren geboren worden, also ein Jahr nach Coben und sechs Monate nach Dannys Beerdigung. »Krank«, wiederholte sie. »Was hat sie denn?«

Ihr Vater schluckte sichtbar. »Leukämie«, antwortete er, den Kopf gesenkt. »Eine ähnliche Form wie die, die Daniel hatte.«

Ellery sah über ihn hinweg zu den Menschen, die durch die Hotelhalle wanderten, lächelnd, plaudernd, ihre Koffer hinter sich herziehend. »Das tut mir leid«, sagte sie, aber ihre Worte klangen leer.

»Vielleicht … vielleicht ist es meine Schuld, hm? Immerhin haben beide diese Krankheit bekommen. Ich muss wohl schlechte Gene haben.« Er schüttelte den Kopf. »Ich wünschte, ich hätte es gewusst.«

»Womöglich ist das gar nicht der Grund, vielleicht ist es einfach nur Pech.«

Er widersprach nicht und schien seinen eigenen Gedanken nachzuhängen. »Ich war nicht da, um Daniel zu helfen«, sagte er schließlich. »Und auch nicht, um dir zu helfen.«

Ellery spürte, wie ihre Ohren zu glühen begannen. Wo war er gewesen, als sie in dem Wandschrank eingesperrt gewesen war? Im Gefängnis? Oder vögelte er da gerade diese andere Frau namens Shirley? »Nein«, erwiderte sie barsch. »Warst du nicht.«

Er nickte traurig. »Und das tut mir leid. Könnte ich die Zeit zurückdrehen, würde ich das ändern. Aber jetzt bin ich hier. Für Ashley. Sie braucht Knochenmark gegen den Krebs, und weder Shirley noch ich sind passende Spender. Ich habe gehofft, dass du dich vielleicht testen lassen würdest.«

»Das habe ich schon für Daniel gemacht, und es hat nicht funktioniert.«

»Aber das hier ist ein anderer Fall. Vielleicht klappt es dieses Mal.«

Bei dem Gedanken gefror ihr das Blut in den Adern. Ellery erinnerte sich an das lange, schweigsame Abendessen, das sie gehabt hatten, nachdem die Testergebnisse gekommen waren. Sie zwangen sich die Steaks und Kartoffeln hinein, die ihre Mutter gekauft hatte, in der Hoffnung, dass sie etwas zu feiern hätten. Das Hämatom von der Blutentnahme auf ihrem Arm war noch nicht verschwunden, doch dieser Bluterguss war nichts im Vergleich zu den immer größer werdenden dunklen Ringen unter Dannys Augen. »Nein«, rief sie und sprang von der Bank auf, als hätte diese sie gestochen. »Das kann ich nicht.«

Ihr Vater sah deprimiert aus, als er sich ebenfalls erhob. »Bitte, denk einfach darüber nach!«

»Nein. Tut mir leid. Außerdem… außerdem wird es sowieso nicht funktionieren.« Wie konnte er es bloß wagen, jetzt zurückzukommen? Und nicht einmal, um Wiedergutmachung zu leisten oder um sich vor ihre Füße zu werfen und sie um Verzeihung zu bitten, sondern um sie an ihr schlimmstes Versagen zu erinnern und zu verlangen, dass sie es noch einmal probierte.

»Versuch es einfach. Mach den Test. Das ist alles, worum ich dich bitte. Ich habe alles falsch gemacht, das weiß ich. Aber Ashley hat dies nicht verdient. Sie ... sie ist ein großartiges Mädchen ...«

»Daniel war auch großartig«, unterbrach Ellery ihn wütend. »Und es hat nicht die geringste Rolle gespielt!« Verdammt, sie weinte schon wieder. Sie flüchtete zum Aufzug, der glücklicherweise bereitstand, und stürmte hinein. Die Türen glitten vor dem flehenden Gesicht ihres Vaters zu.

»Abby, bitte, mein Schatz. Ich werde alles tun ...«

Allein in dem Fahrstuhl, schlug sie die Hände vor das Gesicht und sank zitternd auf den Boden. Ihr Vater war schließlich doch noch zurückgekommen. Aber nicht ihretwegen, sondern wegen einer anderen Tochter. Wegen eines Mädchens, das er genügend geliebt hatte, um es großzuziehen. Vielleicht war es sein Schicksal, auch dieses Kind zu verlieren. Und vielleicht würde er jetzt endlich begreifen, dass das schwarze Loch, das er durch seine Abwesenheit geschaffen hatte, nie verschwinden würde. Es verschlang sie alle, einen nach dem anderen, und niemand konnte ihm entkommen.

14

Nervös ging Reed durch die Hotelsuite und sah abwechselnd auf sein Handy oder zum Fenster hinaus, bis schließlich die Tür mit einem klickenden Geräusch geöffnet wurde und Ellery hereintrat. »Wo bist du gewesen?«, fragte er, während sie zu ihrem Schlafzimmer schlich. »Ich versuche dich seit mehr als einer Stunde zu erreichen. In zwei Minuten hätte ich Sheriff Ramsey angerufen, um nach dir suchen zu lassen.«

»Tut mir leid, mein Handy war ausgeschaltet.«

»Alles in Ordnung mit dir? Ist etwas passiert?« Er hatte sich in ihrer Abwesenheit mit dem Sicherheitsdienst des Hotels in Verbindung gesetzt. Die digitalen Schwarzweißaufnahmen des Parkhauses hatten, wie erwartet, nichts Brauchbares offenbart. Ihr SUV war kaum sichtbar am oberen rechten Bildrand, und das Video zeigte weder ein anderes Auto, das in der Nähe umherschlich, noch jemanden, der sich ihrem Fahrzeug zu Fuß näherte. Wer auch immer die Reifen zerstochen hatte, war von hinten an den Wagen herangetreten und hatte sich dabei geduckt.

»Nein, nichts«, antwortete Ellery, doch Reed glaubte ihr nicht ganz. Nach außen hin sah sie zwar unversehrt aus, aber ihr blasses feuchtes Gesicht wirkte abgespannt und überhaupt nicht belebt von einem Lauf in der frischen Morgenluft. Sie marschierte in ihr Zimmer und schlug die Tür mit einem lauten Knall zu, der keine weiteren Fragen zuließ. Reed starrte ein paar Sekunden verdutzt auf den weißen Türrahmen und setzte sich dann auf das nächstgelegene Sofa, wo ihm die Augen vor Müdigkeit zufielen. Er hatte Ellery in der vergangenen Stunde vergeblich versucht zu erreichen. Jetzt war sie wieder da, aber die Möglichkeit, sich zu verständigen, hatte sich um keinen Deut verbessert. Ellery war in dem gleichen Modus wie ihr Telefon, »ausgeschaltet«.

Reed tastete seine Hosentaschen ab, bis er eine zerknüllte Packung Ibuprofen fand, und schluckte eine Tablette ohne Wasser hinunter. Sein Kopf fühlte sich an, als steckte er in einem Schraubstock. Normalerweise wäre er zu ihrer Tür gegangen, hätte angeklopft und versucht, sie dazu zu bringen, ihm zu erzählen ... was immer sie bedrückte. Doch ihm fehlte gerade die Kraft dazu. Ellery war eine instinktive Verschlossenheit zu eigen, wie eine Mauer des Schweigens, hinter der sie Dinge versteckte, große wie kleine. Von ihrem Lieblingsessen bis hin zu ihren Kindheitserinnerungen und gelegentlich auch der Tatsache, dass jemand sie möglicherweise umbringen wollte. Reed war klar, dass das eine völlig natürliche Reaktion auf die albtraumhafte Zeit war, als Coben tatsächlich versucht hatte, sie umzubringen. Er hatte sich ihres Körpers bemächtigt, und die hungrige Presse hatte sich um alles andere gerissen. *Gib ihnen nichts*, hatte Ellerys Überlebensstrategie gelautet, und diese Strategie beherzigte sie seitdem konsequent.

Reed hatte die dornige Dunkelheit oft genug mit ihr durchquert und dabei einen Blick auf den Garten hinter dieser Mauer erhascht. Er hatte sowohl die Schönheit darin aufblitzen sehen als auch die Monster, die sich im Wind der Erinnerung wiegten. Und da war diese besondere Energie, die er in jenen seltenen Momenten der Verbundenheit mit Ellery verspürte. Das war es, was ihn immer wieder zurückkehren ließ, begierig darauf, einen Zugang zu dieser Frau zu finden. Doch der Pfad dorthin schien mit jeder Annäherung einen anderen Verlauf zu nehmen. Wenn Reed einen guten Tag hatte, fand er diese unberechenbare Herausforderung aufregend. In einem Moment wie diesem, wenn er auf eine abgeschlossene Tür blickte, durch die ihr mächtiges Schweigen bis zu ihm drang, fragte er sich: *Willst du das wirklich?*

Als die Tür sich öffnete, setzte er sich auf und stellte fest, dass sie sich bereit gemacht hatte für die Abreise. Sie trug frische Kleidung, hatte das Haar zu einem Knoten gebunden und zog den Rollkoffer hinter sich her. Mit einem leichten Stirnrunzeln wanderte ihr Blick durch die Suite, als würde sie den Raum zum ersten Mal sehen. »Wo sind deine Eltern?«

»Ich habe ihnen gesagt, dass sie gehen sollen«, antwortete er und zwang sich, aufzustehen.

Sie sah ihn überrascht an. »Und … das haben sie einfach gemacht?«

»Ich habe das Wort ›bitte‹ hinzugefügt«, erwiderte er trocken, ging zur Küche und holte einen großen Pappbecher hervor, um sich einen Kaffee zum Mitnehmen herauszulassen. Tatsächlich hatte er sich ein weiteres anstrengendes Wortgefecht mit seinen Eltern geliefert. Er hatte ihnen klargemacht, dass er ihnen erst dann wieder vertrauen könnte, wenn sie ihn nicht mehr daran hinderten, die Wahrheit herauszufinden. An diesem Punkt hatten Angus und Maryann sich bereit erklärt, zu gehen.

Seine Mutter war an der Tür stehen geblieben und hatte sein Kinn umfasst. »Du hast hier nur wenige Monate gelebt«, hatte sie gesagt. »Welche Wahrheit hier auch immer ist, es ist nicht deine.«

Reed hatte nichts darauf erwidert.

Zum Abschied hatte sie ihm einen festen Kuss auf die Wange gedrückt, der Abdruck ihres Lippenstifts wie eine Wunde auf ihm. »Komm bald nach Hause!«, hatte sie noch gesagt. »Deine Familie braucht dich.«

Stattdessen hatte Reed beschlossen, nach L. A. zu fahren,

noch weiter weg. Camilla hatte außer ihm keine weiteren Angehörigen mehr. Er hatte das Gefühl, nur mit Angelas Hilfe näher an seine Familie mütterlicherseits heranzukommen. Selbst wenn sie nichts über den Mord an Cammie wusste, so hoffte er doch, dass sie ihm seine Mutter nahebringen würde, wie es sonst niemand vermochte.

Ellery stand an der Tür und wich Reeds Blick aus, während sie den Reißverschluss ihrer Tasche zumachte, in die sie gerade etwas hineingesteckt hatte. Sie wirkte unglücklich und in sich zusammengesackt, und Reed bedauerte, sie auf diese erfolglose Reise in seine Vergangenheit mitgeschleppt zu haben. Widerstrebend machte er ihr einen Vorschlag. »Wenn du willst«, begann er und räusperte sich, »kann ich dich am Flughafen absetzen und du nimmst den nächsten Flieger nach Boston. Du hast schon ziemlich viel Zeit investiert, mehr, als ich verdiene. Aber wenn du nach L. A. mitkommen möchtest, wäre ich natürlich sehr froh, denn ich schätze deine Sicht als Außenstehende.«

»Außenstehende? Das bin ich für dich?« Sie richtete sich auf, ihr Mund ein schmaler Strich. Er hatte mal wieder das Falsche gesagt.

»Als unparteiische Beobachterin«, korrigierte er sich. Sie schnaubte verärgert und blickte demonstrativ zur Couch, auf der sie sich erst vor Kurzem gewälzt hatten. Reed spürte, wie seine Ohren rot wurden. »Ich dachte mir nur, dass du vielleicht nach Hause fahren möchtest«, erklärte er lahm.

»Im Gegenteil«, sagte sie und betrachtete ihn mit einem kühlen Blick. »Ich wäre lieber unterwegs.«

Reed starrte sie an. Dieser Fall würde so oder so irgendwann abgeschlossen sein. Sie würden nach Hause fahren, er in sein Zuhause, sie in ihres. Welche Zukunft sie auch immer erwartete, sie würden nicht ewig vor ihr davonlaufen können. »Okay«, sagte er und griff nach seinem Kaffee. »Dann los.«

Die Fahrt auf der I-15 ließ die Zivilisation schnell im Rückspiegel verschwinden, während die karge, endlose Weite der Mojave-Wüste an ihnen vorbeizog. Die braune Erde war gesprenkelt mit Gestrüpp, während die Berge ein unregelmäßiges Profil vor dem tiefblauen Himmel zeichneten. Die Straße verlief über viele Meilen hinweg in einer fast geraden Linie durch die verwitterte Landschaft und über die zahlreichen Bodensenken hinweg. Man hatte ihnen seltsame Namen gegeben, wohl um die Eintönigkeit zu durchbrechen: Bird Ditch, Opah Ditch, Midway Ditch. Sie fuhren an einem stillgelegten Erlebnisbad mit ausgetrockneten Schwimmbecken und fossiliengleichen Metallskeletten vorbei. Der Park sah aus wie eine Geisterstadt im Western oder wie die Anfangsszene eines Horrorfilms. Gelegentlich blitzten Josua-Palmlilien auf, ihre Kronen wie Federbüsche. Reed fuhr mit derselben Geschwindigkeit wie alle anderen Fahrzeuge hier, 85 Meilen pro Stunde. Alle wollten so schnell wie möglich dieses Nichts hinter sich lassen.

Ellery sprach während der vierstündigen Fahrt nicht viel. Das Gesicht dem Fenster zugewandt, die Knie angezogen, richtete sie den Blick weit über den Horizont hinweg. Ihr Interesse wurde erst wieder geweckt, als Reeds Handy über den Autolautsprecher klingelte. Eine Nummer, die er nur zu gut kannte. Trotzdem nahm er den Anruf entgegen. »Kimmy«, sagte er und versuchte zu lächeln, als er den Namen seiner jüngsten Schwester aussprach. »Wie geht es dir?«

Eine unsicher und blechern klingende Stimme erklang. »Reed? Ich habe heute Morgen eine E-Mail von dem Labor erhalten, das den DNA-Test durchgeführt hat – du weißt doch, den Test, den wir an Weihnachten gemacht haben? Sie wollten mich auf einen neuen Zusammenhang aufmerksam machen.«

Reed wusste sofort, worauf dieses Gespräch zusteuerte,

und schluckte einen Fluch herunter. Er war so mit dem Testergebnis beschäftigt gewesen, dass er seine Schwester dabei völlig vergessen hatte. Natürlich hatte sie die gleichen Resultate zu sehen bekommen. »Ja«, sagte er vorsichtig. »Ich weiß.«

»Dieser neue Zusammenhang besagt, dass du entweder mein Onkel oder mein Halbbruder bist«, fuhr Kimmy fort. »Reed, was zum Teufel soll das heißen?«

»Ich bin dein Bruder«, antwortete er und strich mit den Fingern über das Lenkrad. »So ... so wie vorher. Nur dass Dad mein leiblicher Vater zu sein scheint.«

Ellery drückte sich tiefer in ihren Sitz hinein, als wollte sie sich aus dieser Unterhaltung stehlen. Am anderen Ende der Leitung trat Stille ein. Nach einer Meile des Schweigens ergriff Reed erneut das Wort. »Kimmy? Bist du noch da?«

»Das verstehe ich nicht. Du bist nach uns geboren worden«, sagte sie und entlarvte mit dieser einfachen Feststellung ihren Vater als Ehebrecher.

»Ja.« Angus hatte mit Cammie geschlafen, als er bereits eine Frau und drei Töchter hatte, die zu Hause auf ihn warteten.

»Ich ... ich dachte, deine Mutter wurde in Las Vegas ermordet.«

»Ja«, bestätigte er und nahm die Autobahnausfahrt, die nach L. A. führte. »Das stimmt auch immer noch. Mom und Dad haben mich nach ihrem Tod adoptiert.«

»Also hat Dad mit einer Nutte geschlafen? Und sie geschwängert? Mein Gott, was wird Mom nur sagen, wenn Sie das erfährt?«

»Sie war keine Nutte, sondern Kellnerin«, entgegnete er kurz angebunden und wich dem immer stärker werdenden Verkehr aus. »Hör mal, ich weiß, was für ein Schock das für dich sein muss. Mir ist es genauso gegangen, als ich die Ergebnisse gesehen habe.« Er zögerte, bevor er ihr die nächste Neuigkeit eröffnete. »Du musst dir um Mom keine Sorgen machen. Sie weiß es. Und das offenbar schon immer.«

»Was?!« Kimmy schrie so laut, dass Reed fast eine Vollbremsung machte. Ellery zuckte zusammen und schlug die Hände vor dem Gesicht zusammen. »Die beiden haben das die ganze Zeit gewusst und nie einen Ton gesagt?«

Endlich teilte jemand seine Empörung. Reed erlaubte sich ein trauriges Grinsen. »Sieh die Sache mal so«, sagte er zu seiner Schwester. »Wir wären alle unwissend ins Grab gegangen, wenn du uns nicht gebeten hättest, diesen DNA-Test zu machen.«

»Ich fasse es nicht! Ich fasse es nicht, dass sie uns derart belogen haben. Jeden Tag. Glatt ins Gesicht. Vierzig Jahre lang! Erinnerst du dich noch an das Foto, das auf der Treppe vor dem Gericht von uns gemacht wurde, als deine Adoption bewilligt wurde? Ich hatte Angst, dass der Richter den Antrag ablehnen und dich aus unserer Familie nehmen würde. Mom musste mir einen Monat lang jeden Tag diese verdammten Papiere zeigen. Ich wollte mich vergewissern, dass sie echt waren. Dass du für immer bei uns bleiben würdest. Was zum Teufel sollte diese ganze Farce?«

»Du kennst den Grund, denke ich.«

»Dads Job«, sagte sie bitter. »Immer an erster Stelle, nie an letzter.«

»Mom und Dad hatten recht mit ihrer Befürchtung, wie das alles ausgesehen hätte, insbesondere damals. Die Geschichte hätte ihn ruiniert. Ein außereheliches Kind – und dann noch mit einer Latina aus Las Vegas, die nicht einmal zwanzig war.«

»Sprich nicht so! Das bist nicht du!«

»Doch, war ich immer schon. Nur kenne ich jetzt mehr Einzelheiten.«

»Ich kann es immer noch nicht fassen, dass Mom und Dad uns diese Sache verheimlicht haben.«

Reed stockte und spürte die Schande seiner Herkunft. »Sie haben geglaubt, es würde keine große Rolle spielen, wie sich die Familie zusammensetzt«, sagte er behutsam. »Wir sind genauso verwandt miteinander, wie wir es immer gewesen sind.«

»Natürlich spielt es eine Rolle! Und zwar deshalb, weil wir uns fragen müssen, was sie außerdem verschweigen. Was gibt es sonst noch, von dem wir nichts wissen?«

Reed umklammerte das Lenkrad. Er konnte keine weiteren Geheimnisse mehr ertragen. »Ich … ich habe keine Ahnung. Das musst du sie fragen.«

»Ja.« Kimmys Stimme klang leise und bedrohlich. »Und das werde ich. Darauf kannst du Gift nehmen.«

Als Reed auf den Knopf drückte, um das Gespräch mit Kimmy zu beenden, stellte er fest, dass seine Hand zitterte. Ellery musste es ebenfalls mitbekommen haben, denn erst nach mehr als zweihundert Meilen sagte sie wieder etwas zu ihm. »Du irrst dich. Du bist nicht irgendein uneheliches Kind, dessen Herkunft sie versucht haben zu vertuschen.«

Reed war ihr dankbar dafür, dass sie versuchte, ihn besser dastehen zu lassen, als es der Fall war. Doch die Sprache der Biologie war eindeutig, und er hatte ihr nichts entgegenzusetzen. »Eine DNA lügt nicht«, sagte er schließlich.

Ihr SUV rauschte nach Los Angeles hinein und brachte ihn seiner Vergangenheit näher. »Nein«, erwiderte Ellery. »Aber sie sagt auch nicht die ganze Wahrheit.«

Das A1 Dance Studio befand sich in Silver Lake, einem Stadtteil im Nordosten von L. A., der um einen alten Wasserspeicher herum gelegen war. Die Hyperion Avenue säumten Wohn- und Geschäftshäuser, viele davon in bunten Farben, etwa Pfauenblau oder Sonnengelb, gestrichen. Zahlreiche Flachdachbungalows ergossen sich über die umliegenden Hügel, alle mit großflächigen Fenstern für die bestmögliche Aussicht. Hohe schmale Palmen, die in einen blassblauen Himmel ragten, säumten die Straße. Der Winter und das Zuhause an der Ostküste kamen Reed unendlich weit weg vor. Er entdeckte das Studio – ein unauffälliges braunes Gebäude – und parkte den Wagen am Straßenrand. Er war froh darüber, dass die Sonne schien, denn sie lieferte ihm einen guten Grund dafür, die Sonnenbrille aufzusetzen.

»Was ist los?«, fragte Ellery, weil er nicht sofort ausstieg. »Worauf warten wir?«

Reed war schon oft in Los Angeles gewesen, immer im Zusammenhang mit einem Fall, darauf konzentriert, Verbrecher zu überführen. Sein richtiges Leben hatte dreitausend Meilen entfernt auf ihn gewartet, weshalb es ihm nie schnell genug gehen konnte, wieder dorthin zurückzukehren. L. A. war für ihn stets nur ein vorübergehender Aufenthaltsort gewesen, nie ein Flecken Erde, wo er hingehörte. Selbst jetzt erschien ihm die Stadt fremd und wie aus einem Hipsterfilm. Doch die spanischen Schilder, die blühenden Kletterpflanzen und die kleinen Restaurants mit den Außenterrassen und der ausgesprochen gemischten Kundschaft rüttelten etwas in ihm wach, eine Sehnsucht, der er keinen Namen geben konnte.

»Gehen wir nun rein und reden mit ihr oder nicht?«, fragte Ellery ungeduldig.

Reed spannte den Kiefer an und nickte kurz. »Ja, gehen wir.«

Sie öffneten die gläserne Eingangstür, und ein fröhliches Klimpern erklang. Völlig unnötig eigentlich, denn der Empfangsbereich, in dem sich eine leere Garderobe, ein Wasserspender, sechs blaue Plastikstühle und die Anmeldung befanden, war überschaubar. An der Rezeption saß eine jüngere Weiße mit Sommersprossen, blauen Augen und großen Kreolen. Sie war eindeutig nicht Angie Rivera. »Guten Tag«, begrüßte sie Reed und Ellery freundlich, als sie eintraten. »Wie kann ich Ihnen helfen?«

»Ich würde gern mit Angie Rivera sprechen«, antwortete Reed und setzte widerstrebend seine Brille ab.

Ihr Lächeln wurde noch strahlender, wenn das überhaupt möglich war. »Da sind Sie hier genau richtig! Miss Angie unterrichtet gerade noch, aber der Kurs endet in wenigen Minuten. Wenn Sie so lange warten wollen.«

Reed und Ellery verbrachten die nächsten sechs Minuten an Ort und Stelle und bestaunten die Schwarzweißbilder von jungen Ballerinen und Stepptänzerinnen an den Wänden. Leise gedämpfte Klaviermusik drang zu ihnen herüber, und Reed musste lächeln, weil der Takt überdeutlich betont war. *Eins, zwei, drei, vier … eins, zwei, drei, vier.* Irgendwann erklangen statt der Musik fröhliches Geschrei und das trippelnde Geräusch kleiner Füße. Miniballerinen in Gymnastikanzügen strömten in den Empfangsbereich, ihnen folgten etwas gemächlicher die plaudernden Eltern. Ihre Töchter schubsten sich gegenseitig oder begannen, komplizierte Klatschspiele zu spielen. Reed verspürte mit einem Mal eine schreckliche Sehnsucht nach seiner Tochter. Er vermisste sie sehr in diesem Tohuwabohu. Ellery hingegen stand gegen die Wand gepresst und wirkte etwas erschrocken angesichts der Horde lärmender Kinder.

Reed wollte sie gerade mit ein paar elterlichen Weisheiten beruhigen, als Angie Rivera erschien. Sie sah zwar älter aus als auf den Bildern, aber nicht weniger schön mit ihrem langen dunklen Haar, dem bronzefarbenen Teint und der schlanken Taille einer Tänzerin. Angela blieb wie angewurzelt stehen, als sie Reed erblickte. Während nach wie vor

Kinder und Eltern aus dem Studio strömten, starrten sich die beiden wortlos an. Schließlich fand Reed seine Sprache wieder. »Ms Rivera«, begann er und machte einen Schritt auf sie zu. »Ich heiße Reed Markham und bin …«

»Ich weiß, wer Sie sind.«

Sie schauten einander an, bis die letzte Schülerin die klimpernde Tür hinter sich schloss und Stille einkehrte. Die Frau an der Anmeldung durchbrach sie als Erste. »Miss Angie? Eine Frau hat angerufen. Sie hätte gerne Privatunterricht für ihre zwölfjährige Tochter. Die Familie ist gerade erst hierhergezogen und …«

»Ich rufe später zurück«, unterbrach sie Angie, den Blick noch immer auf Reed gerichtet. »Danke, Michaela.« Sie klatschte in die Hände und schüttelte verwirrt den Kopf. »Ich kann es nicht glauben. Ich kann es einfach nicht glauben, dass Sie hier vor mir stehen. Bitte, kommen Sie doch mit nach hinten in mein Büro. Dort können wir ungestört miteinander reden.«

Auf dem Weg in den privaten Bereich des Studios stellte er Ellery als eine Freundin vor, doch Angie schien sie nicht zu beachten. Sie beeilte sich, zwei Stühle freizuräumen, und zog einen dritten vom Schreibtisch heran. Die drei saßen derart eng zusammen, dass ihre Knie sich fast berührten. An den Wänden hingen überall Tanzfotos, die eine persönlichere Atmosphäre ausstrahlten – Aufnahmen von ihr und ihren Schülerinnen, manchmal konzentriert, aber zumeist lächelnd, in einem unbemerkten Moment gemacht –, sowie Auszeichnungen, Urkunden, Zeitungsausschnitte und Karikaturen zum Thema Tanz.

Angie rückte mit ihrem Stuhl noch näher zu Reed und streckte spontan ihre Hand nach ihm aus, ließ sie aber doch wieder fallen. »Sie waren noch so klein, als wir uns das letzte Mal gesehen haben. Und jetzt, schauen Sie sich nur an, so groß und so gut aussehend.« Sie strahlte und wandte sich zu Ellery. »Finden Sie nicht auch, dass er gut aussieht?«

Ellery lächelte und senkte den Kopf. Reed verspürte wieder diesen Sog in sich, diese Sehnsucht, zu wissen, wie sein Leben begonnen hatte. »Ms Rivera«, begann er, doch sie unterbrach ihn.

»Angie. Bitte nennen Sie mich Angie.« Ihr spanischer Akzent war trotz der vielen Jahre, die vergangen waren, noch nicht ganz verschwunden. Reed fragte sich, ob Cammie genauso geklungen, genauso gut ausgesehen und sich genauso sehr gefreut hätte, ihn zu sehen.

»Angie, ich bin hier, weil die Polizei von Las Vegas die Untersuchungen an Cammies Mord offiziell eingestellt hat. Die Akte wird keinem Ermittler mehr zugeteilt werden. Das LVMPD hat zugestimmt, dass ich in meiner Funktion als FBI-Agent einen Blick darauf werfe.«

»Sie sind Profiler«, erklärte Angie stolz. »Ich weiß. Schauen Sie mal?« Sie zeigte auf die Wand. Reed drehte sich um, und seine Augen folgten ihrem Blick. CALLIE ALLENS LEBEND GEFUNDEN, lautete die Überschrift. Es war einer von Reeds älteren Fällen, der ungefähr zehn Jahre zurücklag. Reed hatte das Ermittlerteam zu einem gekidnappten achtjährigen Mädchen geführt. Angie lächelte ihn noch immer an. »Ich habe auch Ihr Buch gelesen.« Ihr Lächeln verschwand, als sie unsicher zu Ellery schielte. »Tut mir leid, dass Sie diese schreckliche Erfahrung haben machen müssen. Er war ein Monster.«

»Ja«, bestätigte Ellery schlicht. »Das war er.«

Reed überflog die Wand und stieß auf weitere Teile seiner Biografie. Er wunderte sich über die Ironie: Während er darüber nachgegrübelt hatte, wie er Angela Rivera finden könnte, hatte sie die ganze Zeit genau gewusst, wo er war. »Sie haben mich im Auge behalten«, stellte er fest.

258

Sie biss sich auf die Lippe und machte ein zerknirschtes Gesicht. »Tut mir leid. Ich hoffe, das ist in Ordnung. Aber ich habe mir lange Sorgen um Sie gemacht, weil Sie doch noch so klein waren damals.«

»Wie haben Sie mich gefunden?« Die Adoptionspapiere waren versiegelt gewesen. Reed hatte eine Vermutung, wie Angie an die Information herangekommen war, aber er wollte sie aus ihrem Mund hören. Angie schien es nicht verraten zu wollen. Sie nestelte nervös an ihrer Perlenkette und schaute zur Decke. Reed seufzte und ließ sie vom Haken. »Sie haben meinen Vater gekannt«, baute er ihr eine Brücke. »Oder?«

Sie nickte langsam. »Cammie hat mir erzählt, wer er war«, antwortete sie und strich mehrfach mit den Händen über ihren langen schwarzen Rock. »Als ich hierher nach L. A. gezogen bin, konnte ich erst nicht herausfinden, was mit Ihnen geschehen war. Ich – ich hatte Sie eigentlich mitnehmen wollen und bin zu dem Krankenhaus gegangen, wo man sie hingebracht hatte. Sie lagen im selben Zimmer wie die kranken Kinder, in einem Kinderbett in der Ecke. Die Schwestern waren mit den anderen Kindern beschäftigt, die sie dringender brauchten. Keiner sah mich in den Raum hineinschlüpfen.« Angie hielt inne, griff nach der Schachtel mit den Taschentüchern auf dem Schreibtisch und legte sie auf ihren Schoß. Sie zog ein Taschentuch heraus und tupfte sich die Augen ab, ehe sie fortfuhr. »Mein Herz raste vor Angst, ich könnte erwischt werden. Als ich in Ihr Kinderbett sah, haben Sie mich sofort erkannt. Sie fingen an zu lächeln und mit den Beinchen zu strampeln. Ich habe Sie aus dem Bett gehoben, und Sie griffen wie immer nach meinem Haar.« Sie machte die Geste nach und lächelte zaghaft. »Ich habe daran gedacht, Sie einfach mitzunehmen. Das hätte ja keiner bemerkt. Was hätte es die Schwestern gekümmert? Ein Problem weniger für sie.«

»Warum haben Sie es dann nicht gemacht?«, fragte Reed leise. Ein weiteres mögliches Leben, von dem er nie erfahren hätte, wenn er nicht hierhergekommen wäre.

Angie griff nach dem Saum ihres Rocks und senkte den Blick. »Ich hatte Angst, denn ich wusste ja nicht einmal, wie ich selbst über die Runden kommen sollte. Und was, wenn mir etwas zustieße? Die Sozialarbeiterin meinte, dass eine nette Familie Sie adoptieren würde.« In Angies Augen stiegen erneut Tränen auf. »Und dass Sie sich an nichts erinnern würden.«

»Sie haben die Stadt unmittelbar nach dem Mord verlassen«, stellte Reed fest. »Warum?«

»Camilla war meine Familie. Ohne sie gab es dort nichts mehr für mich. Außerdem sah ich, was danach geschah. Als Billy Thorndike am nächsten Tag noch immer nicht verhaftet worden war, wusste ich, dass es nie geschehen würde. Er konnte machen, was er wollte – mit Cammie, mit mir, mit dem ganzen Viertel. Ich war dort nicht mehr sicher.«

»Sie halten Billy Thorndike für den Mörder von Camilla.« Angie riss ihre dunklen Augen auf. »Ja, Sie nicht?«

»Meine Meinung spielt da im Moment keine Rolle«, erwiderte Reed und beugte sich vor. »Ich möchte gerne wissen, was Sie gesehen haben und was in den Tagen vor Cammies Mord passiert ist.«

In den feinen Falten von Angies Gesicht, die davon zeugten, dass sie schwere Jahre hatte durchmachen müssen, zeigte sich Angst. »Ich wäre dortgeblieben, wenn ich geglaubt hätte, dass ich helfen könnte«, flüsterte sie. »Ich habe Las Vegas verlassen, weil ich nichts gewusst habe. Sehen Sie das denn nicht? Ich bin nutzlos für Sie. Ich habe den Mörder nicht gesehen. Ich habe nur gesehen, was er ihr angetan hat.«

»Das muss schrecklich für Sie gewesen sein«, sagte Reed ernst. »In diesen Tatort hineinzulaufen.«

Angie blickte auf ihren Schoß. »Ich war Kleider kaufen, habe dies und das anprobiert und mir einen schönen Nachmittag in der Stadt gemacht. Cammie hatte an dem Tag Spätschicht im Restaurant, und ich sollte auf Joey aufpassen. Also musste ich rechtzeitig zu Hause sein, damit sie sich noch fertig machen konnte. Ich bin um kurz nach vier zurückgekehrt. Mir erschien nichts seltsam, bis ich an Cammies Wohnungstür vorbeiging – ihre Wohnung lag direkt neben meiner. Die Tür stand halb offen, was wir beide nie gemacht hätten, nicht in dieser Gegend. Da wusste ich sofort, dass etwas nicht stimmte.«

Sie hielt plötzlich inne und knetete ihre Hände im Schoß. Reed bedrängte sie nur ungern, aber er musste noch mehr erfahren. »Was ist dann passiert?«, fragte er sanft.

Angie holte zitternd Luft. »Ich … ich habe die Tür aufgeschoben und nach ihr gerufen. Als ich die Wohnung betreten habe, fiel mir sofort die Unordnung auf. Auf dem Boden lag überall Papier herum. Der Stuhl war umgestoßen, und das Sofa stand schief. Deshalb habe ich sie auch nicht sofort gesehen. Aber das Blut, das habe ich sofort gerochen.« Sie griff nach ihrem Hals. »Ich habe noch einmal nach ihr gerufen und bin weiter in die Wohnung gegangen. Dann habe ich sie gesehen. Sie lag auf dem Boden, das Messer noch immer in der Brust. Ich wusste sofort, dass sie tot war. Ich … ich bin ins Schlafzimmer gegangen, habe mir das Baby geschnappt und bin nach nebenan gelaufen, um die Polizei zu rufen.«

»Haben Sie zufällig bemerkt, ob die Tür aufgebrochen war?«

»Daran erinnere ich mich nicht. Ich habe sie nicht weiter beachtet.«

»Die Polizei sagt, dass sich niemand daran zu schaffen gemacht hat«, erklärte Reed. »Auch nicht an den Fenstern.«

»Die Fenster waren sowieso ständig kaputt«, erwiderte

Angie empört. »Die Beamten hätten keinen Unterschied feststellen können.«

»Sie haben gesagt, dass Sie shoppen waren. Mich interessiert dieser Teil Ihrer Geschichte«, erklärte Reed. »Darf ich Ihnen ein Bild zeigen?« Er zog einen braunen Umschlag hervor, in dem einige Tatortfotos steckten.

Angie blickte misstrauisch. »Wovon?«

»Von der Wohnung. Aber Sie müssen keine Angst haben, Camilla ist darauf nicht zu sehen.«

Angie holte zitternd Luft. »Dafür brauche ich keine Bilder. Ich kann mich an die Wohnung noch immer sehr gut erinnern. Manchmal sehe ich sie sogar, wenn ich sie gar nicht sehen will – dann taucht sie vor meinem geistigen Auge auf, als wäre sie darin eingebrannt. Oder eine Frau geht über die Straße, die sich genauso bewegt oder eine ähnliche Frisur hat wie Cammie, sodass ich mich zusammenreißen muss, um nicht ihren Namen zu rufen.« Ihr trauriger Blick wanderte von Reed zu Ellery. »Es ist immer eine junge Frau, die ich sehe. Dann denke ich mir: ›Du Dummkopf, sie ist keine neunzehn mehr! Das kann nicht Cammie sein.‹ Sie wäre alt. So wie ich. Es ist lange her, dass sie starb. Ich verstehe einfach nicht, was das jetzt noch bringen soll.«

Stille trat ein. Reed hielt den Umschlag verlegen in den Händen und fragte sich, ob er das Bild herausnehmen sollte. Ellery rückte sich auf ihrem Sitz zurecht und sprach Angie direkt an. »Wenn Sie Reeds Buch gelesen haben, müssen Sie wissen, was passiert ist. Hunderte von Beamten haben an dem Fall Coben gearbeitet, einige davon jahrelang, aber Reed war derjenige, der ihn geschnappt hat.«

»Ja«, antwortete Angie mit Tränen in den Augen, aber noch immer lächelnd. »Er war ein Held, ich weiß.«

»Es ist egal, wie viele Jahre vergangen sind oder wie viele Ermittler sich schon mit dem Fall beschäftigt haben«, fuhr

Ellery fort. »Das ist jetzt Reeds Untersuchung, und er wird sie nicht einstellen, bis er Camillas Mörder gefunden hat.«

Angie betrachtete Reed mit Staunen, während er sich bemühte, unter der Last der Vorschusslorbeeren, die ihm Ellery gerade erteilt hatte, nicht in sich zusammenzusacken. »Zeigen Sie mir das Bild«, sagte Angie entschieden und streckte ihre Hände aus. Reed gab es ihr. »Die Polizei geht davon aus, dass auch Camilla an dem Tag einkaufen war. Ihre Theorie gründet auf den Tüten, die an der Tür abgestellt waren. Darin befanden sich Kleidungsstücke in Camillas Größe. Die Beamten glauben, dass sie nach Hause gekommen ist und den Einbrecher in ihrer Wohnung überrascht hat.«

Angie betrachtete das Foto und schüttelte den Kopf. »Nein, das sind meine Tüten. Ich habe sie fallen lassen, als ich sah, was Cammie zugestoßen war. Wir beide hatten die gleiche Kleidergröße. Die Menschen haben uns immer für Schwestern gehalten. Cammie war an dem Tag nicht einkaufen, sondern ich.«

»Also hat sie den Einbrecher nicht überrascht«, schlussfolgerte Reed, während er das Bild wieder an sich nahm. »Vielleicht hat sie ihn dann hereingelassen.«

»Auf keinen Fall. Cammie hätte Billy Thorndike niemals die Tür aufgemacht. Immerhin hatte er ihren Wagen verwüstet, sie auf der Straße angepöbelt und beschimpft und sogar gedroht, sie umzubringen. Aber hat das die Polizei interessiert? ›Da können wir nichts machen‹, haben die Beamten gesagt. ›Tut uns leid. Rufen Sie an, wenn er etwas gegen Sie unternimmt.‹ Sie haben ihn ja nicht einmal dingfest machen können, als Cammie mit einem Messer in der Brust dalag. Immer nur dieselbe alte Leier: ›Es tut uns so leid, aber wir können nichts machen.‹«

»Cammies Freund war Polizist«, warf Ellery ein. »Hat das die Wachsamkeit der Polizei nicht befördert?«

»David«, erinnerte sich Angie. »Er hat versucht, uns zu helfen, als Billy zu drohen begann. Aber das Haus, in dem wir gewohnt haben, lag nicht auf seiner Route. David war nur ein Streifenpolizist, der am anderen Ende der Stadt arbeitete. Er hat alles getan, was er tun konnte, um Cammie zu schützen. Manchmal hat er auch bei ihr übernachtet. Vielleicht hat er hier und da mal eine Extrastreife in unsere Straße geschickt, aber das hat nichts gebracht.«

»Erzählen Sie mir von David«, sagte Reed.

»Oh, ich denke, er war in Ordnung. Cammie hat ihn im Restaurant kennengelernt, und sie haben sich sofort gut verstanden. Zu dem Zeitpunkt war sie bereits schwanger, und es war langsam zu sehen, was die meisten anderen Jungs wohl abgeschreckt hat. David nicht. Er schien genau das Gleiche zu wollen wie sie – Ehe, Kinder. Cammie war für ihn gewissermaßen ein Gesamtpaket. Eine Familie. Sofort.«

»Wir haben gehört, dass er anderen Frauen hinterhergeschaut haben soll«, sagte Ellery.

Angie schnaubte leicht. »Anderen Frauen ... Sie meinen wohl Wanda?«

»Also, wenn Sie es so direkt sagen ...«

»Ja. David hatte mit ihr ... wie sagt man noch mal ... ein Techtelmechtel. Ich sah es kommen. Noch vor Cammie, der Ärmsten. Mit der Schwangerschaft hatte sie ganz andere Dinge im Kopf, sie wollte nicht glauben, dass David ihr so etwas antun würde. Nicht, wo sie doch gerade begonnen hatten, Pläne zu schmieden. Dann sah sie ihn eines Abends auf dem Parkplatz hinter dem Restaurant, wie er Wanda küsste, und sie musste sich die Wahrheit eingestehen. Na ja, so eine Art Wahrheit. Sie schob Wanda die ganze Schuld in die Schuhe und meinte, dass sie ihn geködert hätte. David war mit dieser Version der Geschichte äußerst einverstanden.«

»Dann wollte er also mit Cammie zusammenbleiben und um ihre Beziehung kämpfen?«, fragte Reed.

Angie runzelte die Stirn. »Ja, ich glaube schon. Denn er liebte sie ja, und sie liebte ihn. Außerdem gab es noch das Baby.«

»Und die fünfundzwanzigtausend Dollar«, fügte Ellery hinzu.

Angie blickte erst überrascht und dann betroffen. Ihre Augenbrauen zogen sich zusammen. »Sie wissen von dem Geld?«

»Ja«, antwortete Reed bestimmt. »Und was wir jetzt brauchen, ist eine Liste der Personen, die sonst noch davon gewusst haben.«

»Cammie war nicht daran gelegen, die Familie von Angus zu bedrohen. Sie wollte einfach nur, dass ihr Sohn versorgt war. Das Geld hätte ihr ermöglicht, aus diesem Viertel wegzuziehen, weit weg von Billy Thorndike. Sie hätte sich eine Kinderkrippe und gute Schulen leisten können.«

»Wir sind nicht hier, um Cammies Verhalten zu verurteilen«, erwiderte Reed. »Wir möchten nur herausfinden, was mit dem Geld passiert ist.«

In Angies Augen hatten sich wieder Tränen gesammelt, die sie schnell wegblinzelte. »Ich habe Angus Markham über viele Jahre hinweg gehasst, weil ich glaubte, dass er Menschen nur benutzt. Dass er einer von denen ist, die irgendwo aufkreuzen, sich auf Kosten anderer amüsieren und den Mist, den sie bauen, durch andere wieder beseitigen lassen. Ich hatte Cammie geraten, so viel Geld wie möglich aus ihm herauszuquetschen. ›Das ist das Einzige, was ihn interessiert‹, meinte ich zu ihr. ›Triff ihn da, wo er's spürt.‹ Vor zwanzig Jahren war ich in der Bücherei, und die Bibliothekarin hat mir erzählt, dass sie jetzt Internet hätten. Man könnte alles dort nachsehen, erklärte sie mir. Also habe ich mich hingesetzt und recherchiert. Ich habe ›Angus Markham‹ eingegeben, und da tauchte ein Bild von ihm auf. Mit seiner Frau, seinen drei Töchtern, um die ich mir nie Gedanken gemacht hatte, und mit Ihnen.« Sie hielt inne und warf Reed ein unsicheres Lächeln zu. »Das Foto war zwar unscharf, aber ich habe Sie sofort erkannt. In dem Artikel stand, dass er Sie adoptiert hatte, und ich musste mir eingestehen, dass ich mich vielleicht in ihm getäuscht hatte. Vielleicht war er doch um andere besorgt.«

Sie sah Reed an, als hoffte sie, er würde ihre Vermutung bestätigten, doch Reed befragte sie weiter. »Er hat die Summe aber damals gezahlt. Sie haben das Geld gesehen, nicht wahr?«

Das schlechte Gewissen stand Angie ins Gesicht geschrieben. »Ja, habe ich.«

»Ihre Shoppingtour an diesem Nachmittag«, fuhr er fort. »Hatte Cammie die finanziert?«

Angie antwortete mit einem bedächtigen Nicken. »Wir hatten uns schon so lange nichts Neues mehr gekauft. Cammie meinte, dass wir uns etwas gönnen sollten, und sie gab mir mehrere Scheine – als Dankeschön für all die Stunden, die ich auf das Baby aufgepasst hatte.«

»Wer hat das Geld sonst noch gesehen?«

»David.« Sie hielt inne, um nachzudenken. »Wie schon gesagt, Cammie und ich. Sonst niemand, es sei denn, Sie zählen noch Angus und den Mann hinzu, der es gebracht hat.«

»Rufus Guthrie«, erklärte Reed.

»Ja, er.« Ihre Lippen nahmen die Form eines dünnen missbilligenden Strichs an. »Ich habe diesen Mann nicht gemocht. Er hat sich benommen, als wäre Cammie absichtlich schwanger geworden und hätte von Beginn an nur Geld aus Angus herauspressen wollen. Wissen Sie, was er gemacht hat, als er ihr die fünfundzwanzigtausend Dollar übergeben hat? Er hat sie begrapscht und gemeint, für diese Summe sei ja wohl eine Gratisnummer für ihn drin. Sie rammte ihm das Knie zwischen die Beine und warf ihn raus. Ja, das hat sie gemacht.«

»Hat Cammie ihn danach noch einmal gesehen?«, fragte Reed.

»Ich glaube nicht. Da war ja auch nicht mehr viel Zeit. Drei Tage später war sie tot.« Die Vorstellung, dass Camilla Flores einmal existiert hatte und dann plötzlich nicht mehr, brachte Angie nach all den Jahren offenbar immer noch aus der Fassung.

»Das Geld wurde nach Camillas Tod nie gefunden«, stellte Reed fest.

»Nein?«

Er schüttelte den Kopf. »Was glauben Sie, ist damit passiert?«

Sie sah sich in ihrem Büro um, als könnte es plötzlich wie aus dem Nichts auftauchen. »Die Wohnung war durchwühlt worden, es herrschte völliges Chaos. Ich … ich bin davon ausgegangen, dass der Mörder das Geld gefunden und mitgenommen hat.«

»Oder er hat schon vorher gewusst, dass es dort war.«

Angie blickte entsetzt drein. »Sie halten doch David nicht etwa für den Mörder? Wenn er das Geld unbedingt gewollt hätte, dann hätte er sich's einfach nehmen können. Er hatte einen Schlüssel und kannte Cammies Schichtplan. Er …« Sie brach ab und schluckte heftig. »Er hätte ihr nicht wehtun müssen.«

Bevor Reed eine weitere Frage stellen konnte, klopfte es. Michaela, die junge Frau vom Empfang, steckte ihren Kopf zur Tür hinein. »Tut mir leid, dass ich stören muss, aber die Kinder für die nächste Stunde sind da. Was soll ich machen?«

»Ich komme gleich, danke«, antwortete Angie schnell und

stellte die Schachtel mit den Taschentüchern weg. »Ich hab's Ihnen doch gesagt, ich werde Ihnen keine große Hilfe sein.«

»Im Gegenteil, Sie waren äußerst hilfreich«, widersprach ihr Reed.

»Sie wollen nur charmant zu einer alten Frau sein.« Angie nahm einen Papierblock von ihrem Schreibtisch und schrieb eine Adresse auf. »Ich würde Sie beide gerne zu mir nach Hause zum Essen einladen. Sollten Sie noch weitere Fragen haben, können wir heute Abend gerne darüber sprechen.«

»Sehr gern«, antwortete Reed, während er den Zettel entgegennahm. »Danke.«

»Nein«, entgegnete sie mit Nachdruck. »Ich danke Ihnen. All die Jahre habe ich mich gefragt …« Sie brach ab und schüttelte leicht den Kopf. »Wir sehen uns heute Abend, ja? Gegen sieben.«

»Wir werden pünktlich sein.« Er steckte den Zettel in seine Brusttasche. Draußen auf der Straße schlug er Ellery vor, in eine nahe gelegene Bar zu gehen. »Wir könnten etwas trinken und eine Kleinigkeit essen.« Reed fühlte sich erschöpft. Auf der Fahrt durch die Wüste hatten sie nur angehalten, um zu tanken und sich einen Kaffee zu holen.

»Von mir aus«, erwiderte Ellery. Es war das erste Mal, dass sie nicht in Begeisterungsstürme ausbrach bei der Aussicht auf etwas zu essen. Das änderte sich auch nicht, als sie fünfzehn Minuten später mit zwei Gläsern Bier und einer Portion heißer knuspriger Tortilla-Chips unter einem orangefarbenen Sonnenschirm saßen. Reed verschlang gierig die scharfe Salsa und die hausgemache Guacamole, während Ellery lustlos auf einem Chip herumkaute.

»Darf ich kurz Tula anrufen, um ihr gute Nacht zu sagen?«

»Natürlich.«

Reed verbrachte die nächsten zehn Minuten plaudernd

mit seiner sechsjährigen Tochter und erzählte ihr, dass er kleine Ballerinen gesehen hätte.

»Ich will keinen Tanzunterricht haben«, beharrte Tula. »Ich will am Trapez fliegen.«

»Ich glaube, der Christliche Verein Junger Menschen bietet solche Kurse nicht an, mein Schatz. Außerdem bist du noch zu jung, um so etwas Gefährliches zu machen. Wie wär's, wenn du erst einmal mit dem Turnen beginnst?«

»Nein, Trapez. Das Mädchen, das wir im Zirkus gesehen haben, war nur ein bisschen älter als ich, und sie konnte schon am Trapez fliegen.«

»Tja, das werden ihre Eltern ihr wohl beigebracht haben. Deine Mutter und ich sind aber leider keine Akrobaten.«

»Mom hat den am schlimmsten langweiligen Job der Welt«, beschwerte sich Tula. »Sie tippt den ganzen Tag nur in ihren Computer. Du fährst wenigstens manchmal woanders hin.«

»Der Job deiner Mutter ist nicht so langweilig, wie es scheint.« Sarit arbeitete als Hauptstadtkorrespondentin für die ›Washington Post‹. »Vielleicht findest du ihn einmal toll, wenn du älter bist.«

»Daddy … stimmt es, dass man alles werden kann, was man möchte, wenn man einmal groß ist?«

Reed zögerte und fragte sich, ob eine Sechsjährige schon alt genug war, um die schreckliche Wahrheit zu verkraften. Er kam zu dem Schluss, dass er das Risiko nicht eingehen wollte. »Ja«, erklärte er mit Nachdruck. »Wenn du dich anstrengst und dein Bestes gibst, kannst du alles machen, was du dir vorgenommen hast.«

»Mommmm!« Reed hörte, wie das Telefon scheppernd auf dem Boden landete und seine Tochter in der Ferne jauchzte. »Daddy sagt, dass ich Unterricht am Trapez nehmen soll!«

Mist. Er war geradewegs in die Falle getappt. Reed legte auf, bevor seine Frau den Hörer aufheben konnte, und steckte sein Handy zur Sicherheit danach noch weg. Ellery hatte ihr Telefon den ganzen Tag noch nicht hervorgeholt.

»Wie ich sehe, behältst du die Funkstille bei.«

Er lächelte über seine Anspielung, Ellery hingegen schien nicht belustigt. »Mein Vater«, sagte sie lediglich.

Reed beeilte sich, ein ernstes Gesicht zu machen. »Hat er wieder angerufen?«

Sie nahm sich für ihre Antwort viel Zeit. »Noch schlimmer. Er ist heute Morgen vor dem Hotel aufgekreuzt. Deshalb war ich so lange unterwegs.«

»Dein Vater ist dir bis nach Nevada gefolgt? Warum?«

Auf Ellerys Glas hatte sich Kondenswasser gebildet. Sie strich mit den Fingern darüber, als malte sie ein Muster. »Warum wohl? Er will etwas von mir.«

»Geld«, vermutete Reed. Die schnelle Kohle hatte John Hathaway schon immer interessiert, wie Reed von den wenigen Geschichten wusste, die Ellery über ihn erzählt hatte. Bestimmt hatte er Wind vom Ruhm seiner Tochter bekommen und glaubte, dass sich das in Dollar bemerkbar gemacht hatte.

»Nein, nicht so etwas Profanes«, erwiderte sie seufzend und lehnte sich zurück. »Er hat noch ein Kind, wie sich herausgestellt hat. Eine Tochter. Sie ist fünfzehn Jahre alt. Sie hat Leukämie, die gleiche Art wie Daniel. Er will, dass ich mein Knochenmark untersuchen lasse, um herauszufinden, ob ich als Spenderin für sie in Frage komme.« Reed wartete, bis Ellery ihn schließlich ansah. »Ich habe abgelehnt.«

Er spürte die Grausamkeit, die in dem Ganzen lag, sofort. Wenn Tula krank wäre, würde er bis ans Ende der Welt gehen, damit sie wieder gesund werden würde. John Hathaway war ein verzweifelter Mann, vermutete er.

»Als Daniel damals die Diagnose bekam«, begann Ellery, »hat Mom versucht, unseren Vater ausfindig zu machen. Er war zu dem Zeitpunkt schon verschwunden. Sie startete einen Rundruf in der Familie und erzählte allen, dass Dad nach Hause kommen müsste, weil wir ihn bräuchten. Er behauptet, dass er diese Nachricht nie erhalten hat. Aber das kann nur stimmen, wenn er sich gar nicht erst um Nachrichten von uns bemüht hat. Dad hat uns damals verlassen und nie wieder einen Blick zurückgeworfen. Stattdessen hat er eine neue Familie gegründet. Wir konnten ihm gestohlen bleiben.«

»Du hast allen Grund, wütend auf ihn zu sein«, sagte Reed leise.

»Ich habe Daniel nicht einmal mein Knochenmark spenden können, weil es nicht gepasst hat. Wahrscheinlich würde es auch dieses Mal nicht klappen.«

»Vielleicht aber doch.«

Sie musterte Reed. »Du findest, ich sollte es machen.«

»Das habe ich nicht zu entscheiden.«

»Ja, aber das ist es, was du denkst.«

Er überlegte einen Augenblick. »Ich würde dieses Mädchen kennenlernen wollen. Wenn sie ein Teil von ihm ist, dann ist sie auch ein Teil von dir.«

»Wir haben nichts miteinander zu tun. Sie ist irgendeine fünfzehnjährige Jugendliche, die in Michigan lebt. Was weiß ich schon über Fünfzehnjährige? Ich hatte selbst auf der Schule nichts mit meinen gleichaltrigen Klassenkameraden gemeinsam.«

»Sie ist deine Schwester«, gab Reed zu bedenken.

Ellery erstarrte, und ihre Augen wurden feucht. Sie sagte eine Weile lang nichts. »Ich habe mir all die Jahre eingeredet, dass es nichts Persönliches war. Dass er uns verlassen hat, weil er keine Familie haben wollte. Weil er es einfach nicht ausgehalten hat. Wie sich zeigt, hat er durchaus eine Familie haben wollen. Nur nicht uns.«

Reed stand auf und setzte sich neben Ellery. Er war bereit, alles zu tun, was notwendig war, um sie dieses Mal zu erreichen. Vorsichtig legte er seine Hand auf ihre. Sie sah ihn nicht an, aber sie zog ihre Hand auch nicht weg. Stattdessen richtete sie ihr Gesicht zum Himmel.

»Die Wahrheit ist die«, begann sie mit bewegter Stimme, »dass ihm egal war, ob wir noch lebten oder tot waren. Warum also sollte ich mir jetzt Gedanken um dieses Mädchen machen?«

Reed spürte, wie sein Herz sich öffnete, denn er wusste die Antwort darauf. »Weil du nicht so bist wie dein Vater«, sagte er und drückte ihre Hand.

15

Sie nutzten die restlichen Stunden vor dem Abendessen, um ein Hotel zu finden, dieses Mal mit Einzelzimmern. Ellery schien erleichtert zu sein, ihren eigenen Bereich zu haben, als sie die Tür mit einem leise klickenden Geräusch hinter sich schloss. Reed freute sich über die Stille und ließ sich mitten aufs Doppelbett fallen. Ein paar Augenblicke dachte er an gar nichts und genoss es, die Zimmerdecke anzustarren. Er fühlte sich schwerelos, als könnte er davonschweben, wenn er die Augen schließen würde. In seiner Jugend hatte er immer mal wieder nach dem Gesicht seiner leiblichen Mutter in der Menschenmenge Ausschau gehalten, obwohl er wusste, dass sie tot war. Dann glaubte er, etwas Vertrautes in dem Gang einer Frau auf der Straße zu erkennen oder in dem dunklen Haar einer Frau, das er auf einer der Wahlveranstaltungen seines Vaters flüchtig sah. Erst als er älter wurde, begriff er, dass er auf der Suche nach sich selbst war. Dass sein Gang, seine Gesichtsform, seine Haar- oder seine Augenfarbe diese Sehnsucht in ihm auslösten. Er hatte seine Mutter nie kennengelernt und würde sie gar nicht erkennen.

Jetzt war er ihr mit seinem Stapel verblasster Fotos dicht auf den Fersen. War ihr so nah wie nie zuvor, während er ihre Schritte zurückverfolgte und die Orte besuchte, an denen sie gelebt hatte. Er hatte mit ihren Freundinnen gesprochen, mit den Männern, die sie geliebt hatte, und hatte ihnen in die Augen gesehen. In diese Augen, in die seine Mutter auch einmal geblickt hatte. Doch er hatte nicht das Gefühl gehabt, als blickte sie daraus zurück auf ihn. Camilla Flores blieb eine flüchtige Gestalt, ein geliebter Mensch, aber einer, der für ihn nicht greifbar war. Wie eine Figur in einem Roman. Er kannte sie, aber konnte sie trotzdem nicht mit Leben füllen.

Um Viertel vor sieben klopfte er an Ellerys Tür, die sofort aufgerissen wurde. Die Spitzen ihres Haars waren noch feucht, weil sie erneut geduscht hatte. Nach Reeds Rechnung musste es mindestens das dritte Mal an diesem Tag gewesen sein, ein sicheres Anzeichen für Stress. Doch ihre angespannte Kieferpartie signalisierte ihm, dass er sie besser nicht darauf ansprach. Reed fand, dass Ellery allein schon deshalb ihr Knochenmark testen lassen sollte, weil sie es später vielleicht einmal bereuen würde, wenn sie es nicht getan hätte. Trotzdem würde er John Hathaway am liebsten einen ordentlichen Tritt zwischen die Beine verpassen dafür, dass er sich ihr derart unsensibel genähert hatte. Der Mann war komplett aus Ellerys Leben verschwunden und hatte keine Ahnung, was er da von ihr verlangte. Er wusste nicht, wie sehr sie sich vor Krankenhäusern fürchtete. Dass sie ihr nur Schmerzen und Ängste gebracht hatten. Dass es Ellery davor graute, betäubt zu werden, damit ihr ein Fremder Löcher in den Körper bohren konnte.

»Du musst nicht mitkommen, wenn du nicht willst«, sagte er sanft, während sie auf dem Flur standen. »Du kannst hierbleiben und dich ausruhen.«

»Nein, die Ablenkung tut mir gut«, entgegnete sie und stapfte los, womit die Diskussion beendet war. Im Aufzug schaute sie statt zu Reed lieber auf die Anzeige, auf der die Nummern der Etagen nacheinander aufleuchteten. »Ich habe beim ›Las Vegas Review-Journal‹ angerufen«, erklärte sie. »Man hat mich mit Bruce Carr verbunden, und er ist bereit, mit uns über den Mordfall Giselle Hardiman zu sprechen.«

»Bruce Carr?«

»Das ist der Journalist, der über diesen Fall berichtet hat.

274

Ich dachte mir, wenn der Sheriff uns keine Einzelheiten zu Giselle Hardiman verraten will, macht das vielleicht Carr. Ich würde auch gern wissen, ob Angie sie gekannt hat. Oder vielleicht Camilla.«

»Ja, sicher«, antwortete Reed in neutralem Ton, während sie den Aufzug verließen und zum Wagen gingen. Er war weiterhin skeptisch, ob es einen Zusammenhang zwischen dem Mord an seiner Mutter und dem an Giselle Hardiman gab. Die Frauen waren ungefähr gleich alt, schlank und dunkelhaarig gewesen und in ihren Wohnungen niedergestochen worden. Auf den ersten Blick wirkte das wie eine starke Verbindung, doch Reeds langjährige Erfahrung hatte ihn gelehrt, dass man die beiden Fälle genauer betrachten musste. Camilla hatte einen rechtschaffenen Job am einen Ende der Stadt gehabt, während Giselle am anderen als Prostituierte gearbeitet hatte. Giselle wurde mit drei Messerstichen getötet, während der Mörder von Camilla so vorgegangen war, als wollte er sie auslöschen. Sie war einem brutalen, länger andauernden Angriff ausgesetzt gewesen, ihr wurden siebzehn Stichwunden zugefügt, gefolgt von einem Schlag auf den Kopf mit einer Buchstütze in Form eines Pferdekopfs. Giselles Mörder schien geübt und körperlich kräftig gewesen zu sein. Ihr Körper hatte keine Abwehrverletzungen aufgewiesen. Wenn Camilla von derselben Person umgebracht worden war, warum war er oder sie in dem einen Jahr, das zwischen den beiden Verbrechen lag, derart schlampig geworden? Das ergab für Reed keinen Sinn, aber er wollte darüber jetzt nicht mit Ellery debattieren.

Über der Bergkette schien ein sichelförmiger Mond auf sie herab, während sie durch die Hügel von Pasadena fuhren. Reed fand Angela Riveras grün gestrichenen Bungalow mühelos. Die Veranda war hell erleuchtet, und eine kräftige Palme stand Wache in dem kleinen Vorgarten. Er brannte darauf, mehr über seine Mutter zu erfahren, und lief zum Eingang. Mehrere Schritte hinter ihm folgte Ellery. Sie blieb im Schatten der Büsche stehen. Er hob die Hand, um zu klopfen, und war noch mitten in der Bewegung, als Angie bereits die Tür öffnete. »Sie sind da«, verkündete sie freudig und ließ sie herein. »Und auf die Minute genau. Das mag ich. Ich bin immer pünktlich. Mir ist es ein Rätsel, dass Menschen ständig zu spät kommen – können sie die Uhr nicht lesen? Glauben sie etwa, dass ich 19.30 Uhr meine, wenn ich sage, sie sollen um 18 Uhr kommen? Wie würde die Welt funktionieren, wenn wir uns alle so verhalten würden?«

»Sie würde im Chaos versinken«, antwortete Reed lächelnd.

»Kommen Sie und machen Sie es sich bequem!«

Reed sah sich in dem Wohnzimmer um, und sein Blick fiel auf eine Kaminkonsole mit unterschiedlich großen beigen Kerzen, über denen ein antiker Spiegel angebracht war. An einer der cremefarben gestrichenen Wände hing ein gerahmter Druck von Degas, eines seiner vielen Gemälde von Ballerinen. Angie schien einen grünen Daumen zu haben, denn ihr Erkerfenster beherbergte einen winzigen blühenden Garten. Alles wirkte gemütlich und einladend, wenngleich die üblichen Familienfotos fehlten, die man von einer Frau in Angies Alter erwartet hätte.

Reed schnupperte und nahm den Geruch von Tomaten, gedünsteten Zwiebeln und Brathähnchen wahr. »Können wir Ihnen bei den Vorbereitungen helfen?«, fragte er und bedachte zu spät, dass er der Gastgeberin ein kleines Geschenk hätte mitbringen sollen. Eine Flasche Wein, Blumen oder eine andere Kleinigkeit. Beschämt verbarg er seine leeren Hände hinter dem Rücken. Seine Mutter, also diejenige, die ihn großgezogen hatte, wäre entsetzt.

»Nein, danke«, antwortete Angie über ihre Schulter hinweg, während sie in die Küche ging. »Das Abendessen ist so gut wie fertig.«

»Sind Sie sich sicher? Ich liebe es, zu kochen.«

Angie stand wieder in der Tür, ein breites Lächeln im Gesicht. »Tatsächlich? Ich auch. Ein Essen vorzubereiten, es zu kosten und abzuschmecken, bis alles perfekt ist, finde ich äußerst befriedigend.«

»Also, im Kosten bin ich gut«, bot Ellery sich an und lächelte. Erfreut stellte Reed fest, dass sie entspannter wirkte. Ihre Schultern waren nicht mehr bis zu den Ohren hochgezogen. »Und was Reeds Fähigkeiten als Koch angeht, dafür kann ich mich verbürgen. Er ist in der Lage, in weniger als einer Stunde ein Drei-Gänge-Menü in meiner sparsam eingerichteten Küche zu zaubern.«

»Oh.« Angie stellte einen schweren Schmortopf auf den Tisch. »Dann sind Sie beide also … zusammen?«

Sie sagte die Worte beiläufig, aber mit einem Hauch von Hoffnung in der Stimme, die Reed rührte und traurig machte. Sie schien allein zu leben, und er fragte sich, ob das schon immer so gewesen war.

»Nein, nein«, erwiderte Ellery. »So ist das nicht.«

Reed hielt inne, um Angies eng anliegenden violetten Rollkragenpullover und ihre langen Beine zu bewundern, die in einer dunklen Jeans steckten. »Ein bisschen schon«, antwortete er freundlich und lächelte, während Ellerys Blick zu ihm schnellte. »Die Sache ist kompliziert.«

»Oh, ich verstehe«, sagte Angie, die offenkundig nichts verstand. Sie begann, Hühnerbeine auf die Teller zu verteilen, gegart in einer Soße aus Tomaten, Knoblauch und Oliven. »Ich habe mich gefragt, ob Sie eine Familie haben.«

»Ich habe eine Tochter. Sie heißt Tula und ist sechs Jahre alt.« Reed holte sein Handy hervor und zeigte Angie ein Foto, über das sie in Verzückung geriet.

»Sehen Sie sich nur dieses süße Gesicht an? Sie ist ein Schatz.«

Reed gab Angie das Telefon und beobachtete, wie sie das Bild seiner kleinen Tochter in sich aufsog. Normalerweise hielt er sein Privatleben strikt aus den Ermittlungen heraus. Die Menschen, die er befragte und die gefährlich waren, sollten nicht wissen, dass er Frau und Kind hatte. Oft legte er den Ehering ab, damit das Thema nicht zur Sprache gebracht werden konnte. Er trennte Beruf und Privatleben, räumlich wie geistig. Er nahm Tula oder Sarit nicht mit in die Verbrecherwelt und brachte andersherum die Dämonen nicht mit nach Hause – sagte er sich zumindest. Sarit hatte, was das anging, eine andere Meinung gehabt.

Als Angie ihm zögernd sein Handy zurückgab, strichen ihre Finger über den Rand des Geräts. Sie wandte sich höflich zu Ellery. »Was ist mit Ihnen? Haben Sie Kinder?«

Reed hielt den Atem an. Angie hatte keine Ahnung. In den Büchern und Artikeln über Ellery waren die bleibenden Schäden ihrer Vergewaltigung nie erwähnt worden: Sie konnte keine Kinder mehr bekommen. Ellery blieb ruhig, was ihr hoch anzurechnen war. Sie zog lediglich ihr eigenes Handy hervor und zeigte Angie wortlos ein Bild.

Angie lachte herzlich beim Anblick des Fotos. »Ein vierbeiniges Kind aus Fell. Das habe ich auch. Meine Miezekatze, Zsa-Zsa, versteckt sich gerade im Schlafzimmer. Wissen Sie, sie ist schüchtern.«

»Er heißt Speed Bump«, sagte Ellery. »Und er liegt wie alle Hunde ständig im Weg herum – um einen auszubremsen.« Sie verdrehte die Augen, aber ihr Ton war voller Liebe.

»Zsa-Zsa ist ein kleines Biest. Sie weckt mich morgens, indem sie etwas von der Kommode stößt. Ich brauche keinen Wecker.«

»Mir geht es ähnlich. Wenn ich Bumps Napf nicht bis um sechs Uhr abends gefüllt habe, ruft er den Tierschutz an.«

Sie plauderten und verputzten dabei Angies köstliches Essen. Genüsslich verschlangen sie das Hühnchen, das knusprige Brot und den Salat, während die Kerzen abbrannten. Schließlich tauchte Zsa-Zsa aus dem Schlafzimmer auf, strich an der Wand entlang und beschnupperte die Gäste. Ellery streckte eine Hand zur Begrüßung aus. Der Schwanz der flauschigen weißen Katze zuckte hin und her, und sie beäugte die Finger erst misstrauisch. Doch dann schoss sie herbei, schmiegte sich an Ellery und schnurrte laut. »Sie mag Sie«, sagte Angie und klatschte in die Hände. »Und in dieser Hinsicht ist sie wählerisch. Sie mag nicht jeden.«

»Ach, sie ist süß!«, sagte Ellery und lächelte, während die Katze vorsichtig auf ihren Schoß sprang.

»Angie, vielen Dank für das köstliche Essen«, erklärte Reed und lehnte sich in seinem Stuhl zurück, der Bauch angenehm gefüllt, sodass der Hosenbund leicht spannte.

»Oh, ich habe den Kuchen vergessen!«, rief sie und lief in die Küche.

Reed stöhnte auf, aber Ellery war tapfer. »Ich habe noch eine saubere Gabel hier«, erklärte sie.

Angie kehrte mit einem Gugelhupf zurück, überzogen mit salzigem Karamell. »Ich habe Wasser aufgesetzt, für Kaffee oder Tee, was Sie lieber möchten.« Reed ließ sich widerstandslos ein dickes Kuchenstück auf den Teller legen, obwohl er nicht wusste, wie er mehr als ein paar Bissen davon schaffen sollte.

»Hat Camilla auch gern gekocht?«, fragte er aus reiner Neugierde.

Die Frage schien Angie durcheinanderzubringen, denn sie hantierte ungeschickt mit dem Messer herum. »Cammie? Ja, ich denke schon. Wir haben damals nicht viel Geld gehabt, um richtig einkaufen zu können. Es gab am Abend oft nicht mehr als Reis und Bohnen.«

»Tut mir leid, wenn es Ihnen wehtut, über sie zu sprechen«, sagte Reed leise.

Angie setzte sich wieder hin und betrachtete Reed mit einem traurigen Lächeln. »Ja, es tut mir weh. Aber in gewisser Weise ist es auch gut, denn ich habe viele Jahre nicht über sie gesprochen. Niemand hier wusste, wer sie war, und ich konnte ihren Namen natürlich nicht erwähnen. Das hätte alles ruiniert.«

»Wie war sie?«, fragte Reed.

»Cammie war ein lustiger Mensch. Wir haben ständig miteinander gelacht – über dummes Zeug wie Jungs und Kleider und Lieder im Radio. Wir sind tanzen gegangen und haben die Blicke der Männer auf uns gespürt. Aber wir haben ihre Blicke nicht erwidert, denn es ging uns nicht darum, ihre Aufmerksamkeit zu bekommen.« Sie kicherte über sich selbst und hob einen Finger, um sich zu korrigieren. »Na ja, ein bisschen schon. Wir waren jung, hübsch und ungebunden, wie zwei bunte Vögelchen. Wir wollten irgendwann einmal ein Tanzstudio zusammen eröffnen. Ich habe dieses hier nach einer Idee von Cammie benannt. Sie schlug vor, dass wir es A1 Dance Studio nennen sollten, weil wir dann als Erste im Telefonbuch stehen würden. Cammie war ziemlich clever.«

Reed lächelte, und Angie biss sich auf die Lippe, während sie sich daran erinnerte.

»Das klingt aus heutiger Sicht ziemlich albern, oder? Das Telefonbuch!«

»Die Idee war gut«, versicherte ihr Reed. Er zögerte, bevor er das nächste Thema ansprach. »Die gemeinsamen Tanzabende … werden ein Ende gefunden haben, als Cammie dann schwanger war.«

Angie bestätigte das mit einem kurzen Nicken. »Cammie wollte so viele Extraschichten wie möglich arbeiten, um zusätzlich Geld zu verdienen. Ich habe ihr gesagt, dass ich ihr helfen würde, aber sie machte sich wegen der vielen Ausgaben, die sie erwarteten, große Sorgen. Dann begann der Ärger mit Billy Thorndike ... und sie wollte nur noch so schnell wie möglich wegziehen.«

»Bei einer dieser Extraschichten hat sie dann David kennengelernt«, sagte Reed. »Richtig?«

»Ja, richtig.«

»Wie fanden Sie ihn?«

Angie hielt inne, und sie sah Reed und Ellery abwechselnd an. »Warum? Sie glauben doch nicht wirklich, dass er etwas damit zu tun hat, oder?«

»Ich weiß es nicht«, antwortete Reed. »Was meinen Sie?«

Sie zuckte mit den Achseln und stach mit der Gabel in ihren Kuchen. »David war in Ordnung. Er hatte Probleme, seinen Hosenstall geschlossen zu halten, wie ich Ihnen schon erzählt habe. Aber das war mir persönlich egal. Cammie mochte ihn und sagte, sie fühle sich sicher bei ihm. Ich glaube, ihr gefiel es einfach, wie er in seiner Uniform aussah.«

»Die Polizei hat Ihnen kein Gefühl der Sicherheit gegeben?«, fragte Ellery.

»Die Polizei«, wiederholte Angie, und ein verächtlicher Ton schwang in ihrer Stimme mit. »Ich werde Ihnen mal etwas über die Polizei von Las Vegas verraten. Die Beamten waren damals alle auf dem Strip eingeteilt, weil dort das Geld war. Gab es irgendwo anders ein Problem, wusste man nicht einmal, wo man anrufen sollte, weil es keine zentrale Notrufnummer gab. Stattdessen hatten wir zwei separate Polizeieinheiten, die eine zuständig für die Stadt, die andere für das Land. Und niemand wusste, wo die Grenze verlief. Rief man also wegen eines Problems an, konnte man froh sein, wenn überhaupt jemand aufkreuzte – insbesondere in unserer Ecke der Stadt. Die Beamten hatten unsere Straße schon lange, bevor Cammie und ich dorthin gezogen waren, Billy

Thorndike überlassen. Diese Regelung schien beiden Seiten sehr recht zu sein. Erst als Cammie wegen versuchten Mordes Anzeige gegen Thorndike erstattete und keine Ruhe geben wollte, mussten sie ausnahmsweise einmal ihren Job machen.«

»Das wird ihnen nicht besonders gefallen haben«, sagte Ellery.

»Nein, sie hätten sich lieber weiter in den Clubs herumgedrückt und den Tänzerinnen zugeschaut. Ich sollte es wissen, denn ich war eine davon. Die Polizisten waren immer die schlimmsten Kunden. Geizig bis zum Gehtnichtmehr. Glaubten immer, die Regeln würden nicht für sie gelten. Sagten zu einem, was immer sie wollten, und begrapschten einen sogar, selbst wenn der Chef des Ladens es sah. Einmal bin ich spät aus dem Club rausgekommen. Mein ganzer Körper tat mir weh. Ich wollte nur noch nach Hause fahren, ein heißes Bad nehmen und in mein Bett krabbeln. Doch einer dieser Polizisten stand an der Hintertür und wartete auf mich. Er hatte mich vorher tanzen sehen und gefragt, ob ich anschließend mit ihm etwas trinken gehen würde, aber ich hatte abgelehnt. Meine Antwort schien ihm nicht gepasst zu haben. Ich war die Letzte, die den Laden verließ. Niemand war mehr da, bis auf ihn und mich. Er sagte, dass er mich zu meinem Auto bringen würde. Aber ich lehnte wieder ab. Als ich an ihm vorbeigehen wollte, versperrte er mir den Weg. Ich sei unfreundlich und würde die Männer erst anmachen und dann abblitzen lassen, sagte er. Er wolle nur nett zu mir sein. Der Kerl hatte eine Fahne, und ich bemerkte seine Waffe im Gürtel. Was sollte ich machen?«

»Was haben Sie gemacht?«, fragte Ellery leise.

»Er könnte mich natürlich zu meinem Auto bringen, sagte ich zu ihm. ›Vielen Dank, Herr Wachtmeister.‹ Als wir dort ankamen, drückte er mich gegen den Wagen und versuchte, mich zu küssen. Ich stieß ihn weg. Das war der Augenblick, als er sagte, ich solle besser kooperieren, oder er würde mich aufs Revier mitnehmen und einbuchten. ›Weswegen?‹, fragte ich. ›Drogen‹, antwortete er. Als ich ihm erklärte, dass ich keine Drogen nehmen würde, meinte er, das sei eine Lüge. Er würde bestimmt welche finden, wenn er mein Auto durchsuchte. Ich kann mich immer noch an den Blick seiner Augen erinnern, als er das sagte. ›Ich finde immer welche‹, fügte er hinzu. Da wusste ich, er würde sie mir einfach unterschieben und behaupten, dass sie mir gehörten. Er sah, dass ich begriffen hatte, wie der Hase lief, und drückte mich erneut gegen den Wagen, seine Hände auf meinem Körper …«

Sie schlang die Arme um sich. Reed musste sich zwingen, die nächste und naheliegende Frage zu stellen. »Was ist passiert?«

Ein dünnes Lächeln umspielte Angies Lippen. »Vor dem Golden Nugget Hotel war geschossen worden. Da musste er hin.«

»Haben Sie ihn wiedergesehen?«

»Nein, ich habe in dem Club aufgehört und in einem anderen als Tänzerin gearbeitet. Das war ziemlich einfach, denn wir wurden nicht gut bezahlt, sodass wir ständig woanders auftraten.«

»Angie«, ergriff Ellery das Wort und beugte sich vor. »Haben Sie eine junge Frau namens Giselle Hardiman gekannt?«

Angie runzelte nachdenklich die Stirn. »Ihr Name kommt mir bekannt vor.«

»Sie wurde ungefähr ein Jahr vor Camilla ermordet.«

»Oh, ja, jetzt erinnere ich mich. Ja, ich habe sie einmal gesehen. Der Club, den ich erwähnt habe, wo alle Polizisten hingegangen sind? Giselle hatte da einmal gearbeitet, bevor ich dort angefangen habe. Sie kam vorbei, um mit dem Chef zu sprechen. Irgendwas wegen Geld. Ich trat aus der Toilette und hörte, wie sie miteinander stritten. Sie solle abzischen, sagte er zu ihr und ließ sie stehen. Ich stand immer noch da, und sie fragte mich, ob ich ihr eine Zigarette geben könnte. Dann meinte sie, dass der Chef des Ladens das Gesicht einer Ratte hätte und ein widerliches, perverses und verlogenes Stück Scheiße sei.« Angie richtete sich auf, stolz darauf, dass sie sich daran erinnern konnte. »Mir ist diese Begegnung deshalb im Gedächtnis haften geblieben, weil ich erst dann bemerkt habe, dass er tatsächlich wie eine Ratte aussah. Seine oberen Schneidezähne standen hervor«, erklärte Angie und demonstrierte es mit einer Geste.

»Wann war das?«, wollte Ellery wissen.

»Vor mehr als vierzig Jahren«, antwortete Angie. »Das genaue Datum weiß ich leider nicht mehr. Wahrscheinlich nicht sehr lange, bevor sie umgebracht wurde. Ich erinnere mich, dass darüber kurz in den Nachrichten berichtet wurde. Dann schien die Geschichte einfach zu verschwinden.«

»Ja«, sagte Ellery und sah Reed vielsagend an. »Eigenartig. Wissen Sie, ob Giselle und Camilla sich gekannt haben?«

»Nein, ich glaube nicht. Aber …«

»Aber was?«

»Cammie und ich haben uns damals sehr ähnlich gesehen, insbesondere wenn man nicht zu nahe hinschaute. Wir waren gleich groß und hatten die gleiche Haarfarbe. Sie sprang manchmal für mich ein, wenn ich mich nicht gut fühlte oder noch einen anderen Job wahrnehmen musste. Mit der Schminke und der Frisur hat nie jemand den Unterschied bemerkt.«

»Ist Cammie für Sie in dem Club eingesprungen, als Giselle noch lebte?«

Angie dachte angestrengt nach. »Vielleicht ein- oder zweimal. Warum ist das wichtig?«

»Giselle wurde erstochen, so wie Cammie«, erklärte Ellery. »Möglicherweise suchen wir ein und denselben Täter.«

Angie machte ein verdutztes Gesicht. »Aber Giselle hat

nicht in unserer Gegend gewohnt, und sie war eine …« Sie hielt inne, doch Reed vollendete den Satz für sie.

»Eine Prostituierte.«

Angie nickte. »Cammie und ich haben so etwas nicht gemacht. Das kam für uns nicht in Frage.«

»Wenn Giselle Drogen genommen hat, sind sie und Billy Thorndike sich möglicherweise einmal über den Weg gelaufen«, fuhr Ellery fort. »Und wenn sie als Prostituierte in einem Club gearbeitet hat, in dem Polizisten verkehrten, hat sie eventuell David Owens gekannt.«

»Möglich, ja«, meinte Angie, aber Reed sah, dass sie davon nicht überzeugt war.

»Der Polizist, der Sie belästigt hat«, wollte Ellery wissen. »Haben Sie seinen Namen gekannt?«

»Er hat sich nicht vorgestellt«, antwortete Angie düster.

»Erinnern Sie sich, wie er ausgesehen hat.«

Angie dachte nach. »Groß. Behaarte Arme. Dunkles Haar. An seine Augen kann ich mich nicht mehr erinnern. Er hat Camel-Zigaretten geraucht. Ach ja, und er hatte auf seinem Oberarm eine Tätowierung. Einen Stier, glaube ich. Irgendetwas mit Hörnern.«

Ellery zog ihr Handy heraus, um sich einige Notizen zu machen. »Das ist sehr hilfreich, vielen Dank.«

Angie spreizte ihre Hände in einer ratlosen Geste. »Ich verstehe nicht, inwiefern das hilfreich sein soll. Der Polizist war ein widerlicher Fiesling, der seine Macht missbrauchte. Aber ich wüsste nicht, warum er Cammie hätte umbringen sollen. Der Beamte fragte mich an dem Tag, an dem sie ermordet wurde, wer Cammie derart gehasst haben könnte, dass er sie so brutal niederstach. Mir fiel nur eine Person ein. Billy Thorndike.«

»Vielleicht haben Sie recht«, erwiderte Ellery. »Er ist auch nach all den Jahren immer noch der Hauptverdächtige.«

285

Reeds Handy summte in seiner Hosentasche, und er griff danach, verwundert darüber, dass ihn zu dieser späten Stunde noch jemand anrief. Seine Familie an der Ostküste musste sich schon lange schlafen gelegt haben. Auf dem Display leuchtete die Nummer des Sheriffs von Las Vegas. »Entschuldigt mich einen Moment«, murmelte er und ging über den Flur ins Bad, um den Anruf entgegenzunehmen. »Ja, Markham hier«, meldete er sich.

»Agent Markham, tut mir leid, dass ich Sie so spät noch störe.« Brad Ramsey klang müde, aber noch immer voller Tatendrang. »Es war ein langer Tag, und ich bin gerade erst dazu gekommen, einen Blick auf die Ergebnisse des DNA-Tests zu werfen, um den Sie mich gebeten hatten. Ich nehme an, dass Sie die Resultate gerne sofort wissen möchten, trotz der Uhrzeit.«

»Da haben Sie recht.« Reed presste das Handy ans Ohr, sein Herzschlag wurde schneller. Nach vierzig Jahren würde der Mordfall seiner Mutter endlich geklärt werden. »Wie lautet das Ergebnis?«

»Also, Ihr Gefühl hat Sie offenbar nicht getrogen. Auf dem Griff des Messers wurde Blut gefunden, das nicht mit dem unseres Opfers übereinstimmt. Gut möglich, dass es vom Mörder stammt.«

Reed schloss die Augen. *Ja, ja*, dachte er. Das war's. Endlich. »Haben Sie es mit dem von Thorndike verglichen?«

»Nicht nötig.«

Reed riss die Augen auf angesichts dieser überraschenden Antwort. Er hatte keine Zeit, seine Fragen zu formulieren, denn Sheriff Ramsey sprach direkt weiter.

»Das Blut stammt von einer Frau.«

16

Ellery hing zu sehr ihren eigenen Gedanken nach, um zu bemerken, wie ungewöhnlich still Reed auf der Fahrt zurück zum Hotel war. Als sie auf dem Parkplatz ankamen und er nicht sofort aus dem Wagen stieg, rückte sie sich auf ihrem Sitz zurecht und sah ihn an. »Stimmt was nicht? Oder hast du nur zu viel gegessen?«

Reed zögerte einen Augenblick, ehe er etwas aus seiner Jackentasche zog. Ellery hatte Schwierigkeiten, in dem schummrigen Licht zu erkennen, was es war, doch es schien ein Bündel Papiertaschentücher zu sein. »Sheriff Ramsey hat mich vorhin angerufen, um mir die DNA-Ergebnisse des Messers mitzuteilen. Neben dem Blut von Cammie wurde das Blut einer zweiten Person gefunden. Einer weiblichen Person.« Vorsichtig faltete er die Taschentücher auseinander, und eine kleine, schwarze Haarbürste kam zum Vorschein.

»Du hast Angies Haarbürste mitgenommen?«, fragte Ellery ungläubig.

Reeds Mund nahm einen harten Zug an. »Wir müssen den Test durchführen lassen. Nur so bekommen wir Gewissheit.«

»Ja, aber … du kannst doch nicht ernsthaft annehmen, dass Angie diejenige ist, die Cammie umgebracht hat. Ich meine, schau sie dir doch nur an – sie ist noch immer am Boden zerstört, wenn sie davon spricht, wie Cammie gestorben ist. Sie waren beste Freundinnen. Ihre Beziehung war so eng wie die von Schwestern. Welches Motiv sollte sie gehabt haben, um Cammie derart bestialisch niederzustechen?«

»Das Geld. Angie hat selbst zugegeben, dass sie einer der

wenigen Menschen war, die von den fünfundzwanzigtausend Dollar wussten. Sie ist am Tatort gewesen und hat die Stadt unmittelbar nach dem Mord verlassen.«

Ellery verschränkte ihre Arme und fühlte sich an Angies statt verletzt. »Du sitzt in ihrem Esszimmer und bekommst ein köstliches Mahl serviert. Du hast ihr Gesicht gesehen, als sie von Cammie gesprochen hat. Hast mitbekommen, wie schrecklich das alles für sie gewesen ist und wie sehr sie ihre Freundin vermisst. Außerdem, wie viel wiegt Angie? Fünfzig Kilo? Wie soll sie einen anderen Menschen niedermetzeln?«

»Was damals passiert ist, lässt sie nicht los. Den Grund dafür kennen wir nicht. Sie war genauso groß wie Cammie. Die beiden hatten die gleiche Kleidergröße, wie du dich erinnerst. Dass der Mörder eine Frau ist, erklärt den langwierigen Kampf. Die Angreiferin war körperlich nicht stark genug, um Cammie sofort zu überwältigen.«

Ellery versuchte, sich die Situation vorzustellen. Cammie, die vor Angst schrie und sich zu retten versuchte, weil ihre beste Freundin mit einem Messer auf sie losging. »Deine Theorie ergibt für mich trotzdem keinen Sinn. Nehmen wir einmal an, du hast recht, und Angie wollte diese fünfundzwanzigtausend Dollar haben. Warum hätte sie sich das Geld nicht einfach holen sollen? Immerhin hatte sie Zugang zu Cammies Wohnung, und sie wusste wahrscheinlich, wo Cammie es aufbewahrte. Für Angie wäre es ein Kinderspiel gewesen, in das Apartment zu schlüpfen, während Cammie arbeitete, sich das Geld zu schnappen und nach L. A. zu verschwinden. Sie hätte schon dreihundert Meilen weit weg sein können, bevor Cammie überhaupt bemerkt hätte, was passiert war.«

»Das stimmt«, gab Reed zu. »Dieses Szenario würde eher der Frau entsprechen, die wir heute getroffen haben. Sie scheint keine kaltblütige Mörderin zu sein. Aber wir beide wissen, dass Gewaltverbrecher im alltäglichen Umfeld erstaunlich normal auftreten können. Es klingt schon fast wie ein Klischee – der Verbrecher wird verhaftet, und die Freunde und Nachbarn stehen alle parat, um ihm oder ihr zu attestieren: ›Er schien ein netter Kerl zu sein‹, oder: ›Sie hat immer selbstgebackene Plätzchen zum Kuchenverkauf in die Schule mitgebracht.‹«

Reed stieg aus dem Wagen. Ellery tat es ihm einen Augenblick später gleich und holte ihn an den Aufzügen wieder ein. »Da gibt es noch andere Verdächtige, die in Betracht kommen«, erklärte sie, während sie darauf warteten, dass die Fahrstuhltür sich öffnete. »Wanda hat mit David geschlafen, was Cammie herausgefunden hat. Wir wissen nur durch Wanda, dass Cammie ihm das so einfach verziehen hat. Beziehungsweise, dass Wanda nicht traurig war, ihn gehen zu lassen. Vielleicht hat Wanda gedacht, dass sie David für sich allein haben könnte, wenn Cammie aus dem Weg geräumt wäre.«

»Vielleicht«, erwiderte Reed, ohne überzeugt zu klingen.

Sie folgte ihm in den Aufzug. »Außerdem ist da noch Amy.«

Reed musterte sie. »Was ist mit ihr?«

»Sie hatte in der Zeit, als Cammie ermordet wurde, auf einmal einen Batzen Geld gehabt. Eine Erbschaft, wie sie meinte, aber …«

»Das können wir problemlos überprüfen«, sagte Reed kurz angebunden und starrte dann auf die Anzeige, auf der die Nummern der Etagen nacheinander aufleuchteten, während sie in den zwölften Stock fuhren. Er hatte die Schlüsselkarte für sein Zimmer bereits hervorgeholt und tippte ungeduldig damit auf den Oberschenkel.

Ellery beobachtete ihn einen Augenblick lang schweigend.

»Mir kommt es fast so vor, als wolltest du, dass sie schuldig ist«, sagte sie, kurz bevor sich die Türen mit einem kurzen Klingeln öffneten. »Angie.«

»Das ist lächerlich. Natürlich nicht.« Sie gingen zu ihren Zimmern. Reed öffnete seine Tür. »Wir sollten morgen früh zurück nach Las Vegas fahren«, sagte er, ohne Ellery anzuschauen. »Ich möchte Sheriff Ramsey darum bitten, dass die DNA mit der von Angie verglichen wird, und ich glaube, er ist eher bereit, dem Test zuzustimmen, wenn ich die Bitte persönlich vortrage.«

Ellery erwiderte nichts darauf, was Reed nicht zu interessieren schien. Sie stand noch immer im Flur, nachdem er in seinem Zimmer verschwunden war. Ihrer Ansicht nach gab es da noch eine weitere Frau, die ein Motiv gehabt hätte, Cammie loszuwerden. Eine Frau, die von den fünfundzwanzigtausend Dollar gewusst hatte und die die Ermittlungen unbedingt eingestellt sehen wollte. Sie war wie alle Menschen, die Ellery in ihrem Leben kennengelernt hatte, geübt darin, Geheimnisse für sich zu behalten: Reeds zweite Mutter, Maryann Markham.

Auf der Fahrt zurück nach Las Vegas erläuterte Ellery ihren Plan, wie sie das Gespräch mit dem pensionierten Journalisten, Bruce Carr, führen wollte. Reed runzelte die Stirn. »Wir wissen mittlerweile, dass der Mörder von Camilla Flores eine Frau war. Damit hat sich eine Verbindung zu dem Mord an Giselle Hardiman in Luft aufgelöst. Das sind zwei voneinander getrennte Verbrechen, deren verbindendes Element, oberflächlich betrachtet, die Wahl der Waffe war. Mehr nicht. Aber die Täter-Opfer-Beziehung, die Motive und die Angriffsmuster sind völlig anders. Ich glaube, dass du deine Zeit verschwendest. Und die von Bruce Carr.«

»Dann verschwende ich sie eben. Außerdem habe ich

nicht den Eindruck gehabt, als hätte Bruce Carr sonst noch viel zu tun. Selbst wenn die Frau, die Camilla umgebracht hat, mit dem Mord an Giselle nichts zu tun hat, muss ihn jemand anders begangen haben. Das scheint niemanden zu interessieren. Vielleicht kann Bruce Carr da helfen, vielleicht nicht. Aber wir können zumindest ein paar Stunden erübrigen, um über sie zu reden. Das hat Giselle schon verdient.«

Ellery vermutete, dass niemand ihren Namen auch nur ein Mal in den letzten Jahrzehnten erwähnt hatte. Die Beamten des LVMPD waren die Einzigen, die in der Lage gewesen wären, sich des Falls anzunehmen, doch sie hatten ihn tief vergraben.

»Wie du willst«, antwortete Reed. Sein Kiefer war angespannt.

Ellery fiel erst in dem Moment wieder ein, dass sie eigentlich dabei war, um Reed zu unterstützen. »Wenn du möchtest, begleite ich dich zu Sheriff Ramsey, um mit ihm über den DNA-Test an Angie Rivera zu sprechen.«

»Nein, das bekomme ich schon allein hin. Außerdem ist es wahrscheinlich sowieso besser, dich herauszuhalten. Jetzt, da Ramsey deine Geschichte kennt.«

Ellery wandte sich ab und blickte aus dem Fenster. »Meine Geschichte«, wiederholte sie tonlos. »Aha.«

»Das habe ich nicht so gemeint«, entschuldigte sich Reed. »Ich wollte damit sagen, dass du im Moment nicht für die Polizei arbeitest. Du bist in einer inoffiziellen Funktion hier.«

»Sicher, tun wir so, als ob das der wichtige Teil sei.« Wenn Ramsey einen Teil ihrer Geschichte kannte, dann kannte er sie ganz.

Reed beugte sich über das Lenkrad, als glaubte er, auf diese Weise schneller zu seinem Ziel zu gelangen. »Stell dir nur vor«, sagte er. »Das alles könnte bald vorbei sein.«

Als sie Las Vegas erreichten, checkten sie in ein anderes, nicht ganz so schickes Hotel ein, mit Zimmern auf demselben Flur. Ellery versicherte Reed, dass es in Ordnung war, wenn er mit dem Mietwagen zum LVMPD fuhr. Sie würde sich ein Taxi zum Haus von Bruce Carr nehmen, wo sie um 14 Uhr mit ihm verabredet war. »Sei vorsichtig«, sagte sie zum Abschied.

Reed umfasste den Autoschlüssel und war ungeduldig, weil er aufbrechen wollte. »Was soll das heißen?«

»Was immer Angie Rivera getan hat, unsere Reifen hat sie jedenfalls nicht zerstochen, denn sie war zu dem Zeitpunkt zweihundert Meilen entfernt von Las Vegas und wusste nicht einmal, dass es uns gab.«

Reed sah Ellery an, als hätte sie zum ersten Mal an diesem Tag etwas Vernünftiges von sich gegeben. »Da hast du recht. Ich werde auf mich aufpassen. Oder noch besser, ich werde das Sheriff Ramsey überlassen. Das Auto müsste auf dem Parkplatz des LVMPD sicher sein, oder?«

Ellery wollte sich da nicht festlegen lassen und ließ ihn gehen. Sie bat den Portier, ihr ein Taxi zu rufen, und gab dem Fahrer die Adresse von Carr, der im Norden der Stadt wohnte, wie sich herausstellte. Das Taxi hielt vor einem verputzten beigefarbenen Haus, dessen Front wie bei allen Häusern in der Nachbarschaft von einer breiten Garage mit kurzer Einfahrt dominiert wurde. Der Vorgarten war klein und gepflegt, eine Rasenfläche und ein befestigter Weg, der zu einer braunen schmucklosen Eingangstür führte. Auf den Treppenstufen standen unterschiedlich große Tontöpfe, bemalt in den Farben der Wüste. Als Ellery klingelte, hörte sie im Innern des Hauses einen Hund aufgeregt bellen.

»Still, Bella!« Der Mann, der die Tür öffnete, erinnerte Ellery an den alten Kerl aus dem Film ›Oben‹, mit seiner großen, dunkel gerahmten Brille und dem quadratischen Kopf. Carrs

Handschlag war fest und sein Blick wach, als er sie begrüßte. »Ms Hathaway, bitte kommen Sie herein. Achten Sie nicht auf die angriffslustige Alarmanlage aus Fell. Sie beißt nicht, das verspreche ich.«

Ein Bichon Frisé kam herbeigeeilt und strich aufgeregt um Ellerys Beine. Ellery lächelte und beugte sich hinunter, um die Hündin zu begrüßen, die daraufhin ihre Vorderpfoten auf Ellerys Knie legte und wild mit dem Schwanz wedelte. »Sie ist entzückend.«

»Glauben Sie ja nicht, dass sie das nicht weiß«, brummte Carr, doch sein Ton war zärtlich »Bella, lass das. Ms Hathaway ist nicht wegen dir hierhergekommen. Keiner kommt wegen dir hierher.«

»Mein Hund führt sich immer auf, als wollte er vom Pizzaboten adoptiert werden.«

»Ach ja? Sie hier mag sogar den Postboten. Einmal stand ich vor der Tür, um ein Paket anzunehmen, da kam sie aus dem Haus geflitzt und jagte zu seinem kleinen Auto, als wollte sie gleich hineinspringen und mitfahren. Kommen Sie, hier entlang geht es zu meinem Büro. Also, das war es einmal. Jetzt ist es eher ein Museum.«

Er führte sie durch das Wohnzimmer in einen relativ großen, offenen Raum, der aussah wie ein Arbeitszimmer. Neben dem Schreibtisch stand ein kleines schwarzes Ledersofa, und die Wände waren übersät mit Zeitungsausschnitten. »Alte Geschichten«, sagte Carr mit heiserer Stimme, als Ellery sie betrachtete. »Alte Zeiten. Sehr alt in manchen Fällen.«

Sie sah die Überschrift des Artikels zu dem Brand im MGM-Hotel aus dem Jahr 1980 und entdeckte Bruce' Namen in der Verfasserzeile. Siebenundachtzig Menschen waren ums Leben gekommen, als das Feuer in einem Restaurant ausbrach, das dem Hotel angeschlossen war. Ellery betrachtete das Foto, das einen Feuerwehrmann zeigte, der einen jungen Mann mit Brandverletzungen aus dem Gebäude half.

»Das schlimmste Unglück in der Geschichte Nevadas«, erklärte er. »Wie sich in den Ermittlungen herausstellte, hatte MGM es abgelehnt, die Sprinkleranlage auf den neuesten Stand zu bringen, gegen den Rat der Fachleute. Was für eine sinnlose Tragödie!«

Ellery wandte sich dem nächsten Zeitungsausschnitt zu, wieder ein Artikel über ein Feuer. Dieses Mal eine Brandstiftung im Hilton. »Davon habe ich gehört«, sagte sie und zeigte auf den Ausschnitt. »Die Hilfskraft im Restaurant hatte das Feuer gelegt.«

»Ja, er behauptete, dass er versucht hätte, das Feuer zu löschen. Zuerst hielten ihn alle für einen Helden. Dann aber verstrickte er sich bei seiner Aussage in Widersprüche. Er erklärte gegenüber der Polizei, dass er einen ›Eimer voller Feuer‹ darübergeschüttet hätte, anstatt von einem ›Eimer voller Wasser‹ zu sprechen. Daraufhin haben ihn sich die Beamten näher angesehen.«

»Das hier ist eine ziemlich beeindruckende Sammlung von Artikeln«, sagte Ellery, während sie durch den Raum streifte und die restlichen Überschriften las. Getötete Fußgänger im Straßenverkehr von Las Vegas. Casinobesitzer setzen Angestellte unter Druck, damit sie bestimmte Kandidaten wählen.

»Damals hatten wir noch genügend Zeit, um an einer Story zu arbeiten und zu recherchieren, verstehen Sie? Einiges von dem, was wir geschrieben haben, hat Veränderungen herbeigeführt. Mittlerweile haben wir Fußgängerbrücken, sodass die Touristen nicht mehr ständig durch den Verkehr laufen müssen. Aber keiner ist mehr an Zeitungen interessiert. Richtiger Journalismus war gestern. Heute zählt nur noch das Internet. Hier ein Tweet, da ein Chat. Meine Redakteure brachen immer in Begeisterungsstürme aus, wenn ich ihnen eine Story über geschmierte Casino-Mogule auf dem Las Vegas Strip oder Kredithaie oder sonst was präsentierte. Jetzt dreht sich alles nur noch um ›virale Videos‹, in denen ein Hund auf ein Baby kackt oder eine Frau laut in der Achterbahn schreit.« Er schüttelte angewidert den Kopf. »Ich sollte in meinem letzten Artikel darüber schreiben, warum Katzen sich vor Gurken fürchten. ›Jimmy‹, habe ich gesagt, ›ich kann den Schwachsinn, den du mir da gibst, nicht länger ertragen. Ich gehe ein bei diesen miesen kleinen Aufträgen, für deren Themen sich niemand interessiert. Bitte, lass mich was Richtiges machen. Etwas mit Substanz. Woodward und Bernstein würden sich im Grab umdrehen, wenn sie wüssten, was wir veröffentlichen und als Journalismus bezeichnen.‹«

Ellery rümpfte die Nase. »Sind Woodward und Bernstein schon tot?«

»Nein, aber sie würden tot umfallen, wenn sie meine Zeitung sähen.« Er bedeutete ihr mit einer Geste, auf dem Ledersofa Platz zu nehmen. »Machen Sie sich nichts aus meinem Genörgel. Sie sind gekommen, um über Giselle Hardiman zu sprechen. Eine hübsche junge Frau. Also, das war sie zumindest einmal. Ihr Leben stand von Beginn an unter keinem guten Stern, und dabei blieb es auch.«

»Sie haben Sie gekannt?«

»Nein, nicht persönlich. Aber ich habe ihre Mutter in Texas ausfindig gemacht, nachdem Giselle ermordet worden war. Damals recherchierte man noch Geschichten – selbst wenn einen das über die Stadtgrenzen hinausführte. Auf jeden Fall begriff ich nach diesem langen traurigen Gespräch, warum Giselles Leben auf diese Weise geendet hatte. Ihre Mom hatte ordentlich einen im Tee, als wir uns unterhielten, und mein Eindruck war, dass dieser Zustand keine Ausnahme darstellte. Sie betonte, sie hätte ihre Tochter stets in Schutz genommen, wenn ihre diversen Freunde, die gerne auf jemand eindroschen, wütend und betrunken nach Hause kamen. Sie versteckte Giselle und ließ sich statt ihrer Tochter verprügeln, wie sie mir stolz erzählte. Der Gedanke, diese Kerle zu verlassen, war ihr anscheinend nie gekommen. Giselle verließ mit fünfzehn ihr Zuhause, aber sie ist nicht sehr weit gekommen, wenn Sie verstehen, was ich meine.«

»Ich verstehe.«

Bella kam herbeigeflitzt und schnüffelte an Ellerys und Carrs Füßen. Carr nahm sie auf den Schoß und streichelte sie gedankenverloren. »Sie haben mich am Telefon gefragt, was ich über die Ermittlungen weiß. Die kurze Antwort darauf lautet: so gut wie nichts, denn es gab keine. Also, nicht wirklich. Die Beamten klopften an ein paar Türen, auf der Suche nach Zeugen. Als sich niemand meldete, der den Mörder identifizieren konnte, zuckten sie mit den Achseln, und die Sache war erledigt.«

»Gerüchten zufolge sollen die Beamten ein freundschaftliches Verhältnis zu Giselle gepflegt haben, bevor sie umgebracht wurde.«

»Das habe ich damals auch gehört, was die Vermutung nahelegt, dass die Polizei vielleicht nicht allzu laut an diese Türen geklopft hat, oder nicht?«

»Was halten Sie von diesen Gerüchten – wahr oder nicht wahr?« Ellery streckte ihre Hand aus und lockte die Hündin zu sich. Bella kletterte schwanzwedelnd von Carrs Schoß zu ihr hinüber, um erneut gekrault zu werden.

»Oh, die Gerüchte sind bestimmt wahr. Wie ich die Sache sehe, war kostenloser Sex mit Prostituierten für die Beamten damals nur eine von vielen Sonderzulagen in ihrem Job. Für die Mädchen war es der Preis, den sie zahlen mussten, um ihrem Gewerbe nachgehen zu können.«

»Da Sie gerade von Preis sprechen. Wenn ein Teil der

Kundschaft nicht zahlt, versucht man vielleicht auf andere Weise an Geld heranzukommen. Ich habe gehört, dass sich Giselle in den Wochen vor ihrem Tod anderer Einnahmequellen bedient haben soll.«

»Das stimmt.« Carr hielt inne, als würde er abwägen, wie viel er sagen sollte. »Sie musste ihre Drogensucht finanzieren. Die Polizisten waren vielleicht bereit, ihr gelegentlich eine Tüte Gras zuzustecken, aber Giselle wird mehr als das gebraucht haben. Wenn Sie auf ihre Kontakte zurückgegriffen hat, um an mehr Geld heranzukommen, dann gehörten die Jungs in Uniform mit Sicherheit dazu.«

»Erpressung.«

Carr zögerte erneut. »Vielleicht. Ich habe nie etwas nachweisen können.«

»Wie lange haben Sie an der Geschichte gearbeitet?«

»So lange ich konnte, was so viel heißt wie ein paar Wochen. Am Anfang schien die Story brandheiß zu sein. Okay, das Opfer war eine Prostituierte, aber sie hatte passabel ausgesehen, und ihr Mörder war einer dieser Typen, die einen das Fürchten lehrten, verstehen Sie? In ihrer eigenen Wohnung erstochen. Leser verschlingen so etwas, weshalb wir glaubten, die Geschichte würde sich halten. Aber die Polizei schien sich für den Fall nicht sonderlich zu interessieren. Ich habe ihnen Fragen gestellt, auf die sie mir einsilbige Antworten gaben. Dann haben sie das Thema gewechselt und vorgeschlagen, ich solle stattdessen über den versuchten Raub im Tropicana berichten. Schließlich hat mir mein Redakteur erklärt, dass es zwecklos sei, durch das Revier zu spazieren und Fragen zu stellen, auf die ich keine Antworten bekommen würde. Ich solle mir eine Story suchen, die wir tatsächlich drucken könnten.«

»Diese Beamten, von denen Sie damals abgeblockt wurden. Erinnern Sie sich an ihre Namen?«

»Klar«, antwortete er prompt und musste nicht einmal in seinen Aufzeichnungen nachsehen. »Jeff Highlander und James Finney. Highlander war der leitende Ermittler. Er ist schon tot. Herzinfarkt, 1993. Finney ist vor zehn Jahren in Rente gegangen. Oh, und dann gehörte noch unser heutiger Sheriff dazu, Brad Ramsey. Er fuhr damals in Giselles Gegend gelegentlich Streife. Nachdem ihre Leiche gefunden worden war, hat er bei der Befragung der Nachbarschaft geholfen. Aber er wollte nie mit mir über den Stand der Ermittlungen reden. ›Wir sind noch immer dabei, Hinweise zu verfolgen.‹ Das war sein Standardspruch.« Carr lachte kurz und hämisch auf. »Wenn wir uns heute manchmal zufällig begegnen, sage ich immer zu ihm: »Na, Ramsey, verfolgst du noch immer diese Hinweise? Wie kommst du voran?«

Ellery hatte bei der Erwähnung von Ramseys Namen aufgehört, die Hündin zu streicheln. Bella erinnerte sie daran mit einem Stupser der Pfote gegen ihre Hand. »Was sagt er, wenn Sie ihn nach dem Fall fragen?«

»›Wenn wir etwas herausbekommen, werden wir dich als Erstes verständigen, Bruce.‹ Das sagt er.« Carr zuckte mit den Achseln und lächelte Ellery schlitzohrig an. »Und ich antworte immer, dass die Polizei wohl nicht viel herausbekommt, weil mein Telefon nie klingelt. Die Antwort mag er gar nicht.«

»Wissen Sie …«, begann Ellery und hielt inne, um nachzudenken, wie sie ihre Frage formulieren sollte. »Wissen Sie, ob er einer von Giselles Kunden gewesen ist?«

»Das halte ich für möglich. Er war damals Single. Hat gern mit den Hübschesten von ihnen gefeiert, wurde mir erzählt.«

»Welche Beweismittel hat die Polizei am Tatort gefunden?«, fragte Ellery und änderte ihre Taktik. »Soweit ich weiß, ein Messer.«

»Ja, das Messer. Das soll aus der Küche von Giselle gestammt haben. Der Mörder hat es also nicht mitgebracht. Laut Polizei gab es keine Fingerabdrücke auf dem Griff.« Carr zog die Augenbrauen hoch, um anzudeuten, was er von dieser offiziellen Darstellung hielt. »Und auch keine Einbruchspuren. Niemand hat von ungewöhnlichen Autos oder Fremden in der Gegend berichtet, wobei Giselles Nachbarn natürlich nicht zu denen gehörten, die besonders wachsam waren, was das anging. Sie haben die Beamten bestimmt auch nicht auf einen Tee und ein Pläuschchen eingeladen, weil sie ihnen nicht viel zu erzählen hatten.«

»Hat Giselle Buch geführt über ihre Kunden?«

»Ah, die große Preisfrage«, erwiderte Carr mit einem Lächeln. Er nahm Bella wieder auf seinen Schoß. »Da habe ich Unterschiedliches gehört. Eine ihrer Freundinnen, eine Kollegin, meinte, Giselle hätte einen kleinen blauen Terminkalender geführt. Die Ermittler indes erklärten, sie hätten bei der Durchsuchung ihrer Wohnung nichts dergleichen gefunden.«

»Also hat jemand diesen Kalender verschwinden lassen.«

»Möglicherweise, ja. Oder die Polizei hat ihn die ganze Zeit gehabt und es nicht für nötig gehalten, die Sache zu erwähnen. Wer immer hinter diesem Mord steckt und welche Probleme auch immer es mit Giselle gegeben hat, alles hat sich mit ihrem Tod aufgelöst«, sagte Carr und machte die Handbewegung eines Zauberers – *Simsalabim!* »Ihr Fall verschwand ungefähr eine Woche nach dem Mord aus den Medien, und seit über vierzig Jahren wurde nicht einmal mehr ihr Name erwähnt, bis Sie mich angerufen haben. Deshalb frage ich mich natürlich: Warum interessieren Sie sich dafür?«

»Das FBI ermittelt noch einmal in einem Tötungsdelikt, das ungefähr zur gleichen Zeit stattfand wie der Mord an Giselle Hardiman. Eine Frau namens Camilla Flores wurde in ihrer Wohnung erstochen.«

»Ich erinnere mich an den Fall«, sagte Carr sofort. »Entsetzlich, eine grauenhafte Tat. Die Wohnung sah aus wie ein Schlachtfeld.«

»Wir haben die Morde auf eine mögliche Verbindung hin untersucht.« Ellery beobachtete Carr genau. Sie war neugierig, was er von dieser Theorie hielt, denn bis jetzt war sie offenbar die Einzige, die einen Zusammenhang für möglich hielt.

»Das habe ich mich auch schon gefragt.«

»Wirklich?«, rief Ellery überrascht. »Warum?«

»Ihr Freund, David Owens, war Polizist. Die Jungs in Uniform steckten bis über beide Ohren im Fall Hardiman. Ich weiß nicht, ob einer von ihnen sie umgebracht hat oder nicht. Auf jeden Fall haben sie diesen Mord nicht mit der üblichen Sorgfalt untersucht. Zumindest wollten sie nicht zu tief graben, aus Angst, dass ihnen etwas entgegenkriechen und sie ins Fußgelenk beißen könnte. Beim Flores-Fall hatte ich den gleichen Eindruck. Deshalb kam ich auf den Gedanken, dass das etwas mit Owens zu tun haben musste.«

»Glauben Sie, dass David Owens sich mit Giselle Hardiman getroffen hat?«, fragte Ellery. Ihr war nicht klar, wo Carr die Verbindung sah.

»Das weiß ich nicht. Ich bin allen Beamten gegenüber misstrauisch, dafür habe ich schon genug von denen erlebt.« Carr ließ seinen Blick auf Ellery ruhen. »Nichts für ungut! Ich habe in meiner Laufbahn vielleicht ein- oder zweimal mit ihm gesprochen. Er hatte einen anständigen Ruf. Aber wie gesagt: Ich habe mich gewundert. Damals ging das Gerücht um, dass er eine Beziehung nach der anderen gehabt hätte. Auf jeden Fall hat er diese andere Polizistin im Eiltempo geheiratet. Da war Camilla gerade einmal beerdigt.«

»Die Ehe hat anscheinend funktioniert. Sie sind heute, nach vierzig Jahren, noch immer zusammen.«

Carr schnitt eine Grimasse und winkte ab.

»Was?«, fragte sie.

»Alle Menschen lieben ein Happyend«, antwortete er. »Aber mit diesem Mist lassen sich keine Zeitungen verkaufen.«

Ellery beugte sich vor, um Bella ein letztes Mal unter ihrem flauschigen weißen Kinn zu kraulen. »Wenn alles den Bach runtergeht«, sagte sie, »werde ich Sie anrufen.«

»Sicher«, murrte Carr. »Das sagen sie alle.«

Ellery nahm sich ein Taxi zum LVMPD, weil sie dort Reed treffen wollte. Doch er war schon wieder weg, als sie ankam. »Ist der Sheriff zu sprechen?«, fragte sie die Beamtin an der Anmeldung, eine dralle Frau in Uniform mit wunderschöner Afrofrisur, hellrotem Lippenstift und starrem Blick.

»Nein, Ma'am, er ist in einer Besprechung. Aber ich kann eine Nachricht für ihn aufnehmen, wenn Sie möchten.«

Ellery entdeckte Sergeant Don Price, der gerade über den Flur ging. »Nein, danke«, sagte sie schnell und eilte Price hinterher. Sie holte ihn mühelos ein, und er lächelte, als er sie sah.

»Officer Hathaway. Ich glaube, Ihr Gegenstück war gerade hier und hat den Sheriff besucht.«

»Stimmt. Er ist dabei, eine neue Spur zu verfolgen. Ich habe mich gefragt, ob Sie mir vielleicht helfen können.«

»Ich versuche es gern.«

»Ich würde mir gern die Akten und das dazugehörige Beweismaterial zum Fall Giselle Hardiman ansehen.«

Price runzelte die Stirn, und seine blauen Augen verdunkelten sich. »Ich dachte, Sie würden den Fall Flores untersuchen.«

»Richtig, aber vielleicht besteht zwischen den beiden ein Zusammenhang. Sheriff Ramsey hat gesagt, wir dürfen gern

einen Blick in die Unterlagen werfen, wenn wir möchten.«
Ihre Herzfrequenz schnellte in die Höhe angesichts dieser
dreisten Lüge, und sie hoffte, dass sich das nicht auf ihrem
Gesicht zeigte.

Price schaute auf seine Armbanduhr. »Der Sheriff ist in
einer Besprechung, das wird noch eine Stunde dauern.«

»Mehr als eine Stunde werde ich nicht brauchen«, erwiderte Ellery mit einem breiten Lächeln. »Nur ein kurzer
Blick – okay?«

Price dachte noch einmal kurz darüber nach. »Sie dürfen
nichts mitnehmen, alles muss hierbleiben«, warnte er Ellery.
Sie versprach es, indem sie die rechte Hand wie zum Schwur
hob.

»Ich möchte mir nur die Mordakte durchlesen und einen
Blick auf das Beweismaterial werfen.«

»Ich werde Ihnen das Material bringen. Raum 208.« Er sah
sie neugierig an. »Suchen Sie nach etwas Bestimmtem?«

»Nein. Ich hoffe nur, dass ich es erkenne, wenn ich es sehe.
Vielen Dank.«

Price grub die Überreste eines weiteren unaufgeklärten
Falls aus, einen Karton mit passendem Deckel, auf dem die
gleiche feine Staubschicht lag wie auf den Akten von Camilla
Flores. »Dann will ich Sie mal nicht weiter stören«, sagte er,
während Ellery erwartungsvoll nach dem Deckel griff. Als
sie ihn beiseitelegte, stellte sie fest, dass Bruce Carr mit seiner
Einschätzung, die Ermittlung sei halbherzig geführt worden,
keinesfalls danebenlag. Während die Unterlagen und Notizen zu Camillas Fall mehrere Aktenordner füllten, bestand
die Mordakte von Giselle Hardiman aus einer einzigen Mappe,
einem Umschlag mit Tatortfotos und ein paar eingetüteten
Beweismitteln. Ellery blätterte zuerst die Fotos durch, um
sich ein Bild vom Tatort zu machen. Giselle Hardiman war
in einem Durcheinander von rosa Satinlaken gestorben und

302

hatte einen BH, einen Slip und ein Paar Schuhe mit zehn Zentimeter hohen Absätzen getragen, als sie ermordet wurde. Das Schlafzimmer als Fundort der Leiche und ihre Körperhaltung legten den Schluss nahe, dass Giselle zum Zeitpunkt ihres Todes gearbeitet hatte. Sie lag auf dem Rücken, die Augen geöffnet. Sie hatte ihr Ende kommen sehen, wenn auch erst im letzten Augenblick.

Ellery erstarrte, als sie Schritte und Männerstimmen draußen auf dem Flur hörte. Sie wusste nicht, was Sheriff Ramsey machen würde, wenn er sie hier entdeckte. Er könnte sie auf jeden Fall über Nacht in eine Zelle stecken, da sie formaljuristisch unbefugt in Polizeieigentum herumstöberte. Die Stimmen entfernten sich, und Ellery entspannte sich wieder. Sie wandte sich dem Beweismaterial zu und betrachtete eingehend das blutverschmierte Messer, das schmaler war als das, mit dem Camilla umgebracht worden war, und eher einem Ausbeinmesser glich. Den Beamten von Las Vegas musste man wenigstens zugutehalten, dass sie das Messer auf Fingerabdrücke untersucht hatten, denn der Griff wies noch immer Reste von Spurensicherungspulver auf. Ellery legte die Mordwaffe beiseite und sah sich die übrigen Beweismittel an: Giselles knappen BH und den winzigen Slip; ein Weinglas, das den Fotos nach zu urteilen wohl dasjenige sein musste, das auf dem Nachttisch gestanden hatte; Giselles Schmuck; ein Liebesroman in Taschenbuchformat, auf dessen Einband getrocknetes Blut zu kleben schien; ein blutiges Handtuch und ein kleiner blauer Terminkalender mit der Jahreszahl 1974 in goldenen Buchstaben vornedrauf.

Ellerys Gesicht wurde rot vor Schreck, und sie blickte über die Schulter. Wenn die Polizei ihn behalten hatte, dann war das vielleicht gar nicht der Kalender, in dem Giselle über ihre Kunden Buch geführt hatte. Sie schlug die erste Seite mit den Fingernägeln auf, um keine Abdrücke zu hinterlassen.

Nach wenigen Seiten war ihr klar, dass es sich tatsächlich um Giselles Kundenbuch handelte. Die Informationen zu ihrer Kundschaft waren jedoch verschlüsselt. ›AN50M2D‹ lautete ein Eintrag vom zwölften Februar, ein anderer aus demselben Monat ›GGPCP*‹. Ellery sah einige von Giselles Notizen durch, aber sie konnte kein offensichtliches Muster erkennen. Einige der Buchstaben und Zahlen wiederholten sich, jedoch häufig in unterschiedlichen Kombinationen. Gelegentlich gab es Anmerkungen, die offenbarten, was geschehen war. »Nicht aufgekreuzt«, hatte Giselle einmal hingekritzelt oder neben ›DC40SNK‹ »nie wieder« hinzugefügt.

Ellery wagte einen Blick zur Tür und diskutierte kurz mit sich selbst, ob sie den Terminkalender hinausschmuggeln sollte. Don Price würde dem Sheriff bestimmt erzählen, dass sie sich die Akte Giselle Hardiman hatte geben lassen, und Ramsey würde die Beweisstücke sicher auf Vollständigkeit prüfen. Fehlte der Terminkalender, wäre sie die Hauptverdächtige – abgesehen davon würde sie die Beweismittelkette unterbrechen. Sollte der Kalender ein beweiskräftiger Gegenstand sein, konnte sie ihn nicht einfach einstecken und davonmarschieren, weil er dann nicht mehr vor Gericht verwendet werden könnte.

Ellery erinnerte sich, dass sie am Ende des Flurs an einem Kopierraum vorbeigekommen war, und ihr kam eine Idee. Sie zog Latexhandschuhe an, schnappte sich die Mordakte und den Terminkalender und steckte den Kopf zur Tür hinaus, um zu überprüfen, ob die Luft rein war. Als sie niemanden über den Flur gehen sah, eilte sie zu dem fensterlosen kleinen Raum, wo der Kopierer stand. Das große schwere Gerät befand sich im Energiesparmodus, weshalb es einige Minuten dauerte, bis es wieder betriebsbereit war. »Komm schon, komm schon!«, feuerte sie die vor sich hin brummende Maschine leise an. Ihre Finger wurden beim Umblättern und Kopieren der kleinen Seiten des Kalenders und des mageren Inhalts der Mordakte immer ungeschickter. Nachdem sie mit beidem fertig war, überprüfte sie erneut den Flur. Niemand da.

Ellery huschte zurück in Raum 208 und legte die Beweismittel wieder in den Karton. Die Kopien behielt sie, schlang ein Gummiband darum, steckte sie in ihre Jacke und schlüpfte aus dem Zimmer.

Auf dem Flur kam sie an ein paar uniformierten Beamten vorbei, die ins Gespräch versunken waren und ihr offenbar keine Beachtung schenkten. Trotzdem senkte Ellery den Kopf und steuerte so schnell wie möglich auf den Ausgang zu. Als sie aufblickte, entdeckte sie den Sheriff. Sie machte kehrt, allerdings nicht schnell genug, um unbemerkt zu bleiben. Ellery schalt sich selbst für diese Dummheit und tat das Einzige, was sie tun konnte: Sie senkte erneut den Kopf und marschierte in die Damentoilette.

Der Raum war leer, aber nutzlos, da er nur einen Ausgang besaß. Ellery mühte sich redlich mit dem einzigen Fenster ab, doch es ließ sich nicht mehr als wenige Zentimeter öffnen. Der Spalt war zu schmal für sie, um sich hindurchzuzwängen. Ihre Lederjacke hatte eine Innentasche, die aber zu klein war. Die Kopien könnten herausfallen, bevor es ihr gelang, den Sheriff abzuwimmeln. Vielleicht könnte sie einfach warten, bis Ramsey gegangen war. Oder Reed anrufen. Sie hatte ihr Handy bereits hervorgeholt und wollte schon die Ruftaste drücken, als sie es sich anders überlegte. Wenn Reed ihr jetzt zu Hilfe käme, würde Ramsey sie beide in die Mangel nehmen. Und Reed brauchte den Sheriff, um den DNA-Test durchführen zu können. Ellery warf erneut einen finsteren Blick Richtung Fenster und wünschte sich, auf die Größe eines Vogels zu schrumpfen und wegfliegen zu können.

305

Während die Sekunden verstrichen, erkannte sie, dass ihr nur ein Ausweg blieb. Sie musste den Sheriff so lange austricksen, bis sie das Gelände des LVMPD mit den Unterlagen verlassen konnte. Entschlossen straffte sie die Schultern, warf sich selbst einen aufmunternden Blick im Spiegel zu und traf die notwendigen Vorkehrungen für die Unterlagen. Vielleicht hatte sie Glück, und er war nicht mehr da, wenn sie aus der Toilette trat.

»Und wieder gewinnt die Bank«, murmelte sie zu sich selbst, als sie ihn auf dem Gang entdeckte. Er wartete neben der Tür, kaute auf einem Zahnstocher herum und schien die Hälfte des Flurs einzunehmen.

»Was haben Sie da gerade gesagt?«, fragte er und legte den Kopf schief, während er sie musterte.

»Nichts.« Sie zwang sich, zu lächeln. »Ich suche Agent Markham. Ist er hier?«

»Er ist schon vor einiger Zeit gegangen.«

»Oh, danke. Dann setze ich mal meine Suche fort. Ich werde ihn schon finden.«

Ramsey machte einen Schritt auf Ellery zu und versperrte ihr den Weg. »Wie ich durch Sergeant Price weiß, hat er Ihnen das bereits gesagt. Er hat mir auch erzählt, dass Sie sich die Akte Hardiman angesehen haben.«

»Nur ein kurzer Blick«, erwiderte sie und spreizte die Hände. »Wie sich herausgestellt hat, gab es gar nicht viel zu sehen.«

»Ich habe Ihnen deutlich gesagt, dass Sie den Fall in Ruhe lassen sollen. Sehr deutlich.«

»Ach ja?« Ellery bemühte sich, irritiert zu wirken.

»Ich habe das Agent Markham unmissverständlich klargemacht. Ihr Zugriff beschränkt sich auf die Akte Flores.«

»Diese Nachricht hat er wohl nicht weitergegeben«, erwiderte Ellery achselzuckend. »Tut mir leid. Ich muss jetzt los.«

Er griff nach ihrem Arm. »Noch nicht. Wir beide sollten uns mal kurz unterhalten.«

Ramsey marschierte mit ihr den Flur entlang, und seine Finger gruben sich in ihren Ellenbogen ein. Als sie Raum 208 erreicht hatten, schubste er sie hinein und schloss die Tür hinter sich. »Hören Sie, ich habe doch schon gesagt, dass es mir leidtut«, erklärte sie. »Ich habe nichts durcheinandergebracht. Überprüfen Sie den Karton, und Sie werden sehen, dass alles da ist.«

»Ziehen Sie Ihre Jacke aus!«

Ihr Herz blieb kurz stehen. »Wie bitte?«

»Sie haben mich gehört. Ziehen Sie Ihre Jacke aus.«

»Warum?«

»Weil Sie laut Jimenez im Kopierraum gewesen sind.«

»Bin ich nicht.« Sie schluckte schwer und hoffte, dass Ramsey es nicht bemerkte.

»Sie sind nicht befugt, Kopien von dieser Akte zu machen. Das sind polizeiliche Beweise, und Sie sind als Privatperson hier, Ms Hathaway. Verdammt noch mal, ich könnte Sie dafür einsperren, dass Sie sich diese Sachen angesehen haben.«

Ellery streckte ihr Kinn vor. »Dann sperren Sie mich doch ein!«

»Ziehen. Sie. Die. Jacke. Aus.«

Sie blickte ihn mehrere Sekunden lang wütend an, dann streifte sie ihre Jacke ab. »Hier!«, rief sie und warf sie auf den Tisch. »Sind Sie jetzt zufrieden?«

Er griff danach und tastete Ellery sorgfältig ab, während er sie mit finsterem Blick beobachtete. »Drehen Sie sich um!«

»Nein. Das muss ich nicht. Ich muss mich nicht …«

Er drückte sie grob gegen die Wand. »Oh doch, das müssen Sie«, flüsterte er ihr ins Ohr. Er spreizte mit seinem Fuß ihre Beine auseinander. »Sie müssen alles tun, was ich sage.«

Ellery spürte, wie sich ihr der Magen drehte, als seine

Hände begannen, ihren Körper zu begrabschen. Sie zwang sich, sich nicht zu übergeben. »Oder was?«, fragte sie und hasste sich dafür, wie erstickt sie klang.

»Das wollen Sie nicht wissen.« Er riss ihre Arme hoch und drückte ihre Hände gegen die Wand. »Die Hände bleiben dort, und Sie bewegen sich nicht.«

Er durchsuchte sie langsam und zielgerichtet. Seine Hände verweilten auf ihren Brüsten, Hüften und Oberschenkeln. »Wonach Sie auch immer suchen, ich habe es nicht.«

»Sie halten sich wohl für sehr schlau, meinen Männern Befehle zu erteilen, als würden Sie das LVMPD leiten. Sie vertreten hier nicht das Gesetz, Ms Hathaway. Genau genommen vertreten Sie im Augenblick nirgendwo das Gesetz. Sie sollten besser nicht vergessen, wo Ihr Platz ist.«

»Und wo ist der?« Sie sprach mit zusammengebissenen Zähnen.

»Hier, wo Sie gerade sind, erscheint mir ziemlich gut«, antwortete er und presste sich von hinten gegen sie. Ellery hielt die Luft an, aber sie zwang sich, ihre Augen offen zu halten. Sie sah die riesige Hand, die ihre gegen die Wand drückte. Sah die behaarten Arme mit den hervortretenden Sehnen. Als sie das Tattoo unter dem hochgerutschten Ärmel erblickte, riss sie die Augen auf. Ein großer Schafbock mit wütenden Augen und riesigen gebogenen Hörnern. Ihr fielen Angies Worte über den Polizisten auf dem Parkplatz ein: Er hatte eine Tätowierung auf seinem Arm, einen Stier oder so.«

»Wenn Sie mich verhaften wollen, darf ich einen Anwalt anrufen«, sagte Ellery zu ihm.

Er ließ seine Hände fallen und trat zurück. »Verschwinden Sie. Wenn ich Sie noch einmal hier in meinem Gebäude sehe, wird Ihr kleiner Hintern im Gefängnis landen. Haben wir uns verstanden?«

Ellery griff nach ihrer Jacke und sah ihm in die Augen. Ihre Knie drohten nachzugeben, und ihr Hirn schrie ihr zu, dass sie weglaufen sollte. »Das hier ist nicht Ihr Gebäude. Es gehört der Stadt.«

Sheriff Ramseys Nasenflügel blähten sich. »Das ist mein Haus, und ich stelle hier die Regeln auf.« Er zeigte mit einem langen Finger auf sie. »Gehen Sie!«, befahl er. »Und kommen Sie ja nicht mehr wieder!«

Ellery ging. Auf zittrigen Beinen eilte sie den Flur entlang zur Treppe, die sie halb laufend, halb fallend ins Erdgeschoss hinunterjagte, um schließlich ins Freie zu stürzen. Der Himmel hatte sich mit zornig aussehenden violetten Streifen verdunkelt. Sie beugte ihren Oberkörper vor und holte tief Luft, um sich zu beruhigen. Die Gänsehaut, verursacht durch das widerliche Gefühl von Ramseys Händen auf ihrem Körper, war noch nicht verschwunden. Nach ein paar Sekunden richtete sie sich wieder auf und schritt vorsichtig um das Gebäude, bis sie das Gebüsch unter der Toilette des zweiten Stocks erreichte. Sie lächelte. Auf der Erde lag ihre Belohnung. Eine Papierrolle, mit einem Gummiband zusammengehalten.

17

Reed schluckte zwei Ibuprofen und betrachtete sein Spiegelbild. Er bemerkte die gräuliche Blässe in seinem Gesicht, die blutunterlaufenen Augen und die zwei Tage alten Stoppeln auf dem Kinn. Wenn er einer der ihm unterstellten Agenten wäre, würde er sich sofort selbst nach Hause schicken. Nach derzeitiger Lage blieb ihm ohnehin nicht viel anderes übrig, denn das Gespräch mit Sheriff Ramsey war nicht so verlaufen, wie er sich das erhofft hatte. Die neu gewonnene Erkenntnis, dass das Blut auf dem Messer von einer weiblichen Person stammte, hatte Ramseys Interesse geweckt, aber er hatte sich geweigert, einen DNA-Test für die Haarprobe anzuordnen, die Reed bei Angie Rivera eingesammelt hatte.

»Was heißt das schon, wenn die Haarprobe mit dem Blut übereinstimmt?«, hatte Ramsey eingewendet. »Angie war praktisch Camillas Mitbewohnerin, oder? Die beiden haben sich ständig in der Wohnung der anderen aufgehalten. Sie haben zusammen gegessen. Wenn Angies Blut auf dem Messer ist, kann sie problemlos erklären, wie es da hingekommen ist.«

»Wenn ihr Blut mit dem von Camilla vermischt ist, wäre das ein stärkerer Beweis.«

»Nicht wirklich. Denn dieses Blut ist mittlerweile vierzig Jahre alt, sodass niemand mehr feststellen kann, wann und wie jeder einzelne kleine Tropfen auf das Messer gelangt ist.«

Reed hatte seine Frustration herunterschlucken müssen. »Das war's also? Wenn Angie die Mörderin ist, kommt sie damit einfach davon, weil sie und Camilla befreundet waren?«

»Ja, das war's. Außerdem ergibt diese Theorie sowieso keinen Sinn. Wie gesagt, die beiden waren enge Freundinnen. Warum sollte Angie sie umbringen wollen? Jetzt kommen Sie, Agent Markham. Sie sind kein blutiger Anfänger. Sie wissen doch so gut wie ich, dass die Geschworenen mehr Beweise sehen wollen als nur ein paar Tropfen Blut auf dem Messer. Wenn Sie nicht mehr als das finden können, um Angie mit diesem Mord in Verbindung zu bringen, und auch nicht in der Lage sind zu erklären, warum Angie die Tat begangen hat, dann befürchte ich, dass dieser Fall keine Chance hat.«

»Was, wenn Cammie an Geld herangekommen war? Würde das als Motiv reichen?«

In den Augen des Sheriffs blitzte erneut Interesse auf. »War das so? Davon weiß ich nichts.«

Reed wusste, dass er vorsichtig sein musste. Wenn er die fünfundzwanzigtausend Dollar erwähnte, würde er die Leiche, die Angus Markham im Keller hatte, ans Tageslicht befördern und zur Titelstory in den Nachrichten machen. »Nehmen wir einfach einmal an, dass sie einen beträchtlichen Betrag an Bargeld in ihrer Wohnung gehabt hat und dass Angie davon wusste. Am Tatort wurde kein Bargeld gefunden, wie uns bekannt ist, und Angie hat sich wenige Tage nach dem Mord nach Los Angeles aufgemacht.«

Ramsey hatte sich weit in seinem Stuhl zurückgelehnt und eine ganze Weile zur Decke gestarrt. »Das sind alles sehr spannende Informationen – wenn sie wahr sind. Können Sie beweisen, dass Camilla dieses Geld besessen und dass Angie es genommen hat?«

»Nein«, gab Reed widerstrebend zu. Er konnte nicht mit Gewissheit sagen, dass Angie das Geld genommen hatte.

»Tja, also wenn Sie diesen Beweis oder eine andere Bestätigung erbringen können, dass Angie etwas damit zu tun hat – dann werden wir über diesen DNA-Test nachdenken.«

Später hatte Reed seiner Chefin den Fall dargelegt, aber ihre Antwort hatte sich im Wesentlichen mit der von Sheriff Ramsey gedeckt: Eine Übereinstimmung der DNA mit Angie Rivera wäre kein ausreichender Beweis, um einen Fall darauf aufzubauen. Reed müsste einen anderen stichhaltigen Zusammenhang zwischen Angie und dem Mord an Camilla finden, ehe sie einem DNA-Test zustimmen würde. Somit stand Reed allein da, wo er gerade war. In einem dunklen Hotelzimmer, mit rasenden Kopfschmerzen. Er hatte die letzten beiden Stunden damit verbracht, die Tatortfotos und die Zeitschiene noch einmal zu studieren, für den Fall, dass er etwas übersehen hatte. Etwas stimmte nicht – das sagte ihm sein Gefühl, als er die Bilder betrachtete, aber die Antwort blieb unerträglich vage und wollte sich nicht zu einer endgültigen Erkenntnis zusammenfügen.

Reed sah sich die Fotos aus der Entfernung an. Er stellte sie auf den Kopf. Er ging hin und her zwischen den überwiegend Fröhlichkeit vermittelnden Schnappschüssen, die die Polizei in Camillas Wohnung sichergestellt hatte, und den unpersönlichen Tatortaufnahmen. Er musste sich die Bilder nicht länger anschauen. Sie waren in seinen Kopf eingebrannt, und er konnte sie abrufen, nur indem er die Augen schloss. Die Puzzleteile lagen alle vor ihm: Angies Einkaufstüten neben der Tür; die Blutspuren auf dem Boden und an den Wänden, die auf den brutalen Kampf hindeuteten; das Messer in Camillas Brust und die blutverschmierte Buchstütze in Form eines Pferdekopfs neben ihrem Schädel. So viel Blut. Das grüne Rautenmuster auf Camillas Bluse verschwand fast völlig unter den vielen Flecken.

Vielleicht lag es daran, was die Bilder nicht zeigten – Reed als Baby –, dass er nicht erkennen konnte, was fehlte. Vielleicht hatte er diese Aufnahmen aber auch einfach schon zu lange angestarrt und sich dadurch verrückt gemacht. Er setzte sich aufs Bett und holte sein Handy hervor. Keine Anrufe von Ellery. Ein Teil von ihm wünschte sich, dass sie zurück-kommen würde, damit er ihr die Bilder noch einmal zeigen und sie fragen könnte: *Was siehst du, das ich nicht sehe?* Ein anderer Teil fühlte sich noch immer gekränkt, weil sie zu Bruce Carr gefahren war, um einen alten Mordfall zu ver-folgen, der mit seinem nichts zu tun hatte.

Plötzlich erfasste ihn Unruhe, und Reed ging in dem Zimmer auf und ab. Seine Vorstellungskraft war am Ende. Er brauchte Ideen von außen. Vielleicht könnte David Owens diese neue Sicht auf den Mord an Cammie erhellen. Da er als Verdächtiger mittlerweile so gut wie sicher auszuschließen war, konnte er eventuell mit einem Hinweis auf Angies mög-liches Motiv dienen. Reed ging sogar von einer Fifty-fifty-Chance aus, dass Owens damals mit beiden Frauen eine Affäre gehabt hatte. Der Mann sah sich offenbar gerne in alle Richtungen um.

Reed wählte die Festnetznummer von Owens und ver-sicherte sich mit einem Blick auf die Uhr, es war kurz vor neun, dass es noch nicht zu spät war, anzurufen. Er wollte nicht bis zum nächsten Morgen untätig in seinem Hotelzim-mer herumsitzen. Als Amy Owens abhob, verspürte er Er-leichterung. »Guten Abend, Mrs Owens. Ich bin es, Reed Markham. Tut mir leid, dass ich Sie so spät noch störe, aber ich habe mich gefragt, ob ich vielleicht vorbeikommen könnte, um mit Ihnen und Ihrem Mann über den Fall zu sprechen.«

»Oh? Gibt es Neuigkeiten?« Er hörte, wie sie im Hinter-grund Geschirr wegräumte.

»Wir haben eine DNA auf dem Messer gefunden«, er-klärte er ihr. »Das wirft neue Fragen auf.« Reed hatte Amy als Verdächtige ausgeschlossen, als der Sheriff ihm am Nach-mittag ihre Geschichte von der Erbschaft bestätigt hatte:

Amys Onkel war gestorben und hatte ihr eine ansehnliche Summe hinterlassen, kurz vor dem Mord an Cammie. Ihr plötzlicher Geldregen damals hatte also nichts mit den verschwundenen fünfundzwanzigtausend Dollar zu tun.

»Eine DNA«, sagte Amy mit einer Spur von Verwunderung in der Stimme. »Nach all den Jahren. Die heutigen Verfahren sind schon erstaunlich, oder? In meiner Zeit als Polizistin waren wir froh, wenn wir ein paar Fingerabdrücke sichern konnten. Was hat der Test ergeben?«

»Das würde ich lieber nicht am Telefon besprechen. Darf ich Ihnen und Ihrem Mann einen kurzen Besuch abstatten?«

Er hörte, wie sie zögerte. »Ich weiß nicht …«

»Ich verdächtige Ihren Mann nicht des Mordes«, versicherte er schnell. »Nicht mehr. Ich hätte nur gerne Ihre Meinung gehört zu ein paar neuen Informationen, die wir zusammengetragen haben.«

»Na gut«, gab Amy nach. »Wir sind zu Hause. Kommen Sie vorbei, wann immer Sie wollen.«

Reed rasierte sich noch schnell und kämmte sich das Haar, bevor er ging. Vor Ellerys leerem Hotelzimmer blieb er kurz stehen und fragte sich, ob er ihr eine Nachricht hinterlassen sollte, entschied sich aber dagegen. Sie verfolgte ihre Spuren, er seine. Auf dem Weg zum Haus der Owens überlegte er sich die Fragen, die er David zu Camillas und Angies Beziehung stellen wollte. Angie zufolge war Cammie als Tänzerin manchmal für sie eingesprungen. Vielleicht war es um Geld gegangen, und Angie hatte gedacht, dass Cammie ihr etwas schuldete.

Die Wohnstraße der Familie Owens lag still da, erhellt nur von ein paar Straßenlampen und dem fernen Licht, das aus den wenigen, großen Nachbarhäusern drang. Reed hielt vor dem Haus der Owens und stellte verwundert fest, dass keine Lichter brannten, zumindest nicht nach vorne hinaus. Da er bei Amy und David angemeldet war, hätte er erwartet, dass zumindest der Eingangsbereich beleuchtet war. Vielleicht waren sie im hinteren Teil des Hauses. Er drückte auf die Klingel und hörte, wie es im Innern des Hauses läutete. Als niemand kam, um die Tür zu öffnen, klingelte er noch einmal, dieses Mal länger, aber es tauchte immer noch keiner auf, um ihn hereinzulassen. Reed reckte den Hals und blickte an dem Haus hoch, während ihn ein Gefühl des Unbehagens beschlich. Doch nichts wirkte verkehrt, weder mit dem Haus noch mit der Straße. Er war der einzige Mensch weit und breit.

Reed beschloss, um das Haus herum nach hinten zu gehen. Vielleicht besaßen die Owens einen Pool oder einen Pavillon und hatten einfach nicht mitbekommen, dass er eingetroffen war. Er schob den Riegel des Gartentors zurück und lief an den niedrigen Palmen und anderen großblättrigen Tropengewächsen vorbei in den Garten. Reed roch das Wasser im Schwimmbecken, das still und dunkel lag. Doch keine Spur von David oder Amy Owens. Er ging zu den Terrassentüren und trat dabei auf etwas Scharfes und Festes, das unter seinen Füßen knirschte. Beunruhigt stellte er fest, dass er auf zerbrochenem Glas stand. Er streckte eine Hand aus und ertastete den Rahmen der eingeschlagenen Tür. Das Loch, das darin klaffte, war groß genug, dass eine Person hindurchklettern konnte. Die Waffe gezückt, schlüpfte er ins Haus, wobei er versuchte, den Glasscherben auszuweichen.

Er stand in der Küche und konnte in der Dunkelheit kaum etwas erkennen, machte aber trotzdem einen weiteren vorsichtigen Schritt nach vorn. »Mr Owens? Mrs Owens?«, rief er. »Ich bin's, Agent Markham. Sind Sie da?«

Angst stieg in ihm auf, denn statt einer Antwort war da nur Stille. *Verschwinde von hier*, dachte er, *und fordere Verstärkung an.* Seine Füße bewegten sich weiter ins Innere des

Hauses. Amy oder David konnten verletzt sein und möglicherweise mit dem Tod ringen. Er durfte keine Zeit verlieren. »Mr Owens, Mrs Owens«, versuchte er es noch einmal. »Ich bin's, Reed Markham. Können Sie mich hören?«

Er hielt seine Waffe in der rechten Hand, während die linke über die Wand strich, auf der Suche nach einem Lichtschalter. Die Stimme einer Frau, ruhig und kalt, drang durch die Dunkelheit. »Hallo, Mr Markham.«

»Amy«, stieß er erleichtert hervor. »Gott sei Dank, Sie sind in Ordnung.«

»Ja, mir geht's gut.«

»Ihr Haus … ich habe das Glas gesehen. Was ist passiert?« Reed blickte in die Richtung der Stimme, doch er konnte Amy nicht ausmachen. Er glaubte, ihre Gestalt auf der Treppe zu erkennen. »Ist alles in Ordnung? Wo ist David?«

»Ich habe David einkaufen geschickt. Sie machen ihn nervös.«

»Ich … wie bitte? Wo sind Sie? Ich kann nichts sehen.« Erneut tastete er nach einem Lichtschalter. »Wer hat Ihre Tür eingeschlagen? Was ist hier los?«

»Na, Sie sind doch eingebrochen«, antwortete sie, und Reed erstarrte.

»Ich habe die Tür so vorgefunden«, sagte er vorsichtig. »Sie war bereits eingeschlagen, als ich hier ankam.«

»Nein, Sie sind eingebrochen, nachdem David und ich Ihnen erklärt haben, dass wir nicht mehr mit Ihnen sprechen wollen. Da sind Sie durchgedreht. Sie haben Ihre Waffe gezogen. Ich habe Angst gehabt, Sie würden mich umbringen.«

Reed blickte auf die Waffe in seiner Hand, die in dem spärlichen Licht kaum sichtbar war. »Ich bin nicht hier, um sie umzubringen. Ich will nur mit Ihnen reden.«

»Nein. Fürs Reden ist jetzt keine Zeit mehr. David wird bald zurückkommen.« Als sie die Stufen hinunterging, fiel ein Lichtschein auf sie, und Reed stellte fest, dass sie ebenfalls eine Pistole in der Hand hielt. »Runter mit der Waffe!«, befahl sie.

»Amy, bitte …«

»Runter damit, habe ich gesagt!«

Reed legte den Revolver langsam auf den Boden und dachte über seine Alternativen nach. David war einkaufen und würde bald nach Hause kommen. Wenn er es schaffen würde, dass Amy bis dahin weiterredete, könnte die Situation vielleicht entschärft werden.

»Und jetzt stoßen Sie die Waffe weg mit dem Fuß.«

Reed gehorchte, und der Revolver schlitterte über die Fliesen zum Kühlschrank. »Was soll das, Amy?«

»Das wissen Sie genau. Wenn Sie diesen DNA-Test durchgeführt haben, müssen Sie es wissen.«

Ah, dachte Reed, während ihm, zu spät, ein Licht aufging. »Sie haben Camilla umgebracht.« Er behielt einen neutralen Ton bei, um auf keinen Fall verurteilend zu klingen.«

»David konnte sich nicht entscheiden«, sagte sie. »Also musste ich nachhelfen. Heben Sie die Hände, damit ich sie sehen kann!«

Reeds Hand war vorsichtig in seine Jackentasche gewandert, in der sein Handy steckte. Er zog sie heraus und hob die Hände. »Sie können mich erschießen«, sagte er, »aber die Polizei wird den DNA-Ergebnissen nachgehen. Jetzt, wo klar ist, dass eine Frau hinter dem Mord von Camilla steckt.«

»Nein, wird sie nicht. Der Fall ist jahrzehntelang unberührt geblieben, bis Sie aufgetaucht sind. Sheriff Ramsey ist immer auf unseren Grillfesten im Sommer. Glauben Sie etwa, dass er sich um einen vierzig Jahre alten Fall schert? Er und David schauen zusammen Football. Ich weiß genau, wie er tickt. Und er wird froh sein, wenn er diese alte Geschichte wieder ad acta legen kann.«

Reed wusste tief im Innern, dass Amy recht hatte. Er war der Einzige, der an der Aufklärung dieses Mords interessiert war und deshalb an der Sache dranblieb. »Vielleicht wird er den Fall zu den Akten legen. Aber bestimmt nicht Ellery.« Das wusste Reed ebenfalls tief im Innern.

Amy lachte hämisch. »Sie ist vom Dienst suspendiert! Das habe ich im Internet gelesen – die halbe Welt hält sie für verrückt. Ich mache mir keine Gedanken, was diese Frau angeht.« Amy richtete die Waffe auf ihn, als würde sie gleich auf ihn schießen. »Tut mir leid, dass alles so gekommen ist«, sagte sie, und ein Hauch echten Bedauerns schwang in ihrer Stimme mit. »Sie können nichts dafür, dass Ihre Mutter eine Hure war.«

»Warten Sie! Das können Sie nicht machen!«, stieß er hervor. Seine Hände zitterten, und sein Mund wurde trocken. Er dachte an seine Familie, an seine Tochter und an Ellery, die wahrscheinlich diejenige sein würde, die seine Leiche identifizieren musste. Amy zögerte, und in dieser schrecklichen angespannten Stille hörten beide, wie ein Auto in die Einfahrt fuhr. Das Garagentor begann sich polternd zu öffnen. David.

»Hilfe!«, rief Reed, und Amy feuerte ab.

Das Einzige, was er spürte, war einen Druck auf der Brust. Trotzdem wusste er sofort, dass er getroffen worden war. Erneut setzte er an, um nach Hilfe zu rufen, doch mehr als ein Keuchen drang nicht aus seinen Mund. Der Knall eines Schusses erfüllte den Raum. Mittlerweile benommen, hatte er Mühe zu atmen. Sein Kinn schlug auf dem Boden auf, als er mit dem Gesicht nach unten auf den Fliesen landete. Er hörte Schritte, Stimmen, und dann wurde alles schwarz.

18

Ellery versuchte vergeblich, Reed auf dem Handy zu erreichen, ehe sie zurück zum Hotel fuhr. Dort angekommen, klopfte sie an seine Tür und wartete, aber sie erhielt keine Antwort. Erneut zog sie ihr Handy hervor und starrte auf das Display, als würde darauf wie von Zauberhand eine Nachricht erscheinen und ihr verraten, wo er war. Sie hatte mit ihm nicht mehr gesprochen, seit sie sich am Vormittag voneinander verabschiedet und beide ihrer Wege gegangen waren. Ihr Handy lieferte keine Antworten, und sein Hotelzimmer blieb verschlossen und still. Widerstrebend kehrte Ellery in ihr Zimmer zurück und holte die kopierten Seiten der Mordakte von Giselle Hardiman hervor. Sie versuchte seit mittlerweile mehreren Stunden, den Code zu knacken, den sich Giselle für ihre Kunden ausgedacht hatte. Ohne Erfolg. Die Einträge in ihrem Terminplaner begannen alle mit zwei Buchstaben, die vielleicht die Initialen der Namen dieser Männer waren. BR konnte also zum Beispiel für ›Brad Ramsey‹ stehen. Oder auch nicht. Ihre Vermutung ließ sich weder beweisen noch widerlegen. Sie wünschte sich, Reed wäre da für eine zweite Meinung.

Ellery bestellte sich ein Sandwich beim Zimmerservice, doch als es eintraf, bekam sie nicht viel davon hinunter. Die Anspannung, herbeigeführt durch das leere Zimmer nebenan, wirkte sich offenbar auf ihren Appetit aus. Sie versuchte noch einmal Reed zu erreichen, und dann noch einmal, doch beide Anrufe landeten auf der Mailbox. »Ich bin's«, sagte sie. »Wo bist du? Ruf mich an, wenn du das hier abhörst.« Als er

319

sich nach einer weiteren halben Stunde immer noch nicht gemeldet hatte, ging sie in die Hotelbar und das angeschlossene Restaurant, um ihn zu suchen. Es waren nicht viele Gäste dort. Trotzdem überprüfte sie jeden Tisch und schaute sogar in der Herrentoilette nach. Sie durchstreifte auch die Parkgarage und konnte nirgends den Mietwagen finden. Ihr Brustkorb zog sich vor Angst zusammen, und in ihrem Kopf schrillten die Alarmglocken. Etwas stimmte nicht. Reed würde nie wegfahren und sie ohne eine Erklärung zurücklassen.

Ellery lief zurück ins Hotel, das Handy bereits wieder in der Hand. Doch dieses Mal wählte sie eine andere Nummer.

»Las Vegas Police Department«, meldete sich eine junge männliche Stimme am anderen Ende der Leitung.

»Ich suche jemanden ... Reed Markham. Er ist FBI-Agent.«

»Sie sprechen mit dem LVMPD.«

»Das weiß ich«, erwiderte Ellery gereizt. »Mr Markham war heute Nachmittag im Polizeipräsidium, um sich mit Sheriff Ramsey zu treffen. Er hat ihn zuletzt gesehen.« Sie war sich nicht sicher, ob das stimmte. Durchaus möglich, dass nicht, aber dieser Termin war die einzige Verabredung, von der sie gesichert wusste.

»Hier ist kein FBI-Agent, und der Sheriff ist nicht mehr im Haus. Möchten Sie eine Nachricht hinterlassen?«

»Nein. Sie verstehen mich nicht. Agent Markham ist verschwunden. Wir haben mittlerweile nach Mitternacht, und er ist nicht aufgetaucht. Er meldet sich auch nicht am Telefon. Irgendetwas stimmt nicht.«

Der Beamte am anderen Ende der Leitung schwieg erst vielsagend, bevor er antwortete. »Es ist nicht ungewöhnlich, dass ein erwachsener Mann nach Mitternacht hier in Las Vegas unterwegs ist«, erklärte er schließlich. »Ich schlage vor, dass Sie bis morgen früh warten. Normalerweise tauchen sie bei Sonnenaufgang alle wieder auf.«

320

»Nein, es ist nicht so, wie Sie denken. Er ist nicht auf einer Sauftour.« Sie ging vor den glänzenden Türen des Aufzugs auf und ab, ohne auf ihr Spiegelbild zu achten. »Mr Markham ist verschwunden, verstehen Sie das nicht? Er sollte schon seit Stunden wieder zurück im Hotel sein. Können Sie wenigstens nachsehen, ob in den letzten Stunden irgendwelche Unfälle gemeldet worden sind?«

Er seufzte auf ihre Bitte hin. »Nicht dass ich wüsste. Aber einen Moment, ich schaue nach.« Sie wartete mit klopfendem Herzen, während er auf ein paar Tasten hämmerte. »Keine Meldung von schweren Unfällen in den letzten zwölf Stunden – lediglich ein bewaffneter Einbruch. Ich bin mir sicher, dass es ihm gut geht.«

Ellery horchte auf. »Was für ein Einbruch? Was ist passiert?«

»Ich darf Ihnen keine Details offenbaren.«

»Wurde jemand verletzt?«

Eine lange Pause trat ein. »Der Einbrecher wurde angeschossen«, sagte der Beamte, woraufhin Ellerys Nackenhaare sich aufstellten.

»Angeschossen«, wiederholte sie gefasst. »Wo war dieser Einbruch? Können Sie mir sagen, wo der war?«

Er stieß einen tiefen Seufzer aus. »Ich habe Ihnen doch gerade erklärt, dass ...« Er verstummte, und Ellery hörte nichts mehr außer ihrem Blut, das in den Ohren rauschte. »Wie haben Sie gesagt, war der Name Ihres Freundes?«

»Markham. Reed Markham.«

Erneut trat eine schreckliche, schier endlose Stille ein. »Ich kann Ihnen nicht sagen, was passiert ist.« Seine Stimme war jetzt sanft und voller Bedauern. »Aber Sie sollten sich ins University Medical Center aufmachen.«

»Warum? Was ist los? Ist Reed in Ordnung?«

»Fragen Sie in der Notaufnahme nach«, antwortete er. »Und viel Glück.«

Ellery lief wieder hinaus in die kalte Nachtluft. Sie hatte keinen Wagen. »He«, rief sie dem verschlafenen Portier zu, der auf einer Bank herumlungerte. »He, ich brauche ein Taxi.«

»Ja, okay«, sagte er und stand schwerfällig auf. »Ich rufe Ihnen eins.«

»Rufen? Können Sie mir keins herbeiwinken?«

Er deutete auf die leere Straße. »Sehen Sie da eins? Nur die Ruhe. In spätestens fünf Minuten wird das Taxi hier sein.«

»In fünf Minuten!« Ihr Blick wanderte über die Straßen. Vielleicht konnte sie einfach zu dem Krankenhaus laufen. »Wo befindet sich das University Medical Center? Ist es in der Nähe?«

»Das UMC liegt ein paar Meilen entfernt im Norden.« Der Portier musterte sie plötzlich besorgt. »Warum? Sind Sie verletzt?«

»Rufen Sie mir einfach dieses Taxi«, antwortete sie, zog noch einmal ihr Handy heraus und wählte Reeds Nummer. Sie flehte ihn in Gedanken an, sich zu melden, denn dann wären alle ihre Befürchtungen unbegründet. *Heb ab, heb ab, heb ab.* Als ihr Anruf wieder auf die Mailbox weitergeleitet wurde, schloss sie die Augen. *Ein bewaffneter Einbruch. Jemand ist in der Notaufnahme gelandet. Reed hat anscheinend wieder den Helden gemimt*, ging es ihr durch den Kopf. *Verflucht.* Sie rieb sich die Augen mit der Hand und warf dem Portier einen wütenden Blick zu. »Wo bleibt denn dieses Taxi?«, fragte sie ungeduldig.

»Kommt.«

Als es endlich vor ihr stand, stieg Ellery hinten ein und beugte sich gleich nach vorne, um den Fahrer anzuhalten, schneller zu fahren. Doch jede Ampel auf der Strecke war rot. Als sie endlich vor der Notaufnahme des UMC eintrafen, war fast ein halbe Stunde seit ihrem Telefongespräch mit dem LVMPD vergangen. Ellery warf dem Fahrer ein paar Scheine zu und rannte in das Gebäude. Völlig außer Atem erreichte sie die Anmeldung. »Ich suche Reed Markham«, erklärte sie der Aufnahmeschwester. Ellery schielte hinüber zu den Gesichtern im Wartebereich, in der Hoffnung, dass sie Reed unter ihnen entdeckte.

»Würden Sie den Namen bitte buchstabieren?«

Ellery biss die Zähne zusammen und buchstabierte ihn. »Es hat einen Einbruch gegeben. Jemand wurde angeschossen.«

»Oh«, sagte die Schwester. »Ja, er wird gerade operiert. Oben. Aber Sie dürfen nicht …«

Ellery blieb nicht stehen, um zu hören, was sie nicht durfte, sondern jagte den Flur entlang, wich Ärzten, Patienten und fahrbaren Krankentragen aus, während sie den Schildern folgte, die zur chirurgischen Abteilung wiesen. Als sie auf einen Wartebereich stieß, wo sich Ramsey und ein weiterer Beamter, den sie nicht kannte, aufhielten, wusste sie, dass sie hier richtig war. »Sheriff«, rief sie, woraufhin sich dieser mit einem Stirnrunzeln umdrehte.

»Ms Hathaway. Was machen Sie denn hier?«

Sie blieb vorsichtshalber außerhalb seiner Reichweite. »Ich suche Reed. Ist er hier? Was ist passiert?«

»Agent Markham wird gerade operiert.«

Ellery wurde bang ums Herz. Also gab es mehr als ein Opfer, und Reed war ebenfalls verletzt worden. »Was? Wie? Ich habe gehört, dass es einen Einbruch gab. Wie geht's Reed?«

»Ja. Es wurde eingebrochen, in das Haus der Owens.«

»Haben Sie ihn geschnappt?«

Der Sheriff betrachtete Ellery verwundert. »Wen?«

»Den Einbrecher. Er soll angeschossen worden sein.«

»Ja, wurde er.«

»Ich verstehe nicht. Was ist Reed passiert? Warum war er bei Amy und David Owens? Wer hat dort eingebrochen?«

Der Sheriff kniff die Augen leicht zusammen, als er Ellery ansah. »Genau das ist es, was wir versuchen herauszufinden. Wir haben heute Abend einen Notruf von David Owens erhalten. Anscheinend ist Agent Markham in ihr Haus eingebrochen – was er damit bezweckt hat, weiß ich nicht –, und Amy hat auf ihn geschossen, weil es dunkel war und sie ihn nicht erkannt hat.«

Ellery hatte das Gefühl, als würde sie auf Sand stehen. Ihre Beine wurden wackelig. »Reed ist in das Haus eingedrungen? Dafür muss es einen Grund gegeben haben. Der Einbrecher …«

»Agent Markham war der Einbrecher, Ms Hathaway. Laut den Hausbesitzern hat er die Scheibe der Terrassentür mit einem Stein eingeworfen und das Haus mit einer Waffe betreten. Amy hat berichtet, dass sie nicht mehr mit ihm über den Fall Flores sprechen wollten. Vielleicht ist er eingedrungen, um sie auf diese Weise zum Sprechen zu bringen.«

»Was? Nein.« Sie schüttelte energisch den Kopf. »Das würde er nie machen. Nicht Reed. Er …« Sie verstummte und erinnerte sich daran, wie Reed in ihr Haus eingebrochen war, weil er geglaubt hatte, dass sie eine Mörderin sei. Sie schluckte schwer und sah den Sheriff an. »Ist er in Ordnung?«

»Zweimal getroffen. Einmal in den Kopf, einmal in die Brust. Sie operieren ihn gerade, das ist alles, was ich weiß.«

»Oh, mein Gott.« Sie griff blindlings nach dem nächstgelegenen Stuhl und sank darauf nieder.

Der Sheriff ragte vor ihr auf, seine Waffe auf der Höhe ihrer Augen. »Vielleicht können Sie mir erklären, was zum Teufel er sich dabei gedacht hat, in das Haus der Owens einzubrechen.«

Ihr Kopf fühlte sich benebelt an. »Ich … ich weiß es nicht.

Ich habe ihn seit dem frühen Nachmittag nicht mehr gesehen, als er zu Ihnen gefahren ist, um über den DNA-Test zu sprechen.« Sie blickte zu Ramsey hoch. »Wenn er in dieses Haus eingebrochen ist, können Sie darauf wetten, dass es dafür einen triftigen Grund gab. Er hat das nicht gemacht, um die Owens zu verletzen.«

Der Sheriff blickte sie grimmig an. »Laut Amy hat er eine Waffe in der Hand gehabt. Deshalb hat sie auf ihn geschossen. Wir haben seinen Revolver am Tatort gefunden, er lag neben ihm. Die Terrassentür war mit einem Stein eingeschlagen worden, und überall lagen Scherben.«

»Wenn Reed eingebrochen ist, wird er geglaubt haben, dass Amy und David in Gefahr waren«, beharrte Ellery.

»Sollte er ehrliche Absichten verfolgt haben, warum hat er sich dann nicht ausgewiesen? Wieso hat er die Terrassentür eingeschlagen?«

Ramsey hatte recht. Das passte nicht zusammen. »Dafür gibt es mit Sicherheit eine Erklärung. Reed wird das begründen können, wenn er … wenn er aus dem OP kommt.«

Der Sheriff wechselte einen Blick mit seinem Sergeant, einem breitschultrigen Mann mit rotblondem Haar und gleichfarbigem Schnurrbart. Daraufhin schlenderte der Kollege zum Kaffeeautomaten, und Sheriff Ramsey schaute auf seine Schuhe. »Wir werden auf Mr Markhams Sicht der Dinge warten«, sagte er. »Vorausgesetzt, er überlebt, um sie uns mitzuteilen.«

Ellery blieb bis zu den frühen Morgenstunden wach, rückte auf dem unbequemen Stuhl hin und her und versorgte sich mit Koffein aus dem Automaten am Ende des Flurs. Auf ihrem Schoß lag eine alte Frauenzeitschrift, in der sie aber nur herumgeblättert hatte, um nicht einzuschlafen. Der Sheriff war nach ein paar Stunden gegangen. Er hatte seinen Deputy dagelassen, der die Türen zum Operationssaal im Auge behielt, als würde Reed gleich vom OP-Tisch aufstehen und aus dem Krankenhaus fliehen.

Ellerys Gesicht war von Müdigkeit und Anspannung gezeichnet. Sie zog sich immer wieder in sich selbst zurück und forschte nach einer Antwort auf das, was mit Reed geschehen war. Als sie zuletzt mit ihm gesprochen hatte, war Angie Rivera diejenige gewesen, auf die er sich konzentriert hatte, nicht David und Amy Owens. Was hatte ihn veranlasst, zu deren Haus zu fahren? Warum sollte er die Terrassentür eingeschlagen haben? Als Reed in Ellerys Haus eingedrungen war, hatte er das Schloss ihrer Eingangstür ziemlich mühelos knacken können. Wenn er einen Stein durch die Terrassentür geworfen hatte, musste er es schrecklich eilig gehabt haben und davon überzeugt gewesen sein, dass David oder Amy in Gefahr waren. Doch auch diese Erklärung ergab keinen Sinn. Wenn es einen echten Einbrecher gegeben haben sollte, warum würden David und Amy das nicht einfach sagen?

»Was zum Teufel geht hier vor?«

Ellery riss die Augen auf und sprang auf, als Reeds Stimme erklang, die Zeitschrift glitt zu Boden. Sie blinzelte verwirrt, da Reed nirgends zu sehen war.

»Ellery.« Sie drehte sich um und sah Angus Markham auf sich zukommen. Nicht Reed. Sein Vater. Der Senator machte einen zerknitterten Eindruck und war unrasiert, seine blauen Augen waren gerötet. »Was ist los?«, fragte er. »Wo ist Reed? Man hat uns am Telefon nicht viel erzählen wollen.«

Jetzt bemerkte Ellery seine Frau, Maryann. Sie stand hinter ihm, blass und ängstlich. Ellery wünschte, sie könnte den beiden ein paar beruhigende Worte sagen. Stattdessen wanderte ihr Blick zur anderen Seite des Raums, wo Sheriff Ramseys Deputy saß und ihnen ungeniert zuhörte. »Reed wird gerade operiert. Wir wissen noch nichts Näheres.«

»Man hat uns gesagt, dass er angeschossen wurde«, erwiderte Angus knapp.

Ellery sah wieder zu dem Beamten. »Kommen Sie mit«, sagte sie zu Angus und Maryann. Sie führte die beiden den Flur entlang zu dem Kaffeeautomaten und erzählte ihnen dort alles, was sie wusste. Angus Markhams Miene verfinsterte sich mit jedem Wort.

»Das ist es? Die Polizei glaubt, dass er durchgedreht und in das Haus von irgendeiner Frau eingebrochen ist?«

»Dafür muss es eine andere Erklärung geben«, warf Maryann ein und verschränkte die Arme.

»Da stimme ich Ihnen zu, aber die bekommen wir nur von Reed. Und im Augenblick hat die Familie Owens das Geschehen in der Hand. Laut ihrer Schilderung ist Reed in ihr Haus eingedrungen. Mit gezogener Waffe. Amy sagt, sie hätte keine andere Wahl gehabt, als auf ihn zu schießen.«

»Wenn das die Geschichte dieser Frau ist, dann ist sie eine Lügnerin«, erwiderte Maryann bissig.

Ellery erinnerte sich daran, wie Reed in ihr Haus eingebrochen war. Sie hatte ihn in ihrem Schlafzimmer vorgefunden, seine Waffe auf dem Bett, während er dabei war, die Nägel aus dem Wandschrank zu entfernen. »Ich weiß es nicht«, sagte sie zu Angus. »Meiner Meinung nach ergibt im Moment gar nichts einen Sinn.« Die Lage war aufgrund eines weiteren Umstands noch komplizierter, und Ellery wusste, dass Angus sofort begreifen würde warum. »David und Amy waren beide Polizisten. Sie sind mit dem Sheriff befreundet, also können Sie davon ausgehen, dass er geneigt ist, ihnen zu glauben.«

Die Lippen des Senators formten sich zu einem dünnen Strich. »Klar«, murmelte er mit einer Spur der Empörung in der Stimme. »Das nennt sich Politik, und die beginnt auf kommunaler Ebene.«

Maryann wirkte beunruhigt. »Diese Frau hat immerhin auf einen FBI-Agenten geschossen. In einem solchen Fall wird sie ja sicherlich Antworten geben müssen.«

»Amy Owens behauptet, es sei Notwehr gewesen«, erwiderte Ellery. »Und im Augenblick scheint die Polizei ihr das abzukaufen.«

Sie sah den Flur hinunter zu dem Wartebereich, wo der Deputy sich bewegt hatte, um sie weiterhin im Blick zu haben. Ihr war klar, was er dachte: Wenn Reed ein Verbrecher war, dann waren alle in seinem Umfeld mögliche Komplizen. Was immer sie sagten, würde möglicherweise gegen Reed verwendet werden. »Sheriff Ramsey wird bestimmt vorbeikommen, um mit Ihnen zu sprechen«, sagte sie. »Ich rate Ihnen aber, zu schweigen. Seine Fragen werden darauf ausgerichtet sein, die Schilderung der Owens zu untermauern. Seiner Meinung nach war Reed derart versessen darauf, Antworten auf Camillas Tod zu erhalten, dass er bereit war, David oder Amy mit der Waffe zu bedrohen.«

»War er das?«, fragte Angus und sah sie eindringlich an. »Sagen Sie mir, ob das stimmt.«

Ellery sah Reed vor sich in ihrem Schlafzimmer, mit einem Hammer in der Hand, verschwitzt und dreckig, überzeugt davon, dass sie eine Mörderin war. Sie hatte daraufhin ihre Waffe auf ihn gerichtet, direkt zwischen die Augen. Doch selbst in dem Augenblick hatte sie keine Angst vor ihm gehabt. »Nein«, antwortete sie entschieden. »Nein, das stimmt nicht.«

Sie kehrten zusammen in den Wartebereich zurück. Nach nur wenigen Minuten tauchte endlich der Chirurg auf, um sie auf den neuesten Stand zu bringen. Mit seinen müden Augen und dem stoppeligen Kinn sah er genauso erschöpft aus wie alle hier. Er erklärte, dass Reed zwei Schüsse abbekommen habe, einen in den Kopf und einen in die Brust. Angesichts der Umstände hatte er dennoch großes Glück gehabt. Die Kugel im Kopf war nicht in den Schädel eingedrungen, sondern hatte ihn lediglich gestreift. Die Kugel in der Brust hatte größeren Schaden angerichtet. Sie hatte zwar Reeds Herz verschont, aber dazu geführt, dass der Lungenflügel in sich zusammengefallen war. Außerdem hatte sie mehrere Blutgefäße zerfetzt und die Niere beschädigt. Reeds Zustand war immer noch kritisch, und er blieb weiter an ein Beatmungsgerät angeschlossen. Der Arzt äußerte sich jedoch optimistisch, dass er wiederhergestellt werden würde.

Ellerys angespannte Schultern fielen erleichtert nach unten. »Können wir ihn sehen?«, fragte Maryann besorgt.

»Nein, noch nicht«, erwiderte der Chirurg. »Mr Markham befindet sich in der postoperativen Phase und wird noch eine Weile schlafen. Mindestens sechs Stunden, würde ich sagen. Sie können das Krankenhaus also gern noch einmal verlassen und sich ausruhen.«

»Wir bleiben hier«, erwiderte Maryann entschieden und schlang den Pullover enger um sich.

»Wie Sie möchten. Unten ist eine Cafeteria. Da bekommt man ganz anständige Eier mit Schinken.« Er warf ihnen ein müdes Lächeln zu. »Ich werde den Schwestern Bescheid geben, dass Sie hier sind, damit Sie über jede Veränderung informiert werden.«

Angus wandte sich zu Ellery. »Aber Sie sollten in Ihr Hotel gehen und sich ein wenig Ruhe gönnen. Wir können Sie anrufen, wenn es Neuigkeiten über seinen Zustand gibt.«

Ellery sah zu dem Stuhl, auf dem sie gesessen hatte, seit sie im UMC angekommen war. »Nein«, erwiderte sie. »Ich werde bleiben.«

Die Stunden vergingen, und die Sonne stieg immer höher am Himmel. Der Warteraum füllte sich langsam mit den anderen Mitgliedern der Familie Markham. Reeds Schwestern trafen in genau der gleichen Reihenfolge ein, in der sie das Licht der Welt erblickt hatten: Suzanne, die älteste, gefolgt von Lynette und schließlich Kimmy. Sie waren genauso blond und schick, wie Ellery es sich vorgestellt hatte – keine auffallenden Erscheinungen, sondern in allem dezent zurechtgemacht, so, wie Ellery es nie hinbekommen würde. Ihr Schmuck war schlicht, aber eindeutig echt. Sogar ihre Jeans hatten eine gleichmäßige Färbung, nicht wie der Mischmasch aus verschiedenfarbigen blauen Streifen wie Ellerys Jeans. Modische Stiefel, und nicht etwa klobige Boots, rundeten das Outfit von Kimmy ab. Lynette trug einen wunderschönen kamelhaarfarbenen Staubmantel, den Ellery bewunderte, wenngleich ihr bewusst war, dass sie niemals ein solches Exemplar tragen könnte, da es stets mit Hundehaaren übersät wäre.

Ellery begrüßte Reeds Schwestern und hörte dann der Unterhaltung der Familie Markham zu. Sie gruppierten die Stühle um, sodass sie beieinandersitzen konnten. Suzanne hatte für alle Kaffee besorgt. Die Markhams lachten und weinten, und Ellery fragte sich, was Reed wohl sagen würde, wenn er sie sehen könnte. Das Ergebnis dieses DNA-Tests spielte keine Rolle: Das hier war seine Familie. Ellery schloss die Augen und döste vor sich hin, während sie den Geschichten lauschte.

»Erinnert ihr euch noch an diesen Gleiter, den Reed und Timmy Granger zusammen gebaut haben und mit dem sie vom Garagendach aus geflogen sind? Sie haben geglaubt, sie seien die Gebrüder Wright.« Lynette klang bewundernd und entsetzt zugleich.

»Er hat sich bei dem Sturz den linken Arm gebrochen«, erwiderte Maryann. »Natürlich erinnere ich mich noch daran.«

»Und sein erstes Detektivbüro?«, sagte Kimmy. »Wisst ihr das noch?«

»Das versuche ich zu vergessen«, antwortete Angus düster, doch Kimmy fuhr fort mit der Geschichte.

»Robby Bellamy engagierte Reed für zwanzig Dollar, weil seine Mutter die Haushälterin wegen Diebstahls entlassen wollte. Angeblich hatte sie Unterwäsche von ihr geklaut. Robby glaubte der Frau, die den Vorwurf von sich wies.«

»Ich denke eher, dass Robby ihre Kochkünste mochte«, warf Suzanne trocken ein.

»Egal. Reed entwickelte einen Plan, um den Dieb auf frischer Tat zu ertappen.«

»Ja, ja«, sagte Angus unbehaglich. »Und erwischte Mr Bellamy. Daran können wir uns alle noch sehr gut erinnern. Ich kann Jeffrey in der Kirche immer noch nicht in die Augen sehen.«

»Tatsächlich? Also ich schaue ihn mir immer ganz genau an, um zu sehen, ob er vielleicht einen Büstenhalter trägt«, sagte Kimmy, woraufhin Maryann sie mit einem »Pst« zum Schweigen brachte.

Ein Arzt kam herbei und teilte ihnen mit, dass Reed nicht mehr an das Beatmungsgerät angeschlossen sei. Er atme ohne Probleme, schlafe aber noch. Aus der Art, wie er die Nachricht überbrachte, schloss Ellery, dass ein solcher Verlauf ungewöhnlich war. »Können wir ihn jetzt sehen?«, fragte Maryann.

»Ausschließlich Familienangehörige. Immer nur einer. Nicht mehr als fünf Minuten.«

Ausschließlich Familienangehörige. Ellery ging zurück zu ihrem Stuhl und versuchte ruhig zu bleiben, während sie zusah, wie die Mitglieder der Familie Markham abwechselnd in Reeds Krankenzimmer gingen. Die Parade schien kein Ende zu nehmen, und Ellery fragte sich, warum sie eigentlich hier war. Reeds Familie hatte die Krise gut im Griff. Ihr Körper war nahe daran, vor Erschöpfung zusammenzubrechen. Ihr

331

Magen verarbeitete seit Stunden nur Mineralwasser, und ihre Augen waren derart müde, dass ihr Blick allmählich verschwamm. Abgekämpft blickte sie auf, als Kimmy Markham neben ihr auf den Stuhl sackte. »Wie geht es ihm?«, fragte sie und mobilisierte noch einmal ihre letzten Kräfte.

Kimmy zuckte ratlos mit den Achseln. »Das EKG-Gerät piept, wie es piepen soll. Seine Atmung scheint in Ordnung zu sein, aber er will nicht aufwachen. Das ist nicht normal, oder? Er sollte mittlerweile das Bewusstsein wiedererlangt haben.«

»Ich weiß nicht.«

Kimmy strich mit der Hand über den Stuhl, und ihre silbernen Armreifen klimperten. »Das ist alles meine Schuld«, sagte sie kleinlaut. »Ich habe ihn diesen DNA-Test machen lassen, weil ich es für eine witzige Idee gehalten habe. Am Ende stellt sich heraus, dass man mit Johanna von Orléans oder so verwandt ist.«

Ellerys Kopf fühlte sich benebelt an. »Hat Johanna von Orléans Kinder gehabt?« Sie wusste im Augenblick nicht einmal, ob Johanna von Orléans eine richtige Person gewesen war.

»Vielleicht nicht.« Kimmy seufzte entmutigt und lehnte sich in den Stuhl zurück. »Ich habe die Sache einfach nur für einen großen Spaß gehalten. Das verspricht zumindest die Werbung, und die Wissenschaftler erklären uns jeden Tag, dass wir alle irgendwie miteinander verwandt sind.« Sie warf einen besorgten Blick auf ihren Vater, der auf seinem Stuhl eingeschlafen war. »Mir waren unsere verworrenen Familienverhältnisse nicht klar.«

»Die sind in allen Familien verworren.« Da war sich Ellery sicher.

»Hast du Brüder oder Schwestern?«

Ja und nein. Beide Antworten waren zutreffend. »Einen

Bruder und eine Schwester«, erwiderte sie schließlich, und Kimmy lächelte sie traurig an.

»Dann weißt du, wie es ist.«

Ellery sagte nichts. Der stumm geschaltete Fernseher in der Ecke hatte ihre Aufmerksamkeit erregt. »Das ist sie«, sagte Ellery. »Das ist Amy Owens.«

Die Familie Markham versammelte sich um Ellery, die nach der Fernbedienung griff und die Lautstärke aufdrehte. Amy Owens gab gerade eine Pressekonferenz. »… kann weder schlafen noch essen, seit es passiert ist«, erklärte Amy mit Tränen in den Augen. »Ich fühle mich schrecklich. Das ist alles ein großer Irrtum, ein entsetzlicher Unfall. Ich wusste nicht, dass Agent Markham unser Haus betreten hatte. Ich wusste nur, dass jemand ins Haus eingebrochen war. Es war dunkel. Ich konnte nicht viel sehen und habe geglaubt, dass er mich gleich umbringen würde.«

»Blödsinn«, sagte Lynette.

»Ich war im oberen Stockwerk und wollte ein Bad nehmen. Ich … ich hatte nichts an außer einem Bademantel. Mein Mann war nicht da. Dann hörte ich ein lautes krachendes Geräusch unten in der Küche und wusste sofort, dass jemand im Haus war. Ich hatte furchtbare Angst.«

Würde man da nicht die Polizei rufen?, fragte sich Ellery.

»Mir tut das alles schrecklich leid.« Amy brach in Tränen aus, und ein Mann, ihr Anwalt, wie am unteren Bildrand eingeblendet wurde, trat zu ihr und legte einen Arm um ihre Schulter.

»Sich zu verteidigen war das gute Recht von Amy Owens«, erklärte er. »Ein Fremder brach gestern am späten Abend mit gezogener Waffe in ihr Haus ein. Sie hatte entsetzliche Angst, wie wir alle sie gehabt hätten in einer solchen Situation. Amy bedauert zutiefst das Leid, das sie Agent Markham zugefügt hat, aber sie hatte keine andere Wahl. Das wird die Untersuchung zeigen. Sie spricht der Familie von Agent Markham ihr Mitgefühl aus und betet dafür, dass er wiederhergestellt wird. Wir bitten Sie, das Bedürfnis von Mrs Owens nach Privatsphäre in dieser Situation zu respektieren, denn die Polizei führt gerade ihre Ermittlungen durch. Die Ergebnisse werden offenbaren, dass Amy Owens im Rahmen des Gesetzes gehandelt hat. Da sind wir uns sicher.«

»Scheiß auf die Gesetze«, eiferte sich Lynette. »Ich will richtige Antworten.«

Ellery verfolgte auf dem Bildschirm, wie Amy das Präsidium des LVMPD verließ, geführt von dem Anwalt und ihrem Mann. *Bewohnerin von Las Vegas schießt auf unberechenbaren FBI-Agenten*, besagte der Lauftext am unteren Bildrand. Ellery dachte nach. Sie würde Reeds Schritte zurückverfolgen und herausfinden, was er im Haus der Owens eigentlich gewollt hatte. Das war wohl die einzige Möglichkeit, um Antworten zu bekommen. »Ich fahre für ein paar Stunden zurück ins Hotel«, sagte sie zu Kimmy. »Würdest du mich bitte anrufen, wenn sich Reeds Zustand ändert?«

Kimmy nahm ihr Handy heraus, um Ellerys Nummer abzuspeichern. »Aber natürlich. Geh und ruh dich etwas aus. Du bist länger hier als jeder andere von uns.«

»Ich komme zurück, sobald ich kann.«

Erschöpft nickte Ellery auf dem Rücksitz des Taxis ein. Die Stimme des Taxifahrers weckte sie, als sie vor dem Hotel hielten. »He, junge Frau«, rief er in einem ausländischen Akzent und tippte auf ihr Knie. »Alles in Ordnung?« Er blinzelte sie in einer Mischung aus Besorgnis und Argwohn an.

»Ja, mir geht's gut«, murmelte sie, obwohl ihr Mund sich so trocken anfühlte, als steckten Wattebäusche darin.

Sie schleppte sich in ihr Hotelzimmer, wo sie nach der Ersatz-Schlüsselkarte suchte, die Reed ihr beim Einchecken gegeben hatte. Als sie sie gefunden hatte, öffnete sie damit sein

Zimmer. Offenbar hatte das Reinigungspersonal des Hotels aufgeräumt. Das Bett war gemacht, und Reeds Unterlagen stapelten sich ordentlich auf dem Schreibtisch. Sie ging ins Bad und sah seine Toilettenartikel neben dem Waschbecken stehen. Ellery strich mit dem Finger über den rutschfesten Griff des Rasiermessers. Sie hatte das Gefühl, Reed würde gleich auftauchen, um ihn zu benutzen. Am Schreibtisch las sie seine jüngsten Notizen durch. Sheriff Ramsey hatte seine Bitte auf Durchführung eines DNA-Tests bei Angie Rivera abgelehnt. Konnte das der Grund sein, warum er David Owens wieder in den Mittelpunkt seiner Untersuchung gestellt hatte? Ellery erkannte keinen offensichtlichen Zusammenhang.

Sie nahm die Notizen mit auf ihr Zimmer, wo die Unterlagen zum Fall Hardiman verwaist auf der Tagesdecke lagen. Giselles Geheimcode würde vorerst ungelöst bleiben. Ellery hatte Dringenderes zu tun. Sie schob die Papiere beiseite und breitete Reeds Aufzeichnungen aus, fest entschlossen zu entdecken, was immer Reed erkannt und ihn dazu veranlasst hatte, zum Haus der Owens zu fahren. Sie schaffte nicht mehr als zwei Seiten. Dann fielen ihr die Augen zu, und sie konnte sie nicht mehr öffnen.

Drei Stunden später schreckte sie hoch und realisierte, dass sie geschlafen hatte. Sie griff nach ihrem Handy, um es auf verpasste Anrufe hin zu überprüfen. Nichts. Also gab es nichts Neues. Keine Neuigkeiten bedeuteten wenigstens keine schlechten Neuigkeiten, und sie sank erleichtert in die Kissen. Ellery hatte sich im Schlaf über die Papiere gerollt, die sie aus dem Präsidium hatte mitgehen lassen und deren Beschaffung sie so viel Mühe gekostet hatte. Jetzt waren die Berichte zerknittert. Sie zog sie unter ihrem Körper hervor, und ihr Blick fiel auf das oberste Blatt der Mordakte. Es war die getippte Aussage der Beamtin, die in Giselles Mordnacht als Erste am Tatort gewesen war. Ellery hatte das Protokoll zuvor schon gelesen, doch ihre Augen überflogen den Text automatisch noch einmal. Sie entdeckte keine neuen Informationen. Die uniformierte Beamtin war einem anonymen Hinweis gefolgt, der von Schreien aus Giselles Wohnung berichtet hatte. Als die Streifenpolizistin vor Giselles Wohnung eintraf, stand die Haustür halb offen, und Giselle reagierte nicht auf das Klopfen. Die Beamtin fand Giselle tödlich verwundet in ihrem Bett auf und forderte sofort Verstärkung an.

Dieses Mal las Ellery den Bericht bis zum Schluss. Bis zu der Zeile, wo die Beamtin ihren Namen getippt und unterzeichnet hatte: Amy Conway.

Ellery quälte sich in eine sitzende Position, das Stück Papier fest im Griff. Der Name stand noch immer da, als sie erneut hinsah. Officer Amy Conway. Das war Amy Owens' Mädchenname gewesen, erinnerte sich Ellery, bevor sie David geheiratet hatte – ungefähr drei Monate nach Camillas Tod. Amy hatte also den Tatort und die Umstände, unter denen Giselle ermordet worden war, gekannt. Damit hatte sie genügend Täterwissen, um ein Jahr später möglicherweise einen gleichartigen Mord zu inszenieren. Immerhin war die DNA auf dem Messer weiblich.

Plötzlich war sich Ellery sicher, dass die Schüsse auf Reed kein Unfall gewesen waren. Amys Geschichte stank zum Himmel. Nachdem Ellery ihre Klamotten gewechselt hatte, was seit drei Tagen überfällig war, stopfte sie die Kopie von Amys belastender Aussage in die Gesäßtasche und machte sich auf, um ein Taxi zu besorgen. Der Portier war glücklicherweise dieses Mal wach und stand parat. »Natürlich«, sagte er und streckte einen Arm aus, um ein Taxi herbeizuwinken. »Wo geht es heute hin?«

»Faulkner Avenue 27«, antwortete sie. Das Haus würde

bestimmt abgesperrt sein, weil es ein Tatort war, aber das war Ellery egal. Es gab nur eine Möglichkeit, ihre Theorie zu beweisen, und das war Amy Owens' DNA.

Der Gedanke, dass die Polizei womöglich einen Beamten am Tatort postiert hatte, machte sie ganz nervös, doch ihre Sorge stellte sich als unbegründet heraus. Als der Wagen in der Einfahrt hielt, lag das Haus der Familie Owens friedlich da wie immer. »Danke«, sagte Ellery und gab dem Fahrer einen Zwanzig-Dollar-Schein. »Macht es Ihnen etwas aus, zu warten?«

»Ihr Geld.« Er stellte den Motor ab. Das Radio ließ er eingeschaltet, ein Fußballspiel wurde übertragen.

Ellery wusste, dass der Vorfall sich auf der Rückseite des Hauses zugetragen hatte. Also folgte sie dem Weg, den Reed genommen haben musste – durch das Tor, an den üppigen Pflanzen vorbei nach hinten in den Garten. Das Wasser im Pool glitzerte im Sonnenlicht. Es war derart still, dass Ellery nur ihre eigenen Schritte hörte, als sie die Terrasse überquerte. Glassplitter knirschten unter ihren Füßen, und sie stellte fest, dass die aufgebrochene Tür mit schwarzer Plastikfolie abgeklebt war. Versuchsweise drückte sie dagegen, aber die Folie hielt stand. Sie würde sie aufreißen müssen, wenn sie ins Innere des Hauses wollte. Ellery sah ein letztes Mal hinter sich, bevor sie ihr Taschenmesser hervorholte und die Plastikfolie seitlich aufschlitzte.

Beim Anblick des Tatorts drehte sich ihr der Magen um. Überall Glasscherben. Der Stein, mit dem Reed angeblich die Tür eingeschlagen hatte. Aber am schlimmsten waren Reeds Blutspuren vom einen bis zum anderen Ende der Küche. Ellery entdeckte blutverschmierte Stiefelabdrücke und weggeworfene Einweghandschuhe des Rettungsdienstes auf dem Boden. Im Raum roch es nach fauligen Körperflüssigkeiten und Resten von Schießpulver. Vorsichtig bewegte sie sich an dem Chaos vorbei Richtung Treppe. Amy musste ungefähr dort gestanden haben, als sie auf Reed geschossen hatte – nicht mehr als vier Meter von ihm entfernt. Selbst in dem spärlichen Licht hätte sie ihn erkennen müssen.

Ellery ging die Treppe hinauf, um Schlafzimmer und Bad zu untersuchen, wo sie bestimmt einen Gegenstand finden würde, an dem Amys DNA haftete. Die Wände des mit einem dicken Teppich ausgelegten sonnigen Schlafzimmers waren grün gestrichen, auf dem großen Bett war eine fröhliche Patchworkdecke ausgebreitet. Eine Brille lag auf dem einen Nachttisch, ein kleiner Stapel von Liebesromanen auf dem anderen. Gerahmte Familienbilder hingen an den Wänden und blickten auf Ellery herab, als sie ins Bad schlich, das sich ans Schlafzimmer anschloss. Die Einrichtung wirkte so behaglich und normal, dass Ellery beinahe vergaß, dass die Besitzerin des Hauses womöglich einen anderen Menschen niedergemetzelt hatte, um all dies zu erreichen. Die Wanne war noch immer mit Wasser gefüllt, stellte Ellery fest, als sie das Bad betrat. Zwei Kerzen standen auf dem Wannenrand, die Amy wahrscheinlich dort platziert hatte, bevor Reed ins Haus eingedrungen war. Sie hatte ihr Alibi sorgfältig vorbereitet.

Ellery stieß mit dem Fuß gegen den Hebel, um das Wasser aus der Wanne abzulassen, und genoss es, zuzusehen, wie ein Teil von Amys Geschichte weggespült wurde. Sie entdeckte einen Schminktisch mit einem gepolsterten Stuhl davor und einen großen Leuchtspiegel. Amy achtete auf ihr Aussehen. Ellery packte erneut die Wut bei der Vorstellung, wie die Frau auf diesem Stuhl gesessen und sich vor ihrer heutigen Pressekonferenz geschminkt hatte. »Das nächste Mal werden deine Tränen nicht geheuchelt sein«, murmelte sie, während sie verschiedene Toilettenartikel in eine mitgebrachte Papiertüte steckte. Haarbürste, Kamm, Lippenstift. Eines davon würde genügen, um zu beweisen, dass die DNA mit der auf dem Griff des Messers übereinstimmte.

Ellery jagte die Treppe hinunter und nahm dabei zwei Stufen auf einmal. Als sie in den warmen nachmittäglichen Sonnenschein hinaustrat, blieb sie wie angewurzelt zwischen den Glasscherben auf der Terrasse stehen. Sie blickte geradewegs in das Gesicht von Amy Owens. »Oh«, sagte Ellery. »Hallo. Ich habe nicht gewusst, dass jemand hier ist.«

Amy legte den Kopf zur Seite und wirkte irritiert. »Der Sheriff hat gesagt, dass ich mir ein paar persönliche Gegenstände holen dürfte. Als ich das Taxi vor dem Haus gesehen habe, bin ich neugierig geworden. Der Fahrer erklärte mir, Sie seien hinters Haus gegangen. Was machen Sie hier?«

»Ich habe nur etwas überprüft.« Ellery schaute über Amy hinweg zum Gartentor. Sie hatte zwei Möglichkeiten. Entweder ins Haus zurückgehen oder irgendwie an Amy vorbeikommen.

»Was überprüft?« Die durchtrennte Plastikplane hinter Ellery begann im Wind zu flattern. Ein ärgerliches klatschendes Geräusch. »Was haben Sie ohne Erlaubnis in meinem Haus gemacht?«

»Ich musste den Ort einfach sehen, an dem die Schüsse gefallen sind. Sie wissen doch, wie so was ist.«

»Ich rufe die Polizei«, sagte Amy und zog ihr Handy heraus. »Sie sollten nicht hier sein.«

»Zu schade, dass Sie die gestern Abend nicht verständigt haben.«

»Was soll das heißen?«

Ellery zuckte mit den Achseln. »Das soll heißen, dass Sie verdammt schnell mit der Waffe sind, mehr nicht.«

»Er ist in mein Haus eingebrochen!« Amy deutete mit dem Handy in der Hand auf die zerbrochene Terrassentür. »Er hat sich wie ein Verrückter aufgeführt!«

»Er hat Ihnen von dem DNA-Test erzählt«, sagte Ellery. »Stimmt's?«

Die Farbe wich aus Amys Gesicht wie das Wasser aus der Wanne. »Ich weiß nicht, wovon Sie sprechen«, erwiderte sie mit zusammengebissenen Zähnen. »Agent Markham hat überhaupt nichts zu mir gesagt. Sonst hätte ich nicht auf ihn geschossen.«

»Das glaube ich nicht.« Ellery drückte die Papiertüte an sich. Mit dem Beweis in der Hand fühlte sie sich mutig. »Ich glaube vielmehr, dass Sie absichtlich auf ihn geschossen haben. Um genau zu sein, ich glaube sogar, dass Sie die ganze Sache inszeniert haben.«

»Das ist lächerlich«, entgegnete Amy, doch sie drohte nicht mehr damit, die Polizei zu rufen, wie Ellery bemerkte. »Das war schlicht und einfach ein Unfall.«

»Sie sind gut darin, Tatorte zu inszenieren«, fuhr Ellery fort. »Sie haben alles sehr geschickt arrangiert in der Wohnung von Camilla Flores. Vierzig Jahre hat es gedauert, bis es jemandem aufgefallen ist. Aber Sie hatten ja eine gute Vorlage dafür, nicht wahr? Sie hatten Giselle Hardimans Schlafzimmer in der Nacht gesehen, in der sie gestorben war. Ihr Mörder lief noch immer frei herum – es war ein Kinderspiel für Sie, den Mord an Cammie so aussehen zu lassen, als wäre es das Werk ein und desselben Täters. Nur wehrte sich Cammie sehr viel mehr – immerhin hatte sie ein Kind, das sie schützen wollte.«

»Sie sind verrückt. Sie haben keine Ahnung, wovon Sie sprechen. Ich habe Camilla kaum gekannt.«

»Sie haben sie gut genug gekannt. Und Sie wussten das Entscheidende. Nämlich dass sie Davids Verlobte war. Ich wette, er hat die ganze Zeit von ihr gesprochen.«

»Natürlich hat er von ihr gesprochen. Na und? Das war völlig egal.«

»Nein, war es nicht«, sagte Ellery, und ihre Stimme wurde hart. »Und Ihnen schon gar nicht. Es hat Sie wahnsinnig gemacht. Ich bin mir nicht ganz sicher, aber ich vermute, dass David auch mit Ihnen geschlafen hat. Sie müssen innerlich vor Wut gekocht haben, wenn Sie ihn jeden Abend zu ihr nach Hause gehen sahen und wenn er davon geredet hat, dass er Camilla heiraten würde. Was ist passiert? Haben Sie geglaubt, dass er sie verlassen und Sie zu seiner Frau machen würde?«

»Er hat mich geheiratet.« Da war der Triumph. Er blitzte in ihren Augen auf.

»Ja, als Camilla tot war«, sagte Ellery höhnisch.

Amy starrte sie wütend an. »Sie können nicht das Geringste beweisen.«

»Doch, kann ich. Hiermit«, entgegnete sie und hielt die Tüte hoch. »Ich bin auch hierhergekommen, um ein paar Ihrer persönlichen Gegenstände zu holen. Wetten, dass die DNA darauf mit der auf dem Messer übereinstimmt? Dem Messer, mit dem Cammie umgebracht wurde?«

Amy machte einen Schritt auf Ellery zu. »Sie dürfen diese Sachen nicht mitnehmen. Dazu haben Sie kein Recht!«

Ellery wich ihr aus. »Schon passiert. Werden Sie jetzt auch auf mich schießen?«

»Das wäre mein gutes Recht. Sie haben unbefugt mein Haus betreten.« Amy packte ihre Handtasche und griff mit einer Hand hinein. Ellery bekam Angst. »Ich habe mich nach Ihrem ersten Besuch schlaugemacht über Sie«, fuhr Amy fort. »Ihre Geschichte steht im Internet. Das Dezernat für interne Ermittlungen hat eine Untersuchung wegen Mordverdachts gegen Sie eingeleitet. Sie sind deshalb vom Dienst suspendiert. Das macht Sie gefährlich und noch unberechenbarer als Reed. Schauen Sie doch nur. Sie sind gerade in ein Haus eingebrochen.«

»Die Polizei hat Ihnen Ihre Waffe weggenommen.«

Amy lächelte sie an, die Lippen zusammengepresst. »Wie viele Polizisten kennen Sie, die nur eine Waffe haben?« Sie zog eine schmale Pistole hervor und zielte damit auf Ellery. Ihre Handtasche glitt zu Boden. »Geben Sie mir meine Sachen.«

»Nein.« Der Taxifahrer saß in seinem Wagen vor dem Haus. Sie musste nur irgendwie dorthin kommen.

»Ich habe gesagt, Sie sollen mir meine Sachen geben!« Amy stürzte sich auf Ellery und griff nach der Tüte. Sie zerriss, und der Inhalt landete auf dem Terrassenboden.

»Sie können mich nicht erschießen«, sagte Ellery und versuchte, ruhig zu bleiben. »Ein solcher Vorfall geht ein Mal als Unfall durch. Aber zwei Mal ist Mord. Selbst Ihr Freund, der Sheriff, wird dann Fragen stellen müssen. Außerdem, was passiert, wenn Reed aufwacht? Das Problem mit dem DNA-Test ist auch noch da.«

»Falls er aufwacht«, erwiderte Amy kaltschnäuzig. »Was soll mit dem DNA-Test schon sein? Glauben Sie etwa, dass Brad Ramsey oder sonst wer den durchführen lässt, nur weil Sie das sagen? Ich muss Sie nicht erschießen. Ich muss nur die Polizei rufen und dafür sorgen, dass sie mitbekommen, wie Sie sich aufführen. Wie eine Verrückte. Dann wird Ihnen keiner ein Wort glauben. Sie sind dieses übergeschnappte Opfer eines Serienmörders. Sie sind keine Polizistin. Sie sind gar nichts. Niemand wird einen DNA-Test durchführen, nur weil Sie das wollen.«

»Nein, aber man wird es bestimmt für mich tun.« Die Palme am Haus raschelte und bewegte sich. Ellery drehte sich um. Angus Markham tauchte aus den Büschen auf. Er hielt sein Handy hoch. »Die Polizei, von der Sie die ganze Zeit reden – ich habe sie bereits gerufen.«

Amys Gesicht verzerrte sich zu einer wütenden Grimasse, und die Hand mit der Waffe begann zu zittern.

»Sie können uns nicht beide erschießen«, erklärte Angus nüchtern, während er neben Ellery trat.

»Amys Bilanz besagt schon, dass sie das kann«, erwiderte Ellery und griff seinen lockeren Plauderton auf. »Bis auf eine Sache.«

Angus zog die buschigen Augenbrauen hoch. »Ach ja? Und die wäre?«

»Das hier.« Ellery trat mit dem Bein kräftig gegen Amys ausgestreckten Arm. Die Waffe flog durch die Luft und landete klatschend im Pool. Amy stieß eine Reihe von Flüchen aus, die einen Bierkutscher zum Erröten gebracht hätten, während in der Ferne bereits die Sirenen heulten.

Ellery wandte sich zu Angus, die Überraschung noch in ihren Augen geschrieben. »Ihr Timing ist gut«, sagte sie. »Aber – was machen Sie hier?«

»Ich bin zum Hotel gefahren, um Sie zu holen, weil ich wusste, dass Sie ohne Auto unterwegs waren. Der Portier sagte mir, dass Sie sich ein Taxi hierher genommen hätten.«

»Sie sind zum Hotel gefahren, um mich zu holen? Warum?«

Er lächelte breit. »Reed ist aufgewacht.«

19

»Das Herz des Patienten schlägt nicht mehr. Wir müssen es herausnehmen. Kannst du mir bitte das Skalpell geben?«

Reed riss vorsichtshalber die Augen auf, für den unwahrscheinlichen Fall, dass Tula sich irgendwoher ein Messer besorgt hatte. »Das Skalpell ist nicht echt, oder?« Er hob den Kopf vom Boden des Schlafzimmers seiner Tochter, und sein Blick wanderte über ihr Plüschtier-Ärzteteam, um es auf scharfe Instrumente hin zu überprüfen.

»Das ist aus demselben Kasten wie das Stethoskop«, erklärte Tula und wedelte mit dem Plastikinstrument. »Siehst du?« Dann sah sie ihn stirnrunzelnd an, die riesigen dunklen Augen voller Sorge. »Eigentlich bist du annastisiert.«

»Anästhesiert.«

»Hab ich doch gesagt.« Sie drückte Reeds Kopf wieder auf den Boden. »Bleib liegen. Das wird nur ein bisschen wehtun.«

»Tula!«, rief Sarit von der Tür aus, ein Geschirrtuch in der Hand. »Ich denke, du solltest deinen Vater jetzt wieder aufstehen lassen, okay? Er ist immer noch nicht vollständig wiederhergestellt.«

Reed griff nach Tulas kleiner Hand und drückte sie. »Du bist eine hervorragende Ärztin, mein Schatz. Ich fühle mich schon viel besser.« Sein Gesicht verzerrte sich vor Schmerz, als er versuchte aufzustehen, und Tula sprang auf, um ihm zu helfen. Er war vor über einem Monat aus dem Krankenhaus entlassen worden, aber seine Mobilität war noch immer etwas eingeschränkt. Beim Aufwachen hatte er keinerlei Erin-

344

nerung an die Schießerei gehabt, und das war bis heute so geblieben. Ellery hatte ihn über die Ereignisse ins Bild gesetzt, und das Ergebnis des DNA-Tests bestätigte ihnen kurze Zeit später, dass es Amy Owens war, die Camilla auf dem Gewissen hatte. Trotzdem hatte er immer noch Schwierigkeiten, in der netten rundlichen, Plätzchen backenden Amy eine Mörderin zu sehen.

»Stell dir bloß vor, wie David sich fühlen muss«, hatte Ellery gemeint. »Er hat vierzig Jahre lang neben der Frau geschlafen, die seine Verlobte ermordet hat – und er ist der Grund, warum sie die Tat überhaupt begangen hat.«

Reed, der in einem Haus voller Geheimnisse aufgewachsen war, konnte sich das sehr gut vorstellen. Nach der Entlassung aus dem Krankenhaus waren es in erster Linie seine Eltern gewesen, die sich um ihn gekümmert und dies offensichtlich auch genossen hatten. Reed hatte ihre übertriebene Fürsorge in kleinen Dosen zugelassen und sich schlafend gestellt, wenn es ihm zu viel wurde. Sie hatten sich, auf ihre Art, dafür entschuldigt, ihm die Wahrheit vorenthalten zu haben. Das war es dann aber auch gewesen mit der Reue. Reed ging davon aus, dass sie, könnten sie die Zeit zurückdrehen, die gleichen Entscheidungen wieder treffen würden. Sie sahen sich noch immer in der Rolle der beschützenden Eltern, und die Tatsache, dass er das Jenseits gestreift hatte, bestätigte sie nur in diesem Glauben.

Vorsichtig ging Reed die Treppe hinunter, auch wenn er die Stufen nach den vielen Jahren mit der kleinen Tula auf dem Arm in- und auswendig kannte. Nach wie vor bewunderte er das stattliche Südstaatenhaus, seine stabilen, roten Backsteinmauern und die kunstvoll geschnitzte Holztreppe. Generationen von Kindern waren in dem Haus groß geworden, und er war froh darüber, dass seine Tochter innerhalb dieser Mauern sicher war. Er hatte nicht mehr das Gefühl von Verlust,

345

wenn er die Farbe und die Bilder an den Wänden sah, über deren Auswahl er so trefflich mit Sarit debattiert hatte. Es war Zeit für ihn, nach Hause zu gehen, und sein Zuhause war nicht mehr hier. Er fand Sarit in der Küche vor, wo sie gerade mit einem Tuch über die Küchentheke wischte. »Danke, dass ich heute vorbeikommen durfte«, sagte er. »Es war wirklich schön, Zeit mit Tula zu verbringen.«

»Jederzeit, Reed. Und das meine ich ernst.«

Sie sahen sich über die Kücheninsel hinweg an. Er bemerkte, dass Sarit die Leuchte über dem Spülbecken, über die sie sich vor Jahren gestritten hatten, entfernt hatte. »Ich würde mir gern ein Buch aus der Bibliothek ausleihen«, sagte er schließlich.

»Aber natürlich, nur zu! Die Hälfte davon gehört ja sowieso dir. Ich habe den neuen Roman von Tana French da, wenn du etwas zu lesen suchst.«

Reed ging den Flur entlang in das Zimmer, das sie die Bibliothek nannten, weil dort die Bücher in deckenhohen Regalen standen. Außerdem befanden sich hier Tulas Spielhaus, ein altes Sofa und ein kleiner Fernseher. Aber es waren die Bücher, die dem Zimmer seine Ausstrahlung verliehen. Die Hartholzdielen knackten unter seinen Füßen, während er die Regale überflog. Er wusste nicht einmal, ob er das Buch, das er suchte, überhaupt finden würde. Er hatte am Abend zuvor den Artikel im Internet nachgeschlagen und bewiesen, dass sein Gedächtnis noch funktionierte: Sarit hatte vor zehn Jahren eine Reihe von Beiträgen über die psychischen Folgen für Vergewaltigungsopfer geschrieben, und Reed erinnerte sich, dass sie dafür umfassend recherchiert hatte. Er musste ziemlich lange suchen, aber dann entdeckte er das Buch, das er im Sinn hatte.

»Daddy!« Tula kam die Treppe heruntergesprungen und warf sich ihm in die Arme. Er zuckte zusammen, als sie gegen seine Brust prallte, aber ihre stürmische Umarmung war es wert, diesen kurzen Schmerz zu ertragen.

»Mein Schatz.«

»Musst du gehen?«

Sarit tauchte wie aus dem Nichts neben ihnen auf. »Du kannst gern zum Abendessen bleiben. Es sind nur wir beide da, Tula und ich.«

»Danke für das nette Angebot, aber ich habe heute Abend schon andere Pläne. Nächste Woche, okay?«

»Okay, Daddy. Ich hab dich lieb.« Sie umfasste seinen Kopf mit beiden Händen, gab ihm einen Schmatzer und hopste wieder nach oben zu ihrem Plüschtierzoo.

Sarit beäugte das Buch in Reeds Hand, als er sich aufrichtete, und er drückte es verlegen an sich. »Andere Pläne«, sagte sie. »So was wie eine Verabredung?«

Ein Lächeln huschte über seine Lippen. Ellerys Flugzeug würde in einer Stunde landen. Sie würden gemeinsam zu Abend essen und dabei ausnahmsweise einmal nicht über irgendwelche Fälle sprechen. Er freute sich schon seit einem Monat auf dieses Wiedersehen und würde sich seine gute Laune nicht durch Sarit verderben lassen. »Ja, so etwas wie eine Verabredung«, bestätigte er.

Sarit deutete mit dem Kopf auf das Buch, das er so hielt, dass der Titel nicht zu sehen war: ›Leben und Lieben nach sexueller Gewalt‹. »Ellery ist dein Date, nicht wahr?«

Reed wusste, dass Sarit dies nicht guthieß, aber das war ihm inzwischen egal. »Wir essen nur zu Abend«, sagte er lässig.

»Nein, ihr esst nicht nur zu Abend, wenn du dieses Buch liest.«

»Ich habe sie gern, Sarit. Du solltest dich an den Gedanken gewöhnen, denn du wirst daran nichts mehr ändern können.«

»Du hast sie gern, wunderbar. Bloß landet einer von euch

immer in einem Krankenhaus, wenn ihr zusammen seid. Das ist nicht gesund, Reed. Das ist gefährlich.«

»Sie hat dieses Mal nichts damit zu tun. Sie war nicht einmal da, als mir das passiert ist.«

»Soll mich das jetzt beruhigen? Hör mal, ich versuche nicht, dir zu sagen, wie du dein Leben zu führen hast. Denn das steht mir nicht zu. Da hast du völlig recht. Aber meine Aufgabe ist es, mich um Tula zu kümmern.«

Er sah Sarit mit zusammengekniffenen Augen an. »Tula geht es bestens.«

»Natürlich, im Moment. Aber was ist, wenn sie bei dir ist und du dich mit Ellery einlässt auf eins eurer unüberlegten Abenteuer?«

Reed fiel die Kinnlade herunter. »Unüberlegt? Wir haben die Mörderin meiner Mutter verhaftet!«

»Das ist mir bewusst. Herzlichen Glückwunsch. Aber du wurdest dabei fast getötet. Ich sage gar nicht, dass Ellery kein netter Mensch ist, Reed. Sie ist bestimmt reizend. Aber …«

»Aber was?«, fuhr er sie barsch an.

»Ihr beide scheint das Schlimmste im jeweils anderen hervorzukehren. Oder zumindest die Gefahr. Deshalb mache ich mir Sorgen. Ich mache mir Sorgen um dich. Und ich mache mir Sorgen um Tula.«

»Du kannst dir sicher sein, dass ich Tula nicht zu Ermittlungen mitschleppe, seien sie nun unüberlegt oder sonst was. So viel Vertrauen solltest du schon in mich haben.«

»Tula liebt dich. Und ob du es glaubst oder nicht, ich auch. Ich möchte einfach nur das Beste für dich.«

Reeds Körperhaltung versteifte sich, und er wich zurück. »Alles hat Grenzen, auch die Liebe«, sagte er. Diese Lektion hatte er auf die harte Tour gelernt. Er hielt das Buch hoch, als er zur Tür ging. »Danke für das Buch, und sag Tula, dass ich sie morgen anrufen werde.«

Reed stellte die Schüssel mit den geschnittenen und gewürzten Kartoffeln in den Ofen, wo bereits das Schweinefleisch schmorte. Das Gemüse lag zum Dünsten bereit. Zum Nachtisch würde es eine Schokoladentorte geben, die er beim Konditor gekauft hatte. Normalerweise hätte er sie selbst gemacht, doch er war immer noch nicht im Vollbesitz seiner körperlichen Kräfte. Er hatte das Wohnzimmer aufgeräumt und das Bad in einen vorzeigbaren Zustand versetzt. Dieses Mal musste er sich keine Gedanken um die Wandschränke machen, da Ellery darauf bestanden hatte, in einem nahe gelegenen Hotel zu übernachten.

Sein Handy, das auf der Küchentheke lag, klingelte. Er griff danach, weil er glaubte, es könnte Ellery sein, die anrief. Doch auf dem Display leuchtete eine ihm bekannte Nummer aus Nevada auf. Jackie Baldwin, die für den Fall Amy Owens zuständige Staatsanwältin, hatte ihn in den vergangenen Wochen mehrfach angerufen, um mit ihm über den bevorstehenden Prozess zu sprechen. »Jackie«, sagte er und hoffte, dass das Gespräch dieses Mal kurz und schmerzlos sein würde. »Wie geht es Ihnen?«

»Ehrlich gesagt ging's mir schon mal besser.«

»Warum? Was ist los?« Er ging zum Fenster und blickte durch die Jalousien, um zu sehen, ob Ellerys Taxi vielleicht schon im Kommen war.

»Wir haben ein Problem«, antwortete Jackie. »Die Anwälte von Amy Owens haben eine umfassende Neuanalyse der Buchstütze verlangt – Sie wissen schon, die, mit der Camillas Schädel zertrümmert wurde? Dabei wurde ein Fingerabdruck am Fuß gefunden, und er stimmt nicht mit dem von Amy Owens überein.«

Reed zwang sich, aufmerksam zuzuhören. Er wusste, dass Amy auf Kaution frei war. Trotz der DNA-Ergebnisse schien niemand zu glauben, dass die Anklage gerechtfertigt war.

Amy war beliebt in der Gemeinde und ein Familienmensch. Sie hatte drei Töchter großgezogen. Ihre Kinder und ihr Mann hielten bisher zu ihr.

»Der Fingerabdruck stimmt auch nicht mit dem von Camilla Flores überein. Das bietet der Verteidigung, zusammen mit den fehlenden fünfundzwanzigtausend Dollar, viel Raum für andere Theorien. Verstehen Sie, was ich meine?«

»Ja, ich verstehe.« Reed kehrte zur Küche zurück und schüttelte die Flasche mit seinem selbstgemachten Salatdressing. »Ich weiß nur nicht genau, was ich Ihnen sagen soll. Das ist ihre DNA auf dem Messer.«

»Vielleicht gab es einen zweiten Täter«, erwiderte Jackie. »Einen Komplizen. Wir haben den Fingerabdruck mit dem von David verglichen. Aber auch da hat es keine Übereinstimmung gegeben. Amys Anwalt hält das für einen Beweis, dass seine Mandantin unschuldig ist und jemand anders Camilla Flores umgebracht hat.«

»Ihr Blut ist auf dem Messer.«

»Sie behauptet jetzt, dass sie mit David und Cammie kurz vor dem Mord in ihrer Wohnung zu Abend gegessen, ihr beim Kochen geholfen und sich womöglich an dem Messer geschnitten hätte. Ihr Mann deckt ihre Geschichte.«

Reed runzelte die Stirn, die Flasche mit der Salatsoße in der Hand. »Das ist in der Tat ein Problem.«

»Ein großes. Damit kann ich keinen Prozess führen. Sie wird garantiert freikommen.«

»Ellery kann aussagen. Sie hat ihr gegenüber praktisch gestanden.«

»Hat sie das? Ich habe Ellery über dieses Gespräch ausführlich befragt. Ihr zufolge hat Amy alles bestritten.«

Es klingelte an Reeds Haustür. »Ich muss Schluss machen«, sagte er. »Wir können später noch einmal miteinander reden.«

»Ich bin mir nicht sicher, ob es ein Später geben wird«, erwiderte Jackie düster.

Reed legte auf, ohne sich von der Staatsanwältin zu verabschieden. Er würde sich über diese jüngste komplizierte Entwicklung später Gedanken machen. Heute Abend wollte er sich mit Ellery nicht über die Arbeit unterhalten. Heute Abend wollte er sie einfach nur sehen. Voller Vorfreude riss er die Tür auf. Sie stand auf der Treppe zum Hauseingang, die Hand um den Griff ihrer Trolley-Reisetasche. Schüchtern lächelte sie ihn an. »Hallo«, sagte sie. »Du, äh, siehst gut aus.« Sie wurde rot. »Gesund, meine ich.«

Er zog die Augenbrauen hoch. »Das hat mir der Arzt sogar schriftlich gegeben. Komm herein.«

Er begrüßte sie in der kleinen Diele und wollte ihre Wange küssen, aber sie bewegte sich in die eine und er in die andere Richtung, sodass sie sich die Köpfe stießen. »Ups«, sagte sie und rieb sich die Schläfe. »Tut mir leid.«

Reed war entschlossen, in seinen vorsichtigen Annäherungsversuchen geschickter zu werden. Er hatte einfach keine Zeit gehabt, das verdammte Buch zu lesen. »Wie war dein Flug? Lass mich die Tasche wegstellen.«

Sie hielt sie fest, als er danach griff. »Also, da gibt es noch etwas …«, begann sie und legte ihre Hand auf seine.

»Ich weiß doch. Du wirst in diesem Hotel übernachten. Ich wollte sie nur aus dem Weg räumen, solange wir zu Abend essen.«

»Ich kann nicht bleiben.«

Irritiert hielt er in der Bewegung inne. »Wie bitte?«

»Ich habe diesen HLA-Test gemacht«, sagte sie. »Also den, der feststellt, ob ich als Knochenmarkspenderin in Frage komme – für Ashley. Ich habe vorhin den Anruf erhalten, als ich gelandet bin.« Sie spreizte hilflos die Hände. »Tja, und ich komme in Frage.«

351

»Wirklich? Das ist toll.«

Sie schaute verstohlen zur Küche. »Nein, das Abendessen riecht toll. Ich habe mich den ganzen Tag darauf gefreut.«

»Es ist fast fertig. Kannst du wenigstens noch zum Essen bleiben?«

»Und ob ich das kann.«

Er stellte das Geschirr auf den Tisch, während sie sich frisch machte. Beim Essen erklärte sie ihm die nächsten Schritte. »Ich muss nach Detroit fliegen, morgen früh geht mein Flug. Die Ärzte wollen, dass ich Eigenblut vor dem Eingriff spende. Ein, zwei Tage später wird dann die eigentliche Transplantation durchgeführt. Je nachdem, wie die Sache verläuft, behalten sie mich entweder über Nacht da oder ich kann schon am selben Tag wieder nach Hause.«

»Nach Hause? Zurück nach Boston?«

»Nein, ich denke, dass ich ein paar Tage warten muss, bevor ich zurück nach Boston kann. Ich werde mir ein Hotel nehmen. Dann habe ich zumindest eine Entschuldigung, um mich für ein paar Tage von vorne bis hinten vom Zimmerservice bedienen zu lassen, richtig?«

»Richtig.« Er sah sie forschend an. »Alles in Ordnung? Fühlst du dich gut mit deiner Entscheidung?«

»Ja, ich denke schon. Dieses Mädchen, Ashley, sie kann nichts dafür, dass ihr Vater ein Arschloch ist. Außerdem, ein paar Narben mehr sind doch mittlerweile egal, oder?« Sie nickte in seine Richtung. »Was ist mit dir? Wie geht's dir?«

Ostentativ richtete er sich auf. »Mir geht's gut. Größtenteils wiederhergestellt, trotzdem darf ich erst in ein paar Wochen wieder arbeiten. Wie du gesagt hast, ein paar Narben mehr sind doch mittlerweile egal, oder?«

»Deine Familie ist eine Klasse für sich«, sagte sie zu ihm. »Geradezu generalstabsmäßig, wie sie diesen Wartebereich eingenommen haben. Ich bin sicher, sie hätten ihr Lager für

Monate aufgeschlagen, wenn es nötig gewesen wäre.« Ellery hielt inne und schob das Essen auf ihrem Teller herum. »Sie, ähm, sie lieben dich sehr.«

Reed lächelte sie zärtlich an, obwohl Ellery den Kopf gesenkt hatte und es deshalb nicht sah. Er wusste, dass auch sie bei ihm im Krankenhaus gewesen war, seine Schwestern hatten es ihm erzählt. »Was hältst du von einem Nachtisch?«, fragte er und stand auf.

»Ja, ja und noch mal ja«, antwortete sie, während sie ihm half, den Tisch abzuräumen. »Wie du dir denken kannst.«

»Großartig. Dann essen wir noch das Dessert, und anschließend gehe ich packen.«

Sie schien überrascht. »Packen? Wohin fährst du denn?«

»Na, wie es aussieht, nach Detroit.«

Mit je einem Teller in den Händen hielt sie inne und sah ihn schief an. »Reed, das ist nicht nötig.«

»Ich drehe völlig durch, wenn ich hier sitze und auf die Wände starre. Außerdem hast du mir ein Wochenende versprochen. Wir müssen doch einfach nur den Ort wechseln.« Das Durcheinander in Nevada war nicht mehr sein Problem. Sollte Jackie sich darüber Gedanken machen, wie sie Amy hinter Gitter bekam. Reed würde die Vergangenheit ruhen lassen und ausnahmsweise einmal mehr Energie darauf verwenden, über seine Zukunft nachzudenken. »Wie lautet deine Flugnummer?«, fragte er sie und holte sein Handy hervor. »Ich werde sehen, ob wir auf die erste Klasse umbuchen können. Ich finde, das haben wir uns verdient, oder?«

Ellery sah ihn einen Augenblick lang forschend an und lächelte dann. »Weißt du was?«, sagte sie. »Das finde ich auch.«

20

Nach der Blutspende begegnete Ellery ihrem Vater im Krankenhaus. Sie standen im Flur, weit voneinander entfernt, und beobachteten sich misstrauisch. Sie dachte daran, wie ihr Vater sie früher auf den Schultern getragen hatte und sie sich riesig vorgekommen war. Und daran, wie sie ihn auf seinen Auslieferungsfahrten im Pick-up begleitet hatte, das Radio aufgedreht, die Lieder von John Cougar Mellencamp schmetternd. Ihre Erinnerungen, selbst die guten, schmerzten zu sehr, weil sie für ihn offenbar nicht gut genug gewesen waren.

»Danke, dass du das machst«, sagte er schließlich mit bewegter Stimme und feuchten Augen. »Vielen, vielen Dank. Du kannst dir nicht vorstellen, was mir das bedeutet.« Er streckte beide Hände aus, zog sie aber sofort zurück, als Ellery ihm auswich.

»Doch, kann ich.« Als Daniel erkrankt und sie nicht als Spenderin für ihren Bruder in Frage gekommen war, hatte sie das Gefühl gehabt, sie müsste sterben. Die Ergebnisse hatten den Hass auf ihren nutzlosen Körper nur verstärkt. Danny hatte ihr das nicht vorgehalten und sie stattdessen getröstet, während sie bitterlich geweint hatte. Danach hatte es lange gedauert, bis sie ihm wieder in die Augen sehen konnte.

»Ja, dann, danke«, sagte ihr Vater noch einmal.

»Ich bin nicht wegen dir hier, sondern wegen ihr.«

John Hathaway nickte beflissen und hob die Hände. »Schon verstanden. Du wirst es nicht bereuen. Ashley ist ein wunderbarer Mensch.«

»Ich will sie kennenlernen.«

Auf seinem Gesicht breitete sich Überraschung aus, dann Unsicherheit. »Äh, ja sicher, wenn es ihr besser geht. Auf jeden Fall.«

»Nein, ich will sie jetzt kennenlernen.« Ellerys Herz trommelte wild. Ihr war nicht bewusst gewesen, dass sie das überhaupt wollte, bis sie die Worte gesagt hatte.

Ihr Vater sah über den Flur hinweg zu den Ärzten und Schwestern, als suchte er einen Ausweg. »Ich glaube nicht, dass das möglich ist. Sie darf keine Besucher empfangen.«

»Du darfst sie sehen, oder nicht?«

»Ja, ihre Mom und ich, aber sonst niemand. Und wir müssen Schutzkleidung tragen, weil sie im Moment überhaupt kein Immunsystem hat. Selbst ein Schnupfen könnte sie umbringen.«

»Ich bin kerngesund und ziehe an, was immer notwendig ist. Ich möchte sie einfach nur kennenlernen.«

Ellery hatte ihren Vater in der Hand, und das wusste er, denn sie konnte noch immer einen Rückzieher machen. Er kratzte sich am Kopf und spielte auf Zeit. »Ich mach dir einen Vorschlag. Ich spreche mit den Ärzten. Mal sehen, was sie dazu sagen.«

»Wir können gemeinsam mit ihnen sprechen«, erwiderte sie, und ihr Vater drehte sich auf der Stelle wieder um.

»Verdammt. Hör zu, Abby … ich meine Ellery. Die Sache ist die, dass wir Ashley noch nicht von dir erzählt haben. Sie kennt nicht die ganze Geschichte. Sie weiß nur, dass wir eine Spenderin gefunden haben. Ich glaube einfach, dass sie die Einzelheiten im Moment nicht verkraften würde, verstehst du? Sie ist sehr krank.«

»Ach so. Du hast deine neue Tochter also nicht darüber aufgeklärt, dass du abgehauen und deine alte Tochter im Stich gelassen hast.«

Er zuckte zusammen, als wäre er geohrfeigt worden. »Nein«, räumte er ein. »Das habe ich noch nicht.«

Schweigend standen sie da, während Ellery den letzten Rest von Mitleid für ihn aufzubringen versuchte. »Ich werde es ihr nicht erzählen«, sagte sie schließlich. »Erst wenn es ihr besser geht.« Sie wollte ihren ganzen Schmerz und das Durcheinander in ihrem Kopf nicht einer Fünfzehnjährigen aufbürden, die gerade um ihr Leben kämpfte.

»Oh, danke«, erwiderte John sichtlich erleichtert. »Das wäre großartig. Vielen Dank.«

Sie sprachen mit den Ärzten, die widerstrebend einem kurzen Besuch zustimmten. Ellery musste einen Kittel, eine Schutzmaske, Handschuhe und eine Haube anziehen. Als sie sich im Toilettenspiegel betrachtete, sah sie nur ihre Augen. Sie hatten die gleiche Farbe wie die des blassen kahlköpfigen Mädchens, das in Zimmer 302 lag.

»Hallo«, sagte Ashley leise, als die automatische Tür aufglitt und Ellery eintrat. »Sie müssen neu sein, denn ich bin schon so lange hier auf Station und kenne jeden.« Ashley war derart dünn, dass ihre Adern durch die Haut hindurchschimmerten, die dadurch leicht bläulich erschien.

Ellery stellte sich vor, blieb aber verlegen an der Tür stehen. »Ich bin keine Ärztin oder Krankenschwester«, erklärte sie. »Ich … ich wollte dich nur kennenlernen.«

»Ach ja? Schauen Sie gut hin, denn ich werde bald nach Hause gehen.« Das Mädchen konnte ein ansteckendes und bis über beide Ohren gehendes Grinsen nicht zurückhalten. Ellery lächelte hinter ihrer Maske.

»Wie schön für dich.«

»Also, nicht sofort«, stellte Ashley richtig. »Zuerst muss die Transplantation erfolgreich verlaufen sein. Aber man hat eine Spenderin mit hundertprozentiger Übereinstimmung gefunden!«

Ellery spürte, wie sie rot wurde, und war froh über die Schutzkleidung. »Das ist großartig«, erwiderte sie steif. »Da freue ich mich für dich.«

»Wenn Sie keine Ärztin oder Schwester sind, was sind Sie dann?«, fragte Ashley.

»Ich bin Polizistin.« Endlich. Wieder. Das Dezernat für interne Ermittlungen in Boston hatte dafür gestimmt, sie wieder in ihre Position einzusetzen. Der Chief wollte sie jetzt sogar auf die Polizeischule schicken, zu einem Lehrgang für Ermittler, als Teil eines Förderprogramms für weibliche Beamte. Ellery hatte sich noch nicht endgültig entschieden, weil sie genug davon hatte, ausgewählt zu werden.

»Polizistin. Wie cool. Sie sind aber nicht hier, um mich zu verhaften, oder?« Ashley grinste sie schlitzohrig an. »Meine Medikamente sind alle legal, ich schwöre.«

»Nein.« Ellery zögerte. »Ich habe einen Bruder gehabt. Er hieß Daniel und hatte einmal vor langer Zeit den gleichen Krebs wie du.«

»Oh.« Ashleys Gesicht wurde ernst, und sie sah plötzlich älter aus, als sie eigentlich war. Sie strich das Laken glatt. »Er hat es also nicht geschafft.«

»Nein, wir konnten keinen passenden Spender für ihn finden.« Selbst jetzt schnürte es Ellery noch immer die Kehle zu, wenn sie daran dachte.

»Das tut mir leid. Sie müssen ihn sehr vermissen. Ich habe mir immer einen Bruder oder eine Schwester gewünscht, aber Mom und Dad haben nur mich.« Sie mühte sich, aufzusitzen, und ihr kahler Kopf verschmolz mit dem weißen Baumwollbezug des Kissens. »Wie war er, Ihr Bruder?«

Ellery drehte sich um und sah zur Tür. »Ich glaube, ich muss jetzt gehen.«

»Nein, bleiben Sie«, rief Ashley. Ihre Stimme war dünn und ihr Ton bittend. »Sagen Sie es mir. Wie war er?«

Ellery hatte schon seit Jahren nicht mehr von Daniel gesprochen. Ihr Herz pochte laut bei dem Gedanken, seinen Namen laut auszusprechen und ihn Wirklichkeit werden zu lassen, wenn auch nur für wenige Minuten. Sie blickte erneut zur Tür und kämpfte gegen das Bedürfnis, aus dem Zimmer zu fliehen. Sie erinnerte sich daran, wie nutzlos sie für ihren Bruder in den letzten Tagen seines Lebens gewesen war, als er sie von seinem Bett aus gerufen hatte. Sie hatte ihm nicht antworten können. Nicht mit Cobens frischen Narben auf dem Körper: *Komm, Abby. Sprich mit mir. Egal was!* Ellery atmete langsam aus und traf eine Entscheidung. Sie entdeckte einen Krankenrollstuhl und zog ihn zum Bett heran. »Er hieß Daniel«, begann sie und spürte, wie sich hinter dem Mund- und Nasenschutz ein Lächeln auf ihrem Gesicht ausbreitete. »Er konnte diese unglaublich tollen Bilder zeichnen. Bilder, wie du sie noch nie gesehen hast. Als könnte er in eine andere Welt schauen.«

Reed hatte ihnen wieder eine Hotelsuite gebucht. Nicht ganz so prachtvoll wie die in Las Vegas, aber genauso komfortabel und nur ein paar Straßen vom Krankenhaus entfernt. Ellerys Schlafzimmer lag auf der einen, seins auf der anderen Seite. Er behielt seine höfliche Distanz bei und ließ ihr so viel Raum, wie sie brauchte. Ellery war allein in ihrem Zimmer, in dem sie auf- und abging. Sie fühlte sich ruhelos und wie unter Strom. Schon bald würde sie ins Krankenhaus zurückkehren, wo die Ärzte sie narkotisieren würden, um ihrem Körper Knochenmark zu entnehmen. Wenn sie zu lange über die Dunkelheit oder die möglichen Schmerzen nachdachte, befahl ihr das Gehirn, wegzulaufen: *Geh. Geh jetzt.*

Aber das konnte sie nicht. Nicht, wenn sie Ashley helfen wollte. Der kalte Aprilregen bedeutete außerdem, dass sie nicht einmal um den Block laufen konnte. Also ging sie, so weit sie gehen konnte. Bis zu Reeds Zimmer. Sie klopfte leise an die Tür, nur für den Fall, dass er ein Nickerchen machte, aber er rief sofort: »Komm herein!«

Er lag barfuß auf dem gemachten Bett, ein Buch auf der Brust mit der Schriftseite nach unten. Ansonsten war er vollständig bekleidet mit Jeans und kastanienbraunem Pullover. Seine Gelehrtenbrille saß auf der Nase. »Ich dachte, du würdest dich vielleicht ausruhen.«

»Ich habe mich genug ausgeruht«, sagte er, während er das Buch beiseitelegte. »Wie geht's dir? Wie war's im Krankenhaus?«

»Gut. Alles ist gut gelaufen.« Sie wollte eigentlich nicht darüber sprechen. Der Regen peitschte gegen die Fenster, und der Himmel war zornig grau, doch in Reeds Zimmer schien ein buttriges Licht, und das Bett war mit einer gemütlichen Steppdecke überzogen. Sie setzte sich im Schneidersitz gegenüber von ihm und warf einen Blick auf das Buch. ›Leben und Lieben nach sexueller Gewalt‹. Sie wurde dunkelrot, aber da Reed ihren Blick bemerkt hatte, konnte sie nicht so tun, als hätte sie den Titel nicht gelesen. Sie starrte eine lange Zeit auf ihren Schoß. »Geht es da um mich?«

»Nein«, antwortete er, die Stimme voller Zuneigung. »Für dich gibt's keine Anleitung. Glaub mir, danach habe ich schon gesucht.«

»Das ist es, wovor du Angst hast, nicht wahr? Dass ich nicht zu reparieren bin.« Im Gegensatz zu ihm hatte sie schon vor Jahren akzeptiert, dass sie sich nicht ändern konnte und dass bestimmte Bereiche des normalen Lebens für sie nie normal sein würden. Dass Reed womöglich glaubte, es könnte einmal anders sein, machte ihr Angst.

»Vielleicht. Ein bisschen.«

Sie legte sich neben ihn. »Was sagt das Buch? Bin ich verrückt?«

»Nein«, sagte er entschieden, und sie sah ihn überrascht an. Er streckte eine Hand aus und strich mit dem Daumen über ihre Wange. »Du bist völlig normal für jemanden, der das erlitten hat, was dir widerfahren ist. Es sind vielmehr deine Lebensumstände, die verrückt sind.« Er lächelte sie liebevoll an.

Ellery nahm seine Hand, die warm und leicht behaart war, und betrachtete sie. Ihre Haut kribbelte, als sie ihre Fingerspitzen über seine rieb, und sie wollte gar nicht mehr aufhören damit. Reed drehte sich zu ihr um, seine Hand weiterhin in ihrer. Versuchsweise rückte sie näher und testete die Grenze aus. Sie lagen so dicht zusammen, dass sie seinen Atem spüren konnte.

»Erzähl mir etwas«, sagte er nach einer Weile.

»Was denn?«

»Was immer du denkst, das ich wissen sollte.«

Eine lange Zeit blieb sie still und überlegte. Sie betrachtete seine und ihre Hand, um Reed nicht in die Augen sehen zu müssen. Coben hatte vor ihr sechzehn Mädchen umgebracht, und sie spürte diese Last auf eine Weise, die schwer in Worte zu fassen war. Die Menschen, die von ihr gehört hatten, gingen davon aus, dass sie auf ewig dankbar war dafür, dass sie so glimpflich davongekommen war – *Verspüren Sie nicht großes Glück?*

Aber das, was sie verspürte, war Druck. Eigentlich sollte sie, die in den Augen der Öffentlichkeit das Happyend schlechthin verkörperte, ihr Leben in vollen Zügen genießen. Doch manchmal hielt sie es kaum aus in ihrer eigenen Haut. »Wenn ich früher mit Männern ins Bett gegangen bin«, begann sie schließlich, »habe ich so getan, als würde es nicht passieren. Ich habe an etwas anderes gedacht und mich in mich selbst zurückgezogen, um zu ertragen, dass sie mich berührten. Ich war immer froh, wenn es vorbei war.« Sie hielt inne. »Deshalb habe ich es nicht oft gemacht.«

Sie sah Reed an, weil sie wissen wollte, wie er ihre Worte aufnahm. Ob er verwirrt oder entsetzt war. Doch er betrachtete sie mit voller Aufmerksamkeit, sein Blick ruhig und klar.

»Das klingt ... schwierig«, murmelte er schließlich.

»War es nicht«, entgegnete sie und wich mit einer Spur von Ungeduld von ihm zurück. »Es war nichts. Es war ... ein Mangel an Gefühlen, eine Leere. Ich bin davon ausgegangen, dass es wohl immer so sein würde.«

»Aha. Aber jetzt?« Er schob eine Hand in ihre Richtung. Sie betrachtete seine Finger und stellte sich vor, wie sie ihre intimen Stellen berührten. Ihr Mund wurde trocken.

»Du bringst mich dazu, dass ich versuchen möchte, anders zu sein.«

»Komisch, das sage ich auch von dir.«

»Eins sollte dir aber bewusst sein«, fuhr sie fort, ihr Blick noch immer auf seine Hand gerichtet. »Ich weiß nicht, wie lange es dauern wird und wie viel ich ertragen kann, bis ich die Tür wieder zumachen muss.« Sie war in all den Jahren genug gelaufen, um zu wissen, dass sie Coben nie entkommen würde.

»Ellery ...« Reed berührte den Saum ihres T-Shirts mit einem Finger. Eine winzige zärtliche Geste. Sie musste schlucken. »Ich hoffe, du weißt, dass du mir zuliebe nichts machen musst. Du schuldest mir nichts, und bestimmt nicht das.«

»Es geht nicht um dich«, erwiderte sie rasch. Sie schloss die Lippen und presste die Augen zu. »Ich meine, nicht der Teil davon. Ich will damit nur sagen ... Wenn es so wirkt, als fühlte ich mich gezwungen, hier zu sein, dann ist der Eindruck nicht falsch.« Sie schluckte noch einmal und zwang sich, ihm in die Augen zu sehen. »Es ist nur so, dass ich diejenige bin, die sich zu etwas zwingt.«

Er runzelte besorgt die Stirn. »Dann sollten wir vielleicht noch warten.«

»Ich habe gewartet. Das ist es, was ich versuche, dir zu sagen. Ich möchte nicht mehr warten.« Sie griff erneut nach seiner Hand und drückte sie auf ihr Herz, damit er spürte, wie es raste. Als er sie gefragt hatte, was sie im Bett mochte, hatte sie ihm ehrlich geantwortet, dass sie es nicht wüsste. Zum ersten Mal in ihrem Leben wollte sie es herausfinden.

»In dem Fall möchte ich die Dame nicht warten lassen«, sagte er und beugte sich zu ihr. Sie hielt die Augen weiterhin geschlossen, während die Luft spürbar zu knistern begann. Reed drehte seinen Körper ein wenig, bis ihre Lippen sich fast berührten. Ellery schloss die restliche Lücke, indem sie näher rückte. Sie genoss die Berührung.

Reed streichelte Ellerys Gesicht und liebkoste ihren Mund sanft mit der Zunge. Im gleichen Rhythmus strich sein Daumen über ihre Wange. Ein lustvoller Laut kam aus ihrer Kehle, und Reed wich zurück. Nur ein bisschen. »Du, ähm … ich …«

»Ja«, flüsterte sie, während ihre Finger im grauen Licht über die Konturen seines Gesichts wanderten.

Seine Stirn ruhte auf ihrer, als ihre Hand zärtlich seinen Nacken umfasste und über den weichen Flaum strich. »Ich mache dir einen Vorschlag«, murmelte er in ihr Ohr. »Alles, was ich mit dir mache, machst du mit mir. Und du kannst jederzeit aufhören.«

Sie grinste und zwickte sein Kinn. »Darf ich anfangen?«

»Ich bestehe darauf.«

Reed legte sich zurück und ließ sie die Führung übernehmen. Er erwiderte ihre leidenschaftlichen Küsse und half ihr, das Hemd aus dem Bund seiner Jeans zu ziehen, damit ihre Hand daruntergleiten und seine nackte Haut berühren konnte, die sich warm und glatt anfühlte. Sein Bauch war schlank und straff. Ellerys Finger wanderten über seine Rippen, bis sie seine Narben berührten, die von Amys Schüssen und der anschließenden Operation stammten. Sie unterbrach ihren Kuss und sah ihn besorgt an. »Ist das in Ordnung? Ich will dir nicht wehtun.«

»Du tust mir nicht weh. Es ist okay.« Er griff nach ihrer Hand, führte sie unter dem Pullover und dem T-Shirt zu seiner Brust und drückte sie sanft gegen sein Herz, so wie Ellery es vorhin mit seiner Hand gemacht hatte. Sie sahen sich an, während sie vorsichtig die Narben mit den Fingerspitzen erkundete, jede Erhebung und jede glatte warme Mulde. All dies hätten sie beinahe nicht mehr erleben können, so knapp war er dem Tod entronnen. Ihr Erstaunen wich allmählich einer anderen Art des Erforschens. Sie rieb die Spitze ihres Zeigefingers über seine Brustwarze und spürte, wie sie sich unter ihrer Berührung zusammenzog. Reed schnappte nach Luft, als sie leicht mit dem Nagel darüberstrich. Ihre Blicke trafen sich. Seine Augen waren pechschwarz geworden. »Oh, wird das schön werden«, sagte er, als wäre ihm gerade eine fulminante Erkenntnis in einem Fall gekommen.

Als Reeds Hand schließlich unter ihre Bluse glitt, musste sie ihren Körper daran erinnern, sich zu entspannen. Musste ihn daran erinnern, dass sie seine Finger auf dem Bauch und den Brüsten spüren wollte. Und auch später, als sie den Weg nach unten in ihre Jeans fanden. Ihre Instinkte zu beruhigen und einen anderen Menschen derart nahe an sich heranzulassen, kostete sie Mühe. Doch der Lohn war ein köstlicher Schmerz, der sich so weit steigerte, dass sie Reed nicht nur in sich spüren wollte, sondern ihn dort spüren musste. Erst ganz zum Schluss, als ihre Muskeln sich anspannten und sie wie eine Langstreckenläuferin keuchte, zog sie sich zu dem strahlend weißen Ort in ihrem Kopf zurück, an dem sie unerreichbar war. Egal zu welchem Preis, sie hatte sich ein Leben lang geweigert, auseinanderzubrechen.

Eingerollt und noch immer zitternd lag sie auf der Bettkante. Reed, herrlich nackt, streckte die Hand nach ihr aus, ohne sie ganz zu berühren. »Alles in Ordnung?«

»Ja. Ich … ich habe diesen Teil gemocht.« Endlich verstand sie, warum Menschen bereit waren, dafür Dummes zu tun.

Seine Mundwinkel wanderten nach oben. »Welchen Teil? Vielleicht muss ich mir Notizen machen.«

»Den mit dem Küssen und alles danach.« Wie sich herausstellte, wusste sie sehr genau, was sie im Bett mochte … ihn. Ellery war plötzlich kalt, und sie kuschelte sich an ihn.

Er legte einen Arm um sie und küsste sie auf den Kopf. »Was für ein Zufall. Mir geht's genauso.«

»Vielleicht muss ich aber noch mehr Daten sammeln«, warnte sie ihn. »Wir haben es ja nur einmal gemacht.« Ihre Hand machte sich erneut auf Erkundungstour.

21

Reed wachte allein auf. Nur weil er und Ellery die letzten beiden Tage mehr nackt als bekleidet miteinander verbracht hatten, hieß das nicht, dass sie bei ihm im Bett schlief. Zum Ausruhen zog sie sich in ihren eigenen Bereich zurück. Er glättete die leere Stelle, auf der sie gelegen hatte. Möglich, dass Ellery nie mit ihm stundenlang kuscheln würde. Vielleicht war diese Eigenart auf Coben zurückzuführen, vielleicht aber auch nicht. Das war die große Frage, auf die sie nie eine Antwort erhalten würden: Was für ein Mensch wäre sie, wenn es ihn nicht gegeben hätte. Doch dann hätte Reed sie nie kennengelernt. Aus dem Grund wollte er nach vorne schauen und nicht zurück.

Reed rollte sich aus dem Bett und ging kurz duschen. Er hatte sich überlegt, Ellery ein Frühstück zu machen. Doch sie war bereits auf und saß angezogen auf dem Sofa. Den Kopf über eine Zeitschrift gebeugt, nippte sie an einem Becher Tee. »Du hast meinen charmanten Plan zunichtegemacht«, beschwerte er sich, während er in der Miniküche Kaffee zubereitete. »Ich wollte dir Frühstück ans Bett bringen.«

»Ich darf nichts essen«, erwiderte sie. »Erst nach dem Eingriff.«

»Oh. Stimmt.« Er setzte sich zu ihr. »Wie fühlst du dich?«

Sie holte tief Luft. »Okay. Zumindest werde ich es bald hinter mich gebracht haben.«

Er griff nach ihrer Hand, und sie saßen sehr lange da, ohne etwas zu sagen. Schließlich brachte er sie mit dem Mietwagen zum Krankenhaus, und sie meldete sich am Empfang.

Reed durfte während der ersten Phase der Vorbereitungen im Krankenzimmer bleiben. Ellery hatte ihren Vater gebeten, nicht vorbeizukommen. Stattdessen tauchte ein anderes Mitglied der Familie Hathaway auf. »Mom«, rief Ellery und riss entsetzt die Augen auf, als Caroline Hathaway den Raum betrat. Sie hatte drei Luftballons und einen Stapel Zeitschriften in der Hand. »Was machst du hier? Ich habe dir von der Knochenmarkspende doch nicht erzählt, damit du dann hierherkommst.«

»Mein Mädchen ist im Krankenhaus«, erwiderte sie, während sie im Zimmer herumzuwirbeln begann. Sie hatte die Energie eines betriebsamen Nagetiers, und ihre Hände waren ständig in Bewegung. Erst justierten sie die Jalousien, dann zupften sie die Laken zurecht. »Wo sollte ich sonst sein?«

Reed hielt dieses Mal den Mund. Er wusste, dass Ellery ihre Mutter lange nicht mehr gesehen hatte, denn sie lebte noch immer in dem Viertel von Chicago, aus dem Coben sie entführt hatte. Reed hatte ein Mal mit ihr gesprochen. Vor vielen Jahren, am Telefon, im Zuge seiner Recherche für das Buch über Coben. Als Caroline die mitgebrachte Decke glattstrich, bemerkte Reed, dass Mutter und Tochter, Ironie des Schicksals, die gleichen wunderschönen Hände hatten. Zu einem früheren Zeitpunkt hätte Coben vielleicht Caroline in sein Auto gezerrt.

Ellery biss die Zähne zusammen und strampelte, um die Decke loszuwerden, die Caroline soeben über ihre Beine ausgebreitet hatte. »Danke, Mom, aber du hättest dich nicht auf den Weg hierher machen müssen, denn ich werde nicht lange im Krankenhaus bleiben.« Sie deutete auf Reed, der versuchte, mit den medizinischen Geräten zu verschmelzen. »Mom, du erinnerst dich doch noch an Reed Markham, oder?«

Reed trat brav nach vorne und streckte eine Hand zur Begrüßung aus. Caroline ergriff sie. »Aber natürlich erinnere ich mich. Der Mann vom FBI.«

Reed lächelte und senkte den Kopf. *Der Mann vom FBI*, dachte er. Ja, das war er. Aber er war auch ein Vater, ein Bruder, ein Ex-Ehemann und ein Sohn. Er hatte sich auf die Suche nach seiner DNA gemacht, um herauszufinden, wer er war. Aber die Antwort hatte er woanders bekommen. »Ich bin nicht hier, weil ich beim FBI bin«, erwiderte er ihr. »Ich bin hier, weil ich Ihre Tochter liebe.«

»Oh, meine Güte.« Caroline strahlte Ellery an, die unter ihrer Decke zusammenschrumpfte.

Eine Schwester betrat das Zimmer, forsch und betriebsam. »Okay, Zeit, sich zu verabschieden. Sie können am Ende des Flurs auf sie warten. Die gesamte Behandlung wird nur wenige Stunden dauern.«

»Verabschieden? Jetzt schon?«, rief Caroline. Sie machte ein betrübtes Gesicht. »Ich bin doch gerade erst gekommen.«

»Wir sehen uns, wenn alles vorbei ist, Mom.«

Während Caroline widerstrebend das Zimmer verließ, beugte Reed sich zu Ellery, um sie auf die Wange zu küssen. »Hast du gehört, was ich gesagt habe?«, fragte er sie, seine Stimme neckend.

»Ja, habe ich.«

»Alles Gute«, flüsterte er, die Lippen noch immer auf ihrer Wange. »Ich bin mir sicher, dass du das großartig machen wirst.«

»Mmm.« Sie drehte den Kopf weg, doch als er sich aufrichtete, griff sie nach seiner Hand. »Du wirst die ganze Zeit hierbleiben, nicht wahr?«

Er drückte sie. »Ja, die ganze Zeit.«

Im Wartezimmer saß er neben der ununterbrochen quasselnden Caroline. Sie erzählte ihm von einem Nachbarn, mit dem sie eine Meinungsverschiedenheit über den Aufbewahrungsort der Mülltonnen gehabt hatte, von ihrem unablässig schmerzenden linken Fußballen und von ihrem Cousin. Eine komplizierte Geschichte, wonach er eigenmächtig die Entzugsklinik verlassen hatte. Erst als die Frau sich etwas zu essen holen ging, konnte Reed einen Moment wohltuender Stille genießen. Er lehnte den Kopf an die Wand, und seine Gedanken wanderten von Ellerys Mutter zu seiner eigenen Mom. Vor seinem geistigen Auge tauchte der Tatort auf, das Rätsel, das seine Geheimnisse all die Jahre nicht hatte preisgeben wollen. Nach Amys Verhaftung hatte er aufgehört, daran zu denken, weil er davon ausging, dass es einfach nichts mehr herauszufinden gab. Er horchte in sich hinein und fragte sich, wie er sich fühlen würde, wenn Amy ungestraft davonkäme. Traurig, das war es. Doch mit den Bildern von einer Frau im Kopf, die auf bestialische Weise ermordet wurde, würde dieses Gefühl vielleicht nie verschwinden.

Seine Gedanken wandten sich den glücklicheren Bildern zu. Cammies Schnappschüsse aus ihrem Leben vor und nach seiner Geburt. Cammie und Angie, in die Kamera lächelnd und fein gemacht für den Abend. Cammie auf der Treppe sitzend mit ihm als Baby auf dem Schoß. Die drei Frauen, Cammie, Angie und Wanda, Freundinnen, deren ganzes Leben noch vor ihnen lag. Er erinnerte sich an das Foto, auf dem Cammie die Bluse mit dem grünen Rautenmuster trug. Die Bluse, in der sie umgebracht wurde. Reed rief sich in Erinnerung, wie diese Bluse später ausgesehen hatte. Voller Blut. Er sah Cammies Handschrift auf der Rückseite des Fotos vor sich: *Angie, Wanda und ich*.

Reed setzte sich auf. »›Angie, Wanda und ich‹«, wiederholte er und benutzte seine Finger, während er die Namen aufsagte. Dann kehrte er die Reihenfolge um. »›Ich, Wanda und Angie.‹« Wie war das gleich? Wie oft hatte er dieses Bild betrachtet? Immer wieder sagte er die Namen auf. Oh mein

Gott, wenn er mit seiner Vermutung richtiglag ... okay, so weit durfte er nicht denken. Er stand auf, stürmte zur Tür und rannte beinahe Caroline um, so eilig hatte er es, hinauszukommen.

»Wohin gehen Sie? Sie ist noch nicht fertig.«

»Ich gehe nicht weg«, rief er über die Schulter hinweg. »Ich bin gleich wieder da.« Er lief über den Flur und rief seine Chefin an. »Ich bin's«, sagte er außer Atem, als sie sich am anderen Ende der Leitung meldete. »Ich muss noch einen DNA-Test durchführen lassen.«

»Okay, aber warum gibst du mir nicht wenigstens einen Hinweis?«, bohrte Ellery erneut nach und sah ihn vom Beifahrersitz aus an. Dieses Mal hatte Reed den Mietwagen ganz auf Kalifornien abgestimmt: Sie fuhren ein Cabriolet, und er genoss es, zu sehen, wie der Wind mit Ellerys Haar spielte. Zumindest, bis eine Hundeschnauze von hinten auftauchte. »Bump, stör Reed nicht beim Fahren, okay?« Ellery schob ihn zurück, und die haarige Bestie legte die Pfoten auf die Tür, die Ohren im Wind.

»Er hätte zu Hause bleiben können«, maulte Reed, aber er klang wohlwollend. »Wir werden den ganzen Wagen saubermachen müssen, um den Sabber wegzubekommen.«

»Bump ist bei mir, was bedeutet, dass er zu Hause ist«, erwiderte sie und griff nach hinten, um dem Tier eine liebevolle Streicheleinheit zu geben. Sie hatte die Knochenmarkspende ohne Komplikationen überstanden. Danach war sie lediglich sehr müde gewesen und hatte viel Zeit im Bett verbracht. Reed hatte es genossen, ihr dabei Gesellschaft zu leisten. »Außerdem steht es dir meiner Meinung nach überhaupt nicht zu, Regeln aufzustellen, nachdem ich mich bereit erklärt habe mitzukommen, ohne zu wissen, wohin wir überhaupt fahren und warum.«

»Wir sind fast da«, verkündete er, während er die Abfahrt nach Pasadena nahm. Seine Hände umklammerten das Lenkrad. »Nur noch ein bisschen Geduld.«

Er war sich nicht sicher, ob er zu ihr oder zu sich selbst sprach. So viele Jahre hatte er gewartet und gegrübelt, und jetzt war er nur noch wenige Minuten von der Wahrheit entfernt. Reed steuerte den Wagen durch die hügeligen Straßen ohne Zuhilfenahme des Navis, während Ellery in der vorüberziehenden Landschaft nach Anhaltspunkten suchte.

»Das hier ist das Viertel, in dem Angie Rivera wohnt«, stellte sie fest und wandte sich zu ihm.

»Richtig.« Er bog ein letztes Mal ab und brachte das Auto vor dem kleinen grünen Bungalow zum Stehen.

Ellery starrte auf das Gebäude und dann auf ihn. »Das ist das Haus von Angela Rivera.«

»Wieder richtig«, sagte er fröhlich, stieg aus dem Auto und ging herum, um ihr die Tür zu öffnen. Da Ellery beim Hinsetzen und Aufstehen immer noch leichte Schmerzen hatte, reichte er ihr die Hand.

Ellery ergriff sie, zog sich hoch und legte anschließend Bump an die Leine. »Das verstehe ich nicht. Wen soll ich denn kennenlernen?«

»Das wird sich alles in Kürze aufklären«, antwortete er und hielt weiter ihre Hand. »Komm.«

Sie steuerten auf die Haustür zu, und sein Puls wurde schneller. Gleichzeitig hatte er das Gefühl, als würde die Zeit sich verlangsamen und wie Kaugummi dehnen. Vierzig Jahre, gebündelt in diesen wenigen letzten Schritten. Er hatte Angie ihren Besuch angekündigt, aber er hatte ihr nicht den Grund verraten. Sie hatte offensichtlich auf sie gewartet und sie kommen sehen, denn die Tür wurde aufgerissen, bevor er überhaupt klopfen konnte. »Reed«, sagte sie und strahlte über das ganze Gesicht. »Wie schön, Sie wiederzusehen. Und Sie haben Ellery mitgebracht. Oh, und Speed Bump!«

Bump drängte nach vorne, bellte und wedelte mit dem Schwanz beim Anblick der neuen Person. »Ich kann draußen bleiben mit ihm«, sagte Ellery. »Zsa-Zsa wird diesen Gast bestimmt nicht gutheißen.«

»Oh, er ist ein Schatz.« Angie ging in die Hocke, um Bump zu begrüßen. »Zsa-Zsa hält ein Nickerchen im Schlafzimmer. Ich mache einfach die Tür zu.« Einen Augenblick später kehrte sie zurück, immer noch lächelnd. »Bitte, kommen Sie herein. Ich habe nicht damit gerechnet, dass wir uns so schnell wiedersehen würden. Aber ich freue mich, dass Sie da sind. Hat es eine neue Entwicklung in dem Fall gegeben?«

»Ja«, antwortete Reed. »Eine große.«

Beide Frauen sahen ihn erstaunt an. Reed holte tief Luft, und eine seltsame Ruhe erfasste ihn. »Ellery«, sagte er und beobachtete Angies Gesicht. »Ich möchte dir meine Mutter vorstellen, Camilla Flores.«

Angie/Camilla stieß einen leisen Schreckensschrei aus, und Ellerys Hände schnellten zum Mund. Reed stand zwischen den beiden Frauen und wirkte etwas verlegen, jetzt, nachdem die Wahrheit ausgesprochen war. Camilla hatte Tränen in den Augen. Ihre zitternde Hand suchte sein Gesicht, doch sie zog sie zurück, ehe sie ihn berührte. »So viele Male«, flüsterte sie. »So viele Male habe ich es dir sagen wollen. Zuerst, als ich herausgefunden habe, dass dein Vater dich zu sich genommen hatte. Ich wusste, wo du warst ... und ich dachte, dass ich dorthin fahren und dir die Wahrheit erzählen könnte. Dann hast du plötzlich vor meiner Tür gestanden. Ich hielt es für ein Zeichen. Aber du warst nur gekommen, um mich nach dem Mord an Angie zu fragen, und ich ...« Sie hielt inne und schloss die Augen. »So viel Zeit war vergangen. Ich habe einfach nicht die richtigen Worte gefunden.«

»Sollen wir vielleicht hineingehen und uns hinsetzen?«, schlug Reed vor. Sie standen noch immer in der Diele.

»Natürlich«, antwortete sie und trat beiseite. »Ich hole nur schnell den Kuchen«, sagte sie und wischte sich mit dem Zipfel ihrer Schürze über die Augen.

Camilla schnitt allen ein Stück vom Sandkuchen ab, doch er blieb unberührt auf den hübsch geblümten Tellern liegen, während sie im Wohnzimmer saßen und sich gegenseitig anstarrten. Er betrachtete seine Mutter näher und verstand gar nicht mehr, wie ihm die Ähnlichkeit beim ersten Besuch hatte entgehen können – ihre braunen Augen und das Kinn hatten die gleiche Form wie bei ihm. »Anfangs habe ich mir schreckliche Sorgen gemacht. Ich hatte die Identität getauscht und befürchtet, jemand könnte es herausfinden. Nachdem vierzig Jahre vergangen waren, habe ich nicht mehr geglaubt, dass dieser Tag noch einmal kommen würde.«

Reed holte das Foto hervor, das mit den drei Freundinnen, und zeigte es ihr. »Du hast die Rückseite beschriftet«, sagte er. »Ich habe die Namen nur in der falschen Reihenfolge dem Bild zugeordnet, weil ich die grüne Rautenbluse aus der Asservatenkammer natürlich mit dir in Verbindung gebracht habe. Aber du bist diejenige unter dem Bild und Angie trägt die Bluse mit dem Rautenmuster, genauso wie am Tag des Verbrechens. Das war der erste Hinweis. Damit ergab alles, was mich bis dahin gestört hatte, einen Sinn. Zum Beispiel die Einkaufstüten.«

»Was ist mit ihnen?«, fragte Camilla und hielt die Aufnahme fest wie einen seltenen Schatz.

»Korrigiere mich bitte, wenn ich etwas Falsches sage«, bat er. »Ich glaube, dass die Geschichte, die du der Polizei erzählt hast, grundsätzlich stimmte. Nur warst du diejenige, die den warmen Geldregen meines Vaters genutzt hatte, um endlich mal wieder shoppen zu gehen. Angie ist in deiner

Wohnung geblieben und hat auf mich aufgepasst. Als du zurückgekehrt bist, hast du sie ermordet in deinem Wohnzimmer vorgefunden. Du hast mich aus dem Kinderbett geholt und bist in ihr Apartment gelaufen, um Hilfe zu rufen.«

Camilla nickte bedächtig. »Ja, das ist richtig. Genauso ist es gewesen.«

»Es hat mich stutzig gemacht, als du sagtest, du hättest Angie auf Einkaufstour geschickt, anstatt erst einmal selbst loszuziehen und dir etwas zu gönnen.«

»Das hätte ich aber noch gemacht«, flüsterte Camilla, und ihr Blick wanderte zu dem Bild. »Ich wollte das Geld mit ihr teilen. Aber die Chance dazu habe ich nicht mehr bekommen.«

»Nachdem ich die Theorie zum wahren Tathergang entwickelt hatte, ließ ich meine DNA mit derjenigen vergleichen, die man bei der Untersuchung des Falls Camilla Flores zugeschrieben hatte. Unnötig zu erwähnen, dass sie nicht übereinstimmten.« Er hielt inne und wartete kurz, denn jetzt kam der hässliche Teil der Geschichte. Der Teil, den sie wahrscheinlich nicht hören wollte. »Du bist diejenige, die die Buchstütze genommen und Angies Gesicht damit zertrümmert hat, nicht wahr?« Er sagte die Worte so sanft wie möglich. »Du wolltest auf diese Weise sicherstellen, dass die Polizei und auch alle anderen glaubten, du wärst umgebracht worden.«

Tränen quollen aus Camillas Augen, und sie nickte stumm.

»Und du hast das Geld mitgenommen«, fuhr Reed fort.

Sie reckte das Kinn. »Es gehörte mir.«

»Ich weiß.«

Sie wischte sich mit beiden Händen die Wangen ab. »Sie war bereits tot. Das musst du mir glauben.«

Reed hatte die schreckliche Gewalt in den Bildern gesehen. »Ja, das war sie.«

»Ich … ich wusste nicht ein noch aus. Entweder jemand hatte sie umgebracht, weil er sie für mich gehalten hatte, oder Angie war vorsätzlich ermordet worden, dann hätte ich das nächste Opfer sein können.«

»Jemand«, wiederholte Reed. »Du meinst Billy Thorndike.«

»Ja. Er oder einer seiner Kumpane. Thorndike hat mich und Angie ständig verwechselt. Das ist vielen so gegangen. Wir wurden irrtümlich für Schwestern gehalten. Ich habe gedacht, ihm würde bald klar sein, dass er die Falsche umgebracht hatte. Deshalb befürchtete ich, er würde mir wieder nachstellen. Also habe ich das gemacht, was mir in dem Augenblick als Einziges in den Sinn gekommen ist – weglaufen. Wenn Billy glaubte, dass Camilla tot war, dann würde er mich vielleicht nicht verfolgen. Und dich vielleicht auch nicht.« Sie warf ihm einen traurigen Blick zu. »Dich zurückzulassen, war für mich das Schlimmste. Ich habe geweint und geweint. Die Sozialarbeiterin erklärte mir, dass dich eine nette Familie adoptieren würde und dass du dich später nicht mehr daran erinnern würdest, was geschehen war.« Sie schniefte ein paarmal. »Und es hat sich bewahrheitet, wie wir sehen.«

Reed lächelte Camilla zuliebe. »Ja, das stimmt.«

»Ich habe in der Zeitung gelesen, was passiert ist. Du hast diese Frau verhaftet, diese Polizistin. Es heißt, sie habe Angie ermordet. Stimmt das wirklich?«

»Ich denke schon«, antwortete Reed.

»Aber warum? Wir haben sie nicht einmal gekannt, Angie beziehungsweise ich. Warum sollte sie das tun?«

»Du hast sie nie getroffen?«, fragte Reed vorsichtig. »Bist du dir sicher?«

»Nicht ein einziges Mal«, antwortete Camilla entschieden. »Daran würde ich mich erinnern. Ich habe nichts von dem, was damals geschah, vergessen. Das ist alles hier oben gespeichert«, erklärte sie und tippte sich an den Kopf.

»Amy Owens sagt, sie hätte einmal in deiner Wohnung zu Abend gegessen. Sie und David. Sie habe dir beim Kochen geholfen. Auf diese Weise sei ihr Blut auf dem Messer gelandet.«

»Das stimmt nicht«, sagte Camilla entschieden. »Sie lügt.«

»Wenn du bereit bist, das auszusagen, wird sie ins Gefängnis gehen«, erklärte Reed.

Camilla sah Reed und Ellery abwechselnd an. »Aussagen? Das bedeutet, dass alles herauskommt, oder nicht? Die ganze Geschichte?«

»Äh, ja«, räumte Reed ein. »Aber Angie hätte ihren rechtmäßigen Namen zurück und du deinen. Der neu entdeckte Fingerabdruck auf der Buchstütze könnte erklärt werden, und Amy würde endlich für das bezahlen, was sie getan hat.«

»Ich weiß nicht.« Camilla knetete die Hände in ihrem Schoß. »Dann müsste ich erzählen, was ich Angie angetan habe. Und ich müsste erklären, woher dieses Geld stammt. Dein Vater ...«

»Wird mit den Folgen leben«, sagte Reed entschieden. »Wie immer sie aussehen werden. Das schafft er schon. Das verspreche ich dir. Ich auch.« Er griff nach ihrer Hand und drückte sie. »Und du auch.« Er ließ seinen Blick durch die Wohnung mit den vielen Pflanzen, Bildern und Fotos von kleinen Ballerinen schweifen, Camillas Zuhause, das sie sich geschaffen hatte. Aus der Küche wehte der Duft von frisch gebackenem Kuchen und starkem Kaffee herüber. Das hier war die Antwort auf seine Frage, was hätte sein können – ein weiteres warmes liebevolles Zuhause, zwar mit anderem Glück und anderem Leid, aber gegründet auf ein und demselben Familiensinn. Er wusste, dass er auch hier hätte glücklich werden können. Und trotzdem. Sosehr es ihn schmerzte, dass er all die Jahre mit seiner leiblichen Mutter verloren hatte, so sicher war er, dass er sein Leben behalten wollte. Cammie hatte ihm den Vater zurückgegeben, und er hatte durch Angus eine zweite Mutter und drei Schwestern bekommen. Liebe schien sich tatsächlich zu vervielfachen.

Cammie drückte seine Hand so fest, dass es beinahe wehtat, und tätschelte sie. »Ich ... ich werde darüber nachdenken. Aus dir ist ein guter Mensch geworden. Dafür muss ich deinem Vater danken, glaube ich.« Sie zögerte und ließ seine Hand los. »Und deiner Mutter. Was musst du jetzt nur von mir halten, hm? Dass ich ein Feigling gewesen bin, der weggelaufen ist und dich zurückgelassen hat.«

»Ich bin nicht wütend«, versicherte er ihr. Die Tatsache, dass er fast gestorben war, hatte sein Denken verändert. Sein Herz würde noch viel verarbeiten müssen. Er wollte es nicht mit Wut belasten – weder gegenüber seiner Mutter noch gegenüber einem anderen Mitglied der Familie.

»Du solltest wütend sein«, entgegnete sie, das Gesicht vor Schmerz verzerrt. »Ich habe dich verlassen. Deshalb war ich die ganze Zeit über wütend auf mich selbst. Ich hatte Angst. Ich hatte alles verpfuscht. Das einzig Gute, was ich hinbekommen hatte, warst du. Dann hattest du mich am Hals, eine lausige Mutter. Ich habe nichts getan, wofür ich dich verdiene.«

Reed dachte daran, was er sich als Kind immer gewünscht hatte. Dass seine leibliche Mutter eine berühmte oder außergewöhnliche Person wäre, die ihn allein durch ihre Existenz zu etwas Besonderem machte. Stattdessen war seine Herkunft traurig und geprägt von vorschnellen Entschlüssen und schlechten Entscheidungen. Aber er hatte nicht mehr das Gefühl, dass diese Hässlichkeit sein Ich bestimmte. Vielleicht war es an der Zeit, dass seine Mutter in Bezug auf ihr eigenes Leben ebenfalls zu dieser Einsicht kam.

Er nahm ihre Hand. »Was für eine Welt wäre das denn, wenn wir alle das bekämen, was wir verdienten«, sagte er.

Sie schniefte und sah ihn mit feuchten braunen Augen an. »Ich habe nie aufgehört, dich zu lieben.«

Er drückte sie. »Ich dich auch nicht.«

Als sie sich später an der Tür voneinander verabschiedeten, stellte Camilla sich auf die Zehenspitzen, um ihn fest zu drücken. »Mein großer starker Junge. Ich habe so lange von diesem Tag geträumt. Bitte, komm mich bald wieder besuchen.«

»Das werde ich«, versprach er.

Draußen schien die Sonne von einem hellblauen Himmel herab. Im Auto wandte sich Ellery zu ihm, die Augenbrauen hochgezogen. »Das ist ein unglaubliches Geheimnis.«

»Ich wollte dich überraschen.«

»Ich meine ihr Geheimnis, nicht deins.«

»Ach so, ja«, stimmte er ihr zu. Die Sonne brannte auf sie nieder, doch Reed ließ den Motor nicht an. Zum ersten Mal seit langem hatte er kein Ziel, das er ansteuern musste. »Ich schätze, dass sie aussagen wird«, erklärte er, sein Blick auf Camillas Haus gerichtet. »Sie wird es für Angie tun.«

»Oder für dich«, sagte Ellery. Sie schenkte ihm eines ihrer seltenen leisen Lächeln. Jene Art Lächeln, bei dem er sich am liebsten hinübergebeugt und ihren Hals liebkost hätte.

Sein eigenes Lächeln verschwand, als er seufzte. »Tja, das war's dann wohl. Es ist endlich vorbei.«

»Noch nicht ganz. Da gibt es immer noch den Mord an Giselle Hardiman.«

»Oh, stimmt. Du hast an diesem Code aus ihrem Terminkalender gearbeitet. Hast du ihn geknackt?«

»Nee.« Sie nahm ihre Sonnenbrille heraus und setzte sie auf. »Aber ich habe jemanden gefunden, der den Fall unbedingt übernehmen möchte. Jemanden, der eine gute Kriminalgeschichte liebt und der die Szene von Las Vegas in- und auswendig kennt. Jemanden, der immer scharf ist auf eine Sensation.«

»Jetzt sag bloß nicht … dein Reporterfreund.«

»Bruce Carr. Er hat sich auf die Geschichte gestürzt wie der Hund auf den Knochen.«

Wie aufs Stichwort steckte Bump den Kopf zwischen die beiden und fuhr mit der Zunge, die aus seinem riesigen Maul hing, einmal quer über Reeds Gesicht. Reed protestierte lauthals und wischte sich den Sabber mit dem Ärmel weg. »Dank einer Vielzahl von Arztrechnungen sind meine Knochen jetzt verdammt teuer, also sag deinem Hund bitte, dass er sich zurückhalten soll.«

Ellery gluckste vor Lachen, während er den Motor startete und losfuhr. »Also, wohin geht's jetzt?«, fragte sie, und der Fahrtwind strich ihr durchs Haar.

»Ich weiß es nicht. Nach Hause, denke ich.«

»Zu mir oder zu dir?«

Ihr Tonfall war locker, aber er spürte das Gewicht der Frage – seine Wohnung, ihre Wohnung und die sechshundert Meilen dazwischen. Ellery hatte wieder einen Job in Boston. Er hatte eine Tochter in Virginia. Irgendwann würden sie zu ihren separaten Leben zurückkehren müssen. Reed lenkte den Wagen auf die Autobahn und fädelte sich in den schwindelerregenden Strom der Fahrzeuge ein. Die Stadt der Engel hatte vier Millionen Einwohner, zu viele, um ein Verweilen auch nur in Betracht zu ziehen. Er steuerte den Wagen in Richtung Süden. Dorthin, wo der Pazifik wartete. Kalt, blau und endlos weit. »Jetzt«, sagte er, während Ellery das Gesicht in die Sonne hielt, »fahren wir erst einmal zum Strand.«

Danksagung

Um ein Buch zu veröffentlichen, braucht es ein ganzes Dorf, und ich kann mich glücklich schätzen, dass die Bewohner meines Dorfs derart brillante, witzige und verständnisvolle Menschen sind.

Ich bin wie immer den großartigen Mitarbeitern bei Minotaur zu Dank verpflichtet, insbesondere meiner scharfsinnigen, aufmerksamen Lektorin, Daniela Rapp, die mich vor mir selbst bewahrt. Ihr Beitrag hat dieses Buch aufgewertet. Wenn Sie von diesem Buch gehört haben oder irgendwo darauf gestoßen sind, liegt das wahrscheinlich an der harten Arbeit von Kayla Janas und Danielle Prielipp. Zwei erstaunliche, kreative Köpfe!

Danke auch an meine grandiose Agentin, Jill Marsal, für die unermüdlichen Ratschläge und ihre Unterstützung.

Mein tief empfundener Dank gebührt #Team Bump für das Feedback und den Zuspruch. Ihr helft mir dabei, in einem mitunter verrückten Business meinen Verstand zu bewahren. Vielen Dank Katie Bradley, Stacie Brooks, Ethan Cusick, Rayshell Reddick Daniels, Jason Grenier, Suzanne Holliday, Shannon Howl, Michelle Kiefer, Rebecca Gullotti LeBlanc, Robbie McGraw, Jill Svihovec, Dawn Volkart, Amanda Wilde und Paula Woolman.

Ein großes Dankeschön geht an all die talentierten Schriftsteller, die mir beim Schreiben nicht nur dieses Romans beigestanden haben. Elisabeth Halo, Hallie Ephron und Hank Phillippi Ryan, ich bin dankbar für euren Rat und eure Freundschaft.

Mein Dank gilt wie immer meiner wunderbaren Familie, vor allem Brian und Stephanie Schaffhausen sowie Larry und Cherry Rooney, für ihre Liebe und Unterstützung. Besonders danke ich meiner Cousine, Loni Rooney, eine Krimiliebhaberin wie ich, mit der ich vergnügt über Serienmörder diskutieren kann und die mir stets zur Verfügung steht, wenn es um die spanische Sprache geht.

Zu guter Letzt danke ich den beiden unerschrockenen Menschen, die mich Tag und Nacht ertragen müssen: meinem lieben Ehemann, Garrett, der nicht müde wird, meinen Geschichten zu folgen, auch wenn er sie schon hundertmal gehört hat, und unserer Tochter, Eleanor, die sich mehr für Buchveranstaltungen begeistern kann als die meisten Neunjährigen, die ich kenne. Eine lobende Erwähnung gilt Winston, unserem Basset, der mir beim Schreiben zwar überhaupt keine Hilfe ist, weil er am liebsten auf meinem Schoß sitzt, dafür aber unendlich viel Freude bereitet und wunderbare Impulse gibt für die Beschreibung von Speed Bump.